ANNETTE ET LE CRIMINEL

Publié avec le concours du Centre National des Lettres

Œuvres de Balzac
dans la collection GF Flammarion :

Eugénie Grandet
Le Médecin de campagne
Une fille d'Ève
La Femme de trente ans
Le Contrat de mariage
Illusions perdues
Le Père Goriot
Le Curé de village
Pierrette
Le Curé de Tours — La Grenadière — L'Illustre Gaudissart
Splendeurs et Misères des courtisanes
Physiologie du mariage
Les Paysans
La Peau de chagrin
Le Lys dans la vallée
La Cousine Bette
Mémoires de deux jeunes Mariées
Béatrix. Préface de Julien Gracq
Le chef-d'œuvre inconnu — Gambara — Massimilla Doni

HONORÉ DE BALZAC
sous le pseudonyme de
Horace de Saint-Aubin

ANNETTE ET LE CRIMINEL

Édition présentée
par
André LORANT,
Professeur à l'Université de Paris-XII

GF
FLAMMARION

INTRODUCTION

UN JEUNE ROMANCIER A L'ÉCOUTE DE SON CŒUR

Au début de sa carrière littéraire, Balzac quitte ses projets de tragédies *(Cromwell),* ses *Notes philosophiques,* pour aborder, avec une ambition démesurée, le genre romanesque. Dans *Falthurne* (1820), il veut non seulement se mesurer sur son propre terrain avec Walter Scott, auteur d'*Ivanhoe,* mais encore concilier l'invention d'une intrigue foisonnante avec la quête d'une mystique positiviste reliant la matière au domaine de l'esprit. Il mêle dans *Sténie ou les erreurs philosophiques* les cris d'une passion incandescente à des considérations sur l'existence de Dieu ou l'immortalité de l'âme. Puis, sous couleur de roman populaire, il cultive, en association avec Lepoitevin de l'Egreville, et bientôt seul, un roman *expérimental* qui lui permet à la fois de se familiariser avec les formules romanesques en vogue et de prendre ses distances à leur égard. Sur un ton mi-sérieux mi-amusé, il manie ses personnages au gré de sa fantaisie, rivalisant aux frontières incertaines de la parodie, avec Pigault-Lebrun *(Jean-Louis)* ou Walter Scott *(L'Héritière de Birague, Clotilde de Lusignan).* Le roman « noir » constitue aussi pour lui une nouvelle source d'inspiration.

Le genre connaît alors une nouvelle vogue. Sous l'influence de ses lectures, Balzac n'hésite pas, selon son propre aveu (voir la Note de l'éditeur à la fin du *Centenaire*) à associer « certains mots qui hurlent », à écrire des « phrases incohérentes » et à utiliser des « expressions hasardées » pour révéler ou explorer des aspects inconnus de la réalité, régie par des lois physiques et par des forces surnaturelles. En effet, en 1819, paraît une nouvelle édition des romans de Mrs. Radcliff; *Le Moine* de Lewis est réédité la même année. En 1821, le public français découvre *Melmoth ou l'Homme errant* de Maturin, dans la traduction de J. Cohen, et *Bertram ou le Château de Saint-Aldobrand* du même auteur, dans l'adaptation de Nodier et Taylor. Certes, Balzac est fasciné par la description de châteaux ou d'abbayes gothiques en ruine, laissant errer son imagination dans les souterrains obscurs, humides et angoissants. Il éprouve de la sympathie pour ces pâles héroïnes — Abellina, Ethelinde, Phédora, Ophelle, Cœlina, Émilie — perdues dans l'espace labyrinthique des demeures ancestrales ou séquestrées par des intrigants, et délivrées par de beaux héros, entrevus dans des rêves vaporeux. Il se rend compte que le roman « noir » relève d'une nouvelle esthétique, formulée d'une manière frappante par Burke, dès 1756 : cette théorie de l'art découvre le *sublime* dans les ténèbres qui favorisent l'introspection, et une « religieuse horreur », dans l'association de la douleur et du plaisir, dans la privation, la crainte dépouillant « l'esprit de toutes ses facultés d'agir et de raisonner », dans la contemplation d'espaces infinis, dans divers objets d'horreur, bêtes venimeuses ou gibets macabres. Bien sûr, Balzac est parfaitement conscient du caractère factice du genre. Néanmoins, le roman « noir » lui permet de saisir « l'inquiétante étrangeté » qui subvertit la quotidienneté, et d'apprécier la poésie de l'étrange et du surhumain.

« Va, cours, douce et folle imagination, le charme de ma vie, la source de tous mes plaisirs ! [...] j'ai besoin de ton délire », écrit Balzac en 1822, l'année du *Vicaire des Ardennes,* du *Centenaire* et du début de *Wann-Chlore.* Beaucoup plus que la représentation réaliste du passé ou de la vie contemporaine, c'est cette imagination parfois délirante qui nous fascine dans les romans de jeunesse, souvent pareils à des rêves éveillés. Le caractère onirique de ces œuvres « écrites à fond de train pour les cabinets de lecture, avec une hâte qui empêche les mécanismes d'auto-censure de jouer » (R. Chollet) va de pair avec la description de sentiments excessifs, de personnages effrénés, de figures maléfiques ou bienveillantes, vampires, mères criminelles ou amoureuses maternelles, qui incarnent l'enfance meurtrie d'Honoré, le désir incestueux, des fantasmes déchirants de régression infantile, enfin, tous les drames que l'œuvre ultérieure sublimera.

Cet épanchement irrésistible coïncide avec l'événement le plus important de la vie affective de Balzac, la rencontre avec Mme de Berny, exaltée dans les deux éditions de *La Dernière Fée* (1823 et 1824). Balzac ne connaîtra pas d'autre bonheur amoureux (sa soumission progressive à Mme Hanska, autoritaire et sensuelle, rappellera par trop son état de dépendance à l'égard de sa mère tyrannique); cette liaison, condamnée par la société, avec une femme mariée de quarante-cinq ans, mère de neuf enfants, semble libérer son imagination créatrice et lui fournir toute une thématique nouvelle. Comme sa vie, son œuvre sera un défi. Il devient le romancier de passions illicites, le créateur de personnages en guerre avec les conventions.

Le Vicaire des Ardennes (1822), qui fut saisi par la justice, raconte un double inceste : l'amour d'un prêtre pour une jeune fille qu'il croit être sa sœur; la passion d'une femme mûre pour cet ecclésiastique qui est son propre fils. *Wann-Chlore* (commencée vers 1822 et publiée en 1825) relate l'histoire d'un jeune homme placé par sa destinée et son caractère ardent entre deux femmes qui l'aiment passionnément. Aucun de ces êtres aveuglés ne veut renoncer à son amour; ils finissent par former un ménage à trois. *Annette et le criminel* (1823-1824), roman d'une jeune fille pure et innocente, fascinée par un ancien pirate, recherché pour meurtre, est certainement l'œuvre la plus étrange et la plus attachante de cette « trilogie passionnelle ».

Annette, fille de M. Gérard, sous-chef à l'administration des droits réunis, mène une existence paisible dans le quartier du Marais, en compagnie de son cousin, Charles Servigné, accueilli par la famille. Elle aide le jeune homme, étudiant en droit, de ses modestes économies. En apparence simple, quelque peu mélancolique, superstitieuse, elle est animée par une spiritualité profonde. Sous l'influence de son directeur de conscience, elle cherche le recueillement mystique dans la prière mentale, et le sentiment d'anéantissement de soi-même dans l'adoration de Dieu.

Un voyage pour Valence, à l'occasion du mariage d'une cousine, provoque une crise dans les rapports d'Annette et de Charles qu'elle considérait jusqu'alors comme son futur mari : Charles la trompe avec une jeune actrice provocante.

Non loin de Valence, Annette rencontre au bord de la route un voyageur étrange, dont la calèche, engagée sur une pente à pic, vient de se briser contre un rocher. Elle est fascinée par la puissance du regard de cet être mystérieux, doué d'une vigueur physique exceptionnelle. L'étranger, accompagné d'un ami, poursuit son voyage dans la diligence d'Annette. Il devient suspect aux yeux des occupants, car les bandits qui attaquent la voiture le respectent comme leur chef. Cependant, il se révèle, à Valence, que celui qu'on croyait à la tête d'une association de hors-la-loi était M. Maxendi, acquéreur du château de Durantal, ami du Préfet. Charles, jaloux, éprouve une vive antipathie à son égard.

Mlle Gérard, agenouillée sur un tombeau, à l'église, revoit l'homme extraordinaire, au moment où son regard est arrêté par les mots suivants de son livre de prières : « Ce sera ton époux de gloire. » Le lecteur se rend rapidement compte que l'étranger, qui est subjugué par la voix douce d'Annette, est en réalité Argow le pirate, le marin révolté, assassin de son capitaine, héros maléfique du *Vicaire des Ardennes*. Ses compagnons, comprenant que leur *ancien,* amoureux d'Annette, renonce définitivement à l'aventure, décident de séquestrer la jeune fille. A l'occasion du bal de mariage, ils s'emparent d'Annette. Elle est sauvée par Argow qui, pour veiller à sa sécurité, l'accueille pour la nuit au château de Durantal.

Pendant qu'Annette dort dans un appartement luxueux, Argow confie le secret de son amour à son fidèle lieutenant Vernyct, devenu l'intendant du château. Dans le mariage, il voudrait trouver un « port de salut » ; désormais, sa main ne se lèvera que pour se défendre. Et Annette rêve de l'étranger. Elle le voit apparaître dans sa chambre virginale, à Paris. Il pose sa grosse tête sur son sein; avec horreur, elle découvre qu'une ligne rouge fait le tour de son cou.

Grâce à la protection de l'actrice, maîtresse d'un duc influent, Charles Servigné est devenu Procureur du Roi. Accompagné d'un juge d'instruction, il se présente au château de Durantal pour délivrer, prétend-il, sa cousine. Annette encourage son sauveur à se justifier et à révéler l'histoire de la nuit aux représentants de la loi. Argow déclare publiquement qu'il n'aura jamais d'autre épouse qu'Annette. Pour le moment, il ne peut pas réprimer sa sauvagerie primitive, et tue avec une épine empoisonnée l'instigateur de l'enlèvement, un de ses anciens subordonnés. Annette est mal reçue par ses parents de Valence, jaloux de ses relations amicales avec Argow, M. de Durantal. Les Gérard décident de rentrer à Paris.

Argow rend régulièrement visite à Annette. Il renonce en quelque manière, à son ancienne identité, pour gagner les bonnes grâces de la jeune fille, qui reprend ses exercices spirituels de méditation. L'ancien pirate reste insensible à la religion, malgré l'invitation d'Annette à se convertir. Néanmoins, il est profondément touché, un jour, par le sermon de l'abbé de Montivers sur les crimes impunis, et la présence « accablante » de Dieu dans l'univers. Sous le poids de ses remords, Argow estime qu'il est définitivement séparé d'Annette, alors que celle-ci est intimement convaincue que son repentir le lie définitivement à elle. Argow, hanté par la vision de ses crimes, est réduit au désespoir; Annette voudrait le réconcilier avec la vie, parce qu'elle croit au pardon céleste. Ils se marient, la nuit, dans une église tendue de noir pour un enterrement qui précédait la cérémonie. Annette, en proie à une frayeur terrible, s'écrie : « Il y a de la mort dans notre union. »

De retour à Durantal, Annette prend connaissance du passé d'Argow. Elle l'engage dans la voie du repentir actif : Argow distribue l'aumône aux pauvres et fait construire un hôpital champêtre. Des intrigants mesquins, regroupés autour de Sarah Sophy, dévote haineuse, décident de détruire le bonheur du couple. Le cadavre du bandit tué par Argow est déterré dans la cave du château ; le secret de la vie criminelle d'Argow est découvert par un juge d'instruction. Malgré les efforts du fidèle Vernyct, le travail de sape des ennemis est sur le point d'aboutir.

Argow sauve la vie de Charles, attaqué par un taureau, dans le parc du château. Annette arrive à fléchir le cœur de son cousin qui demande sa mutation et essaie d'entraver la marche de la justice. Les gendarmes cernent la propriété. Annette est persuadée que son mari se laissera arrêter; avec la complicité de Jeanneton, amie de Vernyct, elle l'oblige à quitter précipitamment le château. Guidés par Jeanneton, Annette et son mari parviennent à la demeure de Sarah Sophy. Annette implore le secours de cette vieille fille qui, en réalité, est la mère indigne d'un enfant abandonné; mais cette « fée méchante », qui en veut à Argow de ne l'avoir pas invitée au château, fait prévenir les gendarmes. L'ancien pirate est livré à la justice à l'heure même où Sarah Sophy avait accouché d'un fils...

Charles démissionne de son poste de procureur et se charge de la défense d'Argow. Au nom de l'enfant qu'elle attend, Annette supplie son mari de suivre les conseils de Charles concernant l'attitude de mutisme à adopter pendant le procès. Le système de défense, habilement mis en place par Charles, s'écroule à la suite de la déposition d'un témoin. L'époux d'Annette est condamné à mort; il se déclare coupable afin de dissiper le doute qui pourrait subsister dans la conscience des jurés.

Annette accepte la proposition de Vernyct de délivrer son mari : « Je serai sa volonté », s'écrie-t-elle en se joignant aux flibustiers qui incendient la prison. Parvenue jusqu'à sa cellule, Annette veut inciter son époux à se révolter contre la justice des hommes. Par amour, elle devient la complice du criminel, et fuit en sa compagnie. Argow et Annette, Vernyct et Jeanneton errent dans les environs de Valence; ils tentent de rejoindre le lieu de rassemblement des brigands. Cachés sous le chargement d'une charrette, Annette et Argow prennent la route de Fréjus pour s'embarquer sur le vaisseau qui les attend. Ils seront bientôt découverts. Annette rend une visite ultime à son mari; Argow croit que sa « guérison » spirituelle sera complète sur l'échafaud.

Vernyct trempe sa main dans le sang d'Argow et jure de le venger. Annette, les traits décomposés, enterre Argow, dans « l'île des peupliers », à Durantal. Épuisée, elle meurt d'amour et de chagrin, et tombe dans la fosse de son époux.

En guerre contre la société, Vernyct et ses complices assassinent le président du tribunal et le chef du jury à l'endroit même où a été exécuté Argow. Les gendarmes incendient l'auberge tenue par Jeanneton, et où Vernyct se trouve caché. La jeune femme assiste à l'assaut donné par les forces de l'ordre contre le refuge de son amant. A moitié étouffé, souffrant d'horribles brûlures, Vernyct apparaît au seuil de l'auberge; Jeanneton s'élance vers lui. Les jeunes gens meurent enlacés, tués par les balles des soldats. Le père Gérard les enterre près d'Argow et d'Annette.

Annette incarne le personnage romantique de la vierge « salvatrice » qui se dévoue à un criminel, accablé par le souvenir de ses forfaits, pour le relever de la déchéance morale.

Lors de la création d'Annette, Balzac se souvient de *Melmoth,* roman de Maturin, traduit en 1821, qui l'a inspiré à l'époque de la rédaction du *Centenaire*. En effet, Mlle Gérard rappelle Immalie, jeune fille espagnole, qui vit loin des siens, dans une île de l'océan Indien. Immalie sent d'une manière instinctive que son destin est lié à l'homme errant qui lui rend visite. Elle l'aime, et le supplie d'avoir « pitié de lui-même ». Maturin note au sujet de son héroïne que « tout en elle indiquait cette soumission que le cœur d'une femme éprouve pour les fautes, les passions, les crimes même de l'objet qu'elle aime » ; elle est décidée à le « suivre s'il le faut dans l'exil et dans la solitude ». De même, Annette sait qu'elle accorde sa main à un criminel. Elle est prête à fuir les hommes, en sa compagnie : « Celle qui s'attache à l'être dont la main a donné la mort, peut, je crois, le suivre partout. N'y seriez-vous pas au désert ? Qu'importe le reste !... » lui déclare-t-elle.

Melmoth, l'homme errant, ne peut pas se repentir ; il ne sait pas pleurer. Contemplant les yeux secs et brûlants de son visiteur étrange, Immalie lui dit : « Je saurai pleurer pour nous deux ». D'une manière beaucoup plus active, Annette est disposée à se substituer à Argow pour le sauver : « Si l'on vous dénie un asile, je me présenterai la première, je séduirai les cœurs, parce que c'est pour vous que je prierai, et je cacherai la marque de votre front sous les boucles de mes cheveux ; car je vous introduirai en vous couvrant de mon corps. »

Le héros satanique de Maturin est profondément touché par le spectacle d'Immalie en prière : « Il frémit en voyant la sincérité avec laquelle elle embrassait le crucifix. Il ne regardait jamais ce symbole sans détourner les yeux ; mais cette fois, il ne peut les détacher d'Immalie, agenouillée devant la croix. » Cependant, Maturin ajoute : « Melmoth, qui éprouvait ce que je viens de décrire, sentait en même temps qu'il lui était à jamais impossible d'y participer. » Dans le roman de Balzac, contrairement à Melmoth, Argow s'engage dans le chemin de la conversion quand il aperçoit Annette « à genoux et les mains jointes : elle *priait* dans une extase angélique. Elle était si belle et si brillante en ce moment qu'Argow fut transporté [...] mû par le rapide changement d'idées que ce spectacle inattendu avait excité : "*J'ai besoin de prier aussi !...* ", dit-il avec la voix d'un homme fortement exalté ».

Paradoxalement, dans le roman de Maturin, c'est Melmoth, incapable d'aimer, qui définit les exigences de l'amour idéal : « Pour ceux qui aiment [...] le monde ne renferme qu'un individu, et cet individu est pour eux le monde lui-même » ; il affirme encore : « la femme qui aime ne doit plus se rappeler son existence individuelle ; elle ne doit considérer ses parents, sa patrie, la nature, la société, la *religion* elle-même ». Annette assume la destinée de la femme aimante, telle que la décrit Melmoth.

Balzac a aussi pu se souvenir de *Jean Sbogar* de Nodier, paru en 1818. La belle Antonia, jeune fille de Trieste, aime un bandit, Jean Sbogar, révolté contre la société décadente de son temps. Connu, à Venise, sous l'identité du seigneur Lothario, Jean Sbogar, qui se sent maudit comme Melmoth et Argow, confie à Antonia: «... si une femme qui m'aurait été destinée avait permis à ma misérable vie un sentiment qui ressemblât à de l'amour; si un être qui eût approché d'Antonia, qui en eût approché de loin comme l'ombre de la réalité, m'avait pris alors sous la protection de sa pitié...» Cependant, Antonia ne peut pas devenir la «femme salvatrice» de Sbogar.

Annette rappelle plus directement Minna, héroïne du *Pirate* de Walter Scott. Balzac lit attentivement les œuvres du romancier écossais; en juin 1821, il fait part à sa sœur Laure de son enthousiasme pour *Kenilworth.* Cleveland, héros du *Pirate,* échoué aux îles Shetland, révèle sa véritable identité à la pure Minna. La jeune fille, nullement rebutée par l'aveu et la déclaration d'amour du pirate, l'invite à se racheter: «... ce que je puis vous dire dès à présent, c'est que celui qui se livre à un infâme pillage, à force de cruautés, et en répandant le sang, et qui est obligé de voiler les remords qu'il éprouve sous l'affectation d'une scélératesse plus profonde, n'est pas, ne peut pas être l'amant que Minna Troil espérait trouver en Cleveland; et, si elle l'aime encore, ce ne peut être qu'à cause de son repentir, et non à cause de ses exploits.» Elle l'aime, mais désespère du bonheur qui pourrait les attendre: «Pensez à moi, comme si j'étais morte, si vous continuez à être ce que vous êtes; mais si vous changez de conduite, pensez à moi comme un être dont les prières s'élèveront matin et soir vers le ciel pour lui demander notre bonheur, quoique le sien soit perdu à jamais. — Adieu Cleveland.» Néanmoins, les vœux de la jeune fille n'arrivent pas à changer le destin du pirate, qui sera exécuté. Remarquons que Balzac donne le nom de Minna à l'héroïne de *Falthurne* (1823-1824), ébauche de *Séraphîta;* cette jeune fille, d'une beauté tout intérieure, n'hésite pas à réconforter «un jour, un homme chargé de crimes et pliant sous le poids de ses forfaits, l'âme noire et le cœur farouche, fuyant le glaive de la justice humaine sans pouvoir fuir son cœur au milieu duquel sa conscience lui dressait un échafaud terrible... »

Le thème de la jeune fille sensible, passionnée, voulant réconcilier son compagnon criminel avec Dieu, correspond aux préoccupations littéraires et spirituelles du jeune Balzac. Observons la figure d'Annette, à la lumière des œuvres écrites par Balzac entre 1820 et 1824.

Le teint de ses jeunes héroïnes est caractérisé, comme celui d'Annette, par l'éclat et la blancheur. Aloïse, l'héritière de Birague, a un « cou d'albâtre » ; la blancheur de la « peau satinée » de Clotilde de Lusignan est « éclatante ». Ces héroïnes, esquissées à traits quelque peu schématiques, sont blondes. En revanche, le « cou d'albâtre » d'Annette est couvert de cheveux noirs. Balzac recherche des correspondances psycho-physiologiques dans le portrait du personnage : « ... l'expression de ses yeux de feu et la singulière beauté qui résultait de l'accord de sa chevelure noire avec un front d'une blancheur d'herbe flétrie ; [...] Cette couleur rare est l'indice de la mélancolie jointe à la force. » Ces signes peuvent avoir une valeur symbolique et prophétique. La couleur blanche « d'herbe flétrie » n'annonce-t-elle pas celle des cheveux d'Annette, enlaidie par le chagrin, enterrant son mari exécuté ?

Annette hérite du caractère sensible et superstitieux de ces jeunes filles qui connaissent le plaisir de la rêverie. Leur sommeil est souvent hanté par des visions prémonitoires. Cymbeline, personnage épisodique de *Falthurne,* première tentative romanesque de Balzac, s'écrie : « ... si je vois mon amant, c'est dans l'extase d'un songe ; je crois que sa noble tête repose sur mon sein, et si je l'admire trop, la vapeur légère s'évanouit, aussi rapide que la pensée qui la produit ». Sténie, brûlant d'une passion noire pour Job, est tourmentée par des rêves affreux : « ... j'embrassais une fumée légère qui me fuyait ou s'évanouissait dans mes bras tandis qu'un lointain de sang et d'horreur effrayait ma vue », raconte-t-elle à son amie. Clotilde voit en songe son beau Juif tué par le

Chevalier noir. Dans le rêve récurrent, obsédant d'Annette, l'attitude de l'amant de Cymbeline est associée aux impressions morbides de Sténie : Argow pose sa tête, séparée du cou par une ligne rouge circulaire, sur son sein. Contrairement aux romans précédents, dans *Annette et le Criminel,* les pressentiments et les rêves constituent un réseau structurant : à travers les signes prémonitoires, l'héroïne saisit la cohérence de sa propre vie. Au moment de l'enterrement de son mari, la vision de la « ligne rouge » l'obsède encore : « la mort de tout ce qui a vie ne lui ôtera pas cette fatale ligne rouge », dit-elle à Vernyct, en contemplant les formes du cadavre « qu'un linge éblouissant laissait apercevoir ».

La conception superstitieuse de l'existence semble en contradiction chez Annette avec ses convictions religieuses. Balzac découvre que la crédibilité de la fiction repose précisément sur l'exploration des aspects apparemment contradictoires de la personnalité féminine. Dès le début du roman, il remarque : « Néanmoins, M. de Montivers ne put empêcher Annette d'être un peu superstitieuse et craintive, aimant la recherche et l'élégance plus qu'il n'est permis à un chrétien qui doit mépriser toutes les superfluités de la terre. » Par la suite, le romancier insistera sur les penchants d'Annette, incompatibles avec le rigorisme religieux. Ainsi, Annette ne peut « contraindre dans son âme un mouvement de joie en voyant avec quel despotisme » elle agit sur Argow. Elle est flattée par l'ardeur avec laquelle l'ancien pirate recherche sa compagnie ; « par principe religieux », elle se conduit « comme une coquette ».

Le romancier observe attentivement la métamorphose de la pieuse Mlle Gérard en Annette la criminelle. Annette s'oppose à la justice des hommes, car elle estime que le pardon divin absout son époux, et lui rend l'espoir de pouvoir racheter ses crimes. Après l'arrestation d'Argow, cette résistance intérieure à la juridiction des tribunaux cède la place, chez Annette, à une révolte exaspérée contre l'ordre social. « Sauve-toi, et va mourir, au milieu d'un combat, pour l'indépendance d'un peuple ! Meurs en héros », crie-t-elle à Argow qui ne veut pas quitter la prison. Inconsciemment, elle reprend à son compte les arguments de ces bandits qui voulaient la tuer, pour forcer leur chef à reprendre le combat : « Allons-nous mettre, jour de Dieu, au service des insurgés d'Amérique, nous ferons un métier de braves gens... » Son amour violent annule sa disposition à la résignation, elle profère des paroles nettement sacrilèges : « Vernyct, écoutez ?... si l'on échoue, promettez-moi de me tuer !... » Balzac commente l'évolution de son héroïne : « Cette Annette qu'on a vue si religieuse, si rigide, courbait maintenant la religion tout entière sous son amour. » A la veille de l'exécution, des arguments de caractère religieux lui permettent de surmonter momentanément sa tragédie personnelle : « Annette regarda son époux, et le vit si brillamment éclairé et si resplendissant, par l'effet de cette lueur qui se répandait avec grâce sur les surfaces, qu'elle se leva et dit : "Ah ! voilà mon époux de gloire !... le voilà !... Il est prédestiné pour les cieux ! et c'est moi qui l'y ai conduit !..." » Cependant, au moment de l'enterrement, c'est la passion, la plus instinctive et la plus élémentaire, qui s'empare de tout son être. Certes, elle récite « les prières de l'Église », mais elle reste sous « l'empire des sens », en contemplant le corps d'Argow « avec une effroyable avidité » ; ses yeux expriment « la voracité du besoin ». Dans un élan véritablement hystérique, elle s'identifie à son mari décapité : « elle déplorait *surtout une douleur qui lui sciait le cou* ». Et ce n'est pas un cantique qu'elle entonne en accompagnant Argow à sa dernière demeure, mais un chant « d'une mélodie extraordinaire », surgi du tréfonds de sa conscience. Yseult romantique, elle meurt d'amour, en se jetant dans la tombe d'Argow. Éclairée par la lune, elle a « l'aspect d'une sainte que l'on [retire] de sa tombe » ; en réalité, c'est une femme passionnée qui embrasse, dans la mort, « par un dernier effort de l'instinct de l'amour » celui qu'elle voulait sauver de la damnation, de la vengeance sociale et du désespoir suicidaire.

Quelle est la nature de cette ferveur religieuse qui se transforme en passion amoureuse chez Annette ? Le problème de la prière et de l'extase préoccupe Balzac depuis

1819-1820. A cette époque, tout en considérant la religion comme œuvre humaine, d'après le témoignage de ses *Notes philosophiques,* il croit en un « principe éternel [...] Dieu, Tout-Puissant, Grand Être, comme on voudra l'appeler ». Il estime, à l'instar de Mme de Staël, que le « cœur est le sanctuaire » du sentiment religieux. Les dogmes ne sont que des formes diverses de l'intuition de la divinité. En même temps, il est profondément convaincu que l'homme est appelé à reculer les frontières de son microcosme et à établir des rapports avec des forces cosmiques. « Il est dans la nature des forces inconnues, des rapports entre les substances mouvantes que peu d'hommes ont devinés ; [...] il est une chaîne de rapports nécessaires que l'on peut manier en la connaissant », écrit-il dans *Falthurne.* Grâce à la coordination des connaissances, les hommes pourraient s'emparer d'un « pouvoir magique » pour « soumettre le monde » ; ils connaîtraient des voluptés nouvelles, « celles de l'amour ne seraient rien en comparaison ! » Or, d'après le témoignage du *Traité de la Prière,* rédigé vraisemblablement en 1823, l'oraison, « un des grands véhicules de l'âme vers les célestes régions », permet de saisir, sur le mode de l'intuition, l'unité du monde. Plaisir de l'âme, la contemplation fait découvrir des joies inconnues : « ce plaisir, donné par la prière méditative est d'une telle vivacité, d'une telle immensité que les êtres disposés au sublime s'y sont dévoués tout entiers ». Dans son *Traité,* Balzac se propose de pénétrer le secret du mécanisme psychologique de la prière, il est à la recherche d'une « mystique positiviste » (P.-G. Castex). Cependant, pour le moment, il ne semble pas découvrir l'intérêt romanesque inhérent au thème de la prière.

Dans *Sténie,* c'est la musique qui fait franchir à l'héroïne la frontière qui sépare le monde réel de l'univers invisible. Stéphanie raconte à sa correspondante, Mme Radthye, qu'elle a écouté *Le Songe de Rousseau,* joué au piano par Job Del-Ryès : « les pensées de ce grand homme semblaient voltiger légères comme les ombres nuageuses d'un rêve, on sentait, on croyait entendre les accords célestes des harpes qui environnent l'auguste tabernacle de l'Éternel; les touches enflammées par ses doigts miraculeux semblaient un argile pétri par un ouvrier, une attention extatique saisit tout le monde... » Une interprétation inspirée fait monter l'âme vers le ciel, et capte en même temps des forces cosmiques : Marianine, comme par la suite Ursule Mirouët ou Schmucke, connaît le pouvoir thaumaturgique de la musique. Dans *Wann-Chlore,* dont le premier tome est probablement prêt dès 1822, Horace Landon découvre des correspondances mystérieuses en écoutant le jeu de harpe de la jeune Irlandaise : « les sons s'élevant d'abord comme un nuage de parfums qui monte au ciel [lui paraissent] venir d'en haut, semblables aux voix entendues par les bergers de l'Évangile ». Mais l'extase n'est pas nécessairement liée à la religion. C'est la contemplation de « son » étoile qui porte Eugénie d'Arneuse à un état de bonheur suprême : « Elle se sentit comme en pleine santé, par l'effet de cette vigueur inconnue que nous impriment une méditation ou une volonté forte, qui nous détachent en quelque sorte de nous-mêmes et nous ravissent des mondes positifs vers le monde idéal ». Rien d'étonnant, donc, que le thème de l'extase soit au centre d'*Annette et le Criminel;* cependant, dans le cas de Mlle Gérard, le ravissement spirituel est étroitement associé aux mouvements de l'âme provoqués par le mysticisme religieux.

« La prière n'est autre chose qu'une chaleur d'amour, qui fond et dissout l'âme, la subtilise et la fait monter jusqu'à Dieu », écrit Mme Guyon. Elle affirme que Dieu « ne peut être trouvé que dans le fonds de nous-mêmes, et dans notre centre, qui est le *Sancta Sanctorum* où il habite ». Cette conception peu dogmatique de la religion, qui repose sur le sentiment subjectif de la communion intime avec Dieu, s'accorde avec la vision de Balzac. « Je ne parlerai qu'à votre cœur; Jésus pardonna à la Samaritaine : Jésus se contente de peu [...] Je ne vous prêcherai que ce qu'il a prêché, la douceur, la charité et... l'amour, ce dernier sentiment comprend tout », dit Joseph, le vicaire des Ardennes, à ses ouailles, dans le roman qui précède immédiatement *Annette et le Criminel*. La philosophie religieuse de l'abbé de Montivers, chargé de l'éducation de Mlle Gérard, est conforme à la doctrine quiétiste : « [l'] extase profonde, [l'] anéantissement devant un principe infini, formaient le fonds de sa doctrine ». Il dirige la vie spirituelle d'Annette en s'inspirant des écrits de Mme Guyon et de Fénelon. Afin que l'âme monte à Dieu, « il faut qu'elle se laisse détruire et anéantir par la force de l'amour : c'est un état de sacrifice essentiel à la Religion chrétienne », écrit Mme Guyon, dans *Moyen court et très facile de faire Oraison*. Annette pratique non pas la « prière verbale », mais la « prière mentale dans laquelle elle rassembl[e] toutes les forces de son âme pour prendre un essor vers les cieux ». Elle suit les recommandations de Mme Guyon qui écrit au sujet de « l'oraison de cœur » qu'elle oppose à « l'oraison de tête » : « Ce n'est pas une oraison de seule pensée [qui favorise l'essor de l'âme] parce que l'homme est si borné que s'il pense à une chose, il ne peut penser à l'autre : mais c'est l'oraison de cœur qui n'est point interrompue par toutes les occupations de l'esprit. »

La doctrine quiétiste repose essentiellement sur l'obéissance aux desseins divins. « Il faut se renoncer, s'oublier, se perdre, entrer dans vos intérêts, ô mon Dieu, contre les siens propres », dit Fénelon ; Mme Guyon croit également que « l'affaire unique de la créature est de faire la volonté de Dieu, dans le moment présent, et de *vouloir sa volonté sur la terre* comme on la veut dans le ciel ». Or, chez Annette les principes de l' « anéantissement devant Dieu » (Mme Guyon), de l'« entier abandon à tout ce que Dieu veut » (Fénelon) entrent nécessairement en conflit avec l'amour conjugal exalté.

Dans son refus de la justice institutionnelle, Annette s'inspire, nous semble-t-il, de l'enseignement de Saint-Martin. Balzac fait la connaissance des écrits de ce penseur mystique tourangeau probablement à l'époque de la création de son roman. « Hommes, vous condamnez vos semblables à des supplices, quand ils sont coupables selon vos lois : ne le sommes-nous pas bien davantage selon les lois du Seigneur ? », demande Saint-Martin dans *L'Homme du désir*. Il ajoute : « Et cependant, nous pouvons satisfaire à sa justice avec une prière. Nous le pouvons avec un élan secret, opéré dans la profondeur de notre être... » En même temps, il pense que la prière, « fille de l'amour », est la « seule ressource », le « seul devoir », la « seule œuvre » du pêcheur « dans cette région ténébreuse et sur ce misérable théâtre d'expiation ». Quels sont les effets de la prière ? « Elle peut purifier et sanctifier mes vêtements, mes aliments, mes possessions, les matières de mes sacrifices, tous les actes et toutes les sujétions de mon être. » La pensée de cet Illuminé a un caractère profondément optimiste. « Quelques crimes que nous ayons commis, ne désespérons jamais d'en obtenir la guérison, pourvu que nous nous déterminions à la demander. Notre humiliation, notre repentir aident à développer la gloire et la tendresse de notre père céleste, et ce sont là ses suprêmes attributs. » Le Christ, « Réparateur », selon la terminologie martiniste, incarne cette « divine charité » qui « descendit dans notre séjour ténébreux, chargée d'or, pour la délivrance des captifs ». Le théosophe voudrait redonner de l'espoir à l'homme qui, grâce à la prière, se rendra compte qu'il « est incomparablement plus *aimé* qu'il n'est *haï* ». Dans la pensée de Saint-Martin, le repentir a un caractère actif : « Prends garde, ô homme ! de faire la prière du lâche, et de vouloir tout obtenir sans travail. Quelle autre prière que l'action, que celle qui attire l'action et qui s'unit à l'action ? » Il affirme : « Sans l'action effective et soutenue », la vertu « ne sera qu'un germe avorté ».

Annette croit également que, selon l'expression du curé Bonnet « tout peut se racheter par les bonnes œuvres du repentir [...] Vos prières doivent être des travaux ». Elle « tenait un registre exact des familles malheureuses, et obviait à tous leurs maux. Elle avait soin de tout faire faire à son mari, comme pour grossir son trésor de bonnes œuvres dans le ciel, et racheter ses crimes par l'exercice de toutes les vertus chrétiennes ». Argow « s'occupe avec Vernyct de la construction d'un hôpital champêtre ». Annette œuvre au rachat spirituel d'Argow, à la réconciliation de ce criminel repenti avec Dieu et avec lui-même. Elle n'y parvient pas entièrement. « Je vois les Hébreux exprimer par le même mot *nakam,* l'action de se repentir et celle de se consoler », note Saint-Martin. Or, Argow demeure inconsolable ; il ne se contente pas du « baptême de l'esprit », mais aspire au « baptême de sang », tel que le conçoit Joseph de Maistre.

Le thème du criminel marchant au supplice est présent dans les romans de Balzac, depuis 1819-1820. D'abord, sous forme de métaphore, dans *Sténie :* « Le charme que respire une jeune épouse, saisit tout le monde, son aspect arrêterait la fureur d'une sédition, ... réjouirait un criminel marchant au supplice », écrit Del-Ryès à Vanhers. Dans *La Dernière Fée*, l'image s'enrichit d'une nuance nouvelle qui intéresse directement notre roman. Balzac remarque à propos de Catherine, éprise d'Abel, qui ne pense qu'aux visites nocturnes de « sa » fée : « ... la malheureuse Catherine, qui écoutait encore, avec plaisir, cet arrêt de mort, comme un criminel repentant *qui se fait un besoin de son supplice* ».

Le personnage d'Argow paraît, pour la première fois, dans *Le Vicaire des Ardennes*. Dans ce roman mélodramatique, il est caractérisé par « une horrible expression de férocité » ; son « air de majesté sauvage » révèle « une énergie rare et de l'intrépidité ». Ce matelot mutin, « ivrogne, sale, brutal et ambitieux », est agité par des sentiments contradictoires. Il s'éprend de la fille du capitaine de Saint-André, son ennemi mortel. Mélanie résiste à ce « vassal de Satan » qui lui déclare en ricanant : « Je ferai tout le mal que je pourrai, puisque tu as refusé, beauté cruelle, de me tendre la main pour me tirer de l'ornière du crime [...] je te l'ai dit, je suis extrême, et le jour que je deviendrai vertueux, je le serai trop peut-être. » Au cours de cette ultime entrevue, il révèle à Mélanie une *virtualité* de son caractère que Balzac développera dans *Annette et le Criminel*.

Argow hérite de certaines pulsions, refoulées ou avouées, qui agitent les deux amis dans *Sténie*. Dans *Le Vicaire des Ardennes*, il réalise, en quelque manière, les rêves criminels qui, selon Vanhers, hantent chaque être normal : « Ces pensées sont atroces ou déréglées : c'est l'envie de répandre le sang, de mourir, de faire le mal, ou d'infâmes libertinages [...] assez souvent j'ai éprouvé, et j'ai vu des personnes qui m'ont avoué avoir éprouvé de ces frissons de l'âme pour croire que tout le monde les ressent», écrit-il à son ami Del-Ryès; celui-ci avoue de son côté avoir été tourmenté des «remords de Caïn appelé par l'Éternel». Après avoir rendu visite à son amie Sténie mariée, Del-Ryès maudit «et le ciel et la terre [...] et [sa] propre substance qui conçoit des horreurs!» Du point du vue physique, Argow le réprouvé, rappelle les héros idéalisés des œuvres de jeunesse. Les cheveux «crépus et noirs» du pirate font penser à ceux de Del-Ryès, du Comte de Provence (déguisé en Israélite), du timide Abel et de Joseph, le prêtre apostat. Contrairement à ces jeunes gens, Argow est corpulent, et laid à la manière de Tullius, héros du *Centenaire*, l'un des «doubles» de Balzac. Le général de Napoléon et l'ex-pirate sont animés par les aspirations fondamentales de leur créateur. Tullius est «incapable de ces choses mitoyennes qui dévoilent des esprits étroits et des conceptions rétrécies. De grandes vertus ou de grands crimes, selon leur position; telle est l'enseigne, telle est la devise de ces caractères destinés à planer en aigles, ou à mourir dans la fange». Les yeux d'Argow témoignent de «cette vaste conception, [de] cette grandeur, qui ne machinent rien de bas».

Argow, obsédé par le souvenir de ses crimes, relève de diverses sources livresques. Il fait partie de ces «âmes dans lesquelles règne le passé», comme dit Mme de Staël dans *De l'Allemagne*, de ces âmes «que les regrets déchirent comme une active mort et sur lesquelles le souvenir s'acharne comme un vautour».

Ce «désespoir éternel» caractérise également Melmoth, personnage de Maturin, qui a fortement marqué l'imagination du romancier pendant de longues années. Balzac intègre dans sa création cet impressionnant modèle fictif, conformément à ses préoccupations littéraires, philosophiques et psychologiques. Depuis la rédaction de *L'Héritière de Birague*, il s'intéresse à la figure de l'ancêtre tutélaire : à sa manière, le père du comte de Morvan est un «revenant», resurgi de sa tombe, pour assurer le bonheur de sa petite-fille Aloïse, destinée par ses parents criminels à un traître infâme. Sous l'influence de la lecture de *Melmoth,* ce personnage stéréotypé du roman « noir », essentiellement bénéfique, subit une métamorphose surprenante dans l'imagination de Balzac. Beringheld-Sculdans, l' « homme errant » du *Centenaire,* né en 1470 et disparu en 1572, le jour même de la Saint-Barthélemy, vieillard à taille gigantesque, au crâne « pétrifié », aux lèvres cautérisées, qui parcourt les champs de bataille napoléoniens, est à la fois un géniteur extraordinaire, un père protecteur, sauveur, doué de la toute-puissance des bons génies, et un vampire dévorant, hypnotisant ses victimes, voulant abuser de la fiancée de son propre fils. A la manière de Melmoth, ce vieillard a conclu un pacte avec le diable pour échapper à la mort. Le monde matériel et spirituel n'a pas de secret pour ce revenant, qui a parcouru le globe terrestre et qui est initié aux mystères de la pensée pure. Néanmoins, c'est un être délaissé par la divinité, condamné à l'errance et à la quête perpétuelle de victimes. Dans *Le Centenaire,* il apparaît comme le « Roi des Enfers tel que l'a dépeint Milton, se levant dans le Pandémonium et se moquant des anges ». Il est fort intéressant de retrouver la même image, sous une forme plus développée, dans *Annette et le criminel.* A la manière de Satan de Milton, qui ne peut pas fuir l'enfer, car il le porte en lui-même, Argow désespère de trouver le salut et le pardon : « votre époux ira avec les millions de damnés pousser des cris de rage, voguera sur les feux éternels, et rien, rien ne pourra me racheter pour l'Éden céleste », dit-il à Annette.

Dans *Le Vicaire des Ardennes,* c'est de Melmoth qu'Argow tient sa férocité, sa joie sadique à contempler l'humanité malheureuse et criminelle. Mais c'est aussi Melmoth tourmenté par la nostalgie du sacré qui inspire à Balzac, dans *Annette et le criminel,* l'idée du repentir d'Argow. Melmoth est « poursuivi par le tableau que ses crimes et son désespoir avaient tracé, et par les images qu'il était condamné à contempler à jamais ». De semblables visions hantent également Argow : « Dans la nuit vous serez effrayée d'un terrible sommeil qui sera troublé par tout ce que les remords ont de plus affreux ; je vous montrerai les ombres sanglantes que je vois et qui m'étouffent; votre âme recevra des confidences qui rendront chaque nuit une nuit de crime, et vos mains délicates ne seront occupées qu'à tarir la sueur froide de mon front! » dit-il à Annette. Le Pirate se sent maudit, « indigne du ciel, de la terre, repoussé par toute la nature », à la manière de Melmoth qui s'estime « haï et haïssable ». L'amour d'Immalie apporte au héros de Maturin un « soulagement extraordinaire des flammes éternelles qui brûlent déjà dans [son] sein ». En la fuyant, il veut lui prouver son « éternelle reconnaissance ». Argow dit de même à Annette : « c'est t'aimer que d'avoir le courage de te fuir ».

La cérémonie nuptiale de Melmoth et d'Immalie se déroule, pendant la nuit, dans un décor sinistre; des « tombeaux, des croix et des plantes lugubres qui aiment à croître parmi les morts » entourent cet étrange couple, uni par une main « froide comme celle de la mort ». Le mariage d'Annette et d'Argow a lieu également la nuit, et se déroule sous le signe de la mort. A leur arrivée, « l'église était toute tendue en noir, et devant Annette était une bière autour de laquelle brillaient les pâles flambeaux du convoi : une tête de mort, des larmes, des os croisés, tels étaient les objets qu'elle aperçut, et autour du cercueil des prêtres, des parents pleuraient en continuant un chant lamentable ». En se convertissant, Argow réalise, pour ainsi dire, les aspirations spirituelles de Melmoth. En même temps, il est animé par la pulsion d'autodestruction de l'Homme errant, « à jamais disjoint de lui-même », selon l'expression de Maurice Lévy. Argow est bien ce « Melmoth réconcilié » qui retrouve la paix de son âme sur l'échafaud.

*
* *

En imaginant la marche de son héros vers le supplice, Balzac pense certainement à son propre oncle Louis Balssa, reconnu coupable de l'assassinat d'une fille de ferme enceinte de six mois, condamné à mort par la cour d'assises d'Albi et exécuté le *16 août* 1819. Voulant cacher l'installation d'Honoré rue Lesdiguières, la famille Balzac a l'audace de raconter aux amis qu'il est parti chez un cousin, notaire à Albi, pour compléter ses connaissances juridiques. Honoré connaissait-il la « honte » de la famille ? Une lettre de sa sœur, datée du 24 janvier 1820 permet de croire qu'il était au courant de l'affaire Balssa. En effet, la famille redoute le moment où Honoré réapparaîtra parmi les siens : « ... comment te tireras-tu des détails d'Albi et *surtout ignore bien des choses* », lui recommande Laure (c'est nous qui soulignons). Si la correspondance familiale est muette sur le sort du frère de B.-F. Balzac, en revanche, le témoignage des romans nous paraît irrécusable : Honoré est parfaitement renseigné sur les événements d'Albi ; de plus, il estime que son oncle est innocent. Il confie ses angoisses à Vanhers, héros de *Sténie,* qui, dans une lettre datée de « Paris, *14 août* », écrit à son intendant : « s'il ne s'agissait pas de la vie d'un innocent que moi seul puis sauver, je serais aux côtés de mon ami ».

La condamnation à mort constituera un des « thèmes reparaissants » des romans de jeunesse. Barnabé, oncle de Jean-Louis, est condamné à mort, et libéré à la suite de l'attaque de la Bastille, en 1789. Dans *Le Centenaire,* Butmel, ami de la sage-femme Lagradna, accusé de l'assassinat d'une jeune fille et condamné à mort, est miraculeusement sauvé par l'ancêtre de la famille de Béringheld. Le revenant dit à Butmel : « Butmel, tu es innocent. Je le sais ! le vrai coupable devait se soustraire à la peine que les enfants des hommes appliquent à leurs semblables, parce qu'il est des actions nécessaires [...]. Apprends que le comte Béringheld était innocent aussi ; mais, la justice humaine ne pouvait se passer d'une victime, et pour ton malheur elle t'a choisi ! »

A la lumière de l'histoire de Louis Balssa, on comprend mieux l'attirance morbide que pouvait exercer sur Balzac le thème du condamné à mort. Il est intéressant de constater que la vision de la *tête* ne cesse de fasciner le jeune romancier, de 1819 à 1824. A propos de Del-Ryès, Sténie, devenue Mme de Plancksey, écrit à son amie :

« La main desséchée de la mort, prête à le saisir, s'avançait sur sa tête. Cette tête charmante, que la nature orna de tant de grâces, penchée comme de force, presque séparée du col, paraissait un débris de tombeau. » Dans *Le Vicaire des Ardennes,* Mélanie tient « la tête de son époux, captif entre ses jolis doigts », et regarde avec une « horreur secrète » la place à peine effacée de la tonsure. Et Annette s'empare de la tête d'Argow, penchée sur son sein, « avec une espèce d'avidité » parce qu'elle veut s'assurer qu'aucune ligne rouge n'existe sur son cou...

Argow aurait pu sauver sa vie si Sarah Sophy ne l'avait pas livré à la justice. Le pirate est arrêté dans le même salon et à la même heure où cette mère dénaturée avait donné naissance à son fils, abandonné par la suite. L'image du « mauvais sein » (Mélanie Klein) hante l'imagination du jeune romancier. Pour inventer ce tournant capital de la carrière de son héros, Balzac se souvient probablement de ses chagrins, de ses traumatismes de petit enfant. Sa naissance est marquée par une triste coïncidence : il a vu le jour le 20 mai 1799, exactement une année après son frère Louis-Daniel, né le 20 mai 1798 et mort le 22 juin suivant. Honoré est mis en nourrice chez la femme d'un gendarme, à Saint-Cyr-sur-Loire. Essayons d'imaginer les questions que se pose cet enfant qui s'éveille à la conscience : est-il un enfant trouvé, abandonné et renié ? Ses parents sont-ils morts peut-être ? Ou bien, sa mère lui en veut-elle de la mort de son frère ? Où est-elle et où se trouve-t-il lui-même ?

Dans ses romans de jeunesse, Balzac met en œuvre les fantasmes qui ont obsédé sa prime enfance. Del-Ryès est un pauvre orphelin mis en nourrice dans les environs de Tours ; Nephtaly, le beau Juif, n'a pas connu sa mère, décédée à la suite de ses couches. Joseph est un enfant illégitime, enlevé à sa mère, sur l'ordre d'un père cruel. Le mystère de ses origines préoccupe également Argow : il est un enfant de l'amour, exposé sur la voie publique. Comme Œdipe que ses pas portent à Thèbes, Joseph prend le chemin d'Aulnay, lieu de sa naissance, et Argow, poussé par son destin, se rend à Durantal pour connaître sa mère qui le fera périr.

L'image de la mère monstrueuse, criminelle, « toujours prête à sévir » est incarnée par Mme de Morvan, dans *L'Héritière de Birague :* « le feu colore son pâle visage d'une teinte rougeâtre ». (Vingt-cinq ans après, Mme Cibot, la « marâtre » de Pons, sera « éclairée d'une lueur infernale » !) Dans *Jean-Louis,* la mauvaise mère est mourante, gisant sur un horrible grabat; son cadavre est profané par son fils : il retire de la bouche trois pièces d'or qui s'y trouvent cachées. Moins fantasmatique, le personnage dur, sec, insensible et dominateur de Mme d'Arneuse, proche de celui de Sarah Sophy, est aussi une figure maternelle dessinée d'après Mme B.-F. Balzac, que le romancier a rendue responsable du mariage précipité et de la mort de sa malheureuse sœur Laurence. Ces deux personnages sont dévorés par le remords : Mme d'Arneuse éprouve le secret besoin de « se fuir elle-même : elle ne peut vivre avec son cœur », et Sarah Sophy se réfugie dans « la stricte exécution de petites et minutieuses pratiques de la religion ». On ne saurait rester insensible aux tentatives désespérées de Balzac pour restituer, dans son imagination, l'image gratifiante de la mère bénéfique. Dans *La Dernière Fée,* la femme du chimiste « déployait toute son âme sur son enfant [...] elle vivait du souffle de ce petit être qui jouait sur son sein ». L'amour du futur général Béringheld pour « la plus tendre des mères » va « à l'excès ». Joseph, le vicaire apostat, dans un élan d'amour et de reconnaissance, imagine sa mère en train de le mettre au monde, et lui écrit : « Un jour, appuyé sur votre sein, j'y verserai le secret de mes maux. » Qui prononce ces propos ? Joseph, le personnage fictif, ou Balzac lui-même ?

Cependant, Argow, trahi par sa propre mère, n'est pas Balzac. L'art du romancier consiste à animer les créatures de fiction de son souffle, de ses fantasmes, et, par la suite, à les laisser se détacher de lui. Le personnage aura une existence autonome, sa propre vision du monde : celle de l'ancien pirate converti fait penser à la philosophie sévère et pessimiste de Joseph de Maistre. Celui-ci est obsédé par l'idée du salut par le sang. Dans la Postface aux *Soirées,* intitulée *Éclaircissement sur les sacrifi-*

ces, il affirme que c'était « une opinion aussi ancienne que le monde, *que le ciel, irrité contre* la chair et le sang, ne pouvait *être apaisé que par le sang;* et aucune nation n'a douté qu'il n'y eût dans l'effusion du sang une vertu expiatoire ». Argow aspire au salut par le sang. « L'autel » de sa pénitence se trouve « sur une place publique, on le nomme *échafaud!* » Il veut « expier sur la terre des crimes commis sur la terre ». La malheureuse Annette ne pourra pas lutter contre cette volonté suicidaire.

On ne peut nier ni les invraisemblances de ce récit ni le charme intense qui s'attache à une lecture constamment intéressante. Une psychologie souvent factice ou irréaliste, des sentiments toujours à leur paroxysme, dégagent paradoxalement une impression de vérité et même de simplicité. Ces constatations, tout lecteur de bonne foi peut les faire. Elles prouvent que Saint-Aubin est déjà Balzac, et non pas un fabricant de littérature industrielle. Un romancier, un technicien, qui pense et construit tout un univers imaginaire. Pour la première fois, il met en place des réseaux d'*éléments récurrents,* de toutes natures, paroles, scènes, thèmes ou métaphores, qui multiplient les liens internes de la fiction, garantissent son autonomie, sa cohérence.

Annette, d'une sensibilité exaltée, croit intimement aux présages. « Ce sera ton époux de gloire », ces mots lus dans son livre de prières, au moment où, agenouillée sur une pierre tumulaire, elle aperçoit Argow, ne cesseront de la hanter. Chargés d'une signification prophétique, ils réapparaîtront une dizaine de fois au cours de l'œuvre, leur sens évoluant en fonction du caractère d'Annette, car, dans son cœur, l'amour mystique cède progressivement la place à l'amour terrestre. Balzac joue sur l'ambiguïté de l'expression biblique. « Regardez ! » — s'écrie-t-il, désignant son personnage au lecteur — « elle est le plus souvent, la tête appuyée gracieusement sur l'épaule de son époux, non pas de *gloire,* mais *d'amour* ». Nous retrouvons la même formule dans le langage d'Annette. Elle invite son « noble époux de gloire » à rétablir « le bonheur autant de fois qu'il a créé l'infortune». En haine de l'ordre social, elle veut partager la révolte d'Argow : « Tu seras mon époux de gloire, et je combattrai à tes côtés, je mourrai avec toi. » A la veille de l'exécution d'Argow, la phrase obsédante semble retrouver son acception primitive : « Oui ! mon époux de gloire ne fera que passer d'un vaste édifice de la création dans la *création elle-même !* »

Dans la texture fine du roman, des images inattendues se répondent, suggérant entre les protagonistes, les créant au niveau de l'écriture, de mystérieuses correspondances. Un exemple entre cent : « soyez un beau monument de repentir », s'écrie étrangement Annette en s'adressant à Argow après leur mariage. Le romancier évoque par des termes analogues son héroïne, qu'il veut décrire « remplie d'effroi et de tranquillité » après sa première entrevue avec Argow : « Cet état serait difficile à expliquer ; on ne pourrait en donner l'idée qu'en comparant Annette à un bel édifice dont une partie ressent les outrages de la tempête, pendant que le soleil, dissipant les nuages d'un côté, y introduit ses rayons... » Annette prolonge en poésie la comparaison insolite ; ses propos sont empreints d'une douce sensualité : « ... et comme un monument, laissez croître sur vous le lierre des murailles [elle parle d'elle-même !], il est trop heureux de partager un instant l'attention des admirateurs... »

Des scènes « reparaissantes » mettent également en valeur l'union profonde des deux personnages, l'affinité de leurs destinées, la fatalité de leur amour. Le rêve prémonitoire ou le souvenir relient un épisode à l'autre. Délivrée par Argow, Annette passe une nuit à Durantal. Dans un songe, elle le voit entrer dans sa chambre virginale de la rue Vieille-du-Temple. Cette vision se réalisera après le retour des Gérard à Paris. Souvent le romancier fait resurgir à dessein la même scène dans la mémoire des personnages. A l'époque qui précède leur mariage, Annette et Argow assistent à un concert spirituel aux Italiens. Annette attire par sa beauté les regards des spectateurs. Cependant, Argow est mécontent : « Parce que cette foule s'interpose entre nous, et qu'une heure passée en silence, mais passée à côté de vous, vaut tous les concerts du monde. » A leur arrivée à Durantal, ils sont obligés de passer quelques instants dans la société de Sarah Sophy et de ses amis ; Annette se sent mal à l'aise : elle lance « un regard à M. de Durantal comme pour lui dire : Oh ! sortons d'ici !... et que ces êtres ne s'interposent pas entre notre bonheur, comme jadis aux Italiens cette foule que nous avons abandonnée ». Comme dans une composition musicale, le thème sera repris encore une fois par Argow à la veille de son exécution : « pense que dans ce cercle qui paraît affreux, et où ma tête sera irrévocablement prise, je serai tel qu'aux Italiens, lorsque tu m'as appris que nous serions unis... »

Annette et Argow sont à bien des égards des personnages épiques, que l'auteur a tirés du plus profond de lui-même. Au début de sa carrière, Balzac est avant tout à l'écoute de son cœur ; ce n'est que par la suite qu'il disciplinera ses fantasmes et s'instituera le « secrétaire » de la Société française. Nous n'entendons pas nier l'intérêt des observations qu'il fait, dès les romans de jeunesse, sur la réalité économique et sociale, sur l'histoire, sur les mœurs. Ainsi, le personnage de tel intendant fidèle rachetant les biens de son seigneur pendant la Révolution fera immanquablement penser à Chesnel, sauveur de Victurnien d'Esgrignon et de l'honneur du Cabinet des Antiques. Mais des préfigurations de cet ordre ne peuvent être appréciées qu'à la lumière de *La Comédie humaine*. Il faut, pensons-nous, renoncer à cette grille de lecture pour aborder ces romans de jeunesse qu'on a si souvent flétris du nom de mélodrames. C'est pourquoi, négligeant à dessein les éléments réalistes de ces premières œuvres, nous avons voulu montrer qu'Annette et son criminel, comme la plupart des héros de Saint-Aubin, sont, pour reprendre l'expression de Balzac, des personnages *sortis de son âme*. Ne serait-ce pas une perspective à retrouver, parfois, dans l'étude de *La Comédie humaine* ?

André LORANT.

NOTE

sur les documents autographes, les textes imprimés et notre édition

A l'exception de deux fragments de plan, reproduits par P. Barbéris dans *Aux sources de Balzac. Les romans de jeunesse* (p. 247-248), aucun document manuscrit ne nous est parvenu.

Le 16 décembre 1823, Balzac signe un traité avec Émile Buissot, en vue de la publication du roman. L'éditeur « s'engage à ne mettre sur le titre du roman de M. Balsac [*sic*] que le nom d'auteur pseudonyme d'Horace S[ain]t-Aubin sans pouvoir attribuer l'ouvrage à Mr Balsac [*sic*] ». Le roman paraît au mois d'avril 1824 ; il est enregistré à la *Bibliographie de la France* du 22 mai 1824. (Voir *Corresp.*, éd. Pierrot, t. I, p. 229-230.)

Le 9 décembre 1835, Balzac cède à Hippolyte Souverain le droit de publier les *Œuvres complètes d'Horace de Saint-Aubin*. C'est Émile Regnault, ami de Jules Sandeau et de George Sand, qui prête son nom et sa signature pour l'établissement du contrat (voir *Corresp.*, t. II, p. 776-789, et la contre-lettre de Regnault du 10 décembre reconnaissant que tous les droits d'auteur doivent revenir à Balzac, *ibid.*, p. 779-780). Jules Sandeau se charge d'écrire une notice d'introduction au t. I, sous le titre de *Vie et malheurs de Horace de Saint-Aubin*. Cette biographie fictive d'un écrivain de province « entre les griffes des éditeurs » de Paris n'est pas sans rappeler les deux premières parties d'*Illusions perdues* (1836-1839). R. Chollet pense que Sandeau écrit cette *Vie* « sous les yeux de Balzac » et qu'il « brode sur les thèmes » que le romancier lui a fournis. (Voir Introduction à *Illusions perdues*, dans *La Comédie humaine*, « Bibliothèque de la Pléiade », t. V, 1977, p. 19-21.)

Annette et le criminel, réédité en 1836, sous le titre d'*Argow le Pirate*, constitue les tomes VII et VIII des *Œuvres complètes d'Horace de Saint-Aubin*. L'édition de 1836 est considérablement remaniée par rapport à celle de 1824. Il est tout à fait improbable que Balzac ait révisé lui-même le texte de la version originale. La *Chronique de Paris*, le procès avec Buloz à propos du *Lys dans la vallée*, la rédaction d'*Illusions perdues*, la publication de *La Vieille Fille*, diverses rééditions, le voyage en Italie en compagnie de Caroline Marbouty, son déménagement de la rue Cassini occupent tout son temps en cette année 1836. Mais, c'est surtout l'examen des variantes qui montre la non-authenticité du texte de 1836 ; il fait apparaître l'intervention d'un correcteur qui veut rendre « convenable » le texte exubérant de 1824. Ses modifications défigurent le roman ; elles suppriment des éléments essentiels qui reflètent les préoccupations spirituelles de Balzac à ses débuts. L'un des membres de l'équipe d'Émile Regnault a véritablement *censuré* l'œuvre de 1824.

En ce qui concerne Annette, la version de 1836 réduit la complexité du personnage. Balzac écrit en 1824 : « Sa physionomie [...] annonçait plus de génie de femme que d'esprit » (p. 65) ; l'édition de 1836 donne : « plus d'élévation et de noblesse que d'esprit ». Contrairement aux intentions de Balzac, le correcteur excuse aux yeux du lecteur le caractère superstitieux d'Annette, en précisant lourdement : elle « accordait singulièrement de confiance à ces premières impressions, et elle observait avec une crédulité puérile les circonstances qui accompagnaient l'origine de toutes ses relations ». A partir de ce fragment, il mutile le « réseau de présages » dans lequel se trouve inscrite l'intrigue du roman. Ainsi, en supprimant le récit du songe (p. 135-138), il enlève le caractère récurrent du fantasme de la « tête scindée » qui obsède Annette. En éliminant la réflexion d'Annette, « Ah ! ajouta-t-elle, je savais bien que *mes pressentiments étaient tous vrais !...* » (p. 335), il retire au personnage la conscience de son destin.

Le correcteur ignore manifestement la philosophie de l'auteur, puisqu'il modifie les principes religieux qui animent le personnage. Annette finit part « tomber dans la doctrine sévère des catholiques purs, qui vivent comme des solitaires de la Thébaïde » écrit Balzac, p. 65. L'édition de 1836 dénature ce commentaire : elle « finit par tomber dans l'exagération de la vie ascétique ». Annette, « jeune fille, sévère en ses principes » (1824), devient une « jeune et intolérante dévote » (1836). Dans le fragment correspondant aux lignes 8 à 12, p. 137 de notre édition, disparaît la distinction fondamentale entre la *prière verbale* et la *prière mentale ;* l'éditeur de la version de 1836 écrit : « Le point du jour la surprit en proie à l'irrésolution et à la terreur qu'un tel songe devait lui inspirer dans l'étrange position où elle se trouvait. Elle s'agenouilla, fit sa prière, une prière ardente dans laquelle elle rassembla toutes les forces de son âme pour prendre un essor vers les cieux. » *Hic erit sponsus gloriae* est traduit par Balzac : « Ce sera ton époux de gloire » ; dans l'édition de 1836, on lit : « Ce sera ton époux glorieux ». Par la suite, le correcteur supprime systématiquement l'expression récurrente d' « époux de gloire » qui rappelle le *rex gloriae* des *Psaumes*. De cette manière, la dimension mystique de l'amour d'Annette pour Argow est pratiquement réduite à néant.

Le correcteur appauvrit le caractère d'Annette ; il censure des pensées, des sentiments qui, à ses yeux, sont incompatibles avec le caractère pieux de la jeune fille. Balzac écrit à propos de la passion d'Argow : « l'expression brusque de ce sentiment ne pouvait guère déplaire à mademoiselle Gérard » (p. 130). L'éditeur de 1836 corrige : « l'expression brusque de ce sentiment lui fut plus agréable qu'il ne convenait peut-être à la douceur de son caractère et à la tournure tendre et rêveuse de ses idées ». De même, le fragment commençant par « Ce fut une énigme » (voir p. 161) se termine en 1836 par : « elle était obéie », car la remarque de l'auteur concernant les âmes religieuses aimant le despotisme déplaît manifestement au correcteur.

Des images énergiques ou risquées ne lui déplaisent

pas moins ; il s'acharne à supprimer les notations concernant la grosse tête de Satyre d'Argow. On lit à la place des lignes 20-22, p. 83 de notre édition : « sa tête forte comme celle de tous les hommes en qui l'intelligence domine le sentiment de la vie matérielle ». En outre, l'édition de 1836 fait disparaître plusieurs interventions d'auteur concernant la force du regard et l'aspect satanique d'Argow.

L'Argow de 1836 est un sauvage *frisé*. Le correcteur réprime tout élan excessif chez son héros. La scène extraordinaire au cours de laquelle Argow révère Annette comme un « sauvage » (voir p. 170) est affadie de la manière suivante : « Annette se tut, mais en se taisant, un doux sourire vint errer sur ses lèvres ; Argow le vit, et, ivre de bonheur, il se jeta aux genoux d'Annette, qui, pleine de confusion, le contraignit de se relever. » Le cri d'Annette, « convertissez-vous », touche Argow « aux entrailles » (p. 174). Cette expression est jugée inconvenante en 1836 ; le correcteur lui substitue : « Argow se sentit vivement ému ». Sous l'effet de ses sentiments extrêmes, Argow est « haletant » ; il « étouffe » en arrêtant l'abbé de Montivers qui descend de sa chaire ; l'église « retentit de ses sanglots ». Aucune de ces notations ne subsistera dans le texte de 1836. Ajoutons que le correcteur supprime plusieurs détails morbides évoqués par le prédicateur.

Le correcteur ne croit pas à la sincérité d'Argow pardonnant à Sarah Sophy ; il supprime page 290, les lignes 38 à 40. Les sentiments du pirate, même s'ils sont imprégnés d' « une grande suavité religieuse », lui paraissent suspects, et l'aspiration au « baptême du sang » nettement exagérée.

Dans le texte pudibond de 1836, toute expression, tout développement traduisant la sensualité belle, fraîche et spontanée des personnages sont voués à la disparition. La description du badinage amoureux dans le rêve d'Annette (p. 136) est remplacée par : « il faisait évanouir ses craintes et ses remords, et elle osait lui exprimer la tendresse qu'elle éprouvait pour lui ». Le baiser voluptueux de la page 210 est supprimé ; de même, les remarques concernant Annette, nullement initiée aux secrets de la vie intime, et Argow, proposant à son épouse de différer la nuit de noces, sont censurées. Le correcteur est choqué par le caractère de plus en plus intense du sentiment amoureux légitime, et détourne volontairement son regard de toute scène d'amour, même si elle est « suave » et « délicate ».

Le correcteur, qui certainement n'a pas obtenu l'assentiment de Balzac, procède à une coupe sombre dans le merveilleux chapitre XXIX, consacré à la dernière entrevue d'Argow et d'Annette. Les propos d'Annette concernant la tendresse profonde qu'elle apporte à son époux, l'image de l'étoile associée à Argow, la référence à la légende de Héro et Léandre, le rappel du souvenir de l'Opéra des Italiens, Argow proposant à Annette de célébrer « la Pâque [...] un dernier repas en Égypte » à la veille de son exécution, disparaissent. Au moment de l'enterrement, les réactions d'Annette, contemplant le corps de son mari, sont entièrement faussées. A la place des lignes 21 à 26, p. 376 de notre édition, on lit en 1836 : « Annette jetait par instants un regard plein de douceur sur les formes que le linge laissait apercevoir. Elle tendait les mains comme pour toucher encore le seul être qu'elle eût aimé d'amour ».

Choqué par les hardiesses et les outrances du jeune romancier, le réviseur modifie la structure même du récit : il supprime la remarque de Sarah Sophy sur la ressemblance d'Argow avec le Président du tribunal. Il écourte la scène savoureuse des conseils donnés par Mme Gérard à Mme Partoubat, supprime des effets picturaux (la scène des brigands prosternés devant Argow et Vernyct), corrige des attitudes qu'il juge indécentes (p. ex. celle de Jeanneton succombant sous le poids d'Argow qu'elle voudrait sauver), et intervient dans l'intrigue : l'amitié d'Argow et de Vernyct est dénaturée ; le lieutenant devient un subalterne et exécute froidement l'un de ses compagnons blessés au cours du siège de la prison (voir p. 341 et note 82).

Le réviseur supprime des images surprenantes. Dans l'édition originale, on lit : « [Cette phrase sèche, plus sèchement dite encore, accompagnée] d'un coup d'œil sur Charles, lui fit pleuvoir, en quelque sorte, le mépris sur la tête » (voir p. 143) ; l'édition de 1836 modifie ce fragment : « si méprisant, que Servigné se sentit violemment outragé » ; « Charles maudit la légèreté de sa mère » est substitué à « Charles maudit la langue de sa mère » (p. 276). L'expression pittoresque et énergique « [Vernyct] dévorait la terre » (p. 359) est remplacée par « marchait rapidement ». Le correcteur atténue la spontanéité du style parfois maladroit du jeune Balzac.

Il est incontestable qu'il rectifie quelquefois à bon escient, substituant par exemple « clignant » à « clignotant [de ses yeux] » (p. 72), « avenante » à « revenante » (p. 94). Il corrige des maladresses : p. ex. « ... c'est moi qui interroge et ne le suis jamais » est heureusement remplacé par : « — Monsieur, répondit Charles Servigné, j'ai le droit de vous interroger et celui de ne pas répondre » (p. 143). Néanmoins, ces rares corrections ne sauraient justifier aux yeux d'un éditeur consciencieux le choix du texte de 1836.

Le texte de notre édition est donc conforme à celui de l'édition originale. Nous avons respecté le système de ponctuation de l'époque (guillemets, points de suspension, etc.) qui témoigne de l'influence du mélodrame sur le roman. Toutefois, selon l'usage généralement admis, nous avons modernisé l'orthographe, en éliminant des usages surannés.

ANNETTE ET LE CRIMINEL

PRÉFACE

Mes chers lecteurs, dans la préface du *Vicaire des Ardennes,* je vous avais sollicités de protéger mes petites opérations de littérature marchande ; mais, hélas ! malgré votre bienveillance, une rafale, un coup de *mistral,* a renversé un édifice que le pauvre bachelier croyait avoir bien construit. Après avoir travaillé nuit et jour, comme un forçat, pour exciter vos larmes en faveur du *Vicaire des Ardennes,* la justice est venue le saisir au moment où il obtenait quelque petit succès qui me mettait à l'aise : mon pauvre libraire a crié, et peu s'en est fallu que je ne me crusse obligé de lui donner de quoi se rafraîchir le gosier, si je ne m'étais souvenu que la pauvre *gent* des auteurs ressemble à *Cassandre* que l'on trompe toujours. Hélas ! la moitié, la plus belle moitié de l'édition du *Vicaire* a été anéantie sous le pilon [1] qui a broyé l'*Histoire philosophique des Indes* et l'*Émile* [2]*;* cette pensée m'a consolé, car puisque mon ouvrage était criminel, il n'y a rien à regretter, et je n'ai plus qu'à me féliciter de cette ressemblance d'un pauvre petit opuscule avec ces grands monuments, d'autant plus, qu'en conscience, je dois rendre hommage au bon cœur de mes juges qui ont eu pitié du pauvre bachelier ; ils ont rogné les ongles de la déesse quand elle a fait tomber sa main sur moi, si bien que je ne l'ai presque pas sentie, et je leur dois grande reconnaissance. N'allez pas, mes chers lecteurs, me croire devenu ministériel, d'après ce sincère éloge de la magistrature ; d'abord mon éloge ne vaudrait rien pour ces Messieurs, car, de commande, il y en a tant qu'on en veut ; au lieu qu'être remercié de cœur par un auteur saisi, c'est une chose rare : on ne se quitte presque jamais sans rancune avec dame Justice.

Aussi est-ce sur ce sujet que roulera ma préface, car je n'ai qu'elle pour parler de moi (et Dieu sait comme j'aime à en parler puisque je suis à peu près seul de mon bord) : en effet, il y a longtemps que j'ai annoncé cette suite du *Vicaire des Ardennes ;* et alors, plusieurs personnes m'ont fait l'honneur de me demander comment il pouvait y avoir une suite à un ouvrage à la fin duquel presque tous les personnages se mouraient ; à cela, je leur répondais, quand j'étais entrepris par mes hypocondres, que cela ne les regardait pas encore ; et, quand j'étais de bonne humeur, je leur disais en riant que mon ouvrage n'en serait que plus curieux pour les âmes charitables qui me font l'honneur insigne de lire successivement les vingt lignes de chaque page de mes œuvres *demi-romantiques* [3], car un honnête homme se tient toujours à une juste distance des modes nouvelles.

Mais en vous offrant cette suite curieuse autant que véridique, j'ai quelques précautions oratoires à prendre.

D'abord, après avoir lu cet éloge des magistrats, quelques méchantes gens, mes ennemis sans doute (car un ciron en a), pourraient prétendre que j'ai changé d'opinion, et que la saisie a opéré une salutaire réforme dans ma tête, et ils s'en iront disant : « Ah ! n'ayez peur qu'il ne fronde quelque chose ! ah ! il ne raillera plus rien ; il a reçu sur les doigts ; il n'y aura plus rien d'intéressant dans ce qu'il écrira : adieu ce qu'il nous a promis ! » Oh ! messieurs, je vous prie de ne pas les écouter, car je vous promets, bien que je sois dans mon année climatérique, dans l'année qui arrive tous les sept ans, et pendant laquelle tout change chez nous, année qui a bien servi souvent de prétexte aux ministériels de toutes les époques qui, à chaque quart de conversion qu'ils faisaient, se prétendaient dans leur année climatérique, je vous jure que je n'en continuerai pas moins mon chemin comme par le passé, et, entre nous soit dit, je crois que le *Centenaire* et la *Dernière Fée* l'ont bien prouvé.

Cependant, vous, messieurs, qui m'avez si galamment obligé, ne pensez pas que je veuille en rien brûler la politesse à la loi sur la presse. Avant comme après ma saisie, je n'ai jamais eu l'intention d'être un brouillon ni un séditieux; et, sans être père de famille, je tiens à ce que le bon ordre ne soit troublé en rien : j'aime que la nuit les réverbères soient allumés; je n'ai jamais empêché un agent du nettoyage d'enlever les boues; je me dérange lorsque la troupe passe, et je tire mon chapeau, range ma canne quand j'aperçois un homme à la grenade bleue. D'ailleurs, un jeune bachelier, qui demeure à l'Isle-Saint-Louis, rue de la Femme sans tête [4], ne sera jamais un séditieux. Il en coûte trop cher de dire à l'État ce qu'on pense sur sa marche, pour qu'*Horace Saint-Aubin* s'expose à publier ses opinions comme le fit jadis *Tristram Shandy* [5].

Moi, quelle est ma tâche? C'est d'aller à la messe le dimanche à Saint-Louis et d'y payer mes deux chaises sans rien dire à la jeune personne qui reçoit mes deux sous, quoiqu'elle soit bien jolie; de monter ma garde à ma mairie, de payer mes 8 francs 75 centimes d'imposition, et de faire mes romans les plus intéressants possibles; afin d'arriver à la célébrité et de pouvoir payer le prix d'un diplôme de licencié en droit; du reste, je n'ai nulle envie de trouver mauvais qu'on soit gouverné aristocratiquement, et de m'insurger, surtout avec ma pauvre canne de bambou et mes deux poings. Non, non, *Horace Saint-Aubin* est trop sage pour se fourrer dans de telles bagarres, d'autant plus qu'on n'ira jamais le chercher pour le faire conseiller d'État, chose qui lui irait comme un gant, car à qui cela ne va-t-il pas? Ah! si j'étais une fois conseiller d'État comme je dirais au Roi, et en face encore : « Sire, faites une bonne ordonnance qui enjoigne à tout le monde de lire des romans!... » En effet, c'est un conseil machiavélique, car c'est comme la queue du chien d'Alcibiade, pendant qu'on lirait des romans on ne s'occuperait pas de politique; alors je me garderai bien de dire cela, car ce n'est pas dans ma manière de penser, et, dans ce propos, l'intérêt général était sacrifié à l'intérêt personnel : c'est ce qu'il ne faut jamais faire qu'en secret.

Or donc, cette préface est pour prier les personnes qui liront l'ouvrage ci-contre, de ne pas croire, d'après certains passages, que c'est une amende honorable que j'ai faite en le composant : ces passages et les sentiments que je donne à mes personnages sont nécessaires à l'intérêt du roman, comme les incidents et les aventures que l'on a trouvés condamnables dans le *Vicaire,* l'étaient à l'intérêt de ce roman en lui-même. Ma faute a été, dans la chaleur de la composition, de ne pas m'être aperçu du danger ; mais, cette fois, comme les fils de mon intrigue ne sortent que d'une bonne toile, il n'y aura pas de crainte à avoir, et j'espère que le lecteur me rendra la justice de croire que je n'ai été guidé que par le désir de lui offrir un ouvrage aussi intéressant qu'il est permis à un jeune bachelier de le faire.

Autre avis non moins important, c'est que, pour concevoir l'espèce de difficulté que j'avais à surmonter et pour bien juger de l'ouvrage, il faut absolument connaître les antécédents de la vie du principal personnage de ce tableau, et il faut pour cela avoir lu le *Vicaire des Ardennes ;* néanmoins cette production n'en est pas moins un roman tout à part, et, comme il n'est pas facile de lire un roman saisi et anéanti, j'ai jeté assez de jour sur les personnages tirés du *Vicaire des Ardennes* pour qu'il n'y ait aucune obscurité, et qu'une personne, qui me ferait l'honneur de lire cet ouvrage seul, y prît de l'intérêt et y trouvât satisfaction. J'ose dire que cet ouvrage offrira de plus le mérite d'une autre difficulté vaincue, plus grande que les lecteurs ne sauraient l'imaginer, et qui ne peut être guère appréciée que par les auteurs eux-mêmes.

En général, l'on ne se tire d'affaire dans la composition d'un roman que par la multitude des personnages et la variété des situations, et l'on n'a pas beaucoup d'exemples de romans à deux ou trois personnages restreints à une seule situation.

Dans ce genre *William-Caleb,* le chef-d'œuvre du célèbre Godwin[6], est, de notre époque, le seul ouvrage que l'on connaisse, et l'intérêt en est prodigieux. Le roman d'*Annette* ne contient, de même que dans *William,* que deux personnages marquants, et l'intérêt m'en a semblé assez fort, surtout au quatrième volume ; mais j'en dis peut-être plus que la modestie, qui convient à un pauvre bachelier, ne le comporte ; je m'arrête donc...

Alors je n'ai plus qu'à finir en sollicitant la plus grande indulgence pour un homme qui s'est toujours annoncé pour savoir faiblement sa langue ; et en effet, quand on n'a bu au vase des sciences que dans le collège de Beaumont-sur-Oise [7], et que l'on y a fait sa rhétorique sous feu le père Martigodet, on ne doit pas espérer de brillants succès ; mais le hasard est une si belle chose, que l'on peut bien un matin jeter son bonnet en l'air, faire craquer ses doigts, et se croire du talent tout comme un autre ; on en est quitte pour faire comme le bonnet, c'est-à-dire par retomber.

Là-dessus, je souhaite à ceux qui ont des vignes, de faire de bonnes vendanges ; à ceux qui ont des métairies, de bonnes moissons ; aux notaires, des successions ; aux avoués, des ventes ; aux vicaires, des cures ; aux curés, des évêchés ; aux évêques, des chapeaux ; aux cardinaux, le ciel ; à chacun, ce qu'il désire ; aux boiteux, de belles béquilles ; aux sourds, des cornets ; aux aveugles, d'y voir clair, etc., etc. Ne voulant ainsi que du bien à tout le monde, j'espère que personne ne me voudra du mal, et que mon roman aura du succès, sinon... hé bien,... j'en ferai un autre, qu'est-ce que je risque ? ce n'est jamais que quelques sous d'encre, de plume, de papier et de cervelle qu'il m'en coûte ; et encore, si mon roman ne se vend pas comme chose gentille, il se débitera comme opium, ainsi j'y vois bien des chances de succès, surtout après avoir imploré tout le monde : mais si quelqu'un trouvait qu'il y a peu de dignité à cela, prenez que je n'ai rien dit, ce sera tout un.

Cela étant, j'ai l'honneur d'être, Monsieur, Madame, ou Mademoiselle, votre très humble serviteur, présentant mon salut au Monsieur, mon hommage à la Dame et quelque gracieuseté à la Demoiselle, pourvu qu'elle ait trente ans au moins, quarante ans passe encore ; mais davantage, oh ! cette gracieuseté se tournerait en un profond respect !

H. S.-Aubin.

peut-être qu'après la [illegible] [illegible] [illegible] [illegible] [illegible]
[illegible] [illegible] [illegible] [illegible] [illegible].

[illegible] [illegible] [illegible] [illegible] [illegible] [illegible] [illegible] [illegible] pour le [illegible] qui s'est [illegible] comme [illegible] [illegible] [illegible] [illegible].

Le dessin, [illegible] [illegible] [illegible] [illegible] [illegible] [illegible] [illegible] de [illegible].

[illegible] [illegible] l'[illegible] d[illegible] [illegible].

[illegible]

TOME I

CHAPITRE PREMIER

Monsieur Luc-Joachim Gérard entra en qualité de sous-chef à l'administration des droits réunis [8], aussitôt que cette branche du service des contributions fut organisée ; et on aura sur-le-champ une première idée fort claire du caractère de M. Gérard, en annonçant qu'en 1816 il était encore sous-chef à la même administration.

Alors il comptait vingt-neuf ans de services consécutifs, qu'aucun chef de bureau de pensions n'aurait pu lui disputer, car M. Gérard eut toujours le soin de tenir ses certificats en règle, et nulle administration ne possédait d'employé aussi exact et aussi minutieux.

Depuis l'an III de la République, M. Gérard avait adopté un costume dont il ne se départit jamais, et tous les matins à neuf heures trois quarts les habitants de la vieille rue du Temple voyaient passer l'honnête sous-chef, marchant le même pas, portant un chapeau *à la victime* [9] et un gilet jaune, un pantalon et un habit couleur marron arrangés avec une telle symétrie, que jamais l'habit non plus que le gilet ne se dépassaient l'un l'autre, et l'on ne reconnaissait les limites du pantalon et de l'habit que par une chaîne d'acier, au bout de laquelle la clef de la montre avait pour compagnon un petit coquillage blanc tacheté de brun.

Dans les premiers temps de son union avec Mlle Jacqueline Servigné, Mme Gérard mettait la tête à la croisée, et suivait des yeux *son Gérard* jusqu'à ce qu'elle l'eût perdu de vue ; mais cette attention conjugale était tombée en désuétude au temps que nous avons à peindre, et si quelqu'un regardait alors par la croisée [10], ce ne pouvait être qu'Annette Gérard, la fille unique, l'enfant chéri de ce chaste couple, qui avait, vingt ans durant, cheminé dans le même sentier, sans avoir jamais nuit à personne, ni cherché à couper à droite et à gauche les branches de ses voisins pour se faire un fagot d'hiver : c'était la crème des bonnes gens du quartier, les héros de la bonhomie et les plus anciens locataires de leur maison ; jamais le propriétaire n'aurait conçu la pensée de les en chasser : ils en étaient les piliers protecteurs.

Arrivé à son bureau, de temps immémorial, M. Gérard mettait son habit marron dans une armoire, et prenait le dernier habit marron auquel il avait accordé les invalides, en le consacrant au service du bureau. Là, il était au centre de son existence, car il avait fini par se faire un véritable plaisir des occupations de sa place, et l'or de la séduction, l'espoir d'avancer, ne lui auraient pas fait donner le pas à un dossier ou à une affaire sur d'autres. Il avait l'amour de son état, et ses papiers, ses cartons, étaient rangés avec une grosse élégance, avec une rigide propreté, qui sentaient *l'artiste* bureaucrate.

Satisfait d'exercer son empire par des circulaires sur les tabacs, et par les commissions dont il chargeait ses garçons de bureau, il n'avait point d'ambition, ne comprenait jamais ce que c'était qu'une intrigue ; et, durant tout le temps qu'il siégea sur son fauteuil en bois de chêne peint en acajou, couvert en maroquin qu'il avait vu de couleur verte, et à clous dorés, il n'eut jamais d'ennemis, connut quelques amis, et servit toujours d'autel conciliatoire aux partis divers, pour lesquels il était comme une borne, placée au milieu de l'arène qu'on se partageait [11].

Il avait sur la figure son caractère écrit : deux grands yeux bleus bien ronds, un visage aussi rond que ses yeux, le front sans aucune saillie, le nez gros par le bout et nul à sa racine, les lèvres épaisses et faciles à garder la même expression, qui tenait le milieu entre un rire complaisant et une grimace de bonté un peu niaise ; enfin, ses cheveux étaient toujours collés contre les tempes et formaient deux boucles éternelles au-dessus de son front.

Il ne connut jamais la folle dépense de déjeuner à son bureau : du moment qu'il eut sa place il accoutuma son estomac à aller de neuf heures à quatre heures sans rien prendre ; et, pendant que les employés déjeunaient, il lisait le journal.

Ce fut en 1817, après avoir déposé le *Journal des Débats* sur le bureau du chef, qu'il trouva une lettre venant du bureau du personnel. Le pauvre homme avait alors trente ans de services : il ouvrit la lettre fatale, et, après l'avoir lue, il lui prit un éblouissement comme à un homme qui voit un précipice. Dans cette lettre il se trouvait l'objet de l'attention spéciale de M. le directeur général des contributions indirectes, qui lui donnait le conseil de demander sa retraite, attendu que sa présence à l'administration devenait inutile et même impossible, en ce que son fauteuil n'était pas assez large pour le contenir, lui et M. de la Barbeautière [12], ancien receveur des droits du grenier à sel de Brive-la-Gaillarde.

Quel coup de foudre !... A peine le père Gérard eut-il annoncé ce qui lui arrivait que tous les employés du bureau accoururent, et chacun, l'entourant, s'écria : « Pauvre père Gérard !... » L'ex-sous-chef, en voyant les marques de l'intérêt qu'on lui témoignait, fut attendri et serra la main de ses employés. Tous faisaient une véritable perte, car nul doute que M. de la Barbeautière ne serait pas aussi indulgent que son prédécesseur, et ne s'aperçût de tout ce que le bon Gérard palliait. En effet, si quelque jeune homme arrivait à midi, ou restait quelques jours sans venir. « Faut que jeunesse s'amuse !... disait Gérard au chef. » Si quelque surnuméraire pliait sous la besogne, le sous-chef l'aidait de sa longue expérience.

Aussi chacun lui promit de s'occuper avec activité du règlement de sa pension, et lui tint parole. Pour le pauvre bonhomme, il était étendu sans force devant son bureau, n'osant regarder ses cartons et ses papiers, et gémissant sur sa vie future et sur un coup aussi imprévu. M. Gérard croyait toujours être sous-chef, comme un mourant croit qu'il doit toujours vivre.

Vers quatre heures, après avoir bien réfléchi à tout le vide qu'il allait trouver dans l'existence, après avoir songé à la réduction que cette retraite opérerait dans ses dépenses, après avoir calculé de quelle manière il apprendrait cette nouvelle à Mme Gérard et à sa chère Annette, un furet de surnuméraire, qui s'était glissé au personnel, vint lui apprendre qu'on lui accordait une indemnité préliminaire de six mois de traitement. Cette nouvelle jetait quelque baume sur la plaie, et le père Gérard faisait déjà l'emploi de cette somme en la consacrant au voyage que sa femme méditait depuis vingt ans, voyage tant de fois désiré et tant de fois remis, lorsque tout à coup, un coup terrible fut porté au père Gérard : la porte s'ouvre, et un monsieur, d'une quarantaine d'années, au visage sec, un peu have, habillé tout en noir, ayant une queue disposée en crapaud et des cheveux bien poudrés, entra et s'annonça pour être M. de la Barbeautière. A l'aspect de son successeur, et en comparant la maigreur à l'honnête rotondité qui emplissait son pantalon brun, M. Gérard jeta un regard de compassion sur ses papiers et ses cartons que son successeur avait l'air d'avaler d'une seule bouchée, et, lui montrant le fauteuil, il n'eut que la force de lui dire : « Monsieur, voilà... » ; et il n'acheva pas, implorant, par un regard, le secours du chef de bureau. Ce dernier installa la Barbeautière ; et Gérard, après avoir salué tout le monde, se retira le cœur navré, avec la ferme croyance que tout irait à mal aux droits réunis, et que l'on mettait toutes les administrations de France à feu et à sang en les livrant à des inconnus.

Ce fut ainsi qu'il chemina à travers les rues de Braque, du Chaume et des Quatre-Fils, vers le second étage du numéro 131 de la vieille rue du Temple [13], où l'on n'était guère prévenu de la fatale nouvelle. L'appartement était composé d'une antichambre modeste, d'un salon à deux croisées, ensuite duquel était la chambre conjugale avec son cabinet, car l'appartement d'Annette se trouvait séparé par l'antichambre, et elle couchait dans une jolie pièce parallèle au salon : la cuisine était au-dessus, et, en regard de la cuisine, il y avait un autre logement occupé par M. Charles Servigné, neveu de Mme Gérard et cousin d'Annette.

Ce jeune homme, âgé de vingt-sept ans, était fils d'un commissaire de police à Paris : il avait fini son droit, comptait *parvenir,* et brûlait d'être l'époux d'Annette, aussi était-il presque toujours chez M. Gérard qui le voyait avec plaisir. Ce jeune homme avait été grandement obligé par la famille Gérard pendant le temps qu'il faisait ses études et son droit à Paris : c'était une chose toute simple puisqu'il était leur parent ; néanmoins si l'on réfléchit à la modicité de la fortune de M. et Mme Gérard, on conviendra que ce n'est pas une chose ordinaire que d'avoir, pendant huit ans, un jeune homme presque tous les jours à sa table, et de l'aider souvent en mainte et mainte occasion.

Charles était de Valence, patrie de sa tante, Mme Gérard. Son père mourut de bonne heure à Paris, et sa veuve, trop pauvre pour y vivre, s'en retourna à Valence avec une fille, en laissant Charles aux soins de sa tante. Mme Gérard le mit au lycée en payant souvent les quartiers de sa pension, car Mme veuve Servigné n'était pas assez riche pour en faire les frais à elle seule. Elle se saignait bien pour envoyer de temps en temps quelques petites sommes insuffisantes, mais les bons Gérard achevaient le reste pour procurer une belle éducation à leur neveu. Charles fut donc élevé avec Annette, et dès leur enfance ils eurent l'un pour l'autre beaucoup d'amitié : cette amitié fut du côté d'Annette, la tendresse d'une sœur pour son frère ; et du côté de Charles Servigné, un penchant décidé : de manière qu'à l'âge de dix-huit ans, Annette pouvait bien se croire de l'amour pour Charles, et Charles pour Annette. Quand Charles sortait jadis du collège, Annette et la domestique allaient souvent le chercher ; elle avait été la confidente de ses chagrins et sa protectrice auprès de son oncle et de sa tante.

Charles ayant compris de bonne heure l'ordre social, avait vu qu'il n'y aurait jamais de ressources pour lui que dans sa science et l'intrigue ; aussi avait-il fait d'excellentes études. Le hasard le servit même bien : il possédait un bel organe, une figure assez heureuse, mais où un observateur aurait remarqué peu de franchise, beaucoup d'ambition, et les plus heureuses dispositions pour sa profession d'avocat : une langue dorée, une manière insidieuse et complaisante d'envisager les choses, une logique serrée mais facile à tout justifier, le travail prompt, la conception vive, enfin un de ces caractères dont on ne peut comparer la souplesse qu'à celle de l'eau qui se glisse dans toutes les sinuosités d'un rocher en en prenant les formes, également propre à couler sur un sable fin et à menacer de son écume les abords d'une montagne, à ravager une prairie comme à la féconder [14].

En ce moment ils étaient réunis tous les trois et attendaient M. Gérard pour dîner. Mme Gérard, femme d'une cinquantaine d'années, respectable, et n'ayant pour tous défauts que ces petits travers par lesquels nous devons tous payer notre tribut à l'imperfection, était vêtue dans son genre comme son mari dans le sien : un bonnet de tulle brodé, orné de fleurs artificielles, lui enveloppait la figure en se rattachant sous le menton ; un faux tour, exactement frisé de même depuis dix ans, cachait quelques rides, et une redingote à collet montant et de mérinos rouge ou bleu, composaient sa toilette. Elle était assise devant une table à ouvrage et raccommodait, à l'aide de ses bésicles, les bas de M. Gérard, tandis qu'Annette, de l'autre côté, ourlait un mouchoir à son cousin qui marchait à grands pas dans le salon, les bras croisés et parlant assez haut.

— Je vous assure, ma tante, disait-il, que mon oncle a eu grand tort de ne pas retirer de la chancellerie les pièces dont il avait appuyé sa demande pour obtenir la croix de la Légion d'honneur, car il s'y trouve des certificats constatant que le citoyen Gérard a offert un cheval à la Convention, et l'habillement de trois gardes d'honneur à Sa Majesté l'ex-empereur ; et au moment où l'on va épurer toutes les administrations, si quelqu'un de la chancellerie trouve ces renseignements, pour peu qu'il ait quelque cousin à placer, il fera facilement passer mon oncle pour un jacobin et un bonapartiste... avec cela la pendule que voici *(et il montrait la cheminée du salon)* a un aigle !

— Ah ! s'écria Mme Gérard, cet aigle y est depuis 1781 ; nous avons acheté cette pendule à la vente du duc de R.

— Cela ne fait rien, ma tante, vînt-il du mobilier du roi, cela n'en est pas moins un oiseau prohibé ! et dans les circonstances où nous sommes il faut de la prudence ; un moine doit chanter plus haut que son abbé ; or, quand nous avons été chez M. de Grandmaison, le chef de division, avez-vous remarqué que Mlle Angélique, sa fille, a fait enlever les abeilles qui entraient dans cette ruche d'acajou, dont le dessus lui sert de pelote, et dont l'intérieur forme une boîte ?

— Ah ! s'écria Annette, j'entends les pas de mon père, et elle courut ouvrir elle-même la porte de l'appartement.

M. Gérard entra l'air décomposé, il déposa sa canne à sa place habituelle, plaça son chapeau sur le piano de sa fille, s'assit sur un fauteuil, et, lorsqu'il y fut, chacun, silencieux, attendit ce qu'il allait dire avec une espèce de terreur, car tous ses mouvements avaient été empreints de cette douleur profonde que l'on rejette dans chaque geste, comme si l'âme voulait la secouer. M. Gérard, trop abattu, gardait le silence.

— Qu'as-tu, mon Gérard ? dit sa femme.

— Ah ! qu'as-tu, mon petit père ? dit Annette.

— Qu'avez-vous mon bon oncle ? s'écria Charles. Tout cela fut prononcé en même temps, et tous trois regardèrent M. Gérard.

— Je suis destitué !... répondit-il d'une voix faible ; ainsi, ma pauvre Annette, plus de leçons de piano ; ainsi, ma femme, plus de voyage à Valence ; ainsi, Charles, il faudra penser à te faire un sort plus vite que je ne le comptais ; et, du reste, fions-nous à la Providence qui n'a pas laissé la veuve et l'orphelin sans secours.

— Mon père, dit Annette en embrassant M. Gérard, que rien ne soit changé : avec ma dentelle je pourrai gagner beaucoup ; quant au piano, j'étudierai toute seule en levant plus matin ; quant au diplôme de mon cousin, j'ai des petites économies !... vous aurez une retraite, eh bien, nous n'en serons que plus fixes, et vous n'aurez plus à trembler pour votre place.

— Charmante enfant !... s'écria le vieillard.

— Qu'est-ce qui est nommé à votre place ? demanda le jeune homme avec une vive curiosité ; le connaissez-vous ?...

— C'est un M. de la Barbeautière !... répondit Gérard

avec un geste d'humeur. A ce nom Charles parut étonné, mais personne ne s'en aperçut.

— Notre voyage à Valence sera donc encore remis ?... dit Mme Gérard en regardant Annette, et nous ne pourrons pas revoir mon pays.

— Nous examinerons cette affaire-là quand ma pension sera réglée, répondit M. Gérard.

Dès ce moment l'ex-sous-chef prit une manière de vivre qui combla à peu près le vide opéré par son défaut d'occupation. Le lendemain de sa destitution, il se leva encore à la même heure, s'habilla et partit pour son bureau ; ce ne fut qu'à moitié chemin qu'il se rappela qu'il n'était plus employé : il aurait volontiers offert de travailler gratis, mais Charles Servigné lui trouva des occupations qui le ravirent de joie.

En effet, dès lors le père Gérard ajouta à son costume un parapluie, et il s'en allait tous les matins aux audiences pour écouter plaider : il devint tellement assidu et si connu que, souvent, dans les affaires importantes, les concierges lui gardaient sa place. De l'audience, il se rendait aux cours publics et écoutait les professeurs, entendait quelquefois plusieurs cours de chimie, éprouvait une véritable satisfaction à voir M. G. discuter sur la valeur de tel mot grec, et M. A. sur tel mot français ; il courait, comme au feu, à toutes les expositions gratis de tableaux et d'objets d'arts. Il ne manquait jamais les cérémonies publiques, l'ouverture des Chambres, les séances ; et, lorsque tout cela lui faisait défaut, il allait observer dans les ventes comment les marchands poussaient ce que les bourgeois veulent acheter, et comment ils s'entendaient entre eux : il revoyait vingt fois les tableaux au Musée, les animaux empaillés du Muséum, les travaux publics, la parade à midi au château, et il disposait sa journée pour toutes ces choses-là comme un homme d'affaires pour ses rendez-vous.

Ainsi, s'il rencontrait un ami, il s'empressait de le quitter en lui disant : « Il faut que je sois à midi au Collège de France, et à trois heures au Palais » ; ou bien, si on le voyait faire faction à l'un des guichets des Tuileries, il répondait : « J'attends la sortie de tel ou tel prince. »

Mais le comble de sa joie était lorsqu'il y avait aux Champs-Élysées quelque belle partie de boules : il suivait les joueurs et les boules avec une ardeur sans égale, et cependant une aventure fâcheuse le priva de ce spectacle. En effet, un jour qu'il était en sueur pour avoir couru avec deux joueurs intrépides, il se trouva que le jeu avait été si animé que toute la galerie ambulante avait fini par déserter : le père Gérard vint seul contre Marbeuf avec les deux virtuoses ; un coup difficile à décider survint, et les deux joueurs, s'en rapportant à l'avis du père Gérard, il arriva qu'il fut obligé d'avouer qu'il ne savait pas le jeu, de manière qu'il n'osa pas retourner au carré du jeu de boules.

Pendant qu'il s'amusait ainsi, on régla sa pension d'une manière avantageuse, si bien qu'avec son indemnité, les arrérages de sa pension, les économies de sa femme, celles de sa fille, et l'emploi de son capital, il se trouva posséder, sa pension comprise, autant de revenus que lorsqu'il avait sa place. Alors il renonça à aller avec sa femme à Valence, et il fut convenu qu'elle irait avec Charles et Annette aux vacances prochaines, si, d'ici-là, on économisait assez pour fournir aux dépenses d'un voyage d'un si long cours, pour lequel Mme Gérard s'apprêtait, comme s'il se fût agi de passer l'équateur. Le père Gérard, qui n'était jamais sorti de Paris, ne se soucia nullement de se hasarder à un tel péril à son âge, et il devait, pendant l'absence de sa femme, se mettre en pension chez une voisine pour plus d'économie.

CHAPITRE II

Annette, dont il a été question dans le chapitre précédent, était une jeune fille de dix-huit à dix-neuf ans : Mme Gérard, sa mère, l'avait nourrie elle-même [15], parce que, dans le temps où elle accoucha d'Annette, M. Gérard s'était hasardé à lire l'*Émile* de Rousseau, dont les principes triomphaient alors. Annette fut donc toujours élevée sous l'œil de sa mère et selon les principes du philosophe genevois : ainsi elle ne fut pas emmaillotée, son corps ne fut comprimé par aucun lange, et le sang des Gérard coula, comme bon lui sembla, dans les veines d'azur qui nuançaient la peau d'Annette.

Mme Gérard, étant née dans le Midi, avait cette piété aveugle qui reçoit tout sans raisonner. Sans être méchante et acariâtre, elle était d'une dévotion achevée et remplissait toutes les obligations imposées par l'Église avec une rigidité exemplaire : elle ne s'informait jamais de la conduite des autres, ne jugeait point sur les apparences, ne croyait qu'au bien, ne se mêlait de gouverner qui que ce fût au monde, et ne s'inquiétait que de son âme et de celles dont elle se croyait responsable devant le Seigneur.

Ainsi, Annette fut élevée par un jeune abbé marseillais dans les salutaires principes de la foi chrétienne ; et, de bonne heure, elle fut accoutumée à ne jamais manquer à se rendre à la grande messe, à vêpres, complies, etc. Néanmoins le jeune abbé avait une âme grande, ambitieuse, une de ces âmes enfin qui ne doivent rien concevoir de petit ; il était chrétien par conviction et non par grimace ; aussi, voyait-il dans les prières d'habitude autre chose que des mots lancés dans l'air : il entendait le principe religieux à la manière de Fénelon et de Mme Guyon, et leur extase profonde, leur anéantissement devant un principe infini, formaient le fonds de sa doctrine [16].

Cette religion plut beaucoup à l'âme d'Annette ; et, de bonne heure, mit, dans son caractère, une élévation sourde et cachée qui ne pouvait se montrer qu'aux observateurs les plus attentifs, ou dans les plus grandes circonstances. Dans la vie privée et insignifiante que menait Annette, on la voyait simple, unie, attentive à plaire, bonne à tout le monde et orgueilleuse parfois de cet orgueil qui n'agit point sur les choses d'apparat.

Son cousin, Charles Servigné, qui l'aimait, lui apporta, le jour de sa fête, un présent : c'était une montre de femme, et le bijou était assez précieux : Annette, rouge et presque fâchée, lui jeta sa montre, et, prenant une fleur du bouquet de son cousin, elle la garda avec une espèce de culte.

M. de Montivers, l'abbé qui dirigea avec complaisance son éducation, lui donna une instruction de femme : il lui laissa lire tous les bons auteurs de notre littérature et les plus fameux des littératures étrangères ; il permit d'aller au théâtre voir représenter les bonnes pièces de nos grands auteurs, et prit un véritable plaisir à instruire Annette sommairement sur tous les points, de manière à ce qu'elle pût remplir son rôle de femme dans telle condition que le sort voulût la placer. Marchande, elle aurait été une femme active, prudente, soumise ; mariée à un homme ambitieux, elle l'aurait poussé vers les grandeurs ; simple bourgeoise, elle se serait conformée à sa situation médiocre ; femme d'un grand, elle aurait paru dans un éclat nullement emprunté ; et comme un arbre à peine remarqué dans la forêt, devenu vaisseau, elle aurait marché sur la mer en souveraine.

Néanmoins M. de Montivers ne put empêcher Annette d'être un peu superstitieuse et craintive, aimant la recherche et l'élégance plus qu'il n'est permis à un chrétien qui doit mépriser toutes les superfluités de la terre. Elle avait même un attrait, une grâce et des manières de femme, qui l'auraient fait prendre pour une jeune personne pleine de coquetterie, si on ne l'eût pas connue parfaitement.

Cependant Annette Gérard, toujours simplement vêtue, aimée de son cousin, ne cherchait pas à faire ressortir tous ses avantages, comme les Parisiennes en ont l'habitude : elle n'était même pas belle, mais elle avait une de ces figures que l'on ne voit pas avec indifférence. Sa physionomie était spirituelle, et néanmoins annonçait plus de génie de femme que d'esprit; ses traits manquaient de régularité : sa bouche était grande, mais personne ne serait resté froid en voyant son sourire, l'expression de ses yeux de feu et la singulière beauté qui résultait de l'accord de sa chevelure noire avec un front d'une blancheur d'herbe flétrie ; blancheur que les Grecs exprimaient d'un seul mot et dont un de leurs empereurs a porté le surnom [17]. Cette couleur rare est l'indice de la mélancolie jointe à la force, mais une force qu'il faut encore distinguer, en ce qu'elle ne se montre que par éclairs.

A l'âge où était Annette, elle ignorait elle-même son caractère et vivait dans une étonnante simplicité d'existence. Travailler à côté de sa mère, partager son temps entre l'église et ses occupations de femme, voir dans son cousin un époux sur le bras duquel elle s'appuierait pour faire route dans le chemin de la vie, se maintenir dans une pureté extraordinaire de pensée et d'action, réaliser l'idée d'une sainte, telle était en peu de mots l'histoire de sa conduite. Elle n'avait en perspective rien de ce qu'on appelle dans le monde, des plaisirs; car, imitant la rigidité sainte de sa mère, elle n'avait été que rarement au spectacle, et regardait ce divertissement comme une souillure, dont chaque fois elle s'était empressée de se purifier. Enfin, ne portant sa disposition à la grandeur que dans sa manière d'envisager le principe religieux, et suivant la pente de l'esprit des femmes, qui court toujours à l'extrême, elle avait fini, à l'époque où nous sommes, par tomber dans la doctrine sévère des catholiques purs, qui vivent comme des solitaires de la Thébaïde [18].

Cette grande pureté qu'elle avait dans l'âme, et dont on doit avoir rencontré plus d'un exemple parmi les jeunes filles de cette classe de la bourgeoisie, Annette la supposait dans tous les cœurs : mais aussi, par cette croyance touchante, elle était portée à donner à une action, simple en apparence, pour un autre, une extrême importance ; à juger un être sur un mot, sur une action, une pensée ; et, tout en le plaignant, lui retirer son cœur. Ainsi on aurait pu lui dire mille fois que son cousin Charles Servigné était comme tous les jeunes gens de Paris, courant après le plaisir, et d'autant plus que, par sa modique fortune, sa pauvreté même, il lui était interdit d'y songer [19] ; que le prix de la dentelle qu'elle faisait avec tant de peine, en se levant si matin, et qu'elle lui donnait lui servait à quelques parties dont il est difficile qu'un jeune homme se prive, Annette n'en aurait rien cru ; il n'en serait même pas entré dans son âme un seul soupçon contre son cousin ; mais que Charles Servigné eût manifesté, par quelque action, que sa conduite manquait de pureté et de droiture ; s'il eût été assez maladroit pour le faire apercevoir à sa cousine, Annette, après quelques avis sages, aurait été éloignée de lui, par lui-même, et pour toujours, sans cesser de l'obliger.

Depuis qu'elle avait trouvé le moyen de gagner quelque argent avec sa dentelle, elle s'était fait un bonheur de n'être plus à charge de son père, et elle avait pu satisfaire ses goûts sans crainte et sans reproche. Sa modeste chambre était même devenue trop élégante pour la fille d'un sous-chef : ce petit appartement donnait dans l'antichambre, comme on a pu le voir dans le chapitre précédent ; par conséquent, il se trouvait dans l'angle de la maison qui, par hasard, faisait le coin de la vieille rue du Temple avec la rue de l'Échaudé ; de manière qu'elle avait l'une de ses croisées sur la vieille rue du Temple et l'autre sur celle de l'Échaudé ; mais comme les deux appartements du bas étaient d'une très médiocre hauteur, ses croisées ne se trouvaient pas à plus de vingt pieds du sol des deux rues, si bien qu'un homme monté sur une voiture aurait pu atteindre à son balcon.

Ces détails, nécessaires pour l'intelligence de ce qui suivra, doivent faire connaître la maison parfaitement : or ce petit appartement d'Annette était tenu avec une propreté d'ange ; elle souffrait rarement qu'on y entrât, et sa mère, tout au plus, en obtenait la faveur. Cette pièce carrée était ornée d'un tapis bien simple, mais toujours net et comme neuf; les croisées avaient des rideaux de mousseline qu'elle broda de ses mains, et que, sans faste, elle avait attachés, par des anneaux, à un bâton doré, de manière qu'ils flottaient à grands plis : les meubles étaient de noyer, mais recouverts d'étoffes de soie blanche : tout autour de l'appartement, des jardinières étalaient le luxe des fleurs charmantes, et c'était là la plus grande dépense d'Annette : hiver comme été, il lui fallait des fleurs [20] ; et, lorsque la nature faisait défaut, elle avait des fleurs artificielles légèrement parfumées. Sa couche virginale était dérobée à tous les yeux par des rideaux doubles de mousseline, et, chez elle, aucun meuble parlant ne s'offrait aux yeux en apportant quelque idée malséante. Du plafond pendait une coquille d'albâtre qui, la nuit, jetait une lueur vaporeuse, la cheminée était de marbre blanc, et ornée d'albâtres.

Dans ce séjour de la virginité, on respirait un air de sainteté qui saisissait l'âme; un doux esprit semblait vous murmurer que rien d'impur ne devait entrer là; on y était tranquille et on jouissait de soi-même sans distraction : il eût été difficile de décider si c'était un lieu de recueillement, ou un lieu de récréation et de plaisir. L'âme d'Annette paraissait voltiger autour de vous, en parlant ce langage de pureté qui décore le discours d'une telle jeune fille.

Depuis la destitution de son père, cette charmante enfant se levait à quatre heures du matin, et jusqu'à huit heures, consacrait ce temps à faire une superbe robe de dentelle dont la duchesse de N... lui avait donné le dessin. Elle espérait la vendre assez chère à la duchesse, pour pouvoir payer l'impression du savant ouvrage sur lequel son cousin comptait pour obtenir une grande célébrité et marcher à la fortune, et cette robe devait payer aussi leur voyage à Valence. Sachant que le duc de N... protégeait Charles, elle espérait pouvoir lui faire parler par la duchesse, et cette recommandation, jointe aux mérites de son cousin, devait le faire avantageusement placer au moment où l'on organisait l'ordre judiciaire, et que de grands changements allaient s'y opérer par suite des derniers événements de 1815.

Le cœur lui battait à mesure qu'elle avançait : enfin, un matin, elle courut porter à la duchesse la robe demandée, et elle en reçut un prix inespéré. Quelle joie et quel moment pour elle ! quand, arrivant à déjeuner à l'instant où, réunis autour de la table de famille, tous commençaient à s'inquiéter de sa course matinale, elle entra, s'assit, et rougissant de bonheur, elle dit à Charles : « Charles, voici tout ce qu'il te faut : et nous, voici pour notre voyage !... » Elle le dit avec cette simplicité et cet air de satisfaction qui doublent le prix de ces sortes de demi-bienfaits que les honnêtes gens appellent des *devoirs*, et elle crut en tirer mille fois trop de salaire quand on lui fit raconter à quelle heure elle se levait et comment elle travaillait, et que le bon père Gérard fut étonné de n'avoir jamais rien entendu, lui qui s'éveillait si matin pour faire sa barbe et lire son journal.

Charles ne tarda pas à jouir du succès qu'il attendait, et le duc de N... lui témoigna, d'après cet effort de talent, assez d'amitié pour qu'il lui fût permis d'espérer d'être bientôt nommé à quelque emploi dans la magistrature amovible, celle qui offre le plus de chances aux ambitieux, en ce qu'il y a plus d'occasions de servir le pouvoir. Alors il jura à Annette que toute sa vie il se souviendrait de ce bienfait, et qu'il lui vouait une tendresse que rien ne pourrait étouffer.

— Oui, chère cousine, lui disait-il les larmes aux yeux, vous pouvez compter que je n'aurai pas de relâche que je ne me sois rendu digne de vous ; ce n'est pas assez de l'union que nous avons formée dès notre jeune âge, votre mari saura payer les dettes du cousin, et savoir si bien faire une honorable fortune, que vous soyez à la place où vous appellent vos talents et vos vertus.

— Cela ne mérite pas tant de reconnaissance, et je serais malheureuse, Charles, si je devais votre amour a une si faible chose.

Pendant cette scène, le père Gérard serrait la main de sa femme, et sentait quelques larmes dans ses yeux en regardant Annette.

Un mois après, Mme veuve Servigné écrivit à Charles qu'elle était sur le point de marier sa sœur à laquelle elle donnait en dot la maison de commerce de mercerie qu'elle avait été forcée d'entreprendre pour vivre à Valence, et que c'était l'occasion ou jamais de venir avec sa tante et sa cousine à Valence.

Cette fois le voyage fut irrévocablement fixé sans aucune remise, et le père Gérard vit avec plaisir que le reste du prix de la robe de dentelle suffirait aux frais du voyage. On mit donc dans une bourse les huit cent trente francs d'Annette, et il fut décidé que le 1er juin l'on partirait pour la Provence. Annette combattit longtemps pour que l'on ne partît que le 2 ; mais, quand on la força d'en dire la raison et qu'elle avoua que c'était à cause du vendredi qui tombait le 1er juin, on se moqua d'elle, et M. Gérard insista pour cette époque.

La veille du départ, Mme Gérard fit venir la voisine à laquelle elle confiait son pauvre Gérard, et elle lui tint ce discours : « Ma chère madame Partoubat, ayez soin de ne jamais donner du veau à M. Gérard; car, voyez-vous, cela le dérange au point que, lorsque j'ai le malheur de le laisser aller dîner en ville et qu'il en mange, hé bien, ma voisine, pendant quinze jours... *(Ici Mme Gérard baissa la voix et parla à l'oreille de sa voisine.)*

— Oh ! c'est bien particulier ! s'écria la voisine ; je n'aurais jamais imaginé cela !... c'est étonnant !... je savais bien que le veau sur certains estomacs produisait... *(La voisine parla à l'oreille de Mme Gérard)* mais je n'aurais jamais cru qu'il causât... Ah ! ma voisine !...

— C'est comme je vous le dis, reprit Mme Gérard.

— Ah ! ma voisine, soyez tranquille, il ne mangera que du mouton.

Le feu que la voisine mit à prononcer cette phrase inquiéta Mme Gérard qui, toute dévote qu'elle était, regarda Mme Partoubat d'un air inquisiteur : elle eut un instant peur de confier son Gérard en des mains assassines, mais elle continua :

— Ne souffrez pas non plus qu'il sorte sans mettre du liège dans ses souliers et sa noix dans la poche de son habit : faites en sorte qu'il se couche toujours à huit heures, et qu'il ne se permette aucun excès comme de boire de la bière, ou prendre une demi-tasse, quand il va voir jouer au billard au *café Turc* [21]. Emmenez-le bien à la messe le dimanche, car quelquefois il fait l'esprit fort et ne va qu'à une messe basse : au surplus, ma voisine, je suis parfaitement bien tranquille avec vous.

— Oh ! ma voisine, vous pouvez voyager sans crainte ; M. Gérard sera chez moi absolument comme s'il était avec vous.

Cette phrase ne calma guère les soupçons de Mme Gérard qui s'en remit à Dieu et à sa sainte protection.

Là-dessus, M. Gérard, sa canne, son parapluie, etc., furent remis ès mains de la voisine avec un cérémonial presque pareil à celui dont on a dû user pour remettre une de nos places fortes à la garde de nos alliés.

Le lendemain matin, M. Gérard n'avait garde de manquer d'accompagner sa famille aux diligences de la rue Montmartre [22], car il n'avait pas encore eu le coup d'œil du départ des diligences, et il s'en faisait une petite fête qui compensait ce que l'adieu à sa femme pouvait avoir de douloureux. On discuta longtemps la question de savoir si l'on irait à pied, mais Annette ayant sagement fait observer que leurs effets coûteraient plus qu'une course à faire porter par deux commissaires, la famille s'emballa avec les paquets dans un fiacre, et l'on arriva dans la cour de l'hôtel de l'entreprise des Messageries royales.

La diligence contenait neuf personnes dans la caisse du milieu ; et, attendu que l'on avait retenu les premières, Annette, sa mère et Charles se mirent au fond, laissant les six autres places à ceux qui devaient arriver ; alors M. Gérard, qui furetait partout, vint leur apprendre qu'il n'y avait plus que trois personnes. L'heure de partir était déjà passée, et un militaire licencié sans pension, un peu plus mécontent que ne le porte l'ordonnance, faisait grand tapage en exigeant que l'on partît sur-le-champ, lorsque l'employé du bureau vint lui dire que c'était une demoiselle et sa femme de chambre que l'on attendait, et que le beau sexe demandait toujours un peu d'indulgence.

Au bout d'un gros quart d'heure arriva un brillant

équipage aux chevaux gris pommelés, couverts d'écume; l'on entendit une voix flûtée, montée à trois tons plus haut qu'il ne le fallait, et qui gémissait de la cruauté des horloges. Une jeune femme descendit avec un oreiller élastique et mille choses, comme un voile vert, un éventail magnifique, des flacons, etc. : c'était la femme de chambre.

— N'est-ce pas une horreur d'être obligées de voyager par une diligence? disait la petite voix flûtée; quelle persécution! comment? mais c'est une infamie! enfin, il faut bien s'y soumettre, et vous verrez qu'ils me feront payer une amende!

— Adieu...

Cet adieu fut dit d'une voix plus douce, plus tendre : malgré les efforts que fit le père Gérard, Charles et le militaire, pour avancer leurs têtes, il leur fut impossible de voir quel était le monsieur qui se cachait dans un des coins de la brillante voiture.

— Allons dépêchez-vous, disait l'employé, nous avons attendu.

— Mais, répondit-elle d'une voix en fausset, vous êtes fait pour cela, mon cher.

— Non, madame, dit de sa grosse voix l'officier décoré, nous ne sommes pas faits pour cela.

— Monsieur, répliqua-t-elle en montrant une des plus jolies et des plus belles figures qu'il fût possible de voir, je ne disais pas cela pour vous!... Elle monta lestement, et de manière à ce que l'on pût voir une jambe moulée, un pied très petit et des formes charmantes. Annette rougit en les apercevant.

— Ah! quelle horreur! s'écria l'inconnue, en restant sur le marchepied, je suis sur le devant! mais c'est impossible, Monsieur l'employé, venez donc voir...

A ce moment, le postillon, la croyant montée, fouetta ses chevaux; elle fut jetée sur le devant, et la voiture partit, la portière tout ouverte : aux cris aigus que l'inconnue poussait, on arrêta; le conducteur, sans l'écouter, ferma la portière, et la voiture marcha d'autant plus vite qu'il y avait un quart d'heure et demi de retard.

— Ah! dit l'inconnue en prenant une pose intéressante

et clignotant ses yeux, je me trouve mal ! je ne saurais aller en arrière !... Justine, criez donc au conducteur d'arrêter ? J'aime mieux courir le risque d'aller en poste et d'être découverte, que de rester dans cette maudite voiture !

Alors, la compatissante Annette dit à Charles d'offrir sa place à la jeune et belle inconnue, qui l'accepta avec reconnaissance, en jetant au bel ami d'Annette un sourire protecteur rempli d'une certaine bienveillance. Lorsqu'elle fut assise au fond, elle poussa encore quelques plaintes sur l'odeur effroyable de la voiture ; et, sur-le-champ, vida un flacon d'eau de vanille distillée ; elle chercha une position commode, fit signe à Justine qu'elle était assez bien placée ; le militaire remua la tête en signe de dédain, et l'on traversa Paris au grand galop.

CHAPITRE III

L'intéressante voyageuse avait fort bien remarqué l'expression du mépris que le militaire manifesta, et elle s'en vengea en ne faisant aucune attention à lui, et prodiguant au contraire les marques de sa protection à Charles.

C'est ici le lieu de faire observer que Charles Servigné était bel homme et bien tourné : nous avons dit que sa contenance prévenait en sa faveur, alors il n'y avait rien d'étonnant à ce que l'inconnue remerciât avec un air très gracieux celui qui venait de lui céder sa place pour un voyage aussi long : mais les regards dont elle accompagna son discours, l'air dont elle regarda Charles, déplurent singulièrement à Annette, tandis que la rougeur dont le front du jeune avocat se colorait, et le feu qui animait ses yeux, annoncèrent qu'il était toute joie de plaire à la belle voyageuse, dont la beauté ravissante éclipsait la pauvre Annette comme un lys éclipse une violette.

Mlle Gérard jeta un coup d'œil à Charles ; et, ce coup d'œil de la vertu impérieuse, sans lui déplaire, le gêna, en le faisant rentrer en lui-même. L'étrangère, qui paraissait fine comme la soie et accoutumée à de pareilles rencontres, s'aperçut de ce jeu muet des yeux des deux cousins, et parut se faire un malin plaisir de les désunir ; et, pour que son plaisir fût plus vif, elle chercha à acquérir la certitude de leur tendresse mutuelle.

— Ce sont vos enfants, madame ? demanda-t-elle avec une exquise politesse et un son de voix charmant à Mme Gérard.

— Non, madame, répondit la bonne femme qui aimait

assez à causer, c'est un cousin et une cousine que nous marierons bientôt.

— Et monsieur est votre fils ?...

— Non, madame, c'est mademoiselle qui est ma fille.

— Vous ferez un charmant ménage !... s'écria l'étrangère d'une voix réellement séduisante et en les regardant l'un après l'autre, de manière à lancer à Charles des regards de côté qui semblaient le provoquer.

Charles, que sa cousine regardait fixement, n'osait se hasarder à contempler cette sirène charmante : il rougissait comme un enfant, et, quoiqu'il eût eu plusieurs aventures, il avait tout l'air d'une novice qui n'est jamais sortie de son couvent.

Cette rougeur, cet embarras, étaient, pour l'inconnue, un langage plus délicieux cent fois que les éloges les plus outrés ; et voyant une foule d'obstacles défendre ce jeune homme, son imagination cherchait déjà à les vaincre.

De son côté, Charles, à l'aspect de la richesse et de l'élégance des vêtements de l'étrangère, en examinant ses manières, quoiqu'elles fussent affectées et eussent un peu de liberté, pensait que la dame faisait partie de la haute société. L'équipage qui l'avait amenée, la défense qui lui était faite d'aller en poste, et sur laquelle elle ne s'était pas expliquée, tout confirmait cette opinion et alors l'attention qu'elle lui accordait le flattait singulièrement.

Par instants, lorsque Annette quittait les yeux de dessus lui, il contemplait la voyageuse avec un plaisir d'autant plus grand qu'il était comme défendu, et que l'inconnue baissait ses paupières avec une complaisance charmante, et le regardait ensuite d'une telle manière, qu'il était impossible à Charles de ne pas imaginer une foule de choses, de ces choses que pense un jeune homme, et nous ne les expliquerons pas, pour cause.

Parfois le jeune homme s'aperçut que la dame prenait plaisir à le voir ; alors il s'enhardit au point de la regarder à son tour, sans s'inquiéter de ce que les yeux d'Annette lui disaient. Il n'y avait pas un mot de proféré, et cependant ces trois êtres comprenaient tout ce qui se passait dans leurs âmes encore mieux que s'ils eussent parlé.

Annette, pleine de finesse, jugea que si elle avait l'air

de se contrarier de l'attention de Charles pour l'étrangère, la pente de l'esprit humain le conduirait à chercher à plaire à la voyageuse ; alors elle les laissa se parler des yeux tant qu'ils voulurent et ne regarda plus son cousin : mais comme on cherche à défendre ce qui nous appartient, et qu'Annette, d'après son caractère, devait être la plus jalouse des femmes, elle inventa une véritable ruse de femme. Elle commença par prétendre qu'elle était mal dans son coin, et elle offrit à la dame de prendre sa place[23].

La dame, qui connaissait la jalousie d'Annette, d'après le dépit qu'elle avait manifesté en ne regardant plus Charles, ne concevait rien à cette manœuvre de la jeune fille ; car Annette, en offrant son coin, mettait précisément sa rivale en face de son cousin, et si bien, que leurs genoux se touchèrent et que leurs pieds furent comme entrelacés. Annette feignit de ne rien voir de ce secret manège, et elle se mit à parler bas à sa mère. « Ma chère maman, lui dit-elle, vous seriez infiniment mieux au milieu puisque vous ne dormez jamais en voiture, et j'aurais la tête appuyée à droite au lieu de l'avoir à gauche comme tout à l'heure. »

Au premier relais Annette changea avec sa mère, de manière que Mme Gérard fut à côté de l'étrangère. Ce fut alors que les desseins d'Annette commencèrent à paraître dans toute leur étendue, et sa rivale fut étonnée de la politique profonde que la jeune fille avait déployée pour une si petite chose.

— Mon cousin, dit-elle avec un intérêt extraordinaire, oh ! comme vous rougissez et pâlissez par instants ! seriez-vous incommodé ?

— Non, ma cousine, je suis très bien, je vous assure.

Quelques instants après, Annette, saisissant l'instant où Charles rougissait, dit à sa mère : « Voyez donc comme Charles rougit, je suis sûre qu'il n'ose pas nous dire qu'il ne peut pas aller sur le devant ; moi, cela ne me fait rien, et même je serais mieux dans son coin, j'aurais la tête absolument comme je l'ai là, et de plus je verrais bien plus de pays à la fois !... Tu verras, ma mère, que si c'est moi qui lui dis de venir prendre ma place, il ne le voudra pas, parce que je dois être sa femme et qu'il aurait l'air de m'obéir. »

A l'autre relais, Mme Gérard s'étant convaincue que Charles rougissait, exigea qu'il vînt à la place d'Annette, et la jeune fille prit celle de son cousin d'un air de triomphe. Charles était sur le même rang que la dame, dans le fond, et il en était séparé par Mme Gérard. Ils ne pouvaient plus ni se toucher ni se voir, et Annette les embrassait à la fois du même coup d'œil : elle jeta un regard de supériorité sur l'étrangère, celle-ci se mordit les lèvres, jura de rendre la pareille et de se venger d'Annette. Charles, de son côté, éprouvant du mécontentement de la conduite de sa cousine, ne lui parla point et s'entretint avec l'inconnue.

Quand on s'arrêta pour dîner, il descendit le premier et offrit sa main en tremblant à la voyageuse qui le remercia par un gracieux sourire : ce sourire lui parut d'un bon augure et il semblait lui promettre beaucoup. Charles, après avoir conduit Annette et sa mère dans la salle de l'auberge, demanda au conducteur le nom de cette dame : alors le conducteur, tirant sa feuille, lui fit voir qu'elle était inscrite sous le nom de Mlle Pauline. A ce nom, le vieux militaire dit à Charles : « C'est une actrice du théâtre de **** » ; et il fit un tour à droite en lançant à Charles un regard qui signifiait : « Jeune homme, prenez garde !... »

Alors le conducteur, se penchant à l'oreille de Charles étonné, lui dit avec un air de mystère : « C'est la maîtresse du duc de N*** ; elle voyage sous un faux nom et sans passeport, car il lui est interdit de prendre ce congé-là : voilà pourquoi elle a été forcée de voyager par la diligence. M. le duc l'a conduite ce matin, lui-même, à la voiture, dans son équipage : ils étaient venus la veille retenir les places. » Le conducteur s'éloigna.

Ce discours fut pour Charles un trait de lumière : il eut comme une révélation, et vit, dans ce voyage, le moyen d'arriver à la fortune et à une place brillante s'il pouvait plaire à Pauline et l'intéresser. Il rentra, et, loin de se mettre à côté de sa tante et d'Annette, il s'empara avec avidité de la chaise qui était à côté de l'actrice, et Pauline, à son tour, regarda Annette en lui rendant l'air de supériorité par lequel la jeune fille l'avait comme humiliée.

Annette, confuse pour son cousin, lui jeta un regard empreint d'une douleur véritable : il n'osa pas le soutenir et baissa les yeux en feignant de ne pas la voir. Tout le temps du repas, il ne parla ni à sa tante ni à sa cousine ; il chuchota avec l'actrice, et leurs discours parurent très animés : en effet, Charles voulut briller par sa conversation, et brilla : il fut spirituel, parut passionné, l'était même ; et, à la fin du repas, la courtisane habile lui marcha sur le pied pour le faire taire et lui donner à entendre que dès lors ils étaient d'intelligence et qu'il fallait mettre autant de soin à le cacher qu'ils avaient mis d'empressement à se chercher et à se lier l'un l'autre.

Ils sortirent ensemble et parlèrent longtemps dans la cour. A peine Charles avait-il quitté Pauline, qu'en se retournant il vit venir Annette ; elle était calme et pleine de dignité. « Charles, dit-elle, je ne suis pas contente de vous. »

— Ma chère cousine, répondit-il, j'ignore en quoi je puis vous déplaire.

— En voilà assez,... répliqua-t-elle avec bonté.

On monta en voiture, et Annette dut être bien contente de Charles, car il fut empressé auprès d'elle et de sa mère, ne dit pas un mot à Pauline qui, de son côté, lui jeta parfois des regards de dédain, et s'entretint constamment avec sa femme de chambre. Annette fut rayonnante de joie et dupe du manège de l'actrice ; elle chercha à dédommager Charles des soupçons qu'elle avait conçus, en étant affectueuse, expansive avec lui, et revenant par mille choses gracieuses à l'amitié qu'elle avait semblé abjurer un instant.

Quand on descendit à onze heures du soir pour souper et se coucher, Charles laissa l'actrice descendre toute seule, et ne parut en aucune manière faire attention à elle : à table, il se plaça à côté d'Annette à laquelle il prodigua ses soins, il fut même d'une tendresse qui aurait dessillé les yeux à toute autre qu'à Annette, et qui même fit sourire le vieux militaire.

Le lendemain matin, quand on se mit en route, Charles se mit dans son coin, et parut à Annette accablé de fatigue : en effet, il dormit d'un profond sommeil. Le vieux militaire le regardait avec un air moqueur et semblait rire de l'actrice qui, à chaque instant, se penchait pour voir Charles, et surmontait son propre sommeil pour veiller sur lui, sans pouvoir étouffer, dans ses regards, un sentiment vainqueur de sa dissimulation. Annette finit par s'apercevoir du manège de ce vieux militaire qui s'était placé à côté d'elle, et un pressentiment terrible la fit frémir.

— Mademoiselle a sans doute peu dormi, dit le malin colonel, car elle a les yeux bien abattus et la figure fatiguée.

— C'est le voyage, répondit-elle d'un air de dédain.

— Alors, reprit-il, nous serons privés à Valence du plaisir d'applaudir votre admirable talent, car ce soir vous serez encore bien plus fatiguée, et vous n'avez guère de temps à rester dans votre patrie.

— C'est vrai, répliqua-t-elle sèchement.

— Oh ! il y a des grâces d'état, ajouta malignement le rusé militaire avec un sourire moqueur.

Pauline, vaincue par la fatigue, s'endormit bientôt ainsi que sa femme de chambre. Alors Annette, que les paroles du militaire avaient singulièrement alarmée, lui demanda bien timidement : « Monsieur, oserais-je vous demander quelle espèce de talent possède cette dame ? »

— C'est une actrice !... répondit le colonel.

A ce moment Charles murmura bien faiblement le nom de l'actrice, mais avec un accent qui jeta dans l'âme d'Annette une glace presque mortelle ; il se fit en elle une révolution terrible, et elle regarda le militaire d'une manière qui lui inspira de l'effroi et de la pitié.

— Mademoiselle, dit-il tout bas, j'avais averti votre cousin par un mot, mais on ne peut pas empêcher les folies de la jeunesse. Écoutez-moi ! je suis père, et j'ai une fille presque aussi aimable et aussi vertueuse que vous me paraissez l'être ; je serais fâché de lui donner un *Caton* pour mari ; mais si un jeune homme qu'elle dût épouser lui donnait le spectacle d'une faute, et qu'elle ne pût pas croire son mari le plus vertueux des hommes, j'aimerais mieux me brûler la cervelle que de lui donner un époux dont elle connaîtrait les aventures de jeunesse; ainsi je crois devoir vous dire que votre cousin n'est plus digne de vous.

Annette versa quelques larmes. « Mais comment le savez-vous ?... dit-elle. »

— Tenez, répliqua le colonel *(il tira de son sein et remit à Annette une bourse bien connue; cette bourse contenait le reste des huit cent trente francs en or que la jeune fille avait consacrés au voyage de Valence),* vous pouvez dire hardiment à votre cousin que vous êtes entrée ce matin à quatre heures dans sa chambre et qu'il n'y était pas; que vous avez trouvé...

— Je ne dirai point cela !... s'écria Annette avec horreur.

— Et que ferez-vous pour le confondre ?... demanda le militaire.

— Rien !... dit Annette. Hélas ! murmura-t-elle, nous sommes partis un vendredi, jour de malheur; et, dans ce fatal voyage, vous verrez que ce ne sera pas le seul fâcheux événement dont je serai la victime.

En ce moment on était sur le point de descendre une montagne, lorsque l'on entendit le bruit d'une voiture qui paraissait aller extrêmement vite; ce bruit, dans la situation d'âme où était Annette, retentit dans son cœur en le faisant battre comme de peur; elle craignait tout la pauvre petite !... C'était une calèche très élégante et légère qui semblait voler : elle passa comme un éclair, et Annette frémit en la suivant des yeux, car elle lui vit descendre, au grand galop, une côte presque à pic : elle s'intéressait aux personnes que contenait le char, comme on plaint les passagers d'un bâtiment qui périt; mais, en voyant la brillante calèche atteindre le bas de la montagne, elle rentra dans la voiture, tranquille sur leur sort.

Tout à coup elle entend un choc terrible, les chevaux poussent un gémissement lamentable, des voix confuses crient au secours, alors Annette effrayée, regardant avec précipitation, ouvrit par sa brusquerie la portière qui n'était pas bien fermée, tomba à terre sans se faire de mal, et courut avec rapidité au secours des malheureux qui venaient de tomber dans une fondrière, car il lui fut impossible de retenir cet élan d'humanité qui remplit le cœur à l'aspect de l'infortune.

CHAPITRE IV

Annette fut bien vite auprès de la calèche ; et, sur le bord d'un rocher, apparut comme un ange aux deux messieurs qui gisaient au fond d'un ravin.

Le postillon n'était pas blessé, les deux inconnus en étaient quittes pour des contusions ; mais les roues de leur calèche étaient brisées à ne s'en pas servir.

Annette, tout émue, leur demanda s'ils n'avaient pas quelque blessure sérieuse : les deux inconnus restèrent dans l'étonnement le plus profond en apercevant, sur le bord de ce rocher et sur une route qu'ils venaient de voir déserte, une jeune fille, les cheveux épars, en robe blanche, et inquiète comme si elle eût eu quelques droits sur eux. Ils la regardèrent avec surprise sans lui répondre, et Annette ne put soutenir le regard singulier de l'un d'eux : elle sentit en elle-même quelque chose d'indéfinissable à son aspect, et, tout honteuse de se voir seule, elle rougit et se retira. Alors la diligence arriva, les voyageurs s'empressèrent de descendre et d'aider au postillon à dégager deux chevaux qui restaient vivants, car les deux autres avaient été écrasés : après avoir tout arrangé, l'on remonta les deux inconnus sur la route [24].

Celui qui avait si fort frappé Annette regarda la calèche, et vit que les deux essieux étaient tellement brisés, qu'il devenait impossible de continuer leur route avec cette voiture : il tira alors sa bourse, donna quelque argent au postillon en lui recommandant de garder la calèche et de la faire raccommoder, disant qu'à son premier voyage il la reprendrait.

Cette affaire étant terminée, il monta dans la diligence

avec son compagnon, après avoir repris les effets de la calèche, et notamment un portefeuille assez grand auquel il parut donner l'attention que l'on a pour une chose précieuse.

— J'aurais, dit-il après être remonté, j'aurais voulu passer de jour le bout de la forêt de Saint-Vallier, car on dit qu'il y a des voleurs en ce moment, et il ne nous manquerait plus que cela pour avoir eu tous les accidents qui puissent fondre sur des voyageurs. »

En entendant ce discours, la pauvre Annette serra dans son sein l'or qui lui avait coûté tant de peine à acquérir, et dont chaque pièce représentait des heures entières passées dans l'occupation fastidieuse de tirer lentement l'aiguille : elle fit ce mouvement machinalement, car son cœur était rempli d'une douleur profonde que l'aspect de Pauline et de son cousin renouvelait à chaque instant.

— Vous avez été heureux, messieurs, dit Pauline, sur cent personnes qui verseraient ainsi, la moitié, et beaucoup de l'autre moitié, y aurait péri.

Les inconnus ayant répondu par un signe de tête, personne ne fut tenté de renouer la conversation.

Alors chacun se mit à regarder avec curiosité les nouveaux venus, ainsi que cela se pratique, et cet examen se fit en silence. Celui qui paraissait le maître, et l'était en effet, pouvait avoir trente-cinq ans, mais il paraissait atteindre la quarantaine par la nature de ses traits : il était très basané, un peu gros, petit, l'œil plein d'une énergie étonnante et d'une assurance prodigieuse.

Il était habillé tout en noir, malgré la saison : le luxe de son linge et le diamant énorme qui décorait sa chemise, annonçaient un homme très opulent. Une chose qui saisissait tout d'abord, c'était un air de majesté répandu sur sa figure, dans ses traits, et qui indiquait un homme né pour le commandement, et qui a en effet commandé. Ses gestes, en harmonie avec la conscience qu'il avait de sa supériorité, ne détruisaient point l'illusion, et il régnait, dans sa pose et ses manières, dans ses traits et le contour de sa bouche, des indices d'une force qui sentait en quelque sorte la férocité : il aurait pu, comme l'aigle, déchirer sa proie ; mais, comme le lion, il aurait su pardonner.

Cet homme offrait le singulier assemblage d'un front qui contenait de la bonté et de la grandeur même, avec une tournure qui, dans l'ensemble, avait quelque chose de dur. Un physionomiste [25], d'après sa bouche, l'aurait jugé un être dépourvu de sensibilité ; un autre, à l'aspect de ses yeux, y aurait vu cette vaste conception, cette grandeur, qui ne machinent rien de bas, et qui, dans un crime, ne commettent rien que de nécessaire, sans égorger, comme le tigre, pour le seul plaisir de se baigner dans le sang. Il y avait, dans cette tête bizarre, accès à la sensibilité, et tout à la fois la faculté de la refouler en lui imposant silence : à Rome, l'inconnu aurait été le Brutus qui tua ses enfants ; à Sparte, Léonidas ; et, comme Thémistocle, il se serait empoisonné plutôt que de marcher contre sa patrie : comme Pierre Ier, il aurait fait assassiner sous ses yeux les révoltés, mais, comme lui, il aurait aidé l'enfant timide à sortir du cercle fatal, en écartant les poteaux de l'enceinte où l'on égorgeait les Strélitz et les familles des seigneurs insurgés. Enfin, la nature l'avait taillé en grand : ses épaules étaient larges, sa tête grosse comme celles que l'on désigne dans les arts sous le nom de *têtes de Satyres* [26]; ses cheveux crépus et noirs se frisaient d'eux-mêmes en annonçant la force, et ses muscles saillants, ses contours, sa barbe fournie, ses favoris épais, indiquaient une force de corps prodigieuse. En effet, quand il s'assit sur la banquette du milieu et qu'il posa sa main sur le dossier, il semblait, qu'en pressant, il lui eût été possible de briser ce qu'il touchait ; ses mains étaient d'une grosseur étonnante, et, quoique couvertes de gants blancs, elles paraissaient habituées à soulever des masses.

Son regard pénétrant allait droit à l'âme, et l'aspect de ce singulier être imprimait à l'imagination un certain ordre de pensées : c'est-à-dire que l'on n'attendait rien que d'extraordinaire et d'imprévu de son caractère, et l'on appliquait à sa figure les idées que l'on conçoit de certains hommes historiques, dont on se trace un portrait idéal. Il remplissait l'âme tout entière, et l'on ne pouvait pas le voir avec indifférence ; il fallait ou l'admirer ou détourner la tête avec répugnance [27].

Sa voix forte avait de la rudesse ; il régnait peu de poli dans ses manières, et l'on voyait qu'il devait avoir fait la guerre, car ce n'est qu'à la longue que les militaires perdent ce qui les distingue des autres hommes, diagnostic qui reste indéfinissable et échappe à l'analyse.

Après que chacun eut observé l'étranger et pris plus ou moins de ces idées sur son compte, on examina son compagnon, et l'on s'aperçut qu'il régnait une singulière amitié entre eux. Le second était grand, sec, maigre, nerveux, et il aurait paru avoir un grand caractère de fixité s'il n'eût pas été à côté du premier : il y avait chez lui moins d'idées et plus d'énergie, en ce sens qu'elle était tout le caractère et qu'elle entrait pour la somme totale des règles de la conduite : cet homme-là, une route prise, devait la suivre toujours, bonne ou mauvaise [28].

Pendant qu'on les examinait ainsi, ils jetaient de leurs côtés des regards observateurs sur leurs compagnons de voyage. Le coup d'œil du premier des deux inconnus ne fut pas favorable à Charles : cette figure mielleuse, régulière et un peu fausse, ne lui convint pas ; il le témoigna à son ami par un geste, et ce geste exprimait à la fois l'aversion et le mépris : Charles feignit de ne pas l'apercevoir. L'étranger regarda assez attentivement l'actrice, mais il revint toujours assez cavalièrement à la figure d'Annette, et finit par lui dire, en adoucissant sa voix : « C'est mademoiselle qui est venue si vite à notre secours ?... je vous remercie. »

Puis, se retournant, il aperçut le colonel et lui dit : « Ah, ah ! voici un brave !... car je gage, monsieur, que vous avez servi, et que vous avez quelque blessure ? » Le colonel s'inclina.

Annette, toujours occupée de son cousin, acquérait de plus en plus les preuves de ce que le colonel lui avait dévoilé. La nuit approchait, on n'était plus qu'à sept lieues de Valence, et Pauline profitait de l'obscurité pour faire plusieurs signes à Charles. Annette resta plongée dans les réflexions les plus tristes, et sa vue était arrêtée sur l'homme extraordinaire que le hasard leur avait amené. De son côté, il regardait la figure d'Annette avec intérêt, car, expressive comme elle l'était, sa mélancolie s'y peignait à grands traits, et il sembla compatir à la peine qu'il ignorait, entraîné par *le je ne sais quoi*.

Il faisait nuit noire, on traversait le bout de la forêt de Saint-Vallier qui se trouve à quelques lieues de Valence, lorsque tout à coup la diligence s'arrêta, et le postillon eut beau fouetter ses chevaux, ils n'avancèrent pas. Le postillon descendit et jeta un cri d'alarme en trouvant des cordes tendues d'un arbre à l'autre, ce qui barrait le chemin : à peine le postillon eut-il crié qu'une troupe d'hommes à cheval parut, entoura la voiture en montrant une forêt de canons de pistolets tendus, si bien, que les deux étrangers et le colonel virent qu'il n'y avait aucune résistance à opposer.

Un des brigands détela les chevaux de la diligence, les attacha à un arbre, et l'on entendit alors frapper à coups redoublés sur la malle de la diligence. Le chef de la bande rassura les voyageurs en leur disant qu'il ne leur serait fait aucun mal, puis il ordonna à ses gens de s'acquitter lestement de leur besogne, en s'emparant des sommes qu'ils savaient être dans la voiture.

L'actrice se lamentait, et Annette tremblait comme la feuille : elle avait tiré la bourse de son sein pour la donner aussitôt et n'être pas fouillée ; l'étranger ouvrait son portefeuille, et, par une présence d'esprit étonnante, défaisait sa cravate et y insinuait un gros paquet de billets de banque, lorsqu'un brigand parut avec une lanterne allumée, en priant les voyageurs de descendre l'un après l'autre.

L'actrice fut dévalisée avec promptitude ; la pauvre mère Gérard n'offrit rien à la rapacité des brigands ; on prit la montre de Charles, cinq cents francs au colonel, et Annette, en descendant, pria qu'on ne la touchât pas, donna en pleurant l'argent qui lui avait coûté tant de peine à acquérir, et en ce moment pensa au vendredi.

Les deux étrangers descendirent, mais chacun tenait un pistolet à chaque main d'un air si déterminé, que les deux brigands reculèrent... Après avoir contemplé ces deux personnages, le chef de la bande accourut, et se mettant entre eux et ses gens :

« Ne tirez pas, s'écria-t-il, et respectez leurs effets !... diable !... » et il lâcha un juron effroyable.

Alors toute la troupe accourut, et, sur-le-champ, chapeaux, bonnets, tout fut mis à bas par les bandits qui donnèrent les marques du plus profond respect à la vue des deux amis. Les voyageurs étonnés regardèrent cette scène avec terreur, et chacun crut avoir fait route avec les chefs suprêmes de quelque association secrète.

C'était une chose curieuse que de voir, au milieu de la nuit, cette diligence arrêtée sur le grand chemin, les chevaux attachés à un arbre, les voyageurs ébahis d'un côté, le conducteur et le postillon tristes de l'autre, et, au milieu, les brigands en groupe presque prosternés devant deux hommes : ce tableau, éclairé par les lanternes qui ne donnaient qu'une fausse lueur à cause de la verdure qui paraît alors comme noire, était vraiment pittoresque, et un peintre aurait voulu être volé pour pouvoir le dessiner d'après nature.

— Par le feu saint Elme !... s'écria d'une voix tonnante l'étranger, je ne croyais guère me trouver en pays de connaissance avec ces brigands-là ! dis donc ? ajouta-t-il en prenant le bras de son ami et resserrant ensemble leurs pistolets, combien leur donnes-tu de temps pour vivre encore sans être pendus ?

— Nous savons ce que nous risquons, mon capitaine, dit le chef, et vous...

— Chut !... ou je te brûle la moustache, s'écria l'ami de l'étranger ; tu es en mauvais chemin, Navardin[a] !... Mais, puisque tu es leur capitaine, rends donc à cette jeune fille son petit trésor.

— Je t'en dédommagerai, ajouta l'étranger ; allons, rends-lui. Elle est venue à notre secours la première, nous lui devons bien quelque reconnaissance.

A cette parole, le capitaine rendit la bourse à la tremblante Annette ; les voleurs laissèrent chacun remonter, et ils s'enfuirent au grand galop. On peut s'imaginer les divers sentiments dont les voyageurs furent animés pour

a. Ce personnage était presque inaperçu dans *Le Vicaire des Ardennes*. (Note de l'auteur.)

les deux étrangers, en se rendant à Valence qui était la première ville qu'ils allaient rencontrer, et le terme de leur voyage : cette route se serait faite en silence sans l'actrice qui regrettait à chaque instant son cachemire, ses diamants et ses dentelles.

Annette ne savait que penser de la manière dont son trésor lui avait été rendu, et elle dit à l'étranger : « Je ne sais, monsieur, si je dois vous remercier ou me plaindre d'avoir recouvré ma bourse par votre faveur... »

— Agissez comme bon vous semblera, mademoiselle, répliqua l'étranger.

Annette se tut.

Le colonel regrettait fort ses cinq cents francs et ne pouvait s'empêcher de penser que les inconnus étaient de connivence avec les brigands. Cependant, en se rappelant l'air déterminé dont ils descendirent, leur empressement à cacher leurs billets dans la cravate et leur surprise, il devenait clair qu'ils n'avaient pas couru risque de la vie en brisant leur calèche pour le plaisir de présider à un vol, auquel leur concours n'avait guère paru nécessaire, et surtout qu'ils ne seraient pas remontés avec les voyageurs. Jamais aventure ne renferma plus d'aliments pour la curiosité, et néanmoins cette curiosité, toute vive qu'elle fût, ne pouvait pas se satisfaire, puisque l'on n'osait faire aucune question aux deux étrangers.

En s'approchant de Valence, Annette éprouva une sorte de peine : jusque-là elle s'était dispensée de parler à son cousin ; et, se séparant de lui par la pensée, elle avait, cette journée, vécu comme loin de lui : désormais elle allait se trouver sans cesse avec Charles, et dans une extrême contrainte qui nécessiterait une explication. A ce moment la lune se levait et jetait dans la voiture assez de jour pour apercevoir les figures des voyageurs. Les yeux d'Annette s'arrêtèrent machinalement sur l'étranger qui, ne se croyant pas observé, réfléchissait sans doute à des choses d'une extrême gravité : son visage était farouche et portait le caractère d'une méditation sombre : l'énergie extraordinaire de son âme brillait comme l'éclair parmi les nuages, et Satan, se levant du sein de son lac de feu pour haranguer les démons, n'avait pas plus de fierté et de majesté sauvage dans les traits[29]. La lune, laissant cette figure comme indistincte et n'en révélant que les masses les plus saillantes, ajoutait encore à la profondeur des idées qui se peignaient sur cette tête énorme.

Annette tressaillit à cet aspect, un sentiment indéfinissable s'éleva dans son cœur, elle le prit pour de l'effroi et détourna lentement sa tête vers la campagne, mais elle fut ramenée, par la curiosité, vers cet homme qui apparaissait à son imagination comme un monument : elle baissa les yeux une seconde fois, et, par l'effet de cette chasteté pure qui faisait le principal charme de son caractère, elle s'ordonna à elle-même de ne plus contempler l'étranger.

La diligence roulait dans les rues de Valence que le jour avait paru ; la voiture entra dans la cour d'une auberge, et le conducteur, en descendant, annonça qu'il avait été arrêté et volé. Il s'approcha du directeur de l'entreprise qui, par hasard, se trouvait dans la cour, occupé à fumer sa pipe, et il lui dit quelques mots à l'oreille. Sur-le-champ le directeur sortit, et le conducteur resta dans la cour sans ouvrir la portière et sans aider aux voyageurs à descendre.

— Qu'attendez-vous donc ? lui demanda le compagnon de l'étranger : ouvrez-nous...

Le conducteur monta sur le marchepied et répondit que l'on avait été chercher du monde pour dresser un procès-verbal sur l'aventure de la nuit.

— Nous serons aussi bien dans une salle que dans la voiture, répondit l'actrice.

Le conducteur ouvrit alors comme à regret, et tous les voyageurs descendirent en se dirigeant vers la salle. Comme l'étranger et son compagnon allaient entrer, le conducteur les arrêta et leur dit : « Messieurs, voulez-vous avoir la complaisance de me dire vos noms pour que je vous porte sur ma feuille ? »

— C'est inutile, répliqua l'étranger, puisque nous sommes arrivés : le directeur ne nous ayant pas vus, cela doit être votre profit.

— Impossible ! messieurs, répliqua le conducteur.

— Oh, oh ! reprit l'étranger en entrant dans la salle, ceci annonce des hostilités ; eh bien, mettez M. Jérôme et M. Jacques ! et ils allèrent tous deux s'asseoir, l'étranger à côté d'Annette, et son compagnon entre Charles et l'actrice.

Une jeune servante était dans la salle, et l'étranger, au bout d'un instant passé dans le silence, lui dit : « Mademoiselle, avez-vous ici des voitures ? »

— Oui, monsieur.

— Pourriez-vous nous en trouver une que nous vous renverrions ce soir ?

A ces mots, le conducteur, faisant un geste qui signifiait que les étrangers ne s'en serviraient guère, sortit, pour reparaître un instant après avec trois gendarmes, le directeur et un monsieur habillé en noir.

— Il paraît que vous avez été arrêtés à Saint-Vallier ? demanda l'officier de police, car c'en était un.

— Et volés, reprit l'actrice.

— Ces messieurs, continua l'officier en désignant les deux inconnus, paraissent connaître les voleurs à ce que l'on prétend ?...

— Oui, monsieur, répliqua Charles en souriant.

— En ce cas, reprit l'officier, nous allons recevoir vos dépositions, et ces messieurs me suivront. A ces mots, il fit un signe aux gendarmes qui s'avancèrent vers les deux inconnus.

L'étranger plissa son front, ses yeux s'animèrent et les signes d'une effroyable colère se manifestèrent sur son visage, et avec la même rapidité qu'un tonneau de poudre qui s'enflamme et part.

— Ah ça, s'écria-t-il d'une voix tonnante, jouons-nous la comédie ?... et sur le *oui* d'un jeune freluquet allez-vous nous arrêter ? jour de dieu ! tout le monde est-il muet pour raconter ce qui s'est passé ? et pour qui nous prend-on ?...

L'officier de police n'écoutait pas, demandait à chacun ses passeports et chacun les cherchait. Alors l'étranger alla rapidement à l'officier de police, et, le saisissant par le milieu du corps, il le secoua de manière à lui faire jeter les hauts cris ; il l'enleva en l'air, le tourna, et en un clin d'œil s'en servit comme d'une toupie, sans que les gendarmes pussent l'en empêcher, quoiqu'ils fussent accourus.

— Cet homme-là, dit tout bas Pauline à Charles en riant, nous moudrait comme une meule écrase un grain de blé.

— Ah ! criait l'étranger, je t'apprendrai le code de la politesse française et à écouter ce qu'on te dit, méchant pousse-procès !...

Les trois gendarmes s'emparèrent de l'inconnu mais en un clin-d'œil il les envoya à trois pas de lui : alors les gens de l'auberge, le conducteur, le directeur, les gendarmes, l'officier, tombèrent tous sur lui et le continrent avec peine. Annette, tout effrayée se serrait auprès de sa mère, l'actrice admirait la force étonnante de l'étranger, et l'ami de l'insurgé riait à gorge déployée.

Il alla vers son ami et lui dit : « Tu n'en fais jamais d'autres !... eh laisse-les instrumenter, ne sommes-nous pas à Valence ? »

L'officier de police, voyant ce nouveau délinquant en liberté, fut épouvanté, car si l'un coûtait tant à arrêter, qu'allait-il faire de l'autre ?... alors il prit le parti de lui demander fièrement son passeport.

— Imbécile, lui dit ce dernier, si tu nous arrêtes, que nous ayons ou n'ayons pas de passeports, qu'est-ce que cela fait à notre affaire puisque tu nous prends pour des brigands ? Tes gendarmes n'ont pas d'armes, tiens !... Là-dessus il tira de son sein une paire de pistolets à deux coups, et les mit jusque sous le nez de l'agent de la police valençaise qui recula brusquement en disant : « Monsieur, pas de gestes !... »

A ce moment, un piquet de gendarmerie arriva, et les deux amis furent mis ensemble au milieu des gendarmes ; celui qui avait tiré ses pistolets les donna aux soldats qui les lui demandèrent, et l'officier de police se mit en devoir de questionner les voyageurs.

Alors l'étranger dit au maréchal des logis qui le gardait de le conduire à la Préfecture, et comme on lui fit observer que le Préfet n'était pas levé, il répondit qu'il se leverait pour eux. Cette réponse surprit la cohorte, et l'air impérieux de l'étranger devint tellement imposant que les deux prisonniers furent emmenés à la Préfecture, au grand étonnement des voyageurs qui avaient contemplé cette scène avec des sentiments bien divers.

CHAPITRE V

L'officier, malgré l'absence du capitaine de la bande de voleurs, n'en continua pas moins de dresser son procès-verbal, et à mesure qu'on lui disait comment la chose s'était passée, il ne pouvait s'empêcher de s'apercevoir qu'il devenait impossible que les étrangers fussent complices de ce vol. Néanmoins il continuait, lorsque le maréchal des logis, qui avait conduit les soi-disant brigands à la Préfecture, vint annoncer que M. le Préfet venait de marquer de la joie en les apercevant qu'ils étaient entrés sans façon dans sa chambre à coucher, et que les gendarmes l'avaient entendu rire au récit de l'aventure des étrangers; puis il apportait une lettre écrite par le Préfet lui-même. L'officier de police la lut et parut décontenancé.

— Ils vont même déjeuner avec le Préfet, ajouta le gendarme, et il leur prête sa voiture pour s'en retourner, car je viens d'apprendre, par les domestiques, que c'est ce riche Américain qui s'est rendu acquéreur du château de Durantal [30] : cet homme-là a des millions!...

— En tout cas, répliqua l'officier de police en souriant, il a aussi un fier poignet, car il m'a presque brisé les reins.

Sur le bruit qui courait dans Valence que la diligence avait été arrêtée et volée à Saint-Vallier, Mme Servigné et sa fille accoururent au-devant de leurs parents, et entrèrent avec un petit garçon qui prit les paquets de nos voyageurs. Charles, après avoir embrassé sa mère et sa sœur, alla s'entretenir avec Pauline et ne la quitta que pour suivre la famille qui, se formant en bataillon serré, se dirigea vers le domicile de Mme Servigné, lequel était situé dans une rue assez fréquentée de Valence.

C'était une honnête boutique de province, ou, pour parler plus correctement, de département : on y vendait de tout, depuis du fil jusqu'à du lin, depuis la toile jusqu'au coton, soieries, draperies ; même de la dentelle, de la parfumerie, des cachemires d'occasion, et ce magasin était un des plus fréquentés par les beautés valençaises.

Mme Servigné avait étendu son commerce et si heureusement fait ses affaires, qu'elle se trouvait propriétaire de la maison où elle demeurait : Annette et sa mère y furent reçues avec une cordiale franchise et cette chaleur de cœur que les gens du Midi mettent dans toutes leurs actions, oui, dans toutes, depuis la plus insignifiante jusqu'à la plus sérieuse.

On trouva, dans le magasin, le futur d'Adélaïde Servigné : c'était un homme d'une trentaine d'années, d'une figure peu revenante, l'œil sournois, le maintien embarrassé, petit, le front bas, les lèvres minces et les cheveux roux ; du reste, il s'était fait aimer d'Adélaïde, et à cela il n'y avait rien à répondre. Annette éprouva, en voyant le prétendu, un mouvement d'aversion qu'elle réprima ; mais il lui échappa le même geste par lequel l'étranger de la voiture avait témoigné sa répugnance pour Charles. Annette, comme toutes les personnes superstitieuses, écoutait singulièrement ces premières impressions, et les présages qui accompagnaient la première vue d'un objet ou d'un être ; ainsi elle remarqua, qu'en apercevant M. Bouvier, elle marcha sur un oiseau que l'on avait lâché, en oubliant de le faire rentrer dans sa cage : la pauvre bête mourut fortement regrettée par Mme Servigné qui aimait beaucoup les oiseaux, les chats, les chiens, trait distinctif de son caractère, et qui doit faire deviner d'avance à plus d'un lecteur observateur qu'elle était bavarde.

En effet, la bonne femme tenait à sa langue autant que sa langue tenait à elle, et l'on s'en aperçut bien vite.

— Enfin, vous voilà !... dit-elle lorsque tout le monde fut réuni dans une chambre haute qui servait de salon, quoique son lit y fût ; ah ! que je suis aise ! M. Bouvier,

Jacques a-t-il fermé la boutique ? Mais asseyez-vous donc, mesdames. Ah ! Charles, que tu es grandi !... et savant... Eh bien, viens donc que je t'embrasse encore ; j'ai cru que vous n'arriveriez jamais ; et vous avez été volés encore ! mais vous nous raconterez cela, j'espère !... dans un autre moment !... s'écria-t-elle en voyant que Mme Gérard ouvrait la bouche pour faire sa partie ; tenez, ma chère sœur, voici mon gendre, M. Bouvier, il est de Bayeux [31], en Normandie...

Ici la respiration lui manqua et elle embrassa son fils tout en reprenant haleine. En habile femme, Mme Gérard saisit la parole, et la conversation devint un peu plus générale.

Enfin l'on installa les Parisiennes, et au bout de deux ou trois jours elles furent chez Mme Servigné comme si elles y eussent été depuis vingt ans. Une des premières occupations d'Annette fut de s'informer si l'on était près d'une église, car cette fête brillante [32], par laquelle l'église célèbre l'Éternel, déployait alors toute sa pompe.

Pendant huit jours, le soir, il se fait à la nuit la magnifique cérémonie du salut, et la religieuse Annette n'aurait pas manqué, pour toute la fortune et les joies de la terre, une prière aussi belle que celle-là.

Il y avait justement au bout de la rue habitée par Mme Servigné, une église ou plutôt une chapelle, car elle était petite et dans le genre gothique, architecture dont le mystère s'accorde parfaitement avec les croyances et les pratiques du christianisme.

Le lendemain de son arrivée à Valence, le soir, après dîner, Annette qui avait marqué à Charles tout autant d'amitié que par le passé, lui demanda : « Mon cousin, ne voulez-vous pas venir au salut avec moi ?... »

Aussitôt Mme Servigné s'écria : « Mais, ma nièce, nous irons tous !... »

— Non pas moi, dit Charles avec un embarras visible, car j'ai précisément affaire à cette heure-ci.

Annette le regarda avec étonnement, il baissa les yeux. Cependant il avait parlé d'un ton si péremptoire, qu'il n'y avait aucune observation à faire, et la famille s'achemina vers l'église en le laissant tout seul. Avant d'entrer à la chapelle, Annette vit dans la rue une affiche en gros caractères : c'était une affiche de spectacle qui annonçait que Mlle Pauline ne donnerait que trois représentations : la première était indiquée pour le soir même, et, par l'heure du spectacle, Annette se convainquit que son cousin préférait la jouissance de voir Mlle Pauline au plaisir d'accompagner un instant au salut celle qui lui avait prodigué les marques de la plus tendre amitié dès l'enfance.

A l'aspect de cette affiche, une foule de pensées assaillit le cœur de cette douce fille, et une méditation pénible remplit son âme pendant qu'elle marchait à l'église. « Quel charme a donc une actrice, se disait-elle, pour que, dans un instant, elle fasse tout oublier ?... que donne-t-elle ?... Ont-elles des secrets pour déployer en un jour plus de témoignages d'amour que nous n'en prodiguons en vingt années ?... ou serais-je d'un caractère peu aimant ?... Grand Dieu ! n'aurais-je donc aucune sensibilité ! et vous aurais-je tout donné !... »

A ce moment elle entrait dans l'église et toutes ces pensées s'enfuirent comme une vapeur légère devant le soleil : elle renonça à Charles pour toujours, et elle prononça ces mots à voix basse, en s'agenouillant : « O mon Dieu ! c'est donc à vous que je me dédie !... et ce cœur sera tout entier brûlant pour vous, à jamais, dans cette parcelle de temps que nous appelons la vie, comme pendant votre règne dont les instants seront *des siècles de siècles !...* »

Elle releva lentement sa tête, secoua les boucles de ses cheveux qui retombèrent sur son cou d'albâtre, une espèce de tranquillité rentra dans son âme, elle ouvrit son livre et tomba sur ces mots : *« Ce sera ton époux de gloire. » « Hic erit sponsus gloriæ. »*

Frappée de la singulière coïncidence de ces paroles qui retentissaient dans son cœur comme prononcées par un ange qui se serait assis à ses côtés [33], elle releva ses yeux humides de pleurs, et, contre un pilier composé de cinq petites colonnes assemblées, elle vit dans l'obscurité la tête énorme et les cheveux bouclés de l'étranger de la voiture : Annette tressaillit, et son cœur fut frappé d'un tel coup, qu'on ne peut comparer son effet qu'à ce malaise qui fait tourner le cœur avant l'instant où la défaillance sera complète.

Cette apparition était-elle un effet de son imagination ou une réalité ? elle n'osa pas relever la tête pour s'en assurer ; et tenant son livre en tremblant elle lisait involontairement *« Ce sera ton époux de gloire »*. Ses idées superstitieuses vinrent l'assaillir, et elle fut frappée de la pensée que le livre parlait un langage divin qui déchirait le voile de l'avenir[34] : il y a des idées importunes qui, malgré de palpables absurdités, viennent au cerveau sans que la raison la plus sévère puisse les chasser ; c'est comme le rêve de l'esprit pur. Annette trembla si fort que sa cousine s'aperçut de son agitation à celle de son livre.

— De quoi riez-vous, ma cousine ? dit Adélaïde.

— Je ne ris pas, répondit Annette, je suis indisposée ; mais je suis mieux ! ajouta-t-elle en craignant que sa cousine ne lui proposât de sortir. Elle voyait toujours, malgré elle, cette figure dont les yeux énergiques lui avaient paru brillants d'un feu terrible en ce qu'il annonçait la passion, et la passion, dans cet être extraordinaire, devait être une flamme dévorante.

Le salut commença, l'église était parfumée par les fleurs qui la garnissaient, une profusion de cierges répandait une brillante lumière qui, venant de l'autel, produisait un effet prodigieux, car le prêtre semblait marcher au sein d'un nuage lumineux formé par la fumée de l'encens.

Le chant de joie et la masse d'harmonie répandus par l'ensemble des voix avaient quelque chose de grandiose et d'imposant ; mais pour ceux qui environnaient Annette, il régnait dans ces accords un charme de plus, car elle chantait avec une telle sensibilité, un goût si pur, une voix si juste et si flexible, que son organe tranchait sur tout et inspirait le désir de l'entendre seule.

Plusieurs personnes même cherchèrent dans les rangs de femmes de quelle bouche délicieuse partaient ces mélodieux accents ; mais Annette, agenouillée avec grâce et la tête penchée sur son livre, restait immobile comme un de ces anges que Raphaël représente prosternés devant le trône.

Quand le salut fut fini, qu'Annette se leva, elle ne put s'empêcher de jeter un coup d'œil sur la colonne auprès de laquelle cette tête énergique s'était présentée à sa vue d'une manière si étonnante. Elle tressaillit encore davantage, car, cette fois, elle vit, dans l'enfoncement de la chapelle, l'inconnu de la voiture : le faible jour qui s'échappait des vitraux et de l'autel sur lequel les cierges s'éteignaient, ne le lui laissa voir que d'une manière indistincte et comme une grande ombre, ou plutôt comme la statue d'un tombeau, car il était immobile, la tête inclinée, et plongé dans une profonde méditation : son ami l'accompagnait. Cet ami lui toucha le bras quand Annette les regarda ; alors elle baissa la tête et ses yeux cherchèrent la terre. Elle frémit en y apercevant une tête de mort sculptée entre deux os, et elle remarqua que tout le temps du salut elle était restée sur la pierre d'un tombeau, car autrefois les églises avaient des caveaux souterrains où l'on enterrait les personnes de distinction, et l'on recouvrait l'endroit de leur sépulture de ces pierres *tumulaires* qui servaient de pavé.

Ces petites remarques, ces présages, ces rencontres, peuvent n'être rien et exciter le sourire de beaucoup de personnes, mais pour Annette, et d'après son caractère, c'étaient des événements qui faisaient une profonde impression sur son âme. Elle suivait donc sa mère dans un silence qui étonnait sa cousine et non Mme Gérard, car elle était habituée, en sortant de l'église, à voir Annette plongée dans la méditation.

Les deux cousines marchaient les dernières de la petite troupe que formait la famille. Après être sorties de l'église, elles entendirent les pas de deux hommes qui les suivaient immédiatement.

— Ma cousine, dit Adélaïde, regardez donc l'un des messieurs qui nous suivent !... il a une figure singulière, vous n'en aurez jamais vu et n'en verrez de semblable, c'est un visage de conspirateur.

— C'est juger légèrement les gens ! répondit Annette,

certaine que c'était l'inconnu de la voiture qui revenait de l'église.

D'après la réponse d'Annette, Adélaïde se tut en pensant en elle-même que sa cousine était plus grave que ne le comportait son âge ; et *elles prirent mal ensemble,* s'il est permis d'exprimer, par cette phrase familière, l'espèce de sentiment que l'on conçoit pour une personne dont le caractère ne coïncide pas avec le nôtre.

A peine avaient-elles fait quelques pas de plus, qu'elles entendirent une espèce d'altercation entre les deux étrangers : elle paraissait assez vive ; ils parlaient bas, mais cependant, avec de l'attention, on pouvait saisir quelques mots, et l'on pense bien qu'Annette, de même que sa cousine, avaient l'oreille fine à leur âge.

— Oui, je t'empêcherai d'y venir !... disait l'étranger ; oui, sans doute.

— Et pourquoi ?...

— Pourquoi ?... Parce que cela ne te convient pas ; et que, dans ce genre, tu as assez de ta dernière *victime !...*

Ici les deux jeunes filles n'entendirent plus rien si ce n'est un nom qui finissait en *ie,* comme Stéphanie, Mélanie, Virginie ; mais, quoiqu'il revint plus d'une fois dans les phrases prononcées à voix basse, elles ne purent le connaître en entier.

— Elle est morte !... fut le premier mot qu'elles entendirent : il était dit par l'étranger avec un air de surprise.

— Et l'on peut, reprit l'autre, dire que jamais sous le ciel il n'y eut une créature plus angélique, une plus belle fleur ! elle était toute femme, et digne plutôt du ciel que de la terre, car j'ai appris sur elle des choses qui tirent les larmes des yeux.

— Par qui ?

— Par sa femme de chambre : tiens, n'approche pas des femmes, ce sont des plantes trop fragiles, et tu es un vent de tempête : d'ailleurs...

Les deux cousines étant arrivées, n'en entendirent pas davantage. Annette, étonnée des mots que le hasard lui avait permis d'écouter, ne savait que penser des inconnus : son âme était à la fois remplie d'effroi et de tranquillité. Cet état serait difficile à expliquer ; on ne pourrait en donner l'idée qu'en comparant Annette à un bel édifice dont une partie ressent les outrages d'une tempête, pendant que le soleil, dissipant les nuages d'un côté, y introduit ses rayons qui répandent une lumière pure et finit par éclairer tout le temple : une lueur pareille se levait dans le cœur d'Annette sans qu'elle en soupçonnât la clarté.

Charles n'était pas rentré, et ne parut même pas au souper de famille ; Annette en fit tristement l'observation, et, comme elle ne dormit pas, elle l'entendit revenir à onze heures environ dans la nuit.

Pendant les cinq jours que Mlle Pauline fut à Valence, Charles resta peu dans sa famille ; il ne dînait même pas au logis : un soir il ne rentra pas du tout, et il n'alla pas une seule fois au salut. Un jour Annette sortait en même temps que son cousin, il fut montré au doigt par un jeune homme qui dit à son compagnon, quand Charles s'éloigna : « C'est l'amant de Pauline. »

Enfin cette dernière partit : dès lors Charles fut tout entier à sa famille et n'eut plus d'autre dérangement que la nécessité de soutenir une correspondance qui parut très active. Charles Servigné redevint très empressé pour Annette ; il semblait sentir qu'il avait de grands torts à réparer, et il revenait vers Annette avec une ardeur, une tendresse, qui firent horreur à cette jeune fille, sévère en ses principes. Charles avait trop de tact et de finesse pour ne pas s'apercevoir de la froideur que sa cousine déployait toutes les fois qu'il s'agissait des sentiments intimes que deux jeunes gens, destinés l'un à l'autre, ont quand ils s'aiment, et cette froideur contrastait chez Annette avec l'amitié dont elle accablait son cousin pour les choses indifférentes.

Il n'y avait plus que deux jours de salut, le samedi et le dimanche, jour de l'octave de la Fête-Dieu. Le vendredi soir, Charles, au souper, dit à sa tante que l'étranger, qu'ils avaient reçu dans leur diligence, était resté à Valence, et qu'il était venu au spectacle dans la loge du préfet, mais que depuis deux jours on ne l'avait pas revu. « Il paraît, ajouta-t-il, que cet inconnu est prodigieusement riche, on ne lui donne pas moins de sept à huit millions; il y en a même qui disent douze: ainsi, il était loin d'être capitaine de voleurs. »

Annette rougissait en entendant parler de l'étranger, mais Charles ne s'en aperçut pas, et continua de s'entretenir de lui en exaltant la magnificence du château de Durantal, la somptuosité du parc, les environs et le site, car cette propriété était placée sur une montagne qui avoisinait Valence du côté du midi, et le revenu montait à plus de quatre-vingt mille francs.

— Est-il marié? demanda Mme Gérard.

— Non, répondit Mme Servigné, dont la boutique était le rendez-vous de toutes les commères, et qui savait tout ce qui se passait dans la ville et aux environs; mais, reprit-elle, une chose plus intéressante, c'est que l'on prétend que notre procureur du roi va être destitué, et c'est une nouvelle ça! car il s'était vanté de rester en place, malgré sa conduite pendant les *cent jours!*...

Charles parut comme frappé d'une lumière soudaine en entendant cette phrase de sa mère, et il tomba dans un profond silence.

Ce soir-là, Annette, sa mère et Mme Servigné, venaient de se retirer, que Charles et Adélaïde sa sœur étaient encore pensifs assis à la table de famille.

— Mon frère, dit la jalouse Adélaïde, croirais-tu par hasard être aimé de cette pie-grièche d'Annette?

— Est-ce que tu aurais à t'en plaindre, demanda Charles, car pour en parler en de pareils termes...

— Moi, s'écria Adélaïde, non, et quoiqu'elle ait l'air de vous écraser à chaque instant par son regard extatique et par sa simplicité d'habillement, de conduite et de paroles, dieu merci! pour ce que je la verrai, je ne crains guère la cousine Annette!... mais elle n'est pas de son âge, et je ne t'en parlais que pour toi: si tu crois qu'elle t'aime, tu te trompes...

— Comment cela?... répondit Charles étonné, je ne lui ai donné aucun sujet de plainte, et je ne crois pas...

— Eh bien, dit Adélaïde en l'interrompant, crois-moi, les femmes se connaissent un peu à cela: voilà cinq ou six fois que je remarque l'air dont Annette détourne la tête quand tu la regardes avec complaisance, et cet air-là n'est pas de bon augure pour toi...

— Je n'imagine pas qu'Annette puisse changer.

— Questionne-la, fais un essai, et tu t'en convaincras... Dis-moi donc, est-elle riche ?...

— Annette, reprit Charles, est riche en sentiments religieux !... du reste, quand son père et sa mère seront morts, elle pourra avoir mille écus de rente.

— Et mais, répliqua Adélaïde, cela vaut bien la peine d'entretenir la paix avec elle.

Cette conversation excita quelque défiance dans le cœur de Charles, et il résolut, à la première occasion, d'éclaircir ses soupçons. En effet, il ne pouvait croire qu'Annette fût instruite de son intrigue avec Pauline : l'extrême innocence de sa cousine excluait toute idée de perspicacité de sa part dans une semblable affaire, et Charles ne croyait pas s'être permis la moindre chose qui pût le trahir. Cependant les manières d'Annette n'étant plus les mêmes, les discours d'Adélaïde plongèrent le jeune avocat dans une grande incertitude.

CHAPITRE VI

Le lendemain était le dimanche de l'octave de la Fête-Dieu et le dernier jour du salut. Depuis sa première apparition dans l'église, l'étranger de la voiture n'était pas revenu, et cette circonstance avait produit un singulier effet dans l'âme d'Annette.

Quoique pure comme un lys qui vient d'éclore, elle s'était attendue à le rencontrer le lendemain, et, en entrant comme en sortant, quand elle jeta un coup d'œil dans l'église, elle ressentit ce mouvement qui se fait en nous lorsque notre attente est trompée. Chez elle, ce mouvement était presque machinal, et cette phrase « Il n'est pas venu », sans être prononcée, était sa pensée intime.

Charles offrit son bras à sa cousine pour se rendre au salut, elle l'accepta, et il se mit à côté d'elle. Le salut était commencé, et Annette chantait d'une voix douce et pure, quand elle sentit un inconnu venir se placer sur la chaise qui se trouvait à côté d'elle ; elle trembla, car un secret pressentiment lui disait que ce ne pouvait être que l'étranger. Elle fut confirmée dans ses soupçons par l'impatience que Charles témoigna après avoir aperçu celui qui s'était placé à côté de sa cousine : il se levait, tournait la tête, regardait l'étranger qui, semblable à un lion sur lequel se pose une mouche, ne faisait aucune attention aux manières de Charles, et dévorait des yeux le voile blanc qui descendait du chapeau d'Annette, en dérobant sa figure à tous les yeux. L'étranger recueillait en son âme les sons purs et harmonieux de cette voix céleste, et son émotion était visible ; il n'avait point son compagnon, et rien ne troublait son plaisir auquel il s'abandonnait tout entier.

Charles bouillait d'impatience, il aurait voulu que le salut fût fini, et il se réveillait en son cœur plus que de l'amour pour sa cousine depuis que la présence de l'étranger lui glissait dans l'âme l'idée terrible qu'il avait un rival, et qu'il était dans l'ordre des choses possibles qu'Annette l'aimât. Il avait cependant la jouissance de voir sa cousine immobile et l'œil toujours à l'autel. Lorsque le salut fut fini, elle ne tourna même pas la tête, donna le bras à Charles et sortit de l'église sans faire un seul mouvement pour voir l'étranger.

— Ma cousine, dit Charles, il fait un temps magnifique; nous avons une heure et demie d'ici le souper, voulez-vous vous promener dans la campagne ? nous n'en sommes pas loin.

— Très volontiers, dit Annette; et ils se détachèrent de la compagnie en se dirigeant vers le faubourg.

Arrivés à la fin du faubourg, ils entendirent sortir de dessous une treille, en dehors de la ville et à la porte d'une espèce de cabaret, les éclats de rire et les chants d'une troupe joyeuse. Quand Annette et son cousin passèrent devant cette treille, qui était séparée du cabaret par un espace assez grand, une voix s'écria: « La voici ! » Et toute la troupe, se taisant, regarda sur le chemin. Annette et son cousin continuèrent à marcher; mais Annette conçut un secret pressentiment qui lui disait que c'était d'elle dont on s'occupait sous cette treille; et cependant, il n'y avait aucune apparence qu'une jeune inconnue, depuis peu à Valence, fût le sujet de la conversation de ces hommes qui paraissaient appartenir à la classe inférieure du peuple. Néanmoins elle ne se trompait pas, et cette treille était en ce moment le rendez-vous de gens qui occupaient bien du monde. Il pouvait y avoir autour de trois tables oblongues une douzaine d'hommes, au milieu desquels on distinguait un gendarme en uniforme.

La plupart des convives étaient habillés avec des vestes et paraissaient être des ouvriers *endimanchés :* quelques-uns avaient du plâtre à leurs habits; leurs chapeaux étaient couverts de quelques taches blanches de chaux; et l'un d'eux, mieux habillé que les autres, ayant une toise qui lui servait de canne, était placé au centre, à côté du gendarme, et semblait être l'entrepreneur qui les employait. Les figures de ces ouvriers avaient toutes des expressions qui indiquaient un choix d'êtres : nulle n'était sans énergie, et chacune annonçait soit la ruse, soit la force, soit la résolution, toutes, le courage ; et ces qualités étaient mises en commun vers un but, que l'union et l'accord de tous indiquait merveilleusement. Leurs traits étaient fortement marqués, leur teint bruni par le soleil, mais par le soleil qui brûle l'Afrique et allume les torrents de chaleur de la Ligne. L'on s'apercevait que ces hommes n'appartenaient pas au pays de France : l'un portait le caractère de la figure américaine ; tel autre celui de la tête anglaise ou du Nord, et d'autres les crânes des méridionaux. Un homme instruit, qui aurait passé en ce moment vers cet endroit, aurait cru apercevoir des ombres de ces fameux et célèbres flibustiers, si remarquables par le mélange des races humaines, par le courage porté à l'excès, ainsi que la résolution, l'amour du pillage et la cruauté.

Ils étaient à la fin d'un repas et dans cet état d'ivresse et d'exaltation qui suit une conversation animée par les cris, les chants, les mets et les vins forts du Midi : leurs cris et leurs propos se ressentaient de l'état de leurs têtes.

— Vive la joie !... criait un homme au gosier desséché.

— Mais vivent les *sonnettes !...* répondait un autre.

— *Et requiescat in pace !...* disait mystérieusement un compagnon en jetant par terre une bouteille vide.

— Écoutez ! écoutez !... s'écria l'un d'eux plus ivre que les autres, je vais chanter, et, sans attendre, il entonna :

Si l'on pendait tous les voleurs
Qui volent sur la terre,
Il resterait moins de pendeurs
Que de vin dans mon verre :
Car, je le dis, écoutez bien,
Il n'est dans ce bas monde,
Malgré sa foi profonde,
Que presque tous bons gens de bien :
Ceux que l'on mène pendre,
Et tous ceux qui l'ont mérité
....

— Au diable la chanson !... dit le gendarme en interrompant le chanteur et criant plus fort que lui ; quand j'entends parler de corde et de supplice, cela me trouble la digestion.

— Ah bah ! lui répondit un vieillard encore vert qui était à sa gauche, ne savez-vous pas que nous sommes sujets à une maladie de plus que les autres hommes ?

— C'est bien pour cela qu'il ne faut pas clocher devant un boiteux, répliqua le gendarme ; d'ailleurs, s'il continue, je le frotte...

— Je voudrais bien voir cela, hussard de la mort, s'écria le chanteur en répétant :

« Ceux que l'on mène pendre,
Et tous ceux qui l'ont mérité... »

Le gendarme leva son sabre, et l'autre, saisissant une canne creuse qui formait le canon d'un fusil sans crosse, para le coup du gendarme ; mais le petit vieillard et le maître maçon arrêtèrent la querelle naissante.

— Brigands, tenez-vous donc tranquilles !... nous ne sommes pas ici pour banqueter, colleter et nous tuer ; il s'agit de choses importantes, et, si vous voulez toujours boire, écoutez-moi ?

A ces paroles le calme naquit, et le maître maçon, désignant deux d'entre les compagnons, leur montra du doigt la porte du restaurateur et le chemin : comprenant ce que ce signe voulait dire, les deux ouvriers se mirent en sentinelle.

— Bah, dit le gendarme, toute la ville est au salut.

— Mes enfants, reprit le maçon à voix basse, en s'adressant à toute la troupe qui s'amoncela autour de lui, vous saurez que John *(et il montrait le gendarme)* vient de m'apprendre que *notre ancien* et son lieutenant sont indignes du nom d'hommes, car ils ont donné à M. Badger, leur ami, le préfet de Valence[a], le signalement de tous ceux qui ont servi sous lui, et qu'il a reconnus l'autre jour : moi tout le premier !...

a. On sent que nous avons changé les noms, les lieux et les véritables circonstances, ainsi que nous l'avions annoncé. (Note de l'auteur.)

— C'est une horreur !...

— C'est une infamie !... et une foule d'autres exclamations partirent en même temps de tous côtés.

— Il faut piller Durantal !... s'écria l'un.

— Piller Durantal ! reprit un autre, non, il faut *le* tuer !

— Un vieux chien comme cela ne mérite qu'une dragée dans le crâne !... ajouta celui qui se faisait remarquer par la figure la plus atroce.

Cette dernière parole, prononcée après toutes les autres et avec un sang-froid étonnant, semblait le résumé des pensées qui agitaient en ce moment les têtes de ces gens que le vin et les cris avaient plongés dans un état voisin de l'ivresse.

— Un moment, mes amis, dit le gendarme ; piller Durantal, ce n'est pas l'affaire d'une minute, car *il* a avec lui une bonne tête, *le lieutenant* n'est pas homme à se laisser prendre par dix de nous, sans compter que *l'ancien* est rude à manier. Supposez que nous les ayons mis à la raison, croyez-vous que le pillage de Durantal ne fasse pas ouvrir les yeux à l'autorité surtout après que notre dernière aventure nous a tant signalés ?

— Signalés !... reprit celui qui avait la figure si atroce et que l'on nommait Flatmers, c'est j'espère *lui* qui s'est rendu coupable de ce crime, car c'est un crime de ne pas garder la foi jurée ; brûlons et tuons !...

— Tuer notre ancien !... s'écria le plus vieux de tous nommé Tribel, c'est mal !... c'est un brave homme tel que les tillacs n'en ont jamais porté de meilleur ; ne lui avons-nous pas juré de garder le secret ? N'a-t-il pas toujours donné loyalement à chacun ce qui lui revenait dans les *prises,* et ne nous a-t-il pas tous enrichis ?... Est-ce sa faute si nous avons tout mangé comme des brigands que nous sommes, sans dire seulement un pauvre petit *ave ?* Si nous avons fricassé nos sacs d'or comme des goujons, lui, il a su garder les siens, qu'on les lui laisse !... Songez que c'est lui qui nous défendait, et qu'il aurait plutôt sauté seul sur un tillac que de nous livrer !...

— Eh, s'écria le maître maçon, pourquoi nous a-t-il dénoncés aujourd'hui ?...

— Oui, reprit Flatmers, c'est un traître!... ce gros taureau-là s'est enrichi, il tient à la vie, aux jouissances et à ses millions; il ne nous estime pas plus qu'un zeste d'orange; il faut lui apprendre à vivre, et lui faire savoir que, si l'un de nous va à l'échafaud par sa faute, il devra l'accompagner.

— Flatmers, Flatmers!... reprit le vieux Tribel, quel est celui de nous qui s'est présenté devant notre *ancien*, comme étant dans le besoin, à qui il n'ait pas donné quelque billet de mille francs?...

— Et quand je les ai mangés je me moque bien de ses billets!...

— C'est mal, Flatmers, et tu es un coquin sans reconnaissance!... mais je veux bien qu'il nous ait dénoncés!... moi, je vous répondrai que vous êtes des imbéciles et que c'est de votre faute, car vous avez fraternisé avec lui sur le chemin, vous l'avez compromis, on l'aura interrogé, et, comme il a été déjà poursuivi, il n'aura pu échapper qu'en nous dénonçant.

— Eh bien, puisqu'on le poursuit, dit le maître maçon en faisant signe de la main pour demander silence : il faut le forcer à se rembarquer avec nous et recommencer nos courses. Allons nous mettre, jour de dieu, au service des insurgés d'Amérique, nous ferons un métier de braves gens, et nous ne serons plus, comme des voleurs de rien, occupés à *haricoter* sur les grandes routes. Quelle vie que de crever des chevaux, à demander la bourse à des voyageurs sans le sou!... risques pour risques, allons piller les possessions espagnoles en vrais marins!... Nous nous battrons en même temps pour la liberté, et nous deviendrons quelques chose; *l'ancien* sera amiral, et nous, capitaines, lieutenants, officiers, au service des républiques!...

Ce discours fut suivi d'un *hourra* général que le gendarme fut seul à ne pas partager.

— Qu'avez-vous donc?... lui demanda Tribel.

— Ce que j'ai, reprit-il, je sais que ceci est le meilleur parti, mais il a bien des difficultés : d'abord, *l'ancien* le voudra-t-il? Écoutez, ... vous savez si jamais chef a, pendant dix ans, plus travaillé que lui : il n'a pas eu un moment de repos, et je gage mon sabre qu'il est resté garçon tout ce temps-là !... Il était toujours occupé de nos affaires, à l'affût des bâtiments marchands, des vaisseaux de guerre, plaçant, vendant les marchandises, si bien que nous n'avions que la peine de manger notre argent. Or, vous apprendrez que notre *ancien* est amoureux d'une jeune et jolie fille, et vous savez que ce qu'il a aux pieds il ne l'a pas dans la tête, que ce qu'il a dans la tête il ne l'a pas aux pieds ; partant, je crois qu'un homme qui s'est fait une aussi jolie coquille que Durantal, et qui, après tant de fatigues et de privations, vient à avoir de l'amour pour une jeune créature, aura de la peine à se mettre en campagne et à risquer le bonheur qu'il a l'espoir d'atteindre...

Un cri général, mais élancé à voix basse, fut le résultat de cette harangue.

— Tuons-la !...

— La tuer !... reprit Tribel, êtes-vous fous ?... prenez-la, cachez-la, dites qu'elle est morte, et forcez notre ancien à se rembarquer ; mais ne faites pas un crime inutile.

— Approuvé !... dit le maître maçon.

A ce moment les deux sentinelles revinrent en faisant signe de se taire, et le gendarme, allant voir quelles personnes s'approchaient, reconnut Annette et s'écria : « La voilà !... »

On la regarda attentivement, et, lorsqu'elle fut passée, Navardin, le capitaine, prit, de concert avec ses gens, les mesures nécessaires à l'enlèvement d'Annette.

Pendant que la pauvre Annette, qui ne se connaissait pas un seul ennemi dans le monde, était ainsi l'objet d'une conspiration formidable, elle marchait en silence dans la campagne, et Charles se trouvait assez embarrassé pour entamer la conversation par laquelle il voulait éclaircir tous ses doutes.

— Ma cousine, dit-il enfin après un long silence, j'espère avoir bientôt une place.

— J'en serai enchantée pour vous, répondit Annette avec un air tout à la fois plein de froideur et de bienveillance, soyez certain que je prendrai toujours un bien grand intérêt à tout ce qui pourra vous arriver d'heureux...

— Comme vous me dites cela ! ma cousine, on croirait qu'en sollicitant cette place, si je l'obtiens, je n'aurai travaillé que pour moi seul, et que vous n'êtes pour rien dans cette affaire.

Charles, comme on voit, mettait sa cousine dans l'obligation de s'expliquer.

— J'y suis pour beaucoup, Charles, puisque je n'aurai plus d'inquiétudes sur votre sort, et que vous serez honorablement placé.

— Je n'ai jamais eu d'inquiétudes pour mon sort, ma cousine, puisque vous devez être un jour ma femme...

— Ah, dit-elle vivement, Charles, je ne crois pas vous avoir fait la promesse de vous accepter pour mari, mais l'eussé-je promis, vous ne devriez plus y compter; les contrats que l'on fait ainsi d'âme à âme sont subordonnés à des conditions que je n'ai pas besoin de vous expliquer, vous avez assez d'esprit, et vous connaissez assez les lois pour m'entendre; or, vous-même vous avez déchiré le pacte que quinze ans d'amitié avaient sanctionné, et je jure qu'à moins d'une conduite à laquelle je ne crois plus, vous n'aurez jamais ma main.

Annette avait parlé avec une telle force, une telle chaleur, que Charles en était réduit à faire des gestes de dénégation, enfin il répondit, avec une amertume ironique : « Lorsqu'on a l'intention de manquer à ses serments et de détruire tout ce qu'il y a d'amour entre deux cœurs, tel est l'esprit humain que l'on ne manque jamais de prétextes, et le proverbe est juste qui dit que le maître trouve la rage à son chien quand il veut le tuer : lorsque l'on devient moins religieux, l'on cherche des taches à la robe des saints; cependant, Annette, il vous serait difficile de spécifier la moindre chose et de trouver une base à une pareille accusation. »

— Suis-je, s'écria Annette avec la dignité de l'innocence, suis-je de caractère à changer ? et surtout est-ce moi qui chercherai des prétextes ?

— Mais enfin, ma cousine, en quoi ai-je manqué à mes serments ? et à l'aide de quelle fiction me prouverez-vous que je ne vous aime plus, et que j'aie cessé de vous marquer la tendresse, le respect, la fraternité dont je vous ai entourée dès notre enfance ?

— Charles, si vous voulez me voir rougir, pour la première fois de ma vie, des paroles qui sortiront de ma bouche, je vais vous le prouver, ou si vous m'entendez et que vous ayez encore quelque peu de respect pour la vertu, vous m'en dispenserez en rentrant en vous-même.

Charles Servigné, d'après cette phrase, commença à croire que sa cousine avait pu apprendre quelque chose de son intrigue avec Pauline ; alors il conçut rapidement que, s'il en était ainsi, le cœur de sa cousine lui serait à jamais fermé : il continua donc en ces termes, mais poussé par l'esprit de vengeance et de dépit qui faisait déjà frémir son cœur d'une rage concentrée.

— Ma cousine, je commence à entrevoir la lumière que vous voulez mettre sous le boisseau ; ce n'est pas tant à cause de moi, qu'à cause de vous, que vous prenez le rôle d'accusatrice ! vous craignez que je ne vous reproche le véritable motif de ce changement ; je le devine, vous ne m'aimez plus...

— Oui, Charles, je ne vous aime plus, reprit-elle avec cette franchise d'innocence qui tient de l'audace, oui, je ne vous aime plus, dans le sens que vous donnez à ce mot, mais je vous aimerai toujours !... Allez, Charles, on ne brise pas en un instant les liens que tant d'années ont tressés, on n'oublie jamais un frère ! toute ma vie je me souviendrai du plaisir que j'avais à vous aller chercher à *Sainte-Barbe*[35], à vous amener à la maison, à vous dire tout ce que j'avais dans le cœur, à recevoir toutes les sensations du vôtre ; et, quand vous ne seriez plus rien pour moi, que j'aurais à me plaindre de vous mille fois plus encore, il me serait impossible de ne pas vous tendre la main, et de voir votre visage avec plaisir : fussiez-vous criminel ? Je traverserais des pays entiers pour vous sauver ; mais faire route à travers une mer aussi orageuse que la vie sans pouvoir compter sur l'immutabilité de celui qui nous accompagne, oh ! la femme est un être trop faible et trop débile ! mon cœur est plein d'amour, mais

Dieu l'aura dès à présent tout entier si sa créature n'est plus digne de moi.

— Dieu, reprit Charles sans être touché du langage sublime d'Annette, Dieu, m'a tout l'air d'être pour vous, là-bas, à Durantal.

— Charles, répliqua Annette rougissant et d'une voix tremblante ; j'ignore ce que vous voulez dire.

— Si vous l'ignoriez, vous ne rougiriez pas, reprit-il, et vous auriez pu me dire sans détour que l'étranger, qui est venu probablement tous les soirs au salut, est pour quelque chose dans le changement de vos sentiments à mon égard.

— Si vous étiez venu au salut, vous sauriez, répondit Annette, qu'il n'est pas venu tous les soirs.

— C'est dommage ! répliqua Charles avec ironie, mais comment expliquerez-vous l'heureux hasard qui l'a fait s'asseoir à côté de vous et ne pas vous quitter des yeux pendant tout le salut ?...

— Il me semble, reprit-elle avec une incroyable dignité, que je ne vous dois aucun compte, et que la seule chose que je puisse vous devoir, c'est le motif de notre séparation.

— Aussi vous gardez-vous bien d'aborder cette question-là ?

— Charles, dit-elle, il faut en finir, apprenez donc que je sais combien cette femme de la voiture vous est chère. J'aurais préféré pour vous une tout autre femme, et une actrice m'a toujours apporté à l'esprit une idée pénible ; elle peut faire votre bonheur comme une autre, mieux qu'une autre même, à ce qu'il paraît, ainsi, ... à ce mot les larmes gagnèrent Annette.

— O ma cousine ! avez-vous pu croire, ... reprit Charles avec assurance.

— Charles, dit-elle en le fixant, l'on ne ment pas devant moi !... vous pourriez m'abuser facilement par un seul mot, et je vous aurais cru sur un seul regard si je n'avais pas des preuves convaincantes. Il a fallu, Charles, dit-elle avec bonté, le trouble d'un amour aussi violent que le vôtre pour oublier que vous étiez le dépositaire de la petite somme destinée à notre voyage ; et, lorsque nous avons été attaqués, vous ne vous êtes pas aperçu qu'elle était passée dans mes mains sans que vous me l'ayez remise...

— Si vous me l'avez prise en jouant, pendant que je dormais.

— Et, reprit-elle, si c'était un autre, le colonel, par exemple, qui vous l'aurait prise et qui,... tenez Charles, continua-t-elle en rougissant, je m'arrête; vous devez comprendre que je sais tout. Vous n'êtes plus, dit-elle, qu'un cousin que j'aimerai toujours d'une tendresse de sœur en plaignant vos écarts, mais pour être votre femme, cessez de croire à cette union, vous ne m'aimez pas... si vous m'aviez aimé, vous ne m'auriez pas tenu le langage que j'ai entendu.

— Ainsi, ma cousine, répondit Charles en prenant un air dégagé, vous ne laissez même pas d'espoir: pour une jeune fille qui se pique de quelque dévotion, ce n'est guère imiter la clémence céleste qui, au moins, donne quelque chose au repentir[36].

— Votre discours ne l'annonce guère.

— Ma cousine, continua Charles, je puis vous jurer que je ne suis point indigne de vous, que je n'ai jamais cessé un instant de vous porter l'amour le plus tendre, et que je donnerais mille fois ma vie pour vous.

— Ah! cessez, cessez, Charles, ces paroles n'ont aucun prix pour moi, du moment qu'elles ont pu être prononcées à d'autres, et que je le sais.

— Eh bien, ma cousine, rien ne peut m'empêcher de croire qu'une âme comme la vôtre n'ait plus aucune indulgence pour celui qu'elle a aimé, (ici Annette fit un signe de tête négatif) sans qu'il y ait une autre cause; jurez-moi donc que vous n'aimez pas le propriétaire de Durantal, l'étranger de la voiture.

— Comment, dit Annette, voulez-vous que j'aie un sentiment aussi grand pour un homme que j'ai à peine aperçu?

A ce moment ils entendirent le bruit d'un équipage, ils se retournèrent et aperçurent une calèche qui venait si rapidement qu'ils n'eurent que le temps de se ranger. Ils y jetèrent les yeux ensemble, Annette rougit, et son cœur battit en reconnaissant l'étranger.

Charles Servigné observa le regard mutuel de l'inconnu et de sa cousine, et mettant sa main sur le cœur d'Annette avant qu'elle pût l'en empêcher : « Annette, dit-il, avec un son de voix extrêmement grave, votre cœur, vos yeux et votre rougeur me donnent une terrible réponse !... »

— Mon cousin, reprit-elle avec un mouvement indéfinissable par lequel elle lui prit froidement la main et la repoussa ; à votre âge et au mien, il ne vous est plus permis d'interroger ainsi mon cœur : il y aurait eu, ajouta-t-elle d'un air de hauteur, bien plus d'inconvénient dans ce geste, si je vous eusse aimé ; mais, maintenant !... je ne sais si je dois m'en fâcher... En vérité, dit-elle en riant, vous allez faire tout ce qu'il faudra pour que je m'intéresse à cet étranger.

— Il a, dit-on dix ou douze millions !... répondit Charles avec un ton perçant d'ironie.

— Voilà, dit Annette, une insulte qui m'est vraiment sensible : je ne croyais pas que Charles Servigné dût me faire sous-entendre un jour que je m'attacherais à quelqu'un, en mettant l'or pour quelque chose dans la balance. Cette dernière phrase me fait voir que vous ne m'avez jamais comprise, et si, comprenant mon âme, vous l'avez proférée, c'est une telle injure que cette phrase seule suffirait pour vous priver de mon cœur. Au surplus, je vous pardonne tout ; et, je vous le répète, rien n'altérera mon amitié...

C'était peut-être la première fois de sa vie qu'Annette parlait aussi longtemps : d'après son caractère méditatif, tout, chez elle, se passait dans l'âme, et elle restait presque toujours silencieuse et réservée. Cette scène était, de sa vie, la seule où elle se trouvât obligée d'entrer dans un pareil débat, aussi la jeune fille était-elle animée et soutenue par cet esprit d'innocence et de pureté angélique qui donnent tant de courage et de fierté.

Après cette dernière explication, elle parut comme débarrassée d'un poids énorme.

Charles gardait un profond silence : en ce moment une rage sourde remplissait toute son âme, et un levain terrible de regret, de haine, de jalousie, de vengeance fermentait dans son cœur. Il connaissait assez sa cousine pour savoir qu'elle était à jamais perdue pour lui, et, comme il l'adorait véritablement, qu'il avait assis sur son âme la masse totale de ses affections, on doit s'imaginer à quelle cruelle anxiété il était en proie.

Le chemin se fit en silence de son côté, car Annette affecta une tranquillité d'esprit qui redoublait encore l'angoisse de son cousin : elle parut plus affectueuse que jamais, et eut même avec lui beaucoup plus de liberté qu'auparavant.

Revenu au logis, Charles versa toute sa rage dans le cœur de sa sœur qui, loin de calmer sa haine, l'anima encore davantage ; et, sur la description que Charles lui fit du propriétaire de Durantal, Adélaïde s'écria : « Eh c'est lui qui nous a suivies le premier jour que nous avons été au salut, et Annette a pris chaudement son parti quand je me suis avisée de blâmer sa figure. »

Depuis quelques jours l'aversion d'Adélaïde pour Annette s'était augmentée sans que l'on pût assigner de cause certaine à cette répugnance pour sa cousine. Soit qu'Annette eût témoigné de l'éloignement pour les opinions acerbes de sa cousine, dont le caractère était en général disgracieux et *rêche,* soit qu'Adélaïde trouvât qu'Annette valait mieux qu'elle pour la beauté et la douceur, soit encore qu'elle fût mécontente de ce qu'Annette renonçât à l'alliance de son frère, on ne pouvait plus douter de son éloignement pour sa cousine.

Annette s'en aperçut bien ; mais douce et humble comme elle l'était, elle pallia tout, et ces germes de dissidence ne parurent point aux yeux des deux mères.

CHAPITRE VII

Le jour fixé pour l'union de Mlle Adélaïde Servigné avec M. Célestin Bouvier approchait, et tous les préparatifs de cette solennité conjugale se faisaient sans qu'il en coûtât beaucoup, car la boutique de Mme Servigné avait fourni tout le trousseau de la mariée, et les deux cousines y travaillaient sans relâche.

Un matin, elles étaient toutes les deux dans le comptoir lorsqu'un homme, d'une figure peu revenante, entra, et sous le prétexte d'acheter diverses marchandises, il resta beaucoup plus de temps qu'il n'en était besoin, causant avec M. Bouvier, et s'informant de la famille : à quand le mariage? quelle était la mariée? etc. Annette, qui avait de la répugnance à se tenir dans la boutique, était toujours cachée entre les marchandises étalées et baissait la tête le plus qu'elle pouvait; ce qui, par parenthèse, occasionnait une guerre sourde entre elle et Adélaïde qui, l'accusant de fierté, lui demandait mille petits services dont elle aurait fort bien pu se passer.

Annette, aux questions multipliées de l'étranger, l'examina; et, au moment où il allait se retirer, elle remarqua qu'il portait à son cou un cordon de montre de femme qui ne lui était pas inconnu : ce fut quand il sortit, qu'elle se rappela que ce cordon en cheveux était celui de la montre de Pauline. Elle soupçonna l'acheteur d'être un des brigands de la forêt : les brigands la firent penser à l'étranger et à tout ce qui s'en était suivi : son apparition singulière dans l'église, le présage que lui avait fourni son livre de prières, et surtout le carreau de mort sur lequel elle s'était assise. Enfin, Annette, par-dessus tout, remarquait que son voyage avait été rempli d'événements presque tous malheureux : l'étranger avait manifesté de l'aversion pour son cousin; de son côté, elle en avait ressenti pour M. Bouvier; *elle*, comme *lui*, avaient eu le même geste de répugnance; sa cousine ne lui plaisait pas; sa tante épousait la haine d'Adélaïde; enfin, elle était dans une gêne singulière en habitant cette maison. Cette rêverie, à laquelle Annette était souvent en proie, portait un singulier caractère de peine et de souffrance, au milieu de laquelle le souvenir et l'image de l'étranger venaient se mêler sans y apporter beaucoup de charmes.

Le soir, Charles reçut une lettre pendant le souper, et parut en proie à une joie qu'il dissimulait avec peine : au dessert, il annonça que, par le crédit du duc de N***, il venait d'être nommé à la place de Procureur du Roi près le Tribunal de première instance de Valence, et qu'on allait, au moment où la personne lui écrivait, en expédier la lettre de nomination, etc.

— Ah ! grand Dieu, mon cher fils ! s'écria la mère Servigné, te voilà dans les honneurs ! diable, mais tu vas tenir un rang !... Sais-tu que j'ai des papiers qui prouvent qu'avant la révolution nous étions nobles, et que mon grand-père allait aux états de Languedoc ? Tu peux t'appeler *de* Servigné [37], mon enfant !... et nous quitterons le commerce pour ne pas te faire honte, ... ou nous le ferons en gros...

— O mon frère, reprit Adélaïde en profitant d'une respiration de sa mère, que je suis aise !... laisse-moi donc t'embrasser.

— Mon neveu, dit Mme Gérard, recevez mes compliments; vous voilà un pied dans l'étrier, continuez, et faites fortune : on ne vous souhaitera jamais autant de bien que moi...

M. Bouvier enchérit encore sur les félicitations, et finit en disant : « Eh bien, cousine Annette, vous êtes la seule qui ne disiez rien... »

— Ma fille, reprit Mme Gérard, n'a rien à dire puisque Charles est son prétendu.

— Ce sont deux noces à faire, répliqua Adélaïde.

— Qu'en dites-vous, ma chère cousine ? demanda Charles.

A ce moment tout le monde regardait Annette qui, par son silence et la froideur de son maintien, avait attiré l'attention.

— Elle se repent !... disait tout bas Adélaïde à son frère.

— Mon cousin, répondit Annette d'une voix émue, vous savez ce que je vous ai dit à ce sujet ; rien ne peut changer ma résolution, à moins que le temps et votre conduite...

— Vous êtes folle, cousine, reprit Charles en regardant tout le monde et faisant un geste qui annonçait qu'il allait expliquer ce que ces paroles avaient de mystérieux. « Annette est fâchée contre moi et me boude parce que j'ai fait la connaissance de L..., la maîtresse du duc de N***, quand elle est venue ici sous le nom de Pauline et qu'elle a voyagé avec nous. Je pardonne volontiers à ma chère cousine en faveur de son inexpérience du monde et des intrigues nécessaires pour arriver : il faut ne pas connaître la société pour se fâcher d'une aventure aussi heureuse pour moi dans ses résultats, et je vous demande à tous si je n'aurais pas passé pour un grand sot de ne pas profiter d'une circonstance pareille ?

— Et tu as bien fait ! s'écrièrent ensemble Mme Servigné, sa fille et son prétendu.

Mme Gérard gardait le silence.

— Charles, répondit Annette, cette dernière explication me confirme dans ma résolution. Je vous plains d'être arrivé par de tels moyens ; je souhaite qu'ils vous réussissent et que vous obteniez les plus hautes places, vous avez assez de mérite pour les occuper ; mais vous perdez beaucoup dans mon esprit, et même trop, pour m'avoir jamais comme compagne dans la vie. N'accusez que vous-même de ce refus public, car vous ne deviez pas le provoquer d'après ce que je vous avais dit il y a peu de jours. Je serai éternellement votre amie, je disputerai à tout le monde ce titre, et je ne crois pas qu'on puisse vous aimer d'amitié autant que moi ; mais voilà tout ce que je puis vous offrir. Nous avons été assez frères pour que cette explication de famille n'ait rien d'offensant, mais, si quelque chose vous y blesse, je vous en demande mille fois pardon. Au surplus, le peu de fortune de mes parents me rendait un parti peu sortable pour vous, aussitôt que vous auriez obtenu une place dans l'ordre judiciaire, et celle que vous occupez est tellement élevée, que je ne doute pas que vous ne trouviez, dans votre union, un autre moyen de fortune. Si je vous tiens ce langage peu séant dans la bouche d'une demoiselle, en ce qu'il a de la fermeté et une assurance beaucoup trop grande, c'est que la bonté que mon bien-aimé père et ma tendre mère ont pour moi, m'ont fait croire que jamais ils ne disposeraient de moi contre mon gré.

Annette avait parlé avec tant de modestie, une telle douceur de manières, une si grande tendresse de voix, que ses paroles eurent un charme profond, dont personne, excepté sa mère, ne fut touché ; enfin, son discours avait eu, de plus, l'importance qu'acquièrent les discours des personnes silencieuses : aussi Charles, ne s'attendant pas, d'après le caractère modeste d'Annette, à ce qu'elle le refusât aussi ouvertement, répliqua avec aigreur :

« Ma cousine est amoureuse du propriétaire de Durantal, et il n'est donc pas étonnant... »

— Charles, dit Annette avec le calme imposant de l'innocence, ne commencez pas votre ministère par une calomnie.

Servigné resta comme atterré sous le regard d'Annette.

On sent combien une scène pareille dut augmenter le froid qui régnait entre chacun : aussi le soir, lorsque Mme Gérard se coucha, sa fille eut avec elle une grande conversation dans laquelle il fut convenu entre Annette et sa mère, qu'elles partiraient aussitôt que le mariage serait terminé.

La noce devait se faire dans le local du restaurateur qui se trouvait dehors la ville, et sous le berceau de tilleuls où l'on avait prononcé le nom d'Annette. Mme Servigné aurait bien voulu célébrer la fête autre part, surtout depuis qu'elle savait que son fils était nommé Procureur du Roi : mais sa maison n'offrait aucun moyen de parer à cet inconvénient, et les maisons de ses amis étaient tout aussi petites et rétrécies que la sienne. L'orgueil naissant de Mme *de* Servigné s'en tira en prétendant que la noce se ferait *à la campagne*.

Enfin ce jour arriva, et les détails d'une telle solennité sont tellement connus, que l'on ne trouvera pas extraordinaire qu'on en fasse grâce au lecteur. Qu'il suffise de savoir que l'on ne fit aucune faute d'orthographe dans les actes de mariage, que le prêtre n'oublia pas de demander le consentement aux époux, que la mariée avait une robe blanche, vêtement que toutes les mariées s'ingèrent de porter, que le marié paraissait content, qu'il y eut assez de monde à l'église, qu'il y en eut davantage au dîner, et nous arriverons alors à ce qui va intéresser beaucoup plus.

Sur les sept heures du soir, tous les invités se réunirent pour danser sous les tilleurs. Ces tilleuls étaient disposés en rond, de manière que leurs feuillages formaient un dôme de verdure et une salle où l'on dansait mille fois mieux que dans tout autre, car où la joie, la joie divine peut-elle mieux s'épancher qu'en plein air?... Là, sans que l'âme se rétrécît comme entre les murs boisés d'un salon, le ciel pour plafond, le soleil pour lustre, le sein d'une terre parfumée pour plancher, son gazon pour siège, qui diable n'eût pas dansé?... Aussi dansèrent-ils avec cette franche gaieté du midi, avec cet entraînement d'âme qui ne se trouve que sous le ciel méridional. L'orchestre ne valait pas grand-chose, le galoubet allait à faux, les ménétriers, s'ils avaient eu des airs notés, n'eussent guère distingué un *sol* d'avec un *mi;* mais l'on sautait de côté et d'autre comme si c'eût été la dernière fois que l'on dût danser sur le globe, ou que le lendemain l'on eût dû leur couper les jambes.

Il y avait un monde, un monde fou, comme on dit quelquefois; et la joie du midi est bruyante!... Bien des gens ne conçoivent pas comment l'on peut s'amuser sans cris, et les gens de cette noce étaient tous du parti des crieurs.

Mme Servigné et beaucoup de personnes de la famille remarquèrent, dans la foule, quelques figures brunes et revêches, joyeuses comme les autres, mais un peu plus enluminées, et s'étonnèrent de ne pas les reconnaître : plus d'une fois Mme Servigné alla demander à son fils et à son gendre : « Connaissez-vous cet homme-là ? » et, à ces questions, Charles répondait : « Ah ! dans une noce, les amis de nos amis, sont nos amis », et l'on ne sautait que de plus belle.

Annette se tenait toujours à côté de sa mère, évitant de danser le plus qu'elle pouvait, car cette grossière expression de joie, ce tumulte, ne convenaient guère à son âme chaste, pure et contemplative, amie du calme et de la paix, comme de la recherche et de l'élégance. La nuit arrivant, l'on suspendit à chaque tilleul des quinquets pour pouvoir continuer le bal. A l'instant où l'obscurité devint assez forte pour que l'on eut besoin de ces lumières, les gens étrangers à la noce vinrent insensiblement se grouper autour d'Annette.

L'un d'eux, très bien vêtu, l'invita à danser. La contredanse finissait par un tour de valse, Annette fit observer à son cavalier qu'elle ne valsait jamais : alors ce dernier lui dit très poliment qu'à chaque tour de valse, ils se retireraient en dehors du cercle pour laisser valser les autres, et qu'après ils reprendraient leur place pour figurer. Annette ne trouva rien d'extraordinaire à cette proposition toute simple. Pendant la première figure, son partenaire fit un signe à un autre homme assez âgé et très bien vêtu ; et, sur ce signe, il en fut rejoint : Annette trembla involontairement en le reconnaissant pour l'homme qui portait la montre volée à l'actrice : elle fut d'autant plus troublée de cette circonstance que, par l'effet d'un hasard probablement combiné par son danseur, elle se trouvait loin de sa mère et placée du côté de la route où les voitures de ceux qui étaient invités à la noce étaient stationnées.

L'inquiétude d'Annette n'avait rien de fixe, elle était vague et ne pouvait porter sur rien, car elle ne se connaissait aucun ennemi : elle était environnée de plus de deux cent cinquante personnes, et rien ne pouvait faire croire à un malheur. Cependant il y a de ces pressentiments qui en imposent, et qu'une jeune personne, du caractère d'Annette, était plus portée qu'aucune autre à écouter.

Sa frayeur fut bien plus forte et ses craintes devinrent sérieuses, lorsqu'elle s'aperçut, en examinant son danseur, qu'il tournait les yeux sur la route, et qu'une des voitures, attelée de deux chevaux, s'approchait de l'endroit où elle dansait. Une idée vague que l'étranger voulait peut-être l'enlever se glissa dans son âme : enfin, depuis que son partenaire dansait avec elle, elle entendait un bruit d'acier dont elle ne pouvait se rendre compte ; elle crut d'abord qu'il venait de l'argent qui sonnait peut-être dans sa poche, mais à force de l'examiner, elle crut, par les formes des instruments qui paraissaient dans la poche de côté de son habit, que c'étaient des pistolets. Annette, profitant alors d'un balancé, y porta la main comme par mégarde, et en acquit la preuve. Annette effrayée, mais sans le faire paraître, dit à son partenaire qu'elle se sentait si fatiguée que, ne pouvant pas continuer, elle le priait de la laisser rejoindre sa mère. Son cavalier, avec politesse, y consentit, et, lui faisant observer qu'ils ne pouvaient pas traverser la contredanse, il lui donna la main, et se mit en devoir de la guider en dehors du cercle vers la place qu'occupait Mme Gérard. Annette ne savait pas si elle devait le suivre, et hésitait lorsqu'une dispute s'éleva de l'autre côté ; des cris se firent entendre, et tout le monde se porta vers l'endroit où la querelle éclatait : à ce moment la pauvre Annette sentit qu'on lui mettait un mouchoir sur la bouche ; elle eut beau se débattre, elle fut enlevée par deux hommes et portée vers la voiture sans qu'elle pût jeter un seul cri, et sans que l'on s'aperçût de sa disparition, car l'obscurité, le tumulte, tout favorisa cet enlèvement.

Cependant la pauvre Annette se débattit avec tant de courage pour ne pas être mise dans la voiture que les brigands, craignant de lui faire mal, lâchèrent le mouchoir, et Annette fit entendre des cris perçants qui attirèrent l'attention. Mme Gérard vint chercher sa fille et ne la trouva pas ; elle la demanda, et personne ne put lui dire où elle était. Mme Gérard se mit à crier de son côté : la querelle finissait, et personne ne voyait Annette. Le silence s'établit, et la mère reconnut, dans le lointain, la voix de sa fille qui criait au secours ; mais bientôt les cris cessèrent, et quoique des jeunes gens eussent couru dans la direction du lieu d'où la voix partait, ils ne virent rien. Cet événement fit suspendre le bal, et l'on doit juger du trouble et de la confusion que Mme Gérard répandit dans l'assemblée par ses plaintes et ses pleurs. L'indignation fut au comble, et sur-le-chaınp quelques personnes montèrent à cheval, et sur l'avis que donna un domestique que les ravisseurs avaient pris le chemin de Durantal, ils s'élancèrent sur cette route pour la parcourir.

Lorsque Charles Servigné apprit cette circonstance, il en tira la conclusion qu'Annette était enlevée par l'étranger de la voiture : il la communiqua à sa mère qui le redit à sa fille, qui le dit à son mari, de manière que tout le monde fut bien persuadé qu'Annette Gérard aimait le riche Américain, possesseur de Durantal, et que c'était ce dernier qui l'enlevait. Le nouveau Procureur du Roi fut secrètement joyeux de pouvoir commencer son ministère par une affaire dans laquelle Annette se trouvait compromise, et où, en paraissant la venger, il satisferait à son amour dédaigné, et surtout se vengerait du mouvement de mépris que l'étranger s'était permis dans la diligence.

Ces pensées furent, malgré lui, dans son âme, et l'on peut dire qu'il y a peu d'hommes dans le cœur desquels elles n'auraient pas surgi.

Pendant que la noce interrompue était en proie au tumulte et à la confusion, et que Mme Gérard pleurait sa fille, Annette criait toujours, emportée qu'elle était par cette voiture rapide : elle voyageait par des chemins de traverse, et souvent ses guides parcouraient les champs ensemencés. Annette voyant bien que ses cris étaient inutiles, se mit à pleurer sans écouter de ce que lui disaient ses conducteurs. Ces derniers n'étaient plus les mêmes hommes qui l'avaient enlevée : l'un s'était trouvé à cheval en postillon, et l'autre dans la voiture : celui-là ne faisait aucune violence à Annette, et seulement l'empêchait de se jeter par la portière de la calèche. Enfin, sur le sommet d'une colline, Annette aperçut deux hommes qui se promenaient : de loin, elle agita son mouchoir en appelant au secours. Elle crut voir ces deux ombres se mouvoir et l'un des deux courir avec une force et une agilité étonnantes : l'éloignement ne lui permettait pas de croire que l'on pourrait atteindre la calèche, et elle perdit toute espérance quand la voiture, entrant dans une gorge de montagnes, s'arrêta devant un rocher creusé, au fond duquel brillait une lumière.

— Mademoiselle, lui dit son conducteur, ne craignez rien ; il ne vous sera fait aucun mal, et dans quelque temps on vous ramènera à Valence et chez vous sans que vous ayez à vous plaindre de nous.

Annette, sans répondre un seul mot, entra dans la caverne avec les deux hommes qui la gardaient. On la conduisit vers le fond où elle distinguait avec peine un lit et quelques meubles : il faisait humide, et le silence qui régnait lui permit d'entendre retentir sur la route, au-dessus du rocher, les pas précipités d'un homme.

Elle était parvenue au lit, une lampe éclairait faiblement quelques chaises et une table, et cette lueur rougeâtre se perdait sur les parois de telle sorte, qu'à cinquante pas on ne distinguait plus rien. Annette effrayée ne disait mot, lorsque tout à coup un homme fond sur les deux gardes et les terrasse avant qu'ils aient pu se reconnaître ; il s'empare d'Annette, la prend dans ses bras, la serre avec une force étonnante ; puis il reprend sa course, et franchit la caverne avec la même rapidité qu'il venait de mettre à la parcourir. Il sort, regagne le sommet du rocher, et court à travers la campagne en emportant Annette tremblante.

Cette dernière, pour ne pas tomber, avait été obligée de passer ses bras autour du cou de son libérateur, et lorsqu'elle fut sur le rocher, la lueur de la lune lui permit de reconnaître l'étranger de la voiture à sa grosse tête frisée si remarquable. Annette alors ne savait plus si c'était un libérateur ou un ennemi ; quoi qu'il en soit, elle ne cria plus et n'osa même pas se plaindre de la force avec laquelle l'Américain serrait ses deux jambes mignonnes : il paraissait mille fois plus fort et n'avoir rien à porter, tant il mettait de vitesse à franchir les espaces. Jupiter, enlevant Europe, n'était pas plus léger.

Après un gros quart d'heure, pendant lequel l'étranger ne ralentit en rien son pas, Annette vit de loin une masse énorme d'arbres et les murs d'un parc: elle y arriva bientôt, et l'Américain, la posant à terre avec précaution, tira une clef de sa poche, ouvrit une grille, et dit à Annette: « Vous voici à l'abri des poursuites de vos ravisseurs. »

D'après cette phrase, la tremblante Annette n'eut pas autant d'inquiétude, et elle suivit l'allée sombre et tortueuse qui se trouvait devant la grille que son libérateur venait d'ouvrir.

Ils marchèrent en silence, et éclairés par la douce lueur de la lune qui éclairait malgré le sombre toit formé par le feuillage. Annette ne savait que dire, et l'Américain n'osait même pas la regarder. Enfin, après une marche assez longue, Annette aperçut les tours d'un ancien château féodal, et elle ne tarda pas à y arriver.

— Mademoiselle, dit l'étranger en modérant le volume de sa voix et tâchant de prendre des inflexions douces, je vous offrirais bien de vous faire reconduire à l'instant même où vous pourriez le désirer, mais la nuit est avancée, nous ne connaissons ni le nombre, ni les intentions de vos ravisseurs, et je crois, sauf votre avis, qu'il serait plus prudent de rester à Durantal.

Annette interdite ne sut que répondre: elle regarda timidement l'étranger, et baissa ses yeux en apercevant cette grande, mâle et terrible figure qui semblait déposer tout ce qu'elle annonçait de pouvoir et d'énergie à l'aspect d'Annette. La jeune fille en fut en quelque sorte flattée, et l'étranger, interprétant son silence, tira un sifflet, et, sifflant trois coups, fit venir deux domestiques auxquels il demanda de la lumière: il attendit avec Annette sur le perron jusqu'à ce qu'ils fussent revenus.

Les deux domestiques accoururent avec des bougies, et guidèrent Annette et leur maître, à travers les appartements, dans un magnifique salon qu'ils éclairèrent aussitôt.

TOME II

CHAPITRE VIII

Annette fut surprise de la magnificence et du luxe qui éclataient dans le salon où elle était alors. La rapidité des événements qui venaient de se passer ne lui laissait pas le loisir d'une réflexion bien profonde, et elle ne pouvait que se laisser aller à ce mouvement machinal des sens qui, dans les circonstances les plus grandes de la vie, produit souvent des choses singulières, telles que le silence de l'aberration quand il faudrait parler, et le langage de la folie quand il serait urgent de se taire ; le rire au lieu de la gravité, et la gravité au lieu du rire.

Annette était assise sur un fauteuil de velours noir (couleur de mauvais présage, qu'elle abhorrait, et dont, par la suite, elle se rappela le triste augure en des moments bien critiques) ; une table de marqueterie très riche la séparait de l'être extraordinaire qui, depuis huit jours, errait dans ses méditations sans en être l'objet principal, absolument comme dans la tragédie de Corneille, dont la mort de Pompée est le sujet ; ce grand homme voltige, remplit la scène tout mort qu'il est, et semble éclipser César triomphant [38].

L'étranger, le coude appuyé sur la table, ne disait mot et paraissait embarrassé ; Annette, toujours tremblante, gardait le silence, et un spectateur, s'il y en avait eu un pour cette scène singulière, aurait cru, qu'entre ces deux êtres, il s'agitait un fantôme qui les dérobait l'un à l'autre. Alors Annette, jetant un furtif regard sur son hôte, et voyant sur sa figure les marques d'un combat intérieur, fut frappée une seconde fois de l'idée qu'elle était en quelque sorte à sa discrétion, et la terreur s'empara d'elle.

L'Américain, de son côté, semblait en proie à une situation si violente, que son caractère s'en démentait. Cette figure énergique et audacieuse prenait tous les caractères de la timidité, et bientôt des gouttes de sueur parurent sur son front, sans qu'aucune puissance humaine eût pu lui faire prononcer un seul mot : il se contentait de regarder à la dérobée la jeune fille qu'il venait de sauver, et ces regards étaient empreints d'un feu si violent, qu'il en paraissait terrible et sombre.

Cette situation, précédée de tous les petits événements dont on vient de lire le détail, sans compter l'enlèvement extraordinaire et romanesque d'Annette, était d'un prodigieux intérêt pour les âmes de ces deux acteurs, et il y avait quelque chose d'original dans leur mutuel silence, quoiqu'au fond il soit très naturel dans les grandes émotions.

L'étranger se leva, sonna, et demanda par son nom une demoiselle qui arriva bientôt précédée de l'ami du maître de la maison : ce dernier, en entrant, lança un sourire presque moqueur sur Annette et son ami. Alors l'Américain, s'adressant à la jeune demoiselle, rompit le silence en lui disant de conduire Annette à son appartement, et de veiller à ce que ses moindres désirs fussent satisfaits. Annette se leva, balbutia quelques mots, et, saluant les deux amis, elle se retira lentement, ayant recueilli un dernier regard de l'étranger, regard qui fut empreint d'une telle force, qu'il alla jusqu'à son cœur.

En fermant la porte du salon, elle entendit son libérateur dire à son ami, avec un accent de dépit : « Mille canons ! j'aimerais mieux être devant une batterie et sûr de mourir même, que devant elle !... j'étais comme une cire qui fond au soleil, sans énergie, et une honte !...

Annette n'en entendit pas davantage, car elle continuait de marcher en suivant la femme de chambre qui la guidait à travers les appartements. La phrase qui venait de parvenir à son oreille suffisait pour lui révéler l'étendue de la passion de l'étranger pour elle, et l'expression brusque de ce sentiment ne pouvait guère déplaire à Mlle Gérard.

— Mademoiselle, lui dit sa femme de chambre, en lui

ouvrant une porte, vous voici dans l'appartement de Madame...

— Que voulez-vous dire? répondit Annette, en l'interrompant, car cette dénomination lui apportait une foule d'idées.

— Mademoiselle, répliqua la jeune fille, c'est le nom de cet appartement. Avant que Monsieur achetât ce château, cette chambre avait toujours été la chambre à coucher de la maîtresse de la maison, et comme Monsieur n'est pas marié, cet appartement reste inhabité.

Cette explication satisfit Annette qui, fatiguée des événements de cette journée, s'endormit bientôt avec cette naïve confiance, l'apanage des belles âmes, qui fait que l'on croit difficilement au mal.

Cependant la conversation, qui s'était entamée quand Annette sortit, avait continué, et elle est trop intéressante pour que nous la passions sous silence.

— Et, continua l'amant d'Annette, une honte invincible me faisait rougir et trembler; je ne croyais pas qu'une jeune fille fût si imposante!...

— C'est que probablement tu l'aimes, lui répondit son ami, car tu n'as pas toujours eu les mêmes procédés avec Mélanie de Saint-André, dont ta vengeance a causé la mort. Franchement, il est difficile de reconnaître l'audacieux auteur de la révolte à bord de la *Daphnis* dans celui qui tremble aujourd'hui devant une jeune fille, surtout après avoir passé toute sa vie sans faire attention aux jolies princesses que nos camarades et moi-même avons festoyées... Tu avais raison d'avoir honte!... tandis que tu devrais n'être occupé qu'à de grandes choses, depuis une quinzaine, te voilà devenu moins qu'un vieux sac à argent tout vide.

Ici l'Américain retourna sa tête vers son ami par un mouvement plein de grandeur, il lui lança un regard foudroyant, et lui dit: « Je suis maître de moi,... et je l'ai été des autres!...

— Morbleu! tu l'es encore de moi!... reprit le discoureur; mais j'ai des droits sur toi en ma qualité d'ami dévoué; on ne sépare pas l'arbre de l'écorce, et je dois te dire que tu es dans un mauvais chemin. Que diable feras-tu dans ce pays ?... qu'y prétends-tu ?... Est-ce à toi à pourrir à Durantal aux genoux d'une fille qui ne sera jamais ta maîtresse et dont tu ne feras pas ta femme ?...

— Pourquoi pas ?... reprit-il vivement, si elle m'aime, si elle est digne de moi ; pourquoi ne vivrais-je pas ici tranquillement avec toi, ma femme, mes enfants ?... mes enfants !... répéta-t-il avec force ; conçois-tu, après une vie aussi agitée et aussi terrible que la mienne, le bonheur de presser des marmots de ces mêmes mains qui ont serré si souvent la mort ?... Vernyct [39], nous sommes des gueux !...

— Attends, dit Vernyct en se levant et regardant dans l'enfilade de pièces qui de chaque côté s'étendait : bon, il n'y a personne, continue...

— Nous sommes des brigands !... le regard de cette jeune fille m'a fait voir cela mieux que je ne l'avais jamais vu ; or, quand deux capitaines forbans, pirates, corsaires et féroces, comme nous l'avons été, se trouvent avoir atteint un port de salut, se voient au milieu de dix millions, considérés ou prêts à l'être, c'est folie de ne pas rester tranquilles, de ne pas se croiser les mains derrière le dos en contemplant le présent, sans regarder l'avenir ni surtout le passé.

— Tu le veux, dit Vernyct [a], soit !... mais, mille cartouches, ne restons pas en France où à chaque instant nous pouvons être reconnus ; Argow est signalé et Vernyct aussi !...

— Argow peut l'être ! ce n'est pas mon nom !...

— Maxendi l'est aussi, reprit vivement Vernyct avec un sourire.

— Et je ne me nomme ni Argow ni Maxendi !...

— Qu'es-tu donc ?... le diable ?... l'antéchrist ?... quoi ?...

— Je suis, reprit Argow, je suis un enfant de l'amour ; mais, en tous cas, l'on ne m'a pas fait beau. Pour te dire quels furent mes parents, je l'ignore ; mais, ce que je sais,

a. Vernyct, dans *Le Vicaire des Ardennes*, était le premier lieutenant et l'ami intime d'Argow-Maxendi, pirate forcené, auteur de plusieurs crimes, tels que l'assassinat de M. de Saint-André et de sa fille Mélanie. (Note de l'auteur.)

c'est que je suis de Durantal, et voilà pourquoi je veux rester en ce pays : Valence, comme tu le vois, est ma patrie [40].

— Ce sera, dit Vernyct, désormais la mienne...

Demain, continua Argow, demain, je puis savoir quel est le nom sous lequel on m'a baptisé, car, en m'exposant sur la voie publique, on a eu soin de me mettre un petit écrit au cou ; et le matelot qui m'a trouvé, ce pauvre Hamelin, l'a toujours conservé. A Charlestown, la veille d'être pendu, il m'apprit tout cela ; et, lorsqu'il fut frappé à mort, il m'a remis ce chiffon de papier. Comme voilà la seconde fois que je viens ici depuis trois ans, je n'ai pas encore songé à une pareille vétille, car que l'on pende Argow, Maxendi, Jacques, Pierre ou Paul, cela m'est fort égal : quand on dispute sa vie à chaque minute, on s'inquiète peu de son nom : avant de penser à nommer son château, il faut l'empêcher d'écrouler. Cependant, sans savoir qui je suis, attendu que je suis propriétaire de Durantal, j'ai pris, par la grâce de Dieu et ma volonté, le nom de Marquis de Durantal, puisque j'en possède le fief et que l'ancienne noblesse reprend ses titres... Du diable si l'on pense à chercher, dans M. le Marquis, l'Argow de la *Daphnis !*... d'ailleurs, Badger [a] est préfet ici, il le sera longtemps, et j'espère que nous pouvons être tranquilles.

— Monsieur le Marquis, dit en riant Vernyct, voudrait-il se donner la peine de chercher son papier et ses titres de noblesse ?

Celui que nous appellerons désormais M. de Durantal se leva, et, faisant tourner par un secret le dessus de la table en marqueterie auprès de laquelle il était, il prit une liasse de papiers et se mit à chercher.

— Depuis deux ans et demi, dit-il, que nous sommes en France, nous avons toujours été comme des lévriers qui chassent au renard, courant après nos vieux chiens de brigands pour les faire taire, achetant et visitant des propriétés ; je crois que voilà, depuis que je suis ici, le

a. M. Badger, dans *Le Vicaire des Ardennes*, était un banquier dont la fortune venait principalement des bienfaits d'Argow, et qui ignorait les antécédents de la vie de son bienfaiteur. (Note de l'auteur.)

premier moment de repos… J'ai fourré là tous les papiers qui concernent la terre de Durantal, et je veux que le diable m'emporte si j'y trouve de l'ordre!… Il faudra, Vernyct, que tu te mettes l'intendant, voir les fermiers, parcourir les propriétés, les environs, nous mettre bien avec tout le monde… Ah! voici!…

Les deux amis s'approchèrent avec curiosité, et lurent, sur un parchemin tout crasseux et qui sentait encore le tabac du dépositaire, la phrase suivante que l'on pourrait nommer une phrase baptistaire:

Jacques, né le 14 octobre 1786, dans la paroisse de Durantal, fils de S… et de M… baptisé le lendemain par M. M…, curé du lieu.

— Ton extrait de baptême est facile à trouver, s'écria Vernyct; mais tes parents?…

— Mes parents, reprit le Marquis de Durantal, je n'en connais qu'un: c'est ce pauvre Hamelin qui me donnait du tabac, me faisait grimper sur les mâts, me barbouillait de rhum et de goudron. L'océan est mon berceau, les vaisseaux mes langes, et le vieux matelot ma nourrice; si je l'eusse écouté, je serais resté honnête homme!… mais quand j'ai été pirate, il l'a été: pauvre bonhomme, il m'aurait suivi au diable!…

— Tiens, s'écria Vernyct en frappant sur l'épaule de Jacques, tu as un charme d'homme qui est invincible!… Mais écoute-moi, Jacques, puisque Jacques est ton nom, ne te maries pas?… prends cette jeune fille pour maîtresse, et reste ce que tu es: un diable incarné, châtiant la terre, un instrument de fer que *je ne sais qui* fait mouvoir: de temps en temps nous prendrons un brick, et, pour ne pas nous rouiller, nous irons nous dégourdir les doigts en frottant les Anglais ou les Espagnols, n'importe qui, pourvu que nous sentions les boulets nous friser la tête!… et puis après, nous reviendrons ici tout joyeux; tu retrouveras ta chère enfant et moi la mienne, elles viendront à notre rencontre… Elles nous conduiront ici, dans un petit paradis…

— Finiras-tu, reprit Jacques et veux-tu ne pas me rompre la tête de tes sornettes?… Ma main ne se lèvera plus que pour ma défense, mon pied n'écrasera plus personne que pour ma vengeance; enfin, je veux vivre en bourgeois de la rue Saint-Denis, et épouser cette jeune fille... entends-tu: voilà mon dessein; il est là *(et il montrait son front)*.

— En ce cas, dit Vernyct, c'est une affaire finie, n'en parlons plus! mais me réponds-tu que Mme Jacques ne mettra pas à la porte l'ami du capitaine?

— Jamais cela ne sera de mon vivant! ne sommes-nous pas frères?...

— Allons, puisque je vivrai toujours avec toi, que nous serons toujours ensemble, le reste m'est indifférent: bonsoir.

Les deux amis se séparèrent en se donnant une poignée de main, et quelques instants après tout dormit dans le château.

D'après cette conversation, l'on doit voir que M. de Durantal ne croyait éprouver aucune difficulté à épouser Annette, et il parlait de son amour et de ses desseins pour elle avec cette assurance qu'ont tous les gens habitués à ne trouver aucune résistance à leurs volontés; du reste, il n'est personne qui, riche comme l'était Argow, n'eût eu la même conviction.

Cependant Annette dormait, et son sommeil, par un effet du hasard, se trouvait empreint de ses pensées de la veille. L'influence qu'un rêve avait sur son esprit nous oblige à le raconter tel qu'il fut, et ainsi qu'elle le raconta souvent par la suite quand elle récapitulait toutes les petites circonstances que nous avons fidèlement rapportées, et qui lui servaient de présages.

Elle rêva, elle qui était si chaste et si pure, et cette partie de son rêve lui donna la souffrance horrible du cauchemar; elle rêva qu'après bien des combats Argow se trouvait à côté d'elle, sur son propre lit virginal, dans cette chambre de Paris que nous avons décrite au commencement de cette histoire. Là, une fois que cet être extraordinaire y était parvenu, elle éprouvait de lui une multitude infinie de soins et de délicatesses, un respect même qui ne semblait pas compatible avec les manières et le caractère qu'on devait supposer à son époux d'après son aspect; car, en effet, elle se rappelait l'avoir épousé, mais cette souvenance, dans son rêve, n'arrivait qu'alors que M. de Durantal franchissait l'obstacle qu'Annette avait élevé entre elle et lui.

Cette jeune fille, poussée par l'influence absurde du rêve, triomphait de sa propre pudeur et de toutes ses idées; enfin, pour vaincre le respect étonnant de ce singulier être, qui voyait en elle une divinité et la traitait comme telle, Annette folâtrait et badinait avec lui; elle jouait, et, en jouant, elle prenait cette tête énorme aux cheveux bouclés et l'appuyait sur son épaule d'albâtre, passait sa main dans la chevelure, et, par ses caresses enfantines et pures, elle semblait l'encourager. Pourquoi? elle l'ignorait; mais une chose qui la flattait au dernier degré, c'était de voir deux yeux étinceler et se baisser tour à tour.

Ce fut alors que, posant cette tête sur son sein, elle aperçut sur le cou une ligne rouge imperceptible, fine comme la lame d'un couteau, et cette ligne, rouge comme du sang, faisait le tour du cou de son époux, précisément au milieu. A peine ses yeux eurent-ils vu cette marque, qu'une sueur froide la saisit et l'arrêta: comme une statue, elle garda la même attitude; elle voulait parler sans le pouvoir, et une horrible peur la glaçait. Elle s'éveilla dans les mêmes dispositions, tremblante, effrayée, et son cœur battait si fortement qu'il ressemblait, par son bruit, à une voix entrecoupée.

Dans les idées d'Annette, un rêve était un avertissement émané du domaine des esprits purs qui saisissaient l'instant où le corps n'agissait plus sur l'âme pour guider, par des images informes de l'avenir, les êtres que leur amour pour les cieux rendaient dignes de l'attention spéciale de ces esprits intermédiaires qui voltigent entre la terre et le ciel[41].

Or, ce rêve avait une signification qu'Annette n'osait même pas entendre: elle écoutait, tressaillait; et, dans son appartement faiblement éclairé par sa lampe, elle tâchait de ne rien regarder, parce qu'elle tremblait d'apercevoir cette tête de son rêve, et, par-dessus tout, elle voulait oublier cette ligne de sang. Elle se rendormit pourtant après avoir secoué sa terreur, mais elle revit encore en songe, et dans un songe dénué de toutes les circonstances du premier, cette même tête, scindée par cette même ligne qui semblait marquer son époux d'un horrible sceau.

Les teintes fraîches et pures de l'aurore la trouvèrent encore dans cette même horreur, mais en proie à l'irrésolution et à tout le vague de l'interprétation d'un tel songe. Elle s'agenouilla, fit sa prière, non pas une prière verbale telle que souvent l'on en inculque aux jeunes gens par l'effet de leur belle mémoire, mais une prière mentale dans laquelle elle rassemblait toutes les forces de son âme pour prendre un essor vers les cieux. Se réfugiant ainsi, par un élan sublime, dans le sein même de la grande Providence qui régit les univers qu'elle a créés, Annette, plaintive et soumise, demandait, face à face, au Dieu que sa méditation lui faisait entrevoir, le bonheur auquel chaque créature a droit, ou tout au moins la force de la résignation et le courage de supporter les épreuves de son pèlerinage terrestre[42].

Annette, après cette prière, se trouva comme soulagée; elle venait en quelque sorte de déposer le fardeau de sa crainte aux genoux du père des hommes: c'était à Dieu à veiller désormais sur elle, sur la plus confiante de ses créatures, sur celle qui, par instinct de sentiment, croirait à Dieu quand même un athée prouverait que l'Être suprême n'existe pas.

Elle se leva, ouvrit la fenêtre qui donnait sur les jardins et le parc; et après en avoir franchi les trois marches, elle admira la vue étonnante de beauté que lui présentèrent toutes les belles campagnes de Valence comme inondées des flots de la lumière du soleil levant. Elle se promena en admirant la beauté du parc, mais plus encore la magnificence des bâtiments immenses de Durantal. « Cela est bien beau, se disait-elle » ; mais, ramenée partout à ses idées religieuses, elle ajouta: « Mais Dieu seul est grand. »

En parcourant les jardins, elle arriva à la cour d'honneur du château, et, après l'avoir examinée, elle vit une autre cour dans laquelle des valets nettoyaient une calèche élégante. Annette entendit les valets causer entre eux, et le fragment suivant de leur conversation la convainquit de la pureté des intentions du généreux possesseur de Durantal.

— Pierre, disait un monsieur qu'Annette ne voyait pas, vous mettrez à la calèche les deux chevaux blancs ! Monsieur va aller dans l'instant à Valence, et c'est Jean qui le conduira.

Annette, par suite de sa croyance que nul ne faisait mal, n'avait pas été inquiète, elle ne s'était alarmée que pour sa mère : cependant la phrase qu'elle venait d'entendre lui causa une espèce de satisfaction ; il était clair que son hôte allait la reconduire à Valence chez sa mère.

CHAPITRE IX

Alors Annette ne se trouvait pas loin de la porte d'entrée du château, mais comme cette porte était décorée d'un hémicycle en pierre à l'extérieur, Mlle Gérard était cachée par le renflement de ce demi-cercle à l'intérieur : elle contemplait le château et restait pensive, car un pressentiment invincible, malgré tous les présages du malheur et son opposition présente, lui faisait regarder ce château avec l'idée qu'*il lui serait de quelque chose* [a].

En ce moment un homme franchit la porte et s'avance vers le château, Annette le vit et frémit ; cet homme était celui qui avait dansé avec elle la veille, et qui, d'une main insolente, avait osé l'enlever et la mettre dans l'infernale voiture.

Aussitôt elle s'échappa par le côté des jardins, et, avec la vélocité du lièvre poursuivi, elle regagna sa chambre, et sonnant avec force, elle ordonna à la femme de chambre qui accourut, de dire à M. de Durantal de venir sur-le-champ.

Argow [b] ne tarda pas d'une minute. Annette était dans le salon qui précédait la chambre dans laquelle elle avait passé la nuit. « Monsieur, dit-elle avec une dignité et une énergie étonnantes, l'homme qui m'a enlevée et qui a

a. Ayant sollicité l'indulgence des lecteurs, on voit que ce n'est pas sans motif ; mais ici, pour rendre une idée aussi vague, il fallait des expressions non moins vagues. (Note de l'auteur.)

b. Quoique ce personnage se soit fait appeler Marquis de Durantal, nous l'appellerons tantôt Argow et Maxendi, tantôt Jacques et M. de Durantal. (Note de l'auteur.)

porté les mains sur moi, vient d'entrer chez vous comme si le château lui était familier?... ayant donné à cette phrase l'air d'une interrogation, elle fixa les yeux d'Argow, qui lui répondit sur-le-champ:

— Mademoiselle, je l'ignore; mais, quel qu'il soit, vous verrez jusqu'où ira ma vengeance.

— Pourquoi vous venger, dit Annette, il n'a offensé que moi...

A ce moment, un domestique entra, et dit à Maxendi: « Monsieur, un inconnu vous demande. »

— Son nom?...

— Navardin, répliqua le domestique.

— Mademoiselle, dit Argow en se tournant vers Annette, ayez la complaisance de rester ici.

Maxendi se rendit à son grand salon, s'assit dans un fauteuil, dit qu'on pouvait faire entrer le ravisseur d'Annette, et ordonna que tout le monde se retirât.

— Capitaine, dit Navardin en entrant et gardant son chapeau sur la tête, tes gens ont décrété que tu te rembarquerais avec eux, et, comme tu dépends d'eux, il faut que cela soit.

— Navardin, reprit Maxendi d'un ton de voix dont le flegme affecté cachait la plus violente colère, tu remarqueras que tu m'as appelé *ton capitaine,* que tu as dit *mes gens*... continue...

— Eh bien! continua Navardin, tremblant malgré tout son courage, je viens chercher ta réponse... En effet, tu as dénoncé tous tes anciens camarades à la préfecture: ils sont forcés de fuir ou courent les plus grands dangers; ils sont sans fortune, et veulent en acquérir; or, pour n'avoir plus à te craindre, ils t'appellent au milieu d'eux: les possessions espagnoles sont révoltées, on peut courir la mer sans honte en se mettant à leur service.

— Navardin, répondit Argow d'une voix toujours croissante en force et en terreur; si j'ai dénoncé mes anciens camarades, c'est qu'ils m'y ont forcé pour mon salut: s'ils n'avaient rien dit en m'apercevant dans la diligence, on ne m'aurait pas soupçonné. Il a été clair pour tout le monde, que je devais vous connaître, obligé de parler, j'ai raconté à Badger, non pas ce que je savais, mais une histoire faite à plaisir. Voilà pour un point. Mes gens veulent de l'or? qu'ils aillent en chercher: mais à qui prétend-on que j'obéisse?... est-ce à eux à m'intimer des lois? réponds! tu te tais; je le crois, car c'est à eux d'en recevoir. Ils sont sans fortune, dis-tu? c'est qu'ils l'ont mangée, car chacun a eu sa part, et le dernier matelot a eu cent mille écus au moins, sans compter ce que vous mangiez toutes les fois qu'on descendait à terre. Est-ce vrai?...

— Oui! répondit Navardin interdit.

— Tu crois que je dépends d'eux? reprit Argow en imprimant à sa voix un caractère terrible. Mille bombes je ne dépends de personne au monde, et un pistolet me fera toujours raison de ma vie : je ne l'ai pas risquée cent mille fois pour la marchander maintenant: je me moque de vous tous comme d'une allumette d'un liard, et si vous avez le pouvoir de me faire bouger d'une ligne, vous serez des dieux!...

— Nous l'avons... dit Navardin.

— Et comment?

— Chacun de nous peut te dénoncer à l'instant.

— Ce serait un grand imbécile, car, d'abord ou il serait gueux et voudrait de l'argent, ou il serait riche et aurait quelque chose à perdre. Riche, il ne me dénoncerait pas parce qu'il périrait avec moi; et gueux, je lui donnerais tout ce qu'il me demanderait... après, je ne le craindrais guère! il se serait désigné!...

Ici la figure d'Argow, revenue à toute sa férocité primitive, exprimait, par son seul aspect, tout ce qu'il taisait.

— Ce n'est pas tout, dit Navardin; écoute! Nous t'avons juré le secret et nous te le garderons; mais nous avons pris un autre moyen! Nous savons qui tu aimes!...

— J'en suis bien aise, dit Argow en saluant ironiquement Navardin.

— Et nous tenons en notre pouvoir la jeune fille que tu voudrais...

— Qui l'a enlevée?... s'écria d'une voix formidable Argow en se levant et interrompant Navardin, réponds?

— Moi! cria Navardin.

— Ah, c'est toi qui as porté sur elle des mains sacrilèges !...

Le terrible Maxendi faisait trembler par sa voix les vitres de l'appartement, il sauta sur le brigand, et, le saisissant par le collet de son habit, il le contraignit à le suivre...

— Ah, disait-il, c'est toi qui as souillé par le contact de tes mains celle que nul n'est digne de toucher ! viens, viens !... et il l'entraîna.

Il lui fit traverser tout l'appartement, et le jeta tout effrayé aux pieds d'Annette étonnée. « Mademoiselle, lui dit-il, voici le coupable !... Navardin, lève les yeux !... » et, d'un coup terrible, il lui prosterna la tête sur les pieds même d'Annette, à laquelle il dit : « Mademoiselle, foulez sa tête avec vos pieds ! dégradez-le !... vengez-vous !... »

— Monsieur, dit Annette tremblante à l'aspect de Maxendi en proie à une si violente colère, Monsieur, je désire qu'on le laisse tranquille !... laissez, je lui pardonne !...

— Vous pouvez lui pardonner !... mais, moi... je verrai !... Ce que ce dernier mot cachait n'était certes pas l'idée de la clémence.

Laissons pour un moment Argow, Navardin et Annette, dans cette singulière situation, et retournons à la porte du château.

Vernyct y était accouru parce qu'il avait aperçu Annette s'enfuir à toutes jambes ; et, comme Navardin était déjà entré, il ne savait à quoi attribuer cette course précipitée ; lorsque, regardant dans la campagne, il vit au bout de l'avenue cinq à six personnes qui se dirigeaient vers le château : trois de ces personnes étaient vêtues de noir, et un homme en robe noire les guidaient. Vernyct crut qu'Argow et lui étaient découverts, et il cherchait en sa tête les moyens de se soustraire à cette attaque ; mais, pendant qu'il réfléchissait, le procureur du roi arriva près de lui. Ce procureur du roi était Charles, soutenu d'un juge d'instruction et d'un commissaire : il avait, comme on voit, fait diligence, et brûlait de mettre à exécution ses projets contre son rival.

— Que veut Monsieur?... demanda Vernyct d'un air arrogant.

— Monsieur, répondit Charles Servigné, c'est moi qui interroge et ne le suis jamais!...

— Encore faut-il que je sache, répliqua Vernyct, à quel titre? comment, et pourquoi vous entrez à Durantal?

— Nous venons, répliqua plus doucement le juge d'instruction, faire des perquisitions relativement à une accusation d'enlèvement qui est portée contre M. de Durantal, au sujet d'une jeune demoiselle nommée Annette Gérard.

Ces paroles firent sourire légèrement Vernyct qui, regardant alors le nouveau Procureur du Roi, le reconnut, lui tendit la main, lui prit la sienne, et lui dit: «Et c'est notre cher compagnon de voyage! entrez, Monsieur, vous serez bien reçu à Durantal, de quelque manière que vous y veniez, en costume ou sans costume! diable, la justice valançaise est expéditive...»

Charles ne savait quelle contenance tenir, ce ton léger n'annonçait pas des coupables. Il répondit néanmoins: «Monsieur, ne retardez donc pas son expédition, conduisez-nous au château avant que vous n'y semiez l'alarme!...»

— Pierre, dit Vernyct, conduisez ces messieurs au salon.

Cette phrase sèche, plus sèchement dite encore, accompagnée d'un coup d'œil sur Charles, lui fit pleuvoir, en quelque sorte, le mépris sur la tête. Servigné se sentit violemment outragé, et Vernyct ne négligea rien pour cela, car il s'en alla lentement sans saluer le groupe.

Pendant que l'on dirigeait Charles vers le salon, Vernyct cherchait Argow, et il le trouva au milieu de la scène que nous avons interrompue pour raconter ce nouvel incident.

— La justice, dit-il tout haut, vient de descendre ici...

Ces mots produisirent un notable changement: Navardin se leva brusquement, Argow porta sa main dans son sein, Vernyct se mit à rire, et Annette étonnée contempla ce tableau curieux.

— Sors, dit Argow à Navardin, ce n'est pas à la justice à te punir...

Navardin sortit par le jardin, et Argow le suivit en le guidant vers une cave dont l'entrée se trouvait dans une grotte en rocaille.

Lorsqu'ils y entrèrent, Maxendi lui dit d'un ton inflexible : « Navardin, il faut périr, car j'ai décidé que ce serait ta punition pour avoir osé profaner, par le contact de tes mains, celle que j'ai choisie pour moi. Ai-je jamais seulement regardé vos maîtresses lorsque vous en aviez ?... N'as-tu pas manqué à l'obéissance et au respect que tu me devais ?... Or, où la justice n'a pas de prise, car je serais fâché de te voir entre ses mains, *ma justice à moi* s'exerce : obéis à ton capitaine... avance !... c'est ton dernier pas !... »

Navardin, en entendant cette sentence sortir de la bouche de son ancien chef, trouva qu'il était dur pour lui, qui était devenu à son tour capitaine, de périr de cette manière ; alors il se retourna brusquement, et, tirant un pistolet de son sein, il ajusta, presque à bout portant, son ancien capitaine, auquel il enleva une boucle de cheveux.

— Ah, ah !... dit ce dernier en passant la main sur son front avec tranquillité, tu es digne de moi !... En achevant ces mots, il ne lui laissa pas le temps de saisir son second pistolet. En effet, Argow prit Navardin à bras le corps, le renversa par terre avec une force si grande, qu'il ne pouvait opposer aucune résistance. Réunissant alors les deux mains du brigand sur sa poitrine, il les y fixa d'une manière invariable en les tenant sous son pied de fer, et pendant que Navardin cherchait à se sauver de cette espèce d'étau, Argow tirait tranquillement de son doigt une bague d'or dans laquelle se trouvait une épingle, il la prit, et la plongeant dans la poitrine du brigand, ce dernier expira aussitôt que la pointe de cette arme d'un nouveau genre eut atteint le sang d'un vaisseau [43].

Maxendi revint vers la chambre d'Annette tranquillement et comme s'il eut accompli un devoir. Pendant qu'il avait ainsi vengé Mlle Gérard, il s'était passé une autre scène très intéressante.

En effet, lorsque l'on eut introduit Charles et sa troupe

dans le salon, au lieu de s'y arrêter, il avait continué; et, pénétrant jusqu'à la chambre où se trouvaient Annette et Vernyct, il fut stupéfait de revoir sa cousine, qu'il croyait sous des verrous.

En l'apercevant ainsi libre, son esprit malicieux en conclut sur-le-champ qu'elle s'était fait enlever volontairement, et pour excuser aux yeux du public, son amour pour M. de Durantal, par l'idée que la force employée à son égard l'avait jetée à la merci des ravisseurs. Alors, satisfait de pouvoir se venger du mépris qu'Annette avait pour lui, et cela à la vue de tout le monde, il lui dit d'un ton plein d'affection, et comme un père à sa fille :

— Êtes-vous libre, Annette ?...

— Oui, Charles, répliqua-t-elle, en appuyant sur cette syllabe.

— Oh ! Annette, reprit Charles Servigné, si vous êtes ici volontairement, quelle singulière comédie la passion vous a fait jouer devant une assemblée tout entière !... Vous n'en avez sans doute pas prévu les effets, car j'ose croire, si toutefois votre caractère religieux ne m'en a pas imposé, que vous eussiez renoncé à votre dessein : votre mère est au désespoir ; elle a pleuré toute la nuit, demandant sa chère fille à chacun. Cette nuit qui, pour les nouveaux mariés et pour votre tante, devait être une nuit nuptiale, a été une nuit de désolation !... Moi-même, ardent à venger avec vous l'ordre social, j'ai armé les lois d'une célérité qui leur était inconnue : je me suis hâté, mes soupçons ont été bientôt pour moi des réalités ; j'arrive, je vous trouve, et quelques heures ont suffit pour tout apaiser entre vous et votre ravisseur !... Oh ! Annette, vous, si religieuse, si grande, si candide, si pure, où vous retrouvai-je ?... quel chagrin pour madame votre mère ! il l'emportera au tombeau !...

Le groupe, en entendant ces artificieuses et vindicatives paroles si bien colorées d'un air de vérité par les circonstances, trouva que le nouveau procureur du roi avait une éloquence touchante : mais Vernyct, qui étudiait Charles et semblait lire dans ses yeux, devina que ce discours n'était pas sincère ; d'un autre côté, il était bien aise de voir Annette dégradée dans l'opinion publique, parce qu'alors Argow n'en ferait pas sa femme ; et cependant la haine secrète que le visage de Charles faisait naître en lui, fut cause de sa réponse.

— Monsieur, lui dit-il, à l'instant où vous trouvez ici mademoiselle libre, vos fonctions cessent : vous deviez vous retirer, et lui épargner vos inconvenants discours.

— Êtes-vous son ravisseur ?... lui demanda Charles.

— Si je l'étais et qu'elle l'aimât, comme vous le supposez gratuitement, je vous aurais déjà jeté par la fenêtre, tout procureur du roi que vous êtes !

A ces mots qu'Argow entendit, il entra, et sa figure prit une expression terrible à l'aspect de ce groupe. Annette, comme une vierge au pied de la croix, était tellement accablée sous le poids du perfide langage de son cousin, que, semblable à un agneau que l'on frappe, elle regardait fixement Charles sans pouvoir répondre un seul mot.

— Monsieur, reprit Charles avec une grande dignité, ce que je dis à mademoiselle, je ne le dis pas à titre de magistrat, c'est à titre de père, de cousin, d'ami...

— Mon cousin, mon ami, mon père, reprit Annette les larmes dans les yeux, aurait pu me dire cela en particulier ; il se serait surtout informé si j'avais été enlevée volontairement avant de le supposer... Il ne m'aurait pas mis la mort dans le cœur en me disant que je tue ma mère !... ici les larmes d'Annette devinrent si fortes qu'elle ne put achever ; elle tomba dans un fauteuil en se cachant le visage, et des sentiments bien divers s'emparèrent des cœurs.

— Qui la fait pleurer ici ?... s'écria Argow en lançant un foudroyant regard qui fit trembler tout le monde : il palpitait de rage et semblait chercher sa victime. Je le saurai, dit-il, malheur à lui !...

— Monsieur, dit Annette, sublime d'effroi, vous me perdez en prenant ma défense !... Dites-leur donc que vous m'avez sauvée, que vous alliez me reconduire à l'instant, que... je ne sais, le monde pensera ce qu'il voudra, mais ma conscience est pure, elle est muette à me reprocher la moindre chose ! et Dieu, ma mère, mon père aimé, sont mes seuls juges !... mais, mon généreux libérateur, cessez de parler comme si je vous étais de quelque chose, il n'y a entre nous d'autre lien que celui de la reconnaissance.

— Qui peut expliquer un tel mystère?... demanda le juge d'instruction.

— Est-il besoin de l'expliquer! reprit Argow; mais, s'écria-t-il, je vais vous parler à tous: Vous allez retourner à Valence? écoutez-moi bien! et suivez de point en point ce que je vais dire. On a enlevé mademoiselle. Je me promenais avec mon ami que voici, hier soir, et j'ai de loin aperçu une voiture de laquelle partaient des cris: j'ai couru, j'ai délivré mademoiselle: il était trop tard pour la reconduire à Valence, j'allais le faire ce matin quand vous êtes venus. Mademoiselle a passé la nuit au château de Durantal, voilà la vérité. Si dans Valence un être ose tirer de ceci une conséquence défavorable à mademoiselle, je jure que lui ou moi périrons, et que, si je péris, celui que voilà me vengera!...

— Oui, dit Vernyct.

— Ce n'est pas tout! reprit Argow, je vous permets de publier partout que j'aime mademoiselle, qu'elle a en moi un serviteur, un ami dévoué, que si jamais je me marie, et qu'elle me permette d'oser aspirer à elle, je n'aurai jamais d'autre femme; que quiconque lui fera mal, lui nuira, sera mon ennemi capital! que, dussé-je dépenser un million, je la protégerai désormais contre toute attaque, et quiconque osera tirer de ceci une conséquence défavorable, je jure qu'alors il mourra, car il m'aura fait insulte, ou si je meurs, Monsieur que voici me vengera!...

— Oui, dit Vernyct.

— Maintenant, messieurs, dit Argow en changeant subitement de ton, voulez-vous prendre quelque chose?... Pierre, des sièges...

— Quoi qu'il en soit, dit Charles, ceux qui ont enlevé Mlle Gérard avaient un but, et la société ne doit pas rester sans vengeance; notre ministère nous impose le devoir de chercher ce but et les auteurs de l'enlèvement.

Ici Argow reconnut en Charles le jeune homme de la diligence, cette reconnaissance lui fit froncer le sourcil, et sa physionomie reprit un caractère terrible. *« Jeune homme,* lui dit-il, *vous vous trouvez sur mon passage dans la vie!...»* Il y avait un sens à ces paroles, elles firent impression sur l'assemblée. « Vous y êtes mal!... prenez garde!...» Argow ne dissimula en rien l'aversion qui lui dicta ces derniers mots.

— Je n'ai fait que mon devoir, dit Charles, et nulle considération ne m'empêchera de suivre toujours ce qu'il m'indiquera; mais je dois vous prévenir que ma cousine a tout mon amour, qu'elle m'est promise...

— C'est faux!... s'écria Annette en voyant Argow dévorer Charles des yeux; je n'ai aucun motif qui ne parte de la vérité, pour démentir ainsi mon cousin: Charles, vous savez que nous ne sommes rien l'un à l'autre, et, quand cela n'aurait pas été déjà, le discours que vous venez de tenir tout à l'heure, sur une amie que vous connaissez dès l'enfance, aurait suffi pour briser tout lien entre nous... je comprends votre regard ironique, Charles, mais sachez que je n'ignore pas que je suis à Durantal, que le maître n'entre pour rien dans ma protestation, et que ce qu'il a dit tout à l'heure n'a pas plus influé sur mon âme, que mon image sur la glace que je vois en ce moment. J'ignore qui m'a enlevée; mais, ce que je sais, c'est que ce n'est pas Monsieur, car, depuis que je suis ici, il ne m'a pas encore dit trois phrases... vous me connaissez, Charles? et votre conscience doit vous crier que rien que la vérité ne sortira jamais de la bouche d'Annette.

— Maintenant, monsieur, dit-elle à Maxendi, ordonnez, je vous prie, qu'on me reconduise seule à Valence: malgré le plaisir que j'aurais à être présentée à ma mère par mon libérateur, je sens que...

— Non, mademoiselle, votre cœur vous dira, répondit Argow, que l'opinion d'êtres aussi éloignés de votre nature n'est rien. Permettez que j'ose réclamer l'honneur de vous accompagner. Si vous avez passé une nuit sous les voûtes de Durantal, vous pouvez, sans qu'il n'en soit ni plus ni moins, être reconduite à votre mère par moi.

— C'est vrai, dit Annette, ne pas le faire ce serait reconnaître du mal, et il n'y en a aucun.

Dans cette matinée, le caractère d'Argow venait de se

déployer tout entier, Annette avait brillé de tout le lustre de l'innocence, et Charles se montra tel qu'il devait toujours être, enclin à satisfaire ses passions sous le masque de l'intérêt général, orgueilleux, mais, par cela même, susceptible de sentiments nobles.

On déjeuna, tout le monde fut réuni autour de la même table, mais le déjeuner fut froid de conversation. Le juge d'instruction eut mille égards pour Annette, surtout pour le maître de la maison qu'il savait être l'ami intime du préfet et riche à millions. Il lui parla de sa terre, du pays, de Valence, et parut enchanté qu'une semblable méprise lui eût procuré l'honneur de se trouver avec M. de Durantal; méprise qui du reste n'avait été faite que sur la volonté de M. le procureur du roi.

Argow, à cette phrase par laquelle le juge rejetait tout sur Charles, regarda Servigné avec une horrible expression de haine.

Le déjeuner fini, on monta en voiture, Annette fut seule au fond de la çalèche, son cousin et Argow se mirent sur le devant, les autres personnes eurent leur voiture, et l'on partit pour Valence.

En chemin, Annette dit à M. de Durantal que, toute flattée qu'elle devait être de lui avoir inspiré les sentiments qu'il avait manifestés, elle le conjurait de n'y point persister, et surtout d'empêcher que les circonstances de cette matinée, sous ce rapport, devinssent publiques. Argow resta muet.

CHAPITRE X

La calèche élégante de M. de Durantal s'arrêta devant la modeste boutique de Mme Servigné, ce qui produisit comme un spectacle pour tout le voisinage. La tante, la cousine et la mère d'Annette étaient, comme bien on le pense, accourues sur le seuil de la boutique, et le plus grand étonnement s'était emparé d'elles à la vue d'Annette dans ce brillant équipage. Adélaïde pensa soudain qu'elle épousait le millionnaire, et une effroyable jalousie s'élevait dans son cœur; Mme Gérard, pour le moment, ne voyait que le bonheur de retrouver sa fille; et pour Mme Servigné, oh! elle parlait! qu'elle eût joie, affliction! tout chez elle s'exprimait par des paroles.

Argow, sans s'inquiéter du flux d'interrogations et d'exclamations qui sortait du gosier de la mercière, descendit en donnant la main à Annette, rouge et confuse: puis, la présentant à Mme Gérard, il lui dit: « Madame, voici votre fille que j'ai eu le bonheur de pouvoir arracher à ses ravisseurs; soyez persuadée qu'avant que la justice ait seulement cherché son glaive (en prononçant ces mots il regardait Charles) on avait vengé votre fille: quant aux motifs de son enlèvement, dans lesquels, croyez-moi, votre fille n'était pour rien, c'est un mystère bien singulier que rien ne pourra découvrir. S'il m'était permis, Madame, de réclamer un prix d'une obligeance aussi naturelle, je ne demanderais que l'honneur de pouvoir vous présenter souvent mon hommage et mes respects. »

Mme Gérard interdite de se voir, pour la première fois de sa vie, l'objet des respects d'un millionnaire en équipage et pour ainsi dire dans toute sa gloire, balbutia quelques remerciements en acceptant les hommages de M. de Durantal, qui remonta dans sa voiture et partit.

Adélaïde, sa mère et M. Bouvier avaient, pendant ce temps, examiné la figure de Charles, et l'embarras, l'air sombre de ce dernier, leur avait donné tellement à penser, que, chose extraordinaire, le silence régnait.

Lorsque chacun fut remonté, le silence d'Annette et celui de Charles excitèrent la curiosité au plus haut point; mais l'état de gêne dans lequel se trouvèrent ces deux acteurs qui étaient censés instruits, firent que l'on se sépara mécontents les uns des autres.

Mme Gérard et Annette étant seules dans leur chambre, la fille se jeta dans les bras de sa mère, et après lui avoir raconté ce que le lecteur sait déjà, voici ce qu'elle ajouta:

— Ma mère, cette aventure va faire grand bruit dans Valence: mon cousin et ma cousine, d'après ce que Charles s'est permis, ne la raconteront pas à mon avantage; alors je ne crois pas que nous ayons d'autre parti à prendre que de quitter Valence au plus tôt. Revenues à Paris, les discours de Valence ne nous atteindrons guère, d'autant plus que notre essai de voyage ne nous ayant pas réussi, nous ne reviendrons plus dans ce pays. »

Mme Gérard approuva fort ce parti, parce qu'elle ne se trouvait non plus guère bien de l'hospitalité de sa sœur. En effet, les premiers jours ces quatre femmes avaient été charmées de se revoir; mais bientôt Mme Gérard s'aperçut 1° qu'elle ne pouvait jamais parler; 2° qu'elle écoutait toujours les mêmes choses; 3° qu'Adélaïde était jalouse d'Annette, et que cette jalousie produisait une foule de petites tracasseries insupportables; 4° qu'Adélaïde ayant fait partager sa haine à sa mère, et Charles ayant une animosité bien plus forte contre Annette, il s'ensuivit qu'on trouva Mme et Mlle Gérard de trop dans la maison; 5° qu'on n'avait pas tardé à le leur faire apercevoir.

Alors il fut décidé que l'on quitterait Valence dans deux ou trois jours, et Mme Gérard se garda bien de dire à Annette qu'elle voyait avec peine qu'elle allait s'éloigner de M. de Durantal, en qui elle entrevoyait un beau parti pour Annette, d'après les derniers regards que le millionnaire avait jetés sur elle.

Pendant que la mère et la fille discouraient ainsi, Charles racontait les événements de la matinée à sa manière; c'est-à-dire que, par ses insinuations perfides, il faisait sous-entendre beaucoup plus de mal qu'il n'en aurait dit en parlant ouvertement contre Annette. Adélaïde Bouvier ne considérait pas la chose si gravement que son frère qui parlait morale et mœurs; pour elle, être l'amie de M. de Durantal était un crime, en ce qu'Annette faisait preuve d'une grande supériorité.

— Mon Dieu! disait Adélaïde, qu'a-t-elle donc pour s'être fait enlever? je lui vois une taille comme une autre, des yeux qui ne parlent qu'à l'église, l'air d'une fille qui est toujours dans le cinquième ciel, et dans les espaces imaginaires comme si elle rêvait je ne sais quoi... Voyez donc, on lui donnerait le paradis sans confession!... et *cela* s'enlève!...

— Ce que j'y vois, disait la mère, c'est qu'elles vont rester longtemps chez nous, à moins que l'Américain ne leur loue un bel hôtel à Valence, dame!... Annette va tenir un grand état!...

Nous passerons sous silence tout ce que l'amour-propre offensé, l'amour de parler, d'interpréter et la haine, inspirèrent à ces parents que nous allons bientôt perdre de vue.

Au dîner, Adélaïde, après avoir accablé Annette de toutes ces petites et basses manœuvres que suggère la haine, et qu'il est impossible de définir et de décrire, parce que ces sortes de traitements consistent dans l'air de la figure, le son des paroles et les regards, Adélaïde, disons-nous, lui dit ironiquement: « Ma chère cousine, vous comptez sans doute rester encore longtemps à Valence?... je gagerais même que vous pensez à y demeurer... »

— Non, répondit Annette, et ma mère... elle s'arrêta comme pour laisser parler Mme Gérard.

— Annette dit vrai, reprit en effet Mme Gérard, je compte partir demain ou après-demain.

— Comment! ma sœur, s'écria Mme Servigné, vous

partez si vite!... oh! que j'en suis désolée!... Et qui peut vous faire sauver comme cela?... ce ne sont pas vos affaires!... ce n'est pas que vous soyez mal ici, ce n'est pas l'aventure de ce matin!... qu'est-ce donc?... Vous ne voulez donc pas voir mon Charles paraître à l'audience d'après-demain au Palais? c'est mal cela! après tant de temps d'absence se revoir si peu!...

Elle continuait toujours; mais là, Adélaïde, laissant parler sa mère, ajouta: « Si c'est notre petit établissement qui gêne ma cousine, qu'elle se rassure! mon frère a loué un très bel appartement dans un hôtel à Valence, nous y demeurerons et ne ferons plus, dans quelque temps, le commerce qu'en gros.

Annette allait répondre, ce qui aurait fait un concert de trois voix lorsque Charles, en parlant, imposa silence à tout le monde.

— Je suis désolé, dit-il, que ma cousine quitte Valence au moment où la place importante que j'occupe allait me permettre de lui faire voir la haute société de cette ville, et je croyais franchement que cette haute société ne lui serait pas désagréable.

— Mon cousin, dit Annette, je n'oublierai jamais que je ne suis que la fille d'un simple employé: la modique fortune de mon père ne me permet pas de si hautes destinées: le bonheur s'y trouve peu pour une femme, et il faudrait que le sort me fût bien fortement imposé pour jamais paraître à une si grande hauteur: pour les hommes, c'est différent.

— Ma chère sœur, répondait Mme Gérard à sa sœur qui n'avait cessé de parler bas à son oreille, la santé de M. Gérard, et l'isolement dans lequel il se trouve, ne nous permettent pas une plus longue absence. Alors, si demain nous pouvons trouver des places, nous partirons... J'ai vu ma nièce, elle est heureuse et paraît devoir l'être longtemps avec M. Bouvier, ainsi je vous vois d'autant plus tranquilles que Charles vient d'obtenir un beau poste. Ce soir nous vous ferons nos adieux.

Cette détermination étonna fort la famille Servigné, et, chose qui l'étonna encore davantage, ce fut de voir le lendemain Annette et sa mère faire leurs préparatifs de départ et leurs adieux. Charles ne put croire à cette résolution que quand il vit sa tante et sa cousine dans la voiture. Leurs adieux furent froids, et chacun en se quittant fut comme débarrassé d'un poids. Pour les Servigné, c'était le poids des bienfaits; pour Annette et sa mère, celui de la gêne de se trouver avec des êtres si peu en harmonie avec eux.

La famille Servigné avait conduit les voyageurs à l'hôtel des diligences, pour les accompagner jusqu'au dernier moment. En revenant au logis, Adélaïde, la première, aperçut de loin l'équipage d'Argow arrêté à la porte de la boutique: on hâta le pas, et Adélaïde, en faisant mille minauderies, apprit à Maxendi qu'Annette venait de partir pour Paris. Sur-le-champ, sans remercier ni saluer, il fit signe à son cocher qui partit au grand galop!...

On parla longtemps et beaucoup à Valence de cette histoire singulière, mais on finit, comme on aurait fait partout, par n'en plus parler. Nous quitterons donc cette ville où nous serons bientôt ramenés par les événements[a].

Cependant Annette et sa mère voyageaient en silence: Annette, en effet, avait beaucoup à penser. Jusqu'à ce fatal voyage, sa vie s'était écoulée tranquille, pure et exempte d'événements; elle avait été circonscrite dans un cercle de devoirs fidèlement accomplis, dans le travail, la retraite et la paix. L'horizon de ses espérances s'était borné à l'hymen de son cousin, et si ses regards se portaient plus loin dans l'avenir, c'était pour contempler la beauté des cieux, et songer, en faisant son salut, à acquérir l'éternelle félicité des anges. Pendant ce voyage, la source limpide de sa vie avait été troublée, son âme et sa prière avaient été constamment pures, mais elle venait de perdre l'ancre, sa vie n'était plus arrêtée à un but fixe: elle tendait bien toujours au ciel, mais elle avait perdu le

a. Nous laisserons ces personnages jusqu'au moment où ils reparaîtront, sans les suivre dans leurs actions; c'est ainsi que plus d'un lecteur trouvera extraordinaire que M. Charles Servigné, qui a dû tout à Pauline et qui en a été protégé pour le moment pendant lequel ils se sont vus, paraisse ne pas avoir plus de reconnaissance: c'étaient des détails inutiles que nous avons supprimés. (Note de l'auteur.)

compagnon sur lequel elle comptait pour arracher les épines du chemin et la soutenir dans cette route difficile. Le temps qui venait de s'écouler avait été marqué par des événements rares dans la vie, par des aventures véritablement romanesques; de plus, son cœur contenait le germe d'une pensée involontaire, car, malgré elle-même, elle pensait à cette multitude de présages parmi lesquels il ne s'en trouvait pas un seul d'heureux, présages qui tous entouraient l'apparition d'un étranger, d'un inconnu qui paraissait aimer. Cet homme apportait avec lui un monde tout nouveau : la richesse, l'éclat, un nom distingué; ses voitures portaient l'empreinte d'armes héréditaires; de là, une vie nouvelle, séduisante pour Annette dont l'âme était portée vers le luxe et l'élégance, mais une vie dont la splendeur rendait encore plus difficile le chemin du salut. Ensuite cet homme dont l'âme exaltée, violente, répondait à la bizarrerie de sa conformation brillante de force, et qui péchait même par trop de sève comme un arbre aux branches luxuriantes, cet homme était-il un bon guide dans la vie ?... Annette le connaissait-elle ?... à cela elle se répondait, superstitieuse comme on sait, qu'il lui était apparu comme donné par Dieu !...

Ce monde de réflexions plongeait Annette dans une incertitude cruelle et une méditation toute remplie de l'image de M. de Durantal. Au milieu de cette rêverie, la nuit arriva insensiblement. La mère Gérard dormait, les autres voyageurs, car la voiture était pleine, dormaient aussi. La lune se leva de manière que l'on pouvait voir sur la route : Annette regardait machinalement le chemin; et, au milieu de ses pensées, se rappelait les événements qui marquèrent son premier voyage. Depuis un instant elle entendait le bruit d'autres chevaux que ceux de la voiture : elle se recueillit pour s'en assurer, mais elle crut s'être trompée en ne les entendant plus, soit que ce bruit se confondît avec celui que faisaient les chevaux de la voiture, soit que réellement il n'y eut pas de chevaux étrangers.

Elle arriva bientôt à l'endroit où la calèche d'Argow s'était cassée. Le souvenir de cette aventure devint plus énergique, et alors elle examina en elle-même et plus attentivement l'espèce de sentiment qu'elle portait à cet étranger. « Si elle était aimée autant qu'elle aimerait elle-même, si cet être à l'amour grand et énergique de l'homme, joignait la pudeur, les délicatesses, la tendresse d'âme d'une femme, pourquoi ?... » Là, elle s'arrêta, et le bruit de chevaux devenant plus fort, elle eut peur ; et, regardant sur la route, le premier objet qu'elle aperçut, ce fut, auprès de la portière, la figure d'Argow !... Il était à cheval suivi d'un postillon, et il se tenait constamment à côté de la voiture depuis qu'Annette s'était aperçue de ce bruit étranger.

Aussitôt qu'elle l'eût vu, elle se rejeta au fond de la voiture avec une vivacité et une promptitude étonnantes, et son cœur fut comme frappé. Ce mouvement ressemblait à celui de la peur ; mais il était du nombre de ces sensations indéfinissables qui en comprennent une foule d'autres : ainsi Annette fut à la fois flattée de cet effort et chagrine par pudeur, en ce qu'au jour quatre voyageurs allaient savoir qu'elle était l'objet de cette poursuite : elle eut de la terreur, parce que cette brusque apparition, qui coïncidait avec sa pensée et l'expression extraordinaire de cet homme étrange, causèrent à son âme une surprise trop forte. Elle se trouva dès lors lancée dans une autre région de sentiments... Qu'allait-*il* faire ?... quel était *son* but ?... Le trot de ces deux chevaux retentissait dans l'âme de la jeune fille, et malgré elle une voix secrète lui disait : *« Tu es bien aimée ! »*

Il y avait, dans ce sentiment, quelque chose de plus vif ; de plus séduisant pour un esprit de femme, que dans ce qui avait produit le sentiment d'Annette pour son cousin. La grâce des premiers ans, la fraîcheur des idées, les caresses enfantines, les soins, forment un ensemble touchant ; mais une amitié de frère et de sœur est loin de pouvoir entrer en concurrence avec la vigueur, l'énergie, la violence du sentiment d'un amant passionné, capable de dépasser à chaque instant les bornes de la raison et de la possibilité humaine, et qui peut acquérir, par la suite, tout ce que le premier sentiment a de fraîcheur et de beauté.

Annette, comme bien on pense, ne dormit pas. De temps en temps elle voyait Argow avancer de quelques pas et regarder dans la voiture, épier un des regards de celle qu'il suivait ainsi et la contempler avec d'autant plus de plaisir qu'il avait plus de peine à obtenir ce doux aspect.

Au matin, Maxendi se trouva si fatigué que, malgré toute sa force et l'habitude qu'il avait de souffrir, il suivait à peine la voiture, quelquefois il dépassait, mais sa douleur le forçait à rester en arrière. Les voyageurs éveillés s'amusèrent de ce manège, et comme le froid du matin contraignait Maxendi à s'envelopper d'un manteau, et qu'il était difficile de reconnaître à quelle classe il appartenait, les voyageurs riaient, et ce fut à qui plaisanterait sur le courrier. Parmi ceux qui se trouvaient dans la diligence, le voyageur qui était en face d'Annette ne tarissait pas. « Ah! disait-il, il n'ira pas comme cela jusqu'à Paris; il faudrait être de fer!... S'il court après la fortune, il fait bien de courir vite! si c'est un solliciteur, je parie qu'il est Gascon, il n'y a que les Gascons capables de courir ainsi, etc. »

Mme Gérard se réveilla et ne manqua pas de voir celui dont on parlait: elle jeta une exclamation, et regarda sa fille après avoir reconnu Argow, Annette rougit, et le silence qu'elle réclama de sa mère, à voix basse, intrigua les voyageurs.

Heureusement qu'au moment où un regard d'Argow mettait le comble à la curiosité des voyageurs, la diligence s'arrêta devant l'auberge où l'on devait déjeuner. Annette, sa mère et tous les voyageurs, se trouvèrent réunis dans la salle, et ce fut alors qu'Annette trembla en voyant Argow entrer dans cette salle et demander le conducteur avec lequel il sortit.

Depuis l'aventure de son cousin avec Pauline, Annette, se souvenant de la gêne qu'elle avait éprouvée aux repas communs que l'on fait en voyage, s'était bien promis de ne jamais participer à de tels repas où souvent on se trouve compromis; alors elle demanda pour elle et pour sa mère une chambre particulière. Aussitôt qu'elle fut rendue à cette chambre dont les fenêtres donnaient sur la cour de l'auberge, elle entendit une vive discussion entre le conducteur et M. Maxendi.

— Je vous offre cent francs ! disait ce dernier.

— Mais, Monsieur, je ne le puis pas !...

— Deux cents ! continua Maxendi.

— C'est impossible !...

— Trois cents, quatre cents, cinq cents, mille francs, deux mille francs ! et en disant cela, la colère commençait à s'emparer de lui.

— Mais, Monsieur, dit le conducteur, laissez-moi vous expliquer que ce n'est pas mauvaise volonté.

— Comment ? dit Argow.

— Monsieur, ma voiture est complète, il n'y a pas de places, je suis sur l'impériale, je n'ai pas le pouvoir de déplacer quelqu'un.

— C'est vrai, répondit Argow, eh bien, faites venir celui qui se trouve en face de la jeune demoiselle qui est au fond.

Le conducteur reparut bientôt avec le voyageur.

— Monsieur, dit Argow, des raisons d'un ordre supérieur et que je suis obligé de taire, me forcent de prendre votre place dans la voiture. Je n'ai aucun droit à cela, et je ne puis m'en emparer qu'autant qu'il vous plaira de me la céder.

— Monsieur, répondit le voyageur, je ne puis vous céder ma place, parce qu'il faut que je sois à Paris après-demain pour affaires urgentes.

— Monsieur, nous perdons du temps, répliqua vivement Argow ; je vous offre tout ce qui pourra vous dédommager.

— Rien ne le peut, Monsieur.

— Eh bien, dit Argow, je vous offre une calèche pour vous, et je vous paie votre voyage en poste.

— Ah ! s'il en est ainsi, s'écria le voyageur, j'accepte.

Argow proposa au voyageur d'aller à l'autre extrémité du village de S*** où sa calèche raccommodée devait se trouver, et ils s'en furent à l'instant même.

Annette et sa mère, surprises au dernier degré, s'entre-regardèrent pendant quelque temps, et Mme Gérard dit enfin à sa fille : « Mais, Annette, par quel événement cet étranger a-t-il pu se prendre d'attachement pour vous au point de faire de pareilles folies ?... »

— Ma mère, je l'ignore!... répondit-elle. Ah! je voudrais qu'on pût avoir une faible idée d'Annette, prononçant ce mot devant sa mère! Qu'on pût se la dépeindre interdite, les yeux baissés et relevés tour à tour vers sa mère, voir ces yeux brillants du feu pur de l'innocence, cette bouche sur laquelle la naïveté semblait siéger, et ce front étincelant de pudeur et de religion: ce mot, prononcé comme Annette venait de le dire, formait tout un discours.

Au moment où l'on remonta en voiture, Annette aperçut le voyageur qui était vis-à-vis d'elle passer dans la calèche d'Argow, et la première chose qu'elle vit en reprenant sa place, ce fut M. Maxendi à celle du voyageur. Elle s'y attendait, et elle put alors se mettre dans la voiture avec un air d'indifférence dont Argow ne pouvait pas se fâcher. Cependant Annette trouvant en elle-même que cette conduite emportait avec elle un air de culpabilité, réfléchissant enfin qu'elle agissait comme s'il y eût eu quelque chose entre elle et lui, elle prit la parole en lui disant qu'elle ne s'attendait guère à avoir l'avantage de voyager avec lui, et qu'il fallait une affaire bien importante pour lui avoir fait quitter le divin séjour de Durantal.

Honteuse d'avoir parlé, et craignant en parlant de faire soupçonner quelque chose, elle attendit, le cœur tout ému, la réponse de M. de Durantal.

Argow balbutia, sans regarder Annette, quelques phrases insignifiantes, et garda le silence. Une extrême agitation, une violente secousse semblait remuer tout son être: à voir le mouvement de son habit sur sa poitrine, on eût facilement cru que son cœur voulait briser les liens qui l'attachaient à son sein. Quand il osa contempler Annette, il baissa aussitôt ses yeux qu'il sentait exprimer une flamme terrible et jeter du feu. Il évitait le contact de la robe d'Annette, comme si cette robe eût été la tunique de Nessus. Parfois il regardait Mme Gérard, et cet homme, dont l'intérieur annonçait tant de hardiesse, d'indépendance et même des nuances de caractère plus fortes encore, abaissait ses regards jusqu'à leur faire prendre une expression de prière et de supplication. Cette figure qui n'avait jamais exprimé la crainte et le respect, cherchait à en contracter les traits.

Annette aperçut sur les lèvres des voyageurs un sourire qui lui déplut si fort, qu'elle ne se sentit pas assez courageusement chrétienne pour le supporter une seconde fois. Elle n'ignorait pas que la présence d'Argow lui valait cette pensée secrète des étrangers; aussi, au troisième relais, elle saisit un moment où les voyageurs étaient occupés par d'autres objets, et, regardant M. Maxendi, elle lui dit à voix basse: « Monsieur, votre présence me déplaît; et, en vous éloignant, vous feriez une action dont il vous serait tenu compte en un monde meilleur. »

A ces paroles, Argow parut ému, une sueur froide coula sur ce front altier, il regarda Annette par un de ces regards dont l'expression à rendre n'appartient qu'au pinceau des *Gérard*, et il dit en tremblant: « Vous plairais-je, en sortant?... » Annette fit un signe de tête, une larme roula dans les yeux de Maxendi, il l'étancha avec un dépit et une rage concentrée, puis d'une voix forte il s'écria: « Conducteur, arrêtez!... » On arrêta, il salua tout le monde, regarda la jeune fille, et disparut.

Ce fut une énigme pour tout le monde, excepté pour Annette. A ce moment, elle ne put contraindre dans son âme un mouvement de joie en voyant avec quel despotisme elle agissait, et avec quelle soumission elle était obéie. En effet, les âmes grandement religieuses aiment le despotisme: d'abord, parce que les âmes empreintes d'un tel sentiment n'ont que de fortes idées, et que le despotisme n'est pas une idée dépourvue de grandeur et de poésie même; enfin, les cœurs religieux, ressentant le despotisme à un haut degré, aiment à l'exercer à leur tour: l'idée de Dieu ne doit pas se trouver dans un cœur à côté de sentiments mesquins.

Or, cet être qu'Annette avait vu naguère déployer une énergie, une violence et un caractère extraordinaires, et qui semblait toujours courber tout sous sa volonté, cet être sacrifiait beaucoup pour obtenir une chose presque impossible; il y parvenait; et, sur un mot, sur un pli du front de celle qu'il adorait, il brisait lui-même son propre bonheur, ouvrage de tant de soins, de fatigues et d'argent, si toutefois l'idée de l'argent a pu entrer dans le calcul de la religieuse Annette.

Quoiqu'il en soit, elle fut triste après le départ de Maxendi : elle regarda quelquefois changer les chevaux, et jeta en même temps un furtif coup d'œil sur la route, mais elle n'aperçut plus ni cheval de poste ni amant.

Nous ne savons si jusqu'ici ces détails et le narré de ces événements nécessaires ont plu ; mais, ce que nous savons, c'est que si l'intérêt n'est pas encore né, il ne naîtra jamais dans cet ouvrage. Il est vrai de dire aussi que nous ne considérons encore ces détails que comme préliminaires, et que s'il y a de la diffusion, elle a été nécessitée par la nature même des caractères de nos personnages qui, à l'exception de deux ou trois, sont maintenant tous connus [44].

CHAPITRE XI

Annette et sa mère arrivèrent à Paris sans encombre et sans autre aventure. En entrant dans la cour des diligences, Annette fut singulièrement surprise en apercevant M. Maxendi dans un brillant équipage. Il était posté dans un coin, épiant tout de l'œil, et, lorsqu'il reconnut Annette, la joie parut sur son visage. De l'endroit où il était, il la suivit des yeux, la contempla, examina ses moindres mouvements, et lorsque Annette et sa mère montèrent dans un fiacre, Annette entendit la voiture d'Argow suivre la leur.

Cependant lorsque Mme et Mlle Gérard furent parvenues à leur maison, bien qu'Annette se penchât, allât même jusqu'à se retourner, elle n'aperçut aucune voiture.

Leur arrivée surprit étonnamment M. Gérard qu'elles n'avaient point prévenu. Ce prompt retour était fait pour inquiéter; aussi lorsque Mme Gérard et sa fille entrèrent chez la voisine, le piquet sentimental que M. Gérard faisait avec elle fut brusquement laissé. Mme Gérard jeta un regard inquisiteur sur son mari et la voisine, et, toute dévote qu'elle fût, son premier mot à Mme Partoubat fut: « Je trouve M. Gérard bien maigri!... »

La voisine eut assez de politique pour ne pas répondre. Alors cette effusion de cœur, si naturelle entre un père qui revoit après un long voyage sa fille et sa femme, eut lieu avec un abandon qui ne laisserait rien à désirer pour un romancier descriptif: les embrassements, les questions multipliées, la joie, le bonheur de revoir la maison, les longs discours et l'embarras de vouloir tout dire à la fois, rien n'y manqua.

Quoique M. Gérard ne fût guère observateur, aussitôt que les premiers élans de la joie furent passés et qu'il lui fut permis d'envisager sa fille chérie, il s'écria : « Oh ! Annette, que tu es changée !... en bien ! » ajouta-t-il sur-le-champ.

— Eh que me trouvez-vous, mon père ?... demanda-t-elle.

— Ce que je trouve, Annette ? répliqua M. Gérard embarrassé d'expliquer tant d'idées, mais ton visage annonce, ce me semble, de plus hautes pensées que lorsque tu es partie. On a raison de dire que les voyages forment la jeunesse : ta figure a pris un certain caractère qui en impose ; enfin, je m'entends.

Le bon père Gérard apprit avec chagrin la conduite de Charles, et plaignit sa fille d'avoir perdu en lui un époux : il la plaignit d'autant plus que l'ex-employé voyait en Charles un magistrat, et qu'un magistrat étant un homme employé par le Gouvernement (selon les idées du bonhomme), sa fille se serait trouvée sur une belle ligne dans l'ordre social. Annette et sa mère n'instruisirent pas M. Gérard de l'enlèvement d'Annette ni de la passion qu'elle avait inspirée ; Mme Gérard rangeant cette importante confidence parmi les choses qu'une femme ne dit à son mari que lorsque leurs têtes reposent sur l'oreiller conjugal.

Quelques jours après, Annette, sa mère et son père, avaient repris leur manière de vivre et leurs habitudes comme jadis ; et, sans l'absence de Charles, le souvenir du voyage et la conquête de M. de Durantal, le lecteur pourrait voir ces trois personnages tels qu'ils sont représentés dans les premiers chapitres de cette histoire. Annette brodait et étudiait son piano, allait à la messe tous les matins, et vivait paisiblement, presque heureuse de n'avoir pas revu Argow depuis huit jours. Quant à M. Gérard, on connaît sa vie, et Mme Gérard n'avait pas plus changé la sienne, si ce n'est qu'elle pensait toujours que M. de Durantal aurait fait un beau parti pour sa fille ; du reste, elle se gardait bien d'en entretenir Annette, qui, de son côté, n'en parlait point.

En effet, les belles méditations d'Annette à l'église

avaient suffi pour lui faire reprendre son empire sur les mouvements de son cœur, et se remettre dans un chemin dont elle trouvait qu'elle s'était trop écartée : ce chemin était celui d'une véritable béatitude. Nous avons expliqué comment Annette entendait l'exercice du principe religieux : ainsi, pendant son voyage, elle n'avait pu se livrer à ces extases que, nouvelle sainte Thérèse, elle allait chercher à l'église, méditations pieuses où l'âme exaltée de la jeune fille s'élançait dans le domaine pur de la pensée, et voltigeait dans les cieux [45]. Or, je le demande ? est-il une vie plus séduisante que celle où, s'inquiétant peu de la terre et des besoins corporels, on laisse la forme végéter ici-bas, tandis que l'esprit plane sans cesse dans la belle atmosphère des visions célestes ?... Qu'est une créature devant un tel spectacle ?...

Au bout de huit jours, et le premier dimanche qu'Annette arrivait à l'église, au moment où elle prenait sa place habituelle, elle aperçut, à dix pas d'elle, un homme assis dans un confessionnal : elle reconnut aussitôt M. Maxendi. Il était là dans une attitude qui annonçait combien tout l'appareil de la religion lui était indifférent alors que la céleste créature qu'il adorait entrait dans l'église. L'aspect de cet homme produisit un effet extraordinaire sur Annette ; comme jadis, elle mêla involontairement son nom à ses prières, et elle ne put s'empêcher de jeter, à travers son voile, des regards furtifs sur M. de Durantal.

Au sortir de l'église, M. Maxendi se présenta, salua Mme Gérard et l'accompagna jusque chez elle en lui demandant la permission de venir les visiter. Mme Gérard l'accorda.

Le lendemain, M. Maxendi ne manqua pas à venir, il fut reçu, et commença par chercher à gagner l'amitié de M. Gérard : cela ne lui fut pas difficile.

En effet, M. Gérard lui ayant raconté l'aventure qui l'avait privé de sa place aux droits réunis, M. Maxendi s'offrit à lui procurer un autre emploi qui ne l'empêcherait en rien de toucher sa pension. Au bout de trois jours, M. Gérard fut installé caissier d'une vaste entreprise qui obtenait le plus grand succès. Cette place valut à M. Gérard six mille francs d'appointements, et son exactitude, sa probité le rendaient bien capable de l'occuper. On voit tout de suite combien M. Gérard dût être reconnaissant envers l'homme qui le rendait à ses habitudes et à la bureaucratie : aussi ce bienfait donna-t-il à Argow la facilité de venir comme il le voulut dans ce modeste appartement où résidaient sa vie et son bonheur. Il profita souvent de cette permission, mais il trouva toujours Annette froide et réservée.

Un soir, Annette était dans sa chambre, M. Maxendi causait avec Mme Gérard, et, en causant, il tournait maintes et maintes fois la tête du côté de la porte en attendant l'arrivée d'Annette.

— M. de Durantal, lui dit Mme Gérard, il est impossible de ne pas s'apercevoir que ma fille vous plaît : votre alliance serait pour nous un honneur auquel nous n'aurions jamais eu la pensée de prétendre. M. Gérard et moi sommes de même opinion, et c'est comme s'il vous parlait en ce moment : ainsi, sachez que, quant à nous, vous n'éprouverez de notre part aucune opposition à vos desseins, car je n'imagine pas qu'il soit entré dans votre cœur des projets que nous n'approuverions pas ; mais Annette est libre, elle est maîtresse d'elle-même, et il faut lui plaire.

— Madame, répondit Argow, à Valence, et devant tout le monde, j'ai déclaré que jamais je n'aurais d'autre femme que Mlle Gérard, si toutefois je parvenais à lui plaire : si je n'ai pas encore osé vous parler de ce dessein, c'est que j'attendais d'avoir réussi auprès d'elle, et je vous jure que je n'épargnerai rien pour cela.

Mme Gérard, satisfaite de cette déclaration franche, vit avec plaisir l'élévation future de sa fille.

Au bout de quelques jours, Annette, en se levant, vit Argow dans l'hôtel en face ; il était à considérer les fenêtres de la maison qu'elle occupait. Surprise de le voir dans cette maison, elle le dit à sa mère qui prit des informations, et Mme Partoubat leur apprit que cet inconnu avait en effet acheté cet hôtel, l'avait meublé, et y demeurait depuis peu. Jamais homme ne déploya plus d'emportement et de chaleur dans une telle poursuite ; et cette âme, qui était tout énergie, ne pouvant rien embrasser avec faiblesse, se trouva, dès le début, plus avancée dans la carrière de l'amour, qu'une autre au dernier pas. Cette ardeur flattait tellement Annette, que dès ce jour-là elle consentit à rester dans le salon lorsque M. Maxendi y viendrait.

Dès lors commença, pour l'âme d'Argow, une ère de bonheur inconnue pour lui, et dans laquelle il trouva des charmes inconcevables et des plaisirs dont il ne s'était jamais douté.

En effet, chaque jour fut marqué pour le bonheur. Argow arrivait et trouvait dans ce salon modeste un ordre et une régularité qui allaient à l'âme : il y voyait cette bonne mère, la simplicité en personne, à la même place, et lui indiquant de la main un siège habituel, comme s'il eût déjà été son fils ; il s'y asseyait, et tressaillait en voyant la place d'Annette vide. La bonne mère l'accueillait toujours avec le même sourire, et ce sourire avait un cachet de franchise qui excluait toute idée d'intérêt et de bassesse. Quand il entendait tourner la clef, tout son cœur battait ; il se levait pour saluer Annette par un regard plein d'amour. Cette vue et l'influence de l'âme de cette jeune fille étaient pour lui un bonheur inimaginable. Il la contemplait faire de la dentelle en admirant cette attitude religieuse et cette tranquillité d'âme qui brillantaient une figure gracieuse, et, lorsque de douces paroles venaient errer sur ses lèvres, il atteignait le comble du plaisir.

C'était un véritable tableau que cette mère et cette fille assises dans l'embrasure d'une croisée, et séparées l'une de l'autre par une petite table à ouvrage. Le contraste, offert par ces trois figures d'expressions si différentes et éclairées par un jour très doux, était remarquable. Argow étincelait de désirs et d'amour, la mère souriait légèrement, et Annette recueillie, mais déployant néanmoins cette affectueuse folâtrerie qui rend la jeunesse si aimable, brillait d'un éclat qui se reflétait sur tout le groupe. Souvent ce que l'on disait équivalait à rien ; mais ces riens avaient une signification pour l'âme, et une conversation sérieuse, ou décidément enjouée, aurait nui à cette grande tranquillité qui régnait. L'heure, les jours, passaient empreints d'une teinte de félicité pure qui paraissait d'autant plus charmante à Argow qu'elle lui était inconnue.

Il faut avouer que l'esprit dont l'âme d'Annette était pénétrée mettait l'amour d'Argow à une rude épreuve; force lui fut d'aimer de l'âme, car Annette, pure et religieuse comme on la connaît, ne lui permettait rien de ce qui rend l'amour si séduisant. Elle avait implicitement tout retranché. Jamais Maxendi ne pouvait surprendre Annette lui jetant un coup d'œil, encore moins admettait-elle cette familiarité charmante qui remplit le vide d'une passion lorsqu'elle s'exerce sans trouble. Argow n'aurait pas, pour sa vie, osé risquer une parole d'amour, tant l'innocence d'Annette agissait sur lui, et jamais le tableau d'un tigre enchaîné et adouci par l'amour n'eut une ressemblance plus forte et plus vraie.

Il fallait donc qu'Argow vainquît tout un système religieux. En effet, Annette, ne voyant rien de si beau qu'une jeune fille pure et sans tache, aurait voulu être adorée, mais sans que rien ne pût la changer à ses propres yeux, et Argow ne paraissait pas avoir assez de moyens moraux pour détruire une telle détermination : il fallait un événement !

Cependant l'habitude de voir Annette rendait Argow plus hardi : souvent il lui parlait et tremblait moins en lui adressant la parole. L'âme d'Annette, par ce contact produit par la familiarité, agissait sur l'âme d'Argow, et il prenait des manières, du parler et des sentiments d'Annette, ce qu'un homme peut prendre des habitudes d'une femme sans dégrader l'attitude mâle de l'homme. Il s'enhardissait dans l'amour, et son caractère ne pouvant se perdre tout à fait, un jour, qu'il se trouva seul avec elle, il osa entreprendre une explication.

— Annette, dit-il, je vous aime, et vous le savez, je vous en ai donné mille preuves; mais n'eussiez-vous que celle que je vous offre par le changement total de mes idées et de mon caractère même, vous devriez en être convaincue. Ne me sera-t-il donc jamais permis de voir un seul de vos regards tomber sur moi?... avez-vous décidé que votre voix ne me serait jamais une voix de confiance et d'amitié?... me fermez-vous votre cœur?...

Ah ! si vous pouviez, sans danger pour moi, connaître ce que je fus et ce que je suis, ah ! vous seriez moins sévère !...

Annette surprise, rougit, et cette rougeur fit palpiter Argow. En ce moment, le ciel était pur, les étoiles scintillaient, la lune brillait ; et, pour toute réponse, la jeune fille, lui faisant contempler cet admirable spectacle, lui répondit après un long silence : « Celui qui a fait cela a tout mon amour : voyez les cieux, et comprenez la place que vous pourriez occuper dans mon cœur... L'amour qui, par sa nature, est exclusif de toute affection, ne sera cependant que la seconde passion de mon âme. »

— Ah ! s'écria Argow, comprenant pour la première fois de sa vie à quelle perfection les idées religieuses amenaient un être, et apercevant un trésor dans l'âme d'Annette ; ah ! chère Annette, tel sentiment que vous ayez pour moi, il me sera toujours doux et bienfaisant : je ne demande que la permission d'aimer, d'aimer à ma manière ; et le ciel, dit-il avec énergie, ne vous enlèvera jamais rien en moi, j'aimerai de toutes les forces de mon âme, vous me serez tout au monde ! Jugez de la violence de cette passion ; mon cœur se brisait en silence, et je souffrais avant d'avoir osé vous parler. Oui, mon amour, Annette, sera du feu ; il subsistera contre toute atteinte, il est éternel : la paix, la tranquillité, le bonheur, la satisfaction, aucune de ces fleurs, qui couvrent et éteignent les jouissances humaines, ne pourra l'anéantir. Heureux de pouvoir confondre toute cette énergie brûlante, dont la nature m'a doué, dans une passion pure et honnête ! Oh ! Annette, que tardez-vous à me reconnaître pour votre appui, votre guide, comme vous serez le mien !...

L'enthousiasme et le violence qu'il mettait à prononcer ces paroles enflammées, étaient tellement entrées dans tous ses gestes, qu'il était haletant et arrivé au dernier degré de l'exaltation.

Annette, effrayée, se recula de quelques pas.

— Monsieur, dit-elle, aimez-moi, j'y consens ; mais souvenez-vous que cet amour ne devra jamais avoir d'autres témoignages que ceux qui, jusqu'ici, vous ont suffi !... Ah ! je vous en supplie, ajouta-t-elle avec le regard de l'innocence, laissez toujours entre nous un espace, je vous en aimerai bien plus : et vous, vous aurez de la joie en voyant toujours pure celle qui vous plaît. A ces derniers mots, elle baissa la voix et ses yeux se voilèrent timidement.

— Comment ! reprit Maxendi, vous direz à Dieu mille paroles pleines d'onction, de tendresse, et vous n'accorderez pas un regard à celui qui vous aime plus que tout au monde !... Oh ! Annette [46] !...

Annette se tut, mais, en se taisant, un délicieux sourire vint errer sur ses lèvres ; Argow le vit, et ce sourire fit une telle révolution dans son être, qu'il se précipita à genoux, courba sa tête jusqu'aux pieds d'Annette, et il les força de s'appuyer sur sa chevelure, la révérant ainsi à la manière des sauvages. « Que je vous adore !... que je vous adore !... » criait-il.

— Monsieur, dit Annette honteuse et le contraignant de se relever, songez que je n'aimerai jamais que l'homme perde sa dignité devant une femme !... L'adoration ne convient qu'à Dieu !... devant lui seul il convient de s'humilier.

Cette scène changea néanmoins quelque chose aux manières d'Annette : elle devint plus affectueuse avec M. Maxendi, sans néanmoins lui donner l'espoir qu'elle changerait de sentiment, quant à sa façon de considérer l'amour. Plus Annette usait de cette force de répulsion, et plus Argow s'avançait avec rapidité dans la carrière du seul amour qui pût briller dans son cœur sauvage, et Annette, par principe religieux, se conduisait comme une coquette. Argow ne manquait pas un jour à venir, et plus il acquérait de lumière sur le caractère d'Annette, plus son amour devenait passionné : il avait fini par avoir un respect étonnant pour cette jeune fille, et par douter qu'il fût digne de posséder un tel trésor de sublimité. S'il réussissait à se faire aimer d'Annette, il était évident qu'il serait au monde le seul être existant pour elle ; mais il commençait à s'effrayer de la difficulté de l'entreprise, et, par suite de cette difficulté, il s'acharnait de plus en plus à vaincre. Cette âme avait, par conséquent, comme toutes celles qui lui ressemblent, des moments d'horrible désespoir, des désirs sans mesure et des inspirations jalouses, qui devaient porter Argow à des actions hors de tout sens et nuisibles même à Annette.

Un jour qu'elle s'occupait à broder, qu'il était à côté d'elle, lui racontant ses périlleux voyages, dont il avait soin de taire les barbaries et l'affreux métier qui les nécessitait ; au moment où il lui dépeignait le feu des deux équipages, les risques de sauter si le feu prenait au bâtiment, Annette, violemment intéressée, entendit la cloche de l'église voisine, et soudain se leva, prit son schall, son chapeau, et rompit cet entretien.

Argow la suivit la mort dans l'âme, et sa contenance à l'église indiqua avec quel mépris il traitait ces choses saintes qui avaient un tel empire sur Annette, qu'elles lui faisaient quitter son amant avec insensibilité. Argow ressentit une horrible jalousie, et, pendant les vêpres, les pensées les plus sinistres se glissèrent dans son âme ; il vint à douter d'Annette, et plus il contemplait cette céleste figure tout entière aux cieux en ce moment, plus il devenait furieux.

Au retour, il était nuit : Annette s'en alla dans son appartement avec les marques de la plus vive émotion ; car, involontairement, elle avait regardé M. Maxendi dans l'église, et son mépris pour la religion avait alors tellement percé sur sa figure qui ne savait rien cacher, qu'Annette avait été effrayée par l'idée que M. de Durantal pouvait ne pas avoir de foi en Dieu.

En se retirant, elle salua Argow, et montra un tel désordre dans ses idées, qu'il en fut frappé.

Or, on saura qu'Argow avait maintes et maintes fois essayé de pénétrer dans l'appartement de la jeune fille ; cette prétention avait été le sujet de mille plaisanteries, et Annette avait signifié qu'il n'y entrerait jamais. Aussitôt qu'Annette se fut retirée, Maxendi salua Mme Gérard, et sortit ; mais, rentrant chez lui, il commanda de mettre les chevaux à sa voiture, et dès que la nuit fut assez noire pour qu'il pût espérer que l'on ne distinguerait pas les objets, il plaça en sentinelle deux de ses gens à chaque bout de la petite rue de l'Echaudé, arrêta sa voiture sous les fenêtres d'Annette, et résolut d'observer ce que faisait la jeune fille.

En effet, il avait remarqué avec quelle facilité l'on pouvait réussir dans ce dessein, et les lecteurs attentifs doivent se rappeler la description minutieuse que nous avons donnée de cette partie de la maison : alors on comprendra comment Argow, en montant sur le siège du cocher, parvint à atteindre le balcon d'Annette et à s'y cramponner.

Il ne voulait que connaître les motifs qui amenaient Annette dans ce lieu si sacré que sa mère même n'y pénétrait que rarement. Le farouche pirate n'était guère homme à deviner que c'était par un excès de pudeur que la céleste fille dérobait à tous les yeux son lieu de repos. Alors, quand Argow fut arrivé sur le balcon et qu'il tâcha de regarder à travers les carreaux, il vit que la croisée était entrouverte. En ce moment, les horribles soupçons qui avaient voltigé dans son imagination devenant plus tyranniques, il se tapit et osa regarder dans l'appartement pour découvrir le mystère que couvrait cette absolue retraite.

Il vit Annette à genoux et les mains jointes : elle *priait* dans une extase angélique. Elle était si belle et si brillante en ce moment qu'Argow fut transporté : la fougue de son caractère ne lui permettait jamais aucune réflexion : il franchit donc l'espace, se trouva à côté d'elle sur le prie-Dieu, et mû par le rapide changement d'idées que ce spectacle inattendu avait excité : *« J'ai besoin de prier aussi !... »* dit-il avec la voix d'un homme fortement exalté.

Annette jeta un cri et resta stupéfaite en voyant Argow agenouillé. Cette apparition pouvait rentrer dans la classe des présages qui avaient toujours accompagné cet être extraordinaire : il y avait, dans cette aventure, quelque chose de frappant.

— *Je priais pour vous !...* dit-elle, car vous n'avez jamais rien vu sur la route des cieux ; vous n'avez jamais cherché à y lire, vous n'êtes par religieux ! enfin, je m'en suis aperçue tout à l'heure, et je demandais à Dieu qu'il vous convertît. Ah ! ne comptez pas être l'époux d'une créature que vous n'accompagneriez pas dans l'autre vie comme dans celle-ci. Vous avez mis entre nous une éternelle barrière dès aujourd'hui : l'âme d'un impie ne peut avoir aucun point de contact avec celle d'un être qui fait tout son bonheur des choses saintes, et une affreuse pensée empoisonnerait ma vie si l'homme que je prendrais pour guide m'abandonnait un jour, ou que, par ses maximes et sa conduite, il cherchât à m'égarer du chemin étroit que suit un vrai chrétien... Que vous m'avez fait mal à l'église !... O soyez religieux !...

— Annette, Annette !... que me demandez-vous !... s'écria Maxendi étonné du sublime reproche de la jeune fille.

— Comment !... reprit-elle, à votre exclamation on dirait que cela est impossible, et que vous n'auriez jamais fréquenté les sacrements !...

— Jamais !... répondit-il.

— Jamais !... répéta-t-elle avec douleur, quoi ! les voûtes d'une église ne vous ont donc point révélé quelque secret sublime ?... et votre cœur n'a pas tressailli quand vous entendîtes, il y a un moment, une assemblée d'hommes s'écrier : *O mon père* [47]*... !* sous les voûtes de ce temple bâti par l'homme mais habité par Dieu ?...

— Je n'y suis entré que pour vous y voir !...

— Avez-vous communié quelquefois ?...

— Jamais !...

— Êtes-vous chrétien ?...

— Je ne sais...

— On ne vous a donc jamais parlé de Dieu ?...

— Jamais !...

Annette se tordit les bras et les leva vers le plafond. « Grand Dieu !... s'écria-t-elle, et des larmes sortirent en abondance de ses yeux, ah ! ta bonté céleste me découvre l'abîme !... M. de Durantal, sortez ! et ne nous revoyons plus !... jamais... oh ! non, jamais !... ou devenez plus grand que vous n'êtes ; courbez votre front à terre, et, quand vous aurez adoré Dieu, vous pourrez le relever mille fois plus fier, pour recevoir l'hommage de toutes ses créatures !... sinon ne me revoyez plus jamais !... »

Argow était immobile ; elle le regarda et lui dit : « Non,

jamais !... car vous auriez le pouvoir, peut-être, de me faire tout abjurer pour être votre compagne ; je vous crois un être bon, un honnête homme... »

A ces mots, il se fit, dans le corps du pirate, un tremblement et un frisson qu'il prit pour celui de la mort ; ces deux phrases : *Je vous crois un être bon, un honnête homme,* prononcées par cette jeune fille en larmes, lui soulevèrent le rideau qui lui cachait sa vie passée, et il se regarda avec horreur...

— Alors, continua-t-elle, je vous montre le danger que je cours, et je m'en fie à vous pour m'en garantir. Cependant je priais tout à l'heure, et vous avez senti le besoin de prier aussi... Ah ! Monsieur, si une voix secrète vous a fait précipiter sur cet oratoire, oh ! écoutez-la toujours !... suivez ses avis, et bientôt nous parlerons peut-être le même langage !... alors... oui, je l'espère... vous avez une belle âme, et... oh ! j'étouffe... sortez, sortez !...

Annette était comme égarée ; Argow était stupéfait, et il obéit par un mouvement machinal des sens. Il sortait, lorsqu'il se sentit arrêté par une main divine ; ... il tressaillit, se retourna, et vit Annette éplorée : elle appuya sa tête sur son épaule, ce qui lui imprima comme du feu, et, d'une voix lamentable, elle lui dit : « Convertissez-vous !... »

Il y avait, dans ce cri, tant de choses, il y apparaissait tant d'intérêt, qu'Argow sentit dans ses entrailles quelque chose qui frissonnait, et une voix intérieure de conscience qui murmurait : « Convertissez-vous !... ou ne la revoyez jamais !... »

L'idée de faire le malheur de cette créature céleste le fit penser profondément, et cet être, qui avait vu mourir tant d'hommes froidement et sans sourciller, pâlit devant une jeune fille !... il pâlit, et naguère une jeune fille mourante ne lui avait arraché [a] qu'un sourire de joie et de vengeance, un sourire satanique. Il s'arrêta, la contempla, et lui dit, en pressant sa main : « Adieu !... » Mais, à ce mot, toutes les conséquences qui en dérivaient se déroulant à

a. Mélanie de Saint-André, dans *Le Vicaire des Ardennes,* se traînait aux pieds d'Argow, et il riait de sa douleur. (Note de l'auteur.)

son esprit, il ajouta, mû par un reste de cette férocité qu'il déployait jadis : « Adieu, toi qui en aimant as le courage de regarder l'opinion religieuse de celui que tu voudrais aimer... adieu ! car tu n'aimeras jamais !... »

Annette sentit ses jambes défaillir, elle tomba le visage contre terre, s'évanouit, et ne se releva que pour se trouver en proie à une violente fièvre.

CHAPITRE XII

La secousse qu'Annette avait ressentie était si violente et avait porté sur tous ses sentiments à la fois d'une manière si cruelle, qu'elle fut obligée de garder le lit plusieurs jours, et le médecin déclara qu'elle était réellement malade.

Sa mère vint s'établir au chevet de son lit. Alors, sans qu'Annette le sut, M. de Durantal ne manqua pas un seul jour à venir au salon causer avec le père Gérard, et il apprit même le piquet pour faire la partie du bonhomme... Argow apprendre le piquet!... Le bonhomme Gérard était dans l'enchantement de se servir de la voiture de M. de Durantal, d'aller dîner chez lui, de le voir si assidu, et souvent il se disait avec orgueil: « C'est mon gendre!... »

Les refus d'Annette n'entraient pas dans l'esprit de son père, il la grondait quelquefois, même sérieusement, chose qui, jusque-là, lui avait été impossible. Un soir, il vint auprès du lit d'Annette, et lui dit: « Ma fille, monsieur de Durantal est dans le salon, il n'a jamais osé venir te voir, il ne l'a pas demandé, il paraît qu'il faut que l'ordre vienne de toi: pourquoi mon Annette ne le voudrait-elle pas?... »

A ces mots le visage pâle d'Annette devint presque rose, elle regarda sa mère; et, par un geste rempli de terreur, elle s'écria doucement: « Ne cessera-t-il de me tourmenter! » M. Gérard tomba dans un profond étonnement, et ses deux grands yeux ronds essayèrent de peindre une pensée extraordinaire.

— Ma mère, dit Annette, quand M. Gérard fut sorti,

s'il ne cesse de venir, il m'entraînera dans un affreux précipice. Je ne le hais pas ! mais je ne l'aime pas assez encore pour quitter mon Dieu !... Oh ! non, Dieu est immuable, et les hommes changent !... Je l'ai déjà trop vu ! Que l'on élève une barrière entre nous !... Un impie !... Elle retomba sur son lit, et ne parla plus après avoir répété une seconde fois : « Un impie ! »

M. Gérard ayant apporté à Argow la réponse d'Annette, Argow cessa d'aller chez M. Gérard, et alors le bonhomme vint tous les jours dîner à l'hôtel de M. de Durantal qui, par ce moyen, eut des nouvelles de la jeune fille.

Annette, au bout de quelques jours, se trouva mieux, se leva et entra en convalescence. Dès lors on ne lui parla plus de M. de Durantal, ainsi qu'elle l'avait voulu ; et, de son côté, elle garda sur lui le plus profond silence, si bien que l'on eût dit qu'elle ne l'eût jamais vu. Elle fut plus que jamais assidue à l'église, et, pour se donner tout entière à ses méditations religieuses, elle abandonna même l'étude de la musique, art qu'Annette commençait à trouver trop profane.

Argow ne manqua jamais un seul jour de se trouver à l'église, et il avait la singulière délicatesse de se placer de manière à n'être pas aperçu d'Annette.

Mlle Gérard devint de plus en plus silencieuse ; la pâleur de son teint, loin de diminuer, parut augmenter.

Enfin, un jour, étant à table, elle dit à voix basse : « Je souffre ! » Ses parents accueillirent en silence cette parole empreinte de tristesse. Le soir, sa mère fit un effort pour obtenir d'elle que M. de Durantal fût reçu, elle s'y opposa constamment, et son système de sévérité devint tel qu'elle refusa à son père de chanter une romance qui parlait d'amour.

Séparée du reste du monde, elle commença à vivre ainsi, par avance, dans le ciel.

Ce fut à cette époque qu'en France les missions commencèrent à faire assez de bruit pour que les missionnaires fussent admis à venir à Paris essayer sur le peuple de la capitale l'effet de leurs discours. Une mission fut annoncée à l'église où allait Annette, et l'on doit juger de l'intérêt qu'elle y prit quand on saura que le curé annonça que ce serait M. de Montivers qui prêcherait. A ce nom, Annette, ne doutant pas que ce ne fût son instituteur et son père en Dieu, témoigna la plus vive joie.

Attendu avec impatience, le jour, où M. de Montivers devait prêcher, arriva bientôt. Ce jour fut une véritable fête pour Annette, elle se para et fut une des premières arrivée à l'église, et placée.

Que par l'imagination l'on se représente le lieu de la scène : une des églises les plus simples et la moins ornée de la capitale ; mais ayant par cela même un caractère imposant, en ce qu'elle offrait moins de sujets à la distraction, et que sa pauvreté présentait un contraste avec la grandeur des idées qui s'agitaient sous cette chétive maçonnerie. Cette église ne suffisait point à la foule : une nuée de Parisiens attirés, soit par la nouveauté du spectacle, soit par l'envie de trouver ridicule le saint orateur, représentait, sauf les sentiments, une de ces assemblées de l'Église primitive. Un silence étonnant régnait. Aucune pompe religieuse n'ornait l'autel, il était couvert même de toiles vertes, et un crucifix, placé devant la chaire, faisait briller à tous les yeux le sublime spectacle qu'il offre à la pensée d'un chrétien. On attendait avec impatience, tous les yeux se fixaient sur la sacristie d'où devait sortir l'orateur sacré ; le jour était faible, et les cœurs involontairement recueillis.

Tout à coup la porte s'ouvre, et l'on voit paraître un homme de trente-cinq ans, les yeux creux, les lèvres pâles, les joues livides ; sa démarche est grave, son costume imposant de simplicité. A peine a-t-il paru qu'il a imprimé une si haute idée de lui-même que telles paroles qu'il prononce on s'attend à des paroles extraordinaires : cet homme est l'abbé de Montivers, abattu par les jeûnes, les prières et les obligations de son divin ministère [48].

Il monte en chaire, regarde l'assemblée, y plonge ses regards à plusieurs reprises, et, dédaignant les prières qui commencent ordinairement les sermons, il s'écrie :

« Mes frères, parmi vous tous, il n'y a pas deux êtres qui soient venus, avec un sentiment pareil, entendre la parole sainte : espérons qu'en sortant vous aurez réuni vos cœurs dans une seule pensée, et que j'aurai excité chez vous l'amour du ciel !... Écoutez-moi donc, non comme un homme, car à ce titre, je dois être sujet à l'erreur, mais comme un faible instrument employé par l'Éternel pour servir ses desseins, et dont il fait résonner les cordes sous sa main sacrée : Esprit céleste ! dont le moindre des rayons qui environnent le trône, a rempli l'univers de lumière, daigne donc m'assister et me révéler les secrets de la Majesté sainte ou de la bonté touchante. »

Ayant dit, il s'arrête pour reprendre avec une émotion visible :

« Mes frères, une vierge pure, marchant avec humilité dans le sentier des vertus, soumise à Dieu, craintive, bienfaisante, vivait naguère. Elle était belle, et la Providence s'était plue à prodiguer à celle qui avait les beautés de l'âme et l'amour des choses célestes, tout l'aimable cortège des gracieuses perfections du corps. Elle fut aimée d'un homme indifférent en ses opinions et sourd à la voix de Dieu. Cachant avec adresse ses sentiments irréligieux à celle qu'il adorait, il réussit à lui plaire, elle l'aima. Cheminant à pas lents dans ce chemin si fleuri que l'on parcourt au commencement de la vie, ils s'aimèrent sous les yeux de leurs parents qui virent avec joie les prémices d'une union si touchante et si belle. Ainsi l'on pensait sur la terre, et cependant dans les cieux, les anges tremblaient à l'aspect d'une âme candide et brillante du feu céleste, souillée par le contact du proscrit d'Eden.

« On vit ces deux êtres approcher des autels, et le sacerdoce reçut et confirma leurs serments. Figurez-vous la joie du banquet, cette seule fête mondaine à laquelle l'Église sourie avec plaisir ! Admirez la contenance de cette vierge pure, et les regards mutuels de l'époux et de la fiancée, doux regards qui, malgré leurs secrètes joies, sont compris de tout le monde. Y a-t-il un visage chagrin ? Quel homme ne contemplerait avec volupté le charme qui résulte du tableau de ces deux êtres unis au printemps de leur vie ? Toutes les beautés s'y réunissent, toutes les fleurs de la vie s'épanouissent sous une brise de joie et de plaisir. *Ils semaient la terreur !...*

« Il a traîné cet ange d'amour dans l'iniquité, elle est morte dans l'impénitence finale, ses belles formes se sont souillées, elle est devenue noire ; en vain elle a étendu ses bras décharnés vers le ciel, en vain elle a fait sortir d'entre ses joues flétries une parole digne de son premier âge, celui qui disait : *Dieu n'est pas!* était là, il dardait son œil corrupteur, et ces deux squelettes sont la proie des remords, comme ils furent celle des voluptés criminelles. Ils brûlent, ils brûleront toujours !...

« Qui de vous, chrétiens, ne fut le fiancé d'une âme belle, pure, vierge et saintement candide ? Qui de vous ne l'a vue, dans son printemps, brillante d'affections pures et généreuses ? A quelle époque en êtes-vous de votre mariage avec elle ?... Frappez vos cœurs, et regardant à votre conscience, voyez jusqu'à quel point les saintes eaux d'une confession peuvent faire reprendre à votre épouse de gloire la blanche tunique qu'elle a portée jadis, et que les crimes et les passions, enfants de la chair, ont souillée. S'il était ici un coupable, personne, pas même moi, n'oserait lui jeter la première pierre. Vous avez tous, tous !... à vous reprocher d'avoir jeté des taches sur votre robe, sur la toge céleste ! *Quis non peccavit*[49]*!* Ne semez donc plus la terreur !...

« Arrêtez !... c'est une voix divine qui vous en conjure ! Regardez en arrière, et feuilletez votre livre de vie...

« Toi, tu as interprété les lois en ta faveur, tu as gagné un injuste procès, et ruiné une famille. Toi, tu as trahi ta patrie. Vous, vous l'avez vendue. Toi, ayant promis à ton épouse foi et honneur, tu l'as délaissée. Vous, arguant des fautes de votre mari, vous vous êtes justifiée à vos propres yeux d'une vie de licence. Toi, un soir, furtif, quand ton oncle fut mort, tu tournas les yeux vers le bois, dépositaire de ses volontés, et, saisissant un testament que le vieillard crédule, et séduit par tes semblants de franchise, t'avait lu, tu l'as trouvé trop onéreux ; tu as approché une bougie, et à l'instant il a été consumé. Avec la mémoire de l'homme juste ont péri les bienfaits qu'il devait répandre, et dont l'espoir avait adouci sa mort.

« Ce sont peccadilles !... vous n'en passez pas moins dans le monde pour sages et honnêtes ; vous allez en voiture, on vous voit à la messe, vous n'avez fait banqueroute à personne, excepté à Dieu ! et, bah ! Dieu est un créancier obligeant, il ne parle pas !... Il parlera, mes frères, il parlera, la vengeance dans la main, et la colère dans les yeux !... Il parle déjà ; car votre conscience gronde j'en suis certain !...

« Trouvez-vous ces traits trop tranchants ?... Mais, ici, quelqu'un a insinué, par des manœuvres adroites, à un vieillard, que ses neveux ne l'aimaient pas ; et, après dix ans, il a fait éclore un testament, perdant ainsi sa vie future pour quelques sous de rente pendant quelques instants d'une vie précaire. Mais ici quelqu'un a refusé sa porte à des parents pauvres ou peu nobles, sous prétexte qu'ils étaient ennuyeux. Mais l'un de vous a été solliciter les juges, a envoyé vers eux sa femme parce qu'elle était jolie ; c'est elle qui a débité les arguments qui devaient égarer la justice, on a donné des fêtes, et, à force de soins et de démarches, vous avez étouffé une affaire fâcheuse. Toi, là-bas, si par un regard tu pouvais tuer, à la Nouvelle Hollande, un homme sur le point de périr, et cela sans que la terre le sût [50] ; et, que ce *demi-crime,* dis-tu dans ton cœur, te fît obtenir une fortune brillante ; tu serais déjà dans *ton* hôtel, dans *ton* carrosse, tu dirais : *Mes chevaux, ma terre et mon crédit !* tu n'hésiterais pas à répéter : *Un homme d'honneur comme moi !* Vous, plus loin ayant une pièce fausse, vous l'avez noyée dans vingt bonnes, et vous en avez infesté le commerce. Il y a ici un millier de crimes dont on ne se doute pas [51] !... et l'on marche toujours dans la vie sans se retourner !... On marche, ... ou ?... à la mort éternelle !...

« Bah ! peccadilles ! les anges ne tiennent pas registre de cela, ils n'ont pas le temps, et puis, dites-vous, Dieu est si bon !...

« Parlerais-je de ce qu'on appelle dans le monde des crimes ? interrogerais-je celui qui marche tête levée et qui a empoisonné ses parents ? car malheureusement les lois de la terre n'atteignent pas tous les coupables, et, par la finesse de certains qui sont découverts, on frémit de tout ce qui peut arriver... Dieu me garde de soupçonner qu'il y ait ici un tel coupable !...

« Mais quelques cruels que soient ces crimes, il se commet mille atrocités sociales dignes de ce nom ! Je m'arrête, mon indignation est trop forte, et je tremble !... Adorons Dieu, mes frères, recueillez-vous pour écouter la voix qui vous parle, car elle est d'accord avec cette voix intérieure qu'une main divine fait gronder dans vos cœurs.

« Croyez-vous échapper à Dieu après votre mort quand vous ne lui pouvez échapper de votre vivant ?... Sur la terre, vous êtes encore à vous ! Eh bien, voyons si vous pouvez éviter ce Dieu que vous relégueriez au loin s'il vous était possible, et dont les temples vous fatiguent au milieu des villes. Coupables, cherchez un asile !...

« En ce monde vous pouvez encore marcher, aller dans de sombres cavernes, mais dans peu, dans peu, m'entendez-vous ? vous ne verrez que la lueur de son visage, elle emplira les mondes, et rien ne pourra vous cacher. Mais essayez seulement de ne pas reconnaître cette lumière dans cette vie, tâchez de dérober à vos idées le lien qui les rattache toutes à l'idée première dont elles émanent, secouez Dieu ? Je vous en défie !... Mais essayons ?...

« Admirez un vaste effort de l'homme, une basilique immense ! elle n'est grande que parce qu'à votre insu vous concevez mieux l'immensité par un de ses fragments, l'infini par un immense fini : là, vous touchez Dieu comme un vaisseau touche dans l'océan un grand récif. Entrez dans une vaste forêt ? au crépuscule, qu'elle soit épaisse et que ses arbres forment une colonnade végétale, et tâchez de ne pas trembler, car ce sentiment est le premier principe de la prière [52], prenez garde ! vous vous prosternez alors devant toute la nature représentée par cette voûte de verdure, là, vous touchez encore à Dieu. Enfin, marchez ? vous avez les fragments d'un mouvement imprimé ; par qui ?... par vous... et qui ? à vous... Prenez garde à vos pas ! ils touchent à l'idée de Dieu ! Prenez donc garde à tout ! car Dieu est dans l'eau que vous buvez, et dans le pain et partout ! Aimez ? et vous aurez un peu le sentiment du Ciel !... Enfin, quoique vous fassiez, Dieu, et toujours Dieu, vous accable : c'est une idée vivante, le sommaire des idées de l'homme ! et une main puissante, sans chercher des caractères, comme vous, l'a imprimée dans un livre éternel : LA NATURE [53] ! elle s'y lit pour qui n'est pas aveugle : levez les yeux, et les cieux vous parleront plus haut que moi. Tremblez donc et frémissez si vous avez quelque chose à vous reprocher, ne fût-ce que d'avoir vendu à faux poids et mal mesuré ! ne fût-ce que d'avoir ri du malheur d'autrui !... »

Ici l'orateur chrétien fut interrompu. Un bruit inusité se perpétuait en un coin de l'église : c'était l'endroit où se trouvait Annette. Un homme, placé dans un angle, pleurait à chaudes larmes : toute l'assemblée, émue et interdite, le regardait avec peine ; il s'efforçait de cacher son visage et ses pleurs : cet homme était Argow : les dernières paroles de M. de Montivers avait éclairé son âme d'une lueur terrible, et le pirate, au souvenir de ses anciennes actions, n'espérait plus de pardon. Annette le reconnut : cette douleur influa sur son âme, et cette douce vierge formait par sa pitié et Argow par son désespoir un tableau trop frappant pour que ceux qui entouraient ces deux êtres n'en fussent pas surpris. Argow était dans un état moral trop violent pour s'apercevoir de l'attention générale dont il était l'objet. Mme Gérard quitta sa place, fut à lui, et lui dit : « Cachez-vous dans le confessionnal !... » Il y entra comme par instinct, et l'assemblée ne fut plus distraite.

« Or, mes frères, continua M. de Montivers avec une énergie toujours croissante, avez-vous fortement réfléchi au peu de durée de notre existence et à l'éternité de notre seconde vie ?... avez-vous jamais pensé qu'un peu de privation ici-bas, un peu de peine, vous obtiendraient une félicité éternelle ?... »

. . . .

Nous n'achèverons pas de donner l'éloquent discours de M. de Montivers : qu'il nous suffise de dire que de longtemps les voûtes de cette église n'avaient résonné sous l'effort d'une voix plus pure et plus agréable au ciel, qu'après ce début terrible, on entendit la parole sainte redevenir onctueuse et compatissante, et qu'à la crainte elle fit succéder l'espoir.

Cette prédication produisit le plus grand effet sur l'assemblée, mais rien n'était comparable à ce qu'elle enfanta dans l'âme du plus criminel des hommes, et à ce qu'elle fit par contrecoup sur le cœur d'Annette. Cette jeune fille n'était atteinte en rien par les menaces du prédicateur; mais le changement subit de M. de Durantal rendit cette scène terrible pour elle. L'Être qu'elle refusait pour époux, à cause de son impiété, acquérait à ses yeux une grandeur et un éclat magiques, par cette conversion subite. Une joie céleste s'éleva dans son âme en pensant que l'amour qu'il avait pour elle, était la cause première de sa présence à cette heureuse prédication. Elle se voyait la source de son salut. « Il tiendra tout de moi, se disait-elle, les fleurs dans la vie, car j'en sèmerai partout sur ses pas; et les fleurs du ciel, car c'est moi qui, la première, aurai tressé sa couronne céleste en l'amenant ici[54]. »

Quand le prédicateur descendit, et pendant que la foule s'écoula, il fut arrêté, au moment où il passait, par Argow, en larmes et dans un état pitoyable. « Arrêtez, par grâce, disait-il, ô mon père! arrêtez, écoutez-moi, j'étouffe!... »

M. de Montivers entra dans le confessionnal, Argow s'y précipita, et Annette et sa mère restèrent dans l'église. Annette pria avec plus de ferveur qu'elle l'avait jamais fait. Elle priait les anges intercesseurs, et Dieu de pardonner au repentir... Jamais plus céleste voix d'âme ne parvint au ciel. Elle intercédait pour un amant, pour un époux et son âme était remplie d'autant d'amour pour Dieu que pour sa créature.

L'église retentissait de sanglots et de paroles entrecoupées : les exclamations foudroyantes et le silence subit de M. de Montivers annonçaient les choses les plus graves. Au bout de deux heures qui ne parurent qu'une minute à Annette, M. de Montivers s'élança hors du tribunal avec les marques de la plus profonde horreur en laissant M. de Durantal évanoui... « Secourez-le », dit-il, et il disparut épouvanté.

Annette, rapide et légère, courut et releva Argow; en le relevant avec peine, elle aperçut que ses cheveux, au sommet de la tête seulement, avaient blanchi tout à coup :

elle tressaillit ! La jeune fille donna le bras à ce redoutable et terrible corsaire qu'une parole avait comme anéanti ; il s'appuya sur le bras d'Annette sans la voir, et comme s'il n'existait plus pour lui ni terre ni humains. Annette se garda bien, toute faible qu'elle était, de se plaindre du poids qu'elle portait : elle en était fière !...

M. de Durantal arriva en proie au plus violent tourment jusqu'à la porte de la maison d'Annette : là, il la regarda, poussa un cri en la reconnaissant, et s'enfuit avec rapidité comme s'il eût rencontré un objet terrible. Cette action plongea Annette dans le plus profond étonnement.

Elle rentra et fut pendant huit jours sans apercevoir l'ombre de M. de Durantal. Alors ce fut elle qui se mit à la fenêtre pour savoir ce qui se passait dans la maison voisine : nul mouvement, tout y semblait mort. Elle envoya son père demander des nouvelles de M. de Durantal ; on répondit que Monsieur n'était pas malade, mais qu'il était impossible de le voir.

Cette réponse causa une vive inquiétude à Annette ; elle commençait à voir l'étendue de l'attachement qu'elle avait pour cet être extraordinaire, et elle frémit en s'apercevant de l'immensité du sentiment qu'elle contenait dans son âme, et qui, à son insu était plus immense encore qu'elle ne l'imaginait.

Le lendemain, elle l'aperçut à l'église ; elle admira comme un beau spectacle, comme le plus beau qui pût s'offrir à des yeux humains, Argow en prières : ce visage avait, pendant ces huit jours de retraite profonde, contracté une expression de douleur ; mais, en même temps, d'inspiration qu'aucune parole humaine ne saurait dépeindre. Les sublimes idées du grand peintre qui traça la figure de saint Jean, dans Patmos, se trouvaient dans les traits de M. de Durantal [55] ; mais il y apparaissait de plus une douleur éloquente et profonde qui saisissait l'âme. Annette regardait cette prière et cette absorption comme son ouvrage, elle y applaudissait, et son âme se réunit à celle *de son époux de gloire* [a] avec une franchise, une exaltation, et par un élan impossibles à rendre. Qu'on

a. *Hic erit sponsus gloriae*. (Note de l'auteur.)

se figure deux chérubins prosternés devant le grand autel et combattant d'amour dans leurs hymnes sacrées, et l'on aura l'idée de ces deux êtres dans l'enthousiasme de leurs prières.

Au sortir de l'église, Annette, sa mère et M. Gérard, entourèrent M. Maxendi, et lui demandèrent à le voir avec une telle obstination, qu'il y aurait eu, de la part d'un chrétien, de la dureté.

— Je vous le demande, dit Annette, par l'amour du prochain.

Il vint donc dans ce salon, et retrouva tout dans le même état. Il jeta un profond soupir en s'asseyant, et il regarda Annette avec une tristesse qui la gagna. Ce regard était celui d'un banni qui, ne devant jamais rentrer dans sa patrie, avant de quitter le dernier village, jette un coup d'œil, l'adieu du cœur à tout ce qui fut cher!...

La jeune fille eut l'âme serrée, et, venant à côté de lui, elle lui demanda de sa douce voix: « Pourquoi ai-je été si longtemps sans vous voir?... »

Il y avait, dans cette interrogation, toute la finesse, toute l'innocente coquetterie qu'une vierge, pure comme Annette, pouvait y mettre sans sortir des bornes de la décente tendresse; il y avait de la bonté même. Argow n'y répondit d'abord que par un regard terrible, et il ajouta: *« Nous sommes séparés à jamais!... »*

Quel sens affreux la profondeur du jeu muet de sa figure et les sons de sa voix ajoutèrent à ses paroles! Annette frissonna et lui dit: « Vous me faites mal!... »

Il tressaillit à son tour, la regarda, et vit briller tant d'amour sur sa figure, que son expression de douleur disparut pour un moment; mais, se levant bientôt, il s'en alla en disant: « Je l'aime assez pour la fuir!... » et il disparut.

Ces mystérieuses paroles étonnèrent M. et Mme Gérard, gens qui avaient bien si l'on veut de ce qu'on nomme du bon sens, mais qui n'en étaient pas assez pourvus pour deviner de semblables énigmes. Annette avait recueilli ces paroles, et elles germèrent dans son âme.

Il était clair qu'il existait un grand obstacle, et ce

qu'Annette trouvait d'aussi certain, c'est qu'il ne venait plus d'elle. Étrange contradiction de l'esprit de la femme : tant que Mlle Gérard avait été recherchée, et en quelque sorte poursuivie par Argow, elle s'était défendue de cet amour avec un soin qui pouvait passer pour de la répugnance, et maintenant que ce dernier semblait vouloir la fuir, l'amour dans l'âme d'Annette croissait avec une force étonnante. Annette s'en remit là-dessus, comme elle faisait pour tout, à la divine Providence de celui qui entend la voix d'un insecte et les accents des sphères célestes.

CHAPITRE XIII

Cependant, l'éloignement que M. de Durantal manifestait pour Annette devint si frappant de jour en jour, qu'elle résolut d'en savoir la cause, et de même que naguère Argow avait sollicité une explication d'Annette ; afin qu'il y eût une parité complète, Annette voulut apprendre de M. de Durantal quel motif l'éloignait d'elle. Son amour-propre de femme lui semblait compromis, et à la fin elle s'inquiéta véritablement.

Un soir, elle sortit de l'église en même temps que Maxendi, elle marcha à ses côtés, et ressentit une vraie douleur en voyant qu'il ne faisait aucune attention à elle. Néanmoins elle continua et l'accompagna en silence jusqu'à la porte de son hôtel. Arrivée là, elle frappa, et lorsqu'on eut ouvert, elle poussa la porte, se rangeant avec respect pour laisser entrer Argow. Ce dernier s'avança sans regarder Annette, et ils arrivèrent ainsi jusqu'au milieu des appartements.

Là, M. Maxendi, se tournant vers elle, lui dit : « Jeune fille, j'ai fait tous mes efforts pour mettre un monde tout entier entre nous deux, pourquoi veux-tu le franchir ? Tremble !... car tu fais battre toujours mon cœur du plus tendre amour qui fut jamais. Cet amour est notre perte !... Va, retire-toi !... »

— Je ne me retirerai pas, dit Annette, votre repentir vous a lié à moi, et je veux savoir quel monde est entre nous !... Je n'ai pas ainsi déposé toutes les convenances, en vous suivant jusqu'ici, pour ne pas vous entendre.

— Eh tu veux donc que l'orage te brise !... Oh ! dites-moi, m'aimez-vous assez pour tout oublier pour moi, pour quitter parents, amis, patrie ? Annette se tut.

— Savez-vous, continua Argow, que notre amour ne sera pas cette passion gaie et folâtre dont je rêvais naguère les délices ? ce sera un amour profond, il est vrai, grand et sublime ; il aura ses pieds sur la terre, mais sa tête sera dans les cieux ; et nous pleurerons souvent ! Unir sa destinée à la mienne, Annette, c'est unir la plante délicate et pure qui porte le parfum le plus céleste avec celle qui ne verse que des poisons. Unie à moi, Annette, vous vous souilleriez comme l'âme dont a parlé M. de Montivers. Je ne suis plus digne de vous, et la vérité, en se montrant à moi, a emporté tout mon bonheur. Ah ! quelle est la femme qui, vertueuse et touchante, voudra s'allier à moi pour rester perpétuellement au sein de la douleur, sans connaître ni la paix, ni le repos ! Elle serait sans asile, sans foyer, repoussée partout à cause d'un époux qui porte sur le front une marque éternelle de réprobation. Comme la femme de Caïn, elle me suivrait dans les larmes et dans un perpétuel enfantement de rage et de malheur ; elle verrait toujours le ciel d'airain, la terre deviendrait aride sous ses pas,... et ceci n'est rien [56] ?

— Non, dit Annette, en l'arrêtant, ceci n'est rien ; car ceci n'arrêterait pas Annette !...

Cette phrase, dite avec calme et résignation, fit une impression si grande sur Argow, qu'il regarda Annette, et tressaillit à l'aspect de l'amour qui éclatait sur son visage.

— Eh bien ! reprit-il, avec une énergie terrible, écoutez la suite ? et voyez si votre courage y tiendra : je ne vous ai dépeint que notre destinée terrestre ; mais songez que, tout en vous apportant en dot une couche nuptiale trempée de sueurs, vous aurez un cœur qui tremblera à chaque regard que vous jetterez sur moi. Dans la nuit vous serez effrayée d'un terrible sommeil qui sera troublé par tout ce que les remords ont de plus affreux ; je vous montrerai les ombres sanglantes que je vois et qui m'étouffent ; votre âme recevra des confidences qui rendront chaque nuit une nuit de crime, et vos mains délicates ne seront occupées qu'à tarir la sueur froide de mon front ! Voilà mes nuits !... Voulez-vous de mes jours ?...

« Sans cesse je prie, sans cesse je pleure ; je n'ose regarder le ciel, la nature entière m'accuse, et la prière, les privations ne me paraissent jamais assez sévères !...

« Oh ! ce n'est rien encore ! Avec cet enfer ici-bas, je vous apporte aussi l'enfer véritable : votre époux ira avec les millions de damnés pousser des cris de rage, voguera sur les feux éternels, et rien, rien ne pourra me racheter pour l'Éden céleste : voulez-vous m'aimer maintenant ?...

— Oui, dit Annette. Je ne le veux pas, reprit-elle, car ce n'est pas l'effet d'une volonté : il faut que je vive, et pour vivre, il faut que je sois à vos côtés. J'en aperçois maintenant une plus grande obligation : coupable, il faut que je vous embellisse cette vie. Eh ! que lui restera-t-il donc à celui qui a forfait, si, perdant la vie future, on ne lui rend pas moins amère cette vie terrestre ? Partout où vous serez, je trouverai cet asile paré de douceur si vous m'aimez. Non, vous ne parcourrez pas toute cette vie avec moi sans rapporter au ciel un gage de repentir : jamais la colombe n'a parcouru la mer sans trouver une branche de myrthe pour décorer son nid, et nous chercherons ensemble à calmer le Tout-Puissant. Si la terre vous refuse du feuillage, parce que vous l'avez trahie ; je suis innocente, je lui en demanderai, elle m'en donnera, et je vous l'apporterai. Si l'on vous dénie un asile, je me présenterai la première, je séduirai les cœurs parce que c'est pour vous que je prierai, et je cacherai la marque de votre front sous les boucles de mes cheveux ; car je vous introduirai en vous couvrant de mon corps.

« Jamais je ne verrai le ciel injuste, la terre ne sera pas stérile, je n'aurai point de douleur, encore moins de la rage, parce que je serai à vos côtés, mon cher époux, et la paix, le repos, l'innocence viendront à vous, parce que je serai à vos côtés !... Vous ai-je dit assez que je vous aimais ? Maintenant, voulez-vous en savoir davantage ? comme je vous aime maintenant, je vous aimerai toujours. Ce n'est point à cause de votre rang : la beauté, le langage, la tendresse, rien de cela ne me séduit. Je vous aime, parce que vous êtes le seul être que la nature m'ait donné pour compagnon ; je le sens... Les sentiments que je viens d'exprimer ne me nuiront même pas, parce que, depuis que nous nous sommes vus, vous êtes devenu pur et céleste, et je parle à mon compagnon dans le ciel comme sur la terre. »

Pendant ce discours, il régnait dans l'attitude, les manières, et sur le visage d'Annette, une majesté radieuse, un air de grandeur et d'innocence qui réalisait en elle tout ce que l'on songe d'un être descendant d'un monde meilleur, pour expliquer aux hommes les ordres du Dieu vivant [57]. Il y avait de plus cette conscience de vertu qui repousse toute interprétation basse, des paroles surhumaines qui venaient de sortir de ses lèvres enflammées.

Argow la contemplait avec une horrible fixité. Un tel dévouement lui donnait, de l'espèce humaine, une idée bien opposée à celle qu'il en avait prise lorsqu'il coulait à fond un bâtiment chargé de passagers, et qu'il riait en voyant leurs mains tendues hors de l'eau avant de s'enfoncer à toujours.

— Ah ! s'écria-t-il, je ne dois point prétendre à me voir guidé dans la vie par un ange de lumière et d'amour tel que toi ; je te profanerais par mon souffle. Tes lèvres ne sont faites que pour les baisers des anges, tes mains sont trop pures pour s'allier, en priant, avec des mains telles que les miennes !... elles ont donné la mort !...

— Ah !... Ce cri d'Annette était si perçant qu'il annonçait une révolution : en effet, elle s'évanouissait lentement comme une lampe qui meurt. L'effroyable douleur qui saisit Argow, à l'aspect de cette touchante jeune fille, pâle et presque morte, était la première qu'il ressentait comme douleur d'âme. Qu'on songe à la force d'une première douleur !...

Annette revint à elle, et les couleurs naquirent sur son teint comme l'aurore quand elle commence à poindre. Elle rouvrit les yeux, aperçut Argow, et voyant la terreur peinte sur son front, elle lui dit d'une voix renaissante : « La mort leur devait être justement donnée !... puisque c'est toi... Ah ! ma tâche ne sera que plus belle si elle est plus pénible !... » Et revenant à elle, tout à fait, elle ajouta : « Nous marcherons ensemble désormais dans une voie de justice et d'humilité, je prierai et pour vous et pour moi...

— Non, s'écria Argow, c'est t'aimer que d'avoir le courage de te fuir[58], car ce n'est pas tout, être cher et céleste, tout ce que je t'ai dit déjà, peu mesuré à tes forces, n'est rien ; je me tairai cependant, parce que l'horreur d'un tel avenir ne doit pas être présenté à des vierges !... adieu.

— Ah ! dit-elle, en le regardant avec une profonde terreur, qu'y a-t-il de plus effrayant dans le monde que ce que vous venez de dire !...

— Annette, la malédiction des hommes est plus terrible que celle de la Divinité, l'on peut espérer pour l'une, et l'autre est sans pitié...

— Ne peut-on fuir les hommes ?... dit Annette.

— Eh quoi ! vous me suivriez au désert, loin, bien loin, vous...

— Celle qui s'attache à l'être dont la main a donné la mort, peut, je crois, le suivre partout. N'y seriez-vous pas au désert ? Que m'importe le reste !...

Annette, épouvantée d'en avoir tant dit, baissa les yeux ; des pleurs s'échappèrent avec violence d'entre ses paupières, et elle s'enfuit sans oser jeter un dernier regard sur M. de Durantal.

Telle affreuse que fut une pareille scène pour Annette, elle n'en resta pas moins constante dans le sentiment qu'elle avait avoué à Maxendi ; bien plus, cette immense obligation qui lui était imposée l'enhardit à l'aimer : elle vit de l'héroïsme, là où d'autres ne verraient peut-être que du malheur et un sujet d'éloignement. En peu de temps son amour grandit et devint tout ce qu'il devait être : sublime et unique sur la terre.

Le caractère d'Annette excluait tout changement : alors qu'elle avait décidé de parcourir telle ou telle route ; et dès qu'elle eut prononcé à Argow l'assurance d'un éternel attachement, rien dans le monde ne pouvait plus la faire dévier de son chemin d'amour.

Il y avait deux jours qu'elle ne l'avait revu depuis cette épouvantable confidence. Un soir, Annette travaillait chez elle à la douce lueur d'une lampe, la porte fit un léger bruit, elle se retourna et elle le vit à ses côtés.

— Annette, dit-il, en adoucissant les sons d'une voix

qui fut toujours mâle et forte, je puis bien prier sans toi, demander pardon de mes fautes à Dieu ; mais élancer mon âme dans les cieux, ah ! je sens qu'il me faut la tienne pour ce pèlerinage. Ah ! je viens, mon ange tutélaire, passer une heure auprès de toi, sentir la paix et l'innocence confondre mon âme dans la tienne, et monter dans le ciel à la faveur de ta précieuse vertu céleste.

Annette le regarda : car à ce tendre discours elle ne reconnaissait plus l'homme d'autrefois : il y avait une onction, une douceur nouvellement écloses dans ce cœur qui, la veille encore, était dur et terrible même en son amour.

— Qui ne vous aimerait pas ! dit-elle... Venez ?... Elle lui montra un fauteuil près de son piano, et elle se prépara à jouer. Eh ! comment, dit-elle, en souriant comme doivent sourire les anges, et comment avez-vous fait pour entrer dans cette chambre, où nul homme ne pouvait venir !... dites... répondez ?... On vous aime et voilà tout.

Ici, dans cette réponse, pour la première fois, Annette déployait cette amabilité de caractère, cette finesse qui la rendait la plus jolie des femmes. En parlant, son visage, ses gestes, brillaient d'un charme gracieux indéfinissable ; il faut se souvenir d'une femme, que par hasard l'on rencontre, dont chaque mouvement est une grâce, et se dire : « *C'était ainsi.* »

Annette joua comme devait jouer Annette ; elle pouvait n'être pas d'une grande force ; mais malheur à celui qui n'aurait pas tressailli en l'entendant ! car s'il avait un cœur, il serait de pierre. L'extase qui s'emparait d'elle, en priant, passait dans son jeu, et rien n'était indifférent sous ses doigts. La note la plus insignifiante avait un caractère de douceur et un charme indescriptible. Un poète a célébré l'accord de la musique, de l'amour et de la religion ; en chantant cet accord, il chantait d'avance, et sans la connaître, Annette, la plus jolie de cette terre [59] !...

Quand elle eut fini, elle contempla M. de Durantal qui était comme enseveli dans une méditation, il écoutait les derniers sons comme s'ils duraient encore !... — Eh bien ! dit-elle, quand on pouvait avoir ce simple et pur plaisir d'entendre de la musique et ce qu'on aime, comment allait-on en mer courir des dangers? Que cherchiez-vous?... Le bonheur!... Eh! monsieur, vous étendiez trop le bras, il est plus près de nous qu'on ne le croit. M'écoutez-vous?...

Rendre ce regard, cette attitude, qui le pourrait? Annette vint se mettre à côté de M. de Durantal, et, lui donnant un léger coup sur la main par laquelle il tenait sa tête, elle la dégagea pour pouvoir le contempler en face, et lui dit: « Voulez-vous bien me sourire quand je vous parle!... »

Il sourit en effet pour la première fois de sa vie avec cet abandon, cette naïveté, cette franchise qui ne se trouvent réunis que dans le premier âge, alors que l'on aime pour la première fois; mais dans ce sourire il y avait un regret, et ce regret le rendait mille fois plus touchant.

Cette scène charmante, au milieu d'une chambre qui semblait habitée par l'amour et tout ce que les sentiments humains ont de plus délicat, l'ordre, la sagesse, la recherche et l'amitié modeste et pure, cette scène, disons-nous, était comme le prélude des mille autres scènes d'amour et d'innocence, dont les jours d'Argow et d'Annette devaient s'embellir: c'était comme l'aurore d'une belle journée; et, lorsque Annette exprima cette idée, Maxendi répliqua:

— Pourvu qu'il n'y ait pas d'orage le soir!...

— Qu'importe l'orage, dit-elle, s'il y a une nuit profonde et silencieuse...

— Annette, reprit M. Maxendi, vous souvenez-vous qu'ici, un soir, vous m'avez dit: « Séparons-nous!... » Ici, donc, le soir aussi, moi, je vous dirai: « Séparons-nous!... » Oui, Annette; car tel bonheur que votre chaste union me présente, l'idée que je suis un homme indigne du pardon céleste, s'offrira sans cesse à ma pensée; une affreuse mélancolie sera toujours dans mon cœur, et vous ne trouverez rien en moi de ce qui doit charmer l'existence d'une fille aussi pure et aussi céleste que vous l'êtes.

— Mon cher monsieur de Durantal, est-ce que vous espérez vous faire répéter tout ce que je vous ai dit naguère! oh! non, je ne puis le redire; car si j'avais su où devait m'emporter l'aspect de votre douleur, croyez qu'Annette se serait tue !... Je ferai à votre bonheur tous les sacrifices que peut faire une femme ; mais je ne ferai jamais celui de ma pudeur ; car alors je ne serais plus femme. Ayez donc de la grandeur, monsieur, ne vous inquiétez plus du destin d'Annette, soyez un beau monument de repentir, et, comme un monument, laissez croître sur vous le lierre des murailles, il est trop heureux de partager un instant l'attention des admirateurs !...

Argow attendri, par ces douces paroles, la regarda longtemps, et, sans doute, ses yeux avaient hérité de toute l'énergie de son âme ; car Annette s'écria : « Ce regard est la vie !... laissez-moi le recueillir. Oh ! celui dont l'œil a tant d'amour et de bonté n'est point un criminel !... »

— Ou s'il est criminel, dit Argow, c'est celui qui aimera le plus sur la terre !... — Et qui sera le plus aimé, répliqua Annette ; car ne m'avez-vous pas fait ouvrir mon piano..., moi qui ne voulait plus exprimer l'amour ni par la musique, ni par le chant, ni... Oh ! de tels regards font franchir bien des barrières !...

Argow quitta Annette, il était comme enivré. Après une scène pareille, il ressentait en son cœur une tranquillité, une paix que ses remords troublaient toujours trop tôt, et alors Annette devenait, pour lui, un véritable besoin.

CHAPITRE XIV

Plusieurs jours s'écoulèrent ainsi au sein du bonheur le plus pur. Les scènes de cette vie d'amour et de joie offrent au pinceau des couleurs que bien des gens trouvent monotones, et de telles descriptions feraient reléguer cet ouvrage avec les romans de Scudéry et de l'Astrée. Alors nous nous contenterons de montrer Annette et Argow, cheminant dans le même sentier. Aux yeux des anges, la pure Annette guidait vers le ciel un être malheureux, néophyte de vertu qui, à chaque pas, regardait sa douce compagne, en se demandant, « quel droit il avait à cette heureuse alliance !... » et, chaque pas encore, il lui disait : « Suis-je bien sur la route ? » S'essayant ainsi dans la carrière des justes, appuyés l'un sur l'autre, ce devait être pour le ciel un des plus touchants spectacles.

L'union d'Annette et de M. de Durantal n'était cependant pas encore décidée ; car Mme Gérard, sur les avis de M. de Montivers, s'opposa, pour un temps, à leur mariage. En effet, ce saint homme, effrayé de la confession d'Argow, mais témoin aussi de son grand repentir, voulait s'assurer de la sincérité de celui auquel Annette allait confier le soin de son bonheur. Il avait même insinué à Mme Gérard que sa fille pouvait risquer beaucoup pour l'avenir.

Les craintes de la mère disparaissaient cependant devant l'amour d'Annette, et les témoignages de la tendresse de M. de Durantal; alors Mme Gérard ayant confié à M. de Montivers qu'Annette était éprise au dernier degré d'Argow, et le bon prêtre ayant répondu : « S'il s'aiment autant, unissez-les!...» Elle n'opposa plus de résistance au bonheur d'Annette.

Un jour Argow réussit, après bien des difficultés, à décider Annette, sa mère et M. Gérard, à venir entendre un concert spirituel: c'était aux Italiens, et pour la première fois, depuis trois ans, Annette franchissait le seuil d'une salle de spectacle. Elle eut un mouvement de stupéfaction en se voyant au milieu d'une si grande foule; car il y avait beaucoup de monde, et Argow, ne pouvant entrer dans la même loge qu'Annette, se contenta de se promener dans le corridor.

A chaque morceau de chant, M. Maxendi accourait se placer derrière Annette, en passant la tête par l'ouverture ronde qui se trouve à chaque porte des loges. Là, il voyait une foule de personnes écouter la musique, en arrêtant leurs regards sur Annette, dont la mise simple, si bien en rapport avec le genre de sa beauté, attirait l'admiration. Cette unanimité lui causa un plaisir d'amour-propre, dont la vivacité commença à émouvoir son cœur et à le disposer à cet attendrissement qui saisit l'être tout entier.

— Êtes-vous contente, demanda-t-il à Annette? — Non, répondit-elle. — Et pourquoi? — Parce que cette foule s'interpose entre nous, et qu'une heure passée en silence, mais passée à côté de vous vaut tous les concerts du monde: rien, en fait de musique, rien n'est beau que la voix de ce qu'on aime.

— Ne parlez pas ainsi, vous allez me faire mourir, répliqua Argow.

— Il ne faut donc pas vous dire que ma mère consent à notre mariage, et que bientôt!... Annette s'arrêta. M. de Durantal était pâle, et ses yeux annonçaient que la simple annonce de ce bonheur était au-dessus de ses forces.

— Annette, ma chère Annette, dit-il à voix basse, épargnez-moi, je vous supplie... Annette pleura en voyant des pleurs rouler sur le visage d'Argow.

— Auriez-vous envie de rester ici avec cette idée? demanda-t-elle à M. de Durantal qu'elle voyait inattentif aux plus doux chants que le gosier d'une femme ait jamais modulés, car Mme M*** chantait[60].

— Oh! non, dit-il, partons, partons...

Ils laissèrent M. et Mme Gérard seuls, et s'en retournèrent à pied dans le Marais, savourant la douceur de traverser Paris, en proie à une confusion et à un bruit, dont leur cœur offrait le plus grand contraste.

Le lendemain au matin, Argow était agenouillé dans son oratoire, et priait avec une ferveur sans exemple, quant tout à coup il fut interrompu par des éclats de rire immodérés. Il se retourna avec une extrême douceur, et comme alors il montra sa tête, le rieur rit encore plus fort : Argow reconnut Vernyct.

Maxendi attendit patiemment la fin de ce rire, et cette contenance de résignation, cette patience si peu en rapport avec le caractère du pirate, fut ce qui arrêta Vernyct.

— Que diable fais-tu là ?... dit-il, et comme ta figure est changée !...

— Qu'a-t-elle d'extraordinaire ?... demanda Maxendi.

— Quand on t'aurait mis, répondit Vernyct, un cataplasme de nénuphar et de concombre sur le crâne pendant quinze à vingt jours pour t'ôter toute physionomie, toute idée, toute force, on aurait pas si bien réussi que toi avec ton air tranquille... Quelle lubie as-tu ?...

— Vernyct, reprit Argow, je pleure mes erreurs, nos crimes, et j'en espère le pardon.

— *Per saecula saeculorum, amen,* répondit le lieutenant. Par le ventre d'un canon de vingt-quatre es-tu fou ?... Oh ! mon pauvre capitaine ! je vais faire dire des prières afin que le ciel te restitue ta raison.

— Vernyct, dit Argow, je prie le ciel qu'il te fasse voir le même jour que moi, et que tu te convertisses pour sauver ton âme !...

— Ventrebleu ! je veux que le diable m'emporte si jamais je change !... Quoi ! ce serait vrai ? le capitaine de la *Daphnis,* après s'être trompé, en coulant à fond plus de deux mille pauvre diables, croirait, que, s'il y a un paradis, on peut effacer ces petites erreurs de calcul social en disant des *oremus,* allant à l'église, et fricassant des œillades au ciel !... Mille millions de diables, si tu es sauvé, je rirai bien.

Cette idée fit encore une telle impression sur Vernyct, qu'il se mit encore à rire. Argow fut à lui, et lui prenant le bras avec douceur, il lui dit : « Vernyct, je suis ton ami, et cette considération devrait t'engager à respecter mes opinions quelles que soient les tiennes.

— Oh ! lui répondit Vernyct, reste comme cela ? tu es vraiment à peindre : feu le père Abraham n'avait pas l'air plus pathétique ! d'honneur, tu es touchant. Oh ! qu'un homme comme toi est bien mieux avec un chapelet et un scapulaire, qu'avec un bon pistolet et une hache de l'autre !... Argow, une fois que ce que j'appelle un homme a mis le pied dans un chemin, en commençant sa vie, il doit, quand le ciel tomberait par pièces sur sa tête, le continuer courageusement. Nom d'un diable ! si je puis, je mourrai entouré de soldats morts dans quelque combat, où j'aurai brûlé plus d'une cartouche, brisé plus d'un crâne et fendu plus d'un ventre ! mon âme, si tant est qu'il y en ait dans mon pauvre corps, s'exhalera au sein de la destruction et du carnage [61], et si le cri de victoire retentit à mon oreille, je serai joyeux comme un équipage à qui l'on crie : « Terre ! terre !... » après un voyage de deux ans. Comment, cela ne te remue pas ?... Ah ! mon pauvre capitaine, il n'y a plus d'espoir, la tête n'y est plus !... quelque chien t'aura mordu.

— Vernyct, répondit Argow avec calme, je ferai tout ce qui sera en mon pouvoir pour t'ouvrir les yeux sur ta conduite, et t'engager à suivre mon exemple ; si je n'y parviens pas, et que mes discours te soient à charge, je ferai violence à mon amitié en me taisant ; mais alors je ne t'importunerai plus ; j'espère alors que tu imiteras ce silence à mon égard : cependant plus tu me représenteras l'infamie de mon ancienne existence, et plus je t'aurai d'obligation ; car tu redoubleras en moi la force et l'énergie pour demeurer dans le chemin de la pénitence. Des âmes ordinaires s'effraieraient de t'approcher, moi, ton ancien ami, je veux l'être toujours, et la différence de nos opinions religieuses ne m'effraie point ; laisse-moi prier, et dans quelques moments nous allons nous revoir.

— Eh mais ! dis-moi au moins qui a pu te changer ainsi ?...

— Annette, le ciel et le vertueux prédicateur que j'ai entendu.

— Annette, reprit Vernyct, ah! si cette jeune fille a eu le pouvoir d'opérer de si grands changements, mon éloignement approche, et il faudra nous dire adieu.

— Jamais, dit Argow, tu seras son ami, et tu l'admireras!...

— Ma pipe, mon allure, mes manières l'effraieront.

— Non, parce que tu es mon ami.

— Voilà de tes équipées!... dit Vernyct, et, regardant l'ameublement de l'oratoire, et donnant un coup de pied au prie-Dieu, il s'en alla en s'écriant: « Qui l'eût jamais dit!... » Il haussa les épaules, chargea sa pipe, et se croisant les bras, il s'alla promener dans le jardin de l'hôtel.

Ce jour-là, M. Maxendi introduisit Vernyct chez Mme Gérard, et, le lieutenant, à l'aspect d'Annette, devint aussi respectueux qu'il l'était jadis devant son capitaine. Malgré la tenue sévère de Vernyct, il déplut à Mlle Gérard qui démêla, dans les manières brusques du lieutenant, et dans sa physionomie, quelque chose de grossier et de rude. Aussi, quelques jours après, Annette demanda à M. de Durantal, ce qu'était ce nouveau personnage.

— C'est mon ami, dit-il.

— Il est bien libre dans ses manières, répondit-elle.

— C'est, répliqua Argow, un marin, et ils ont toujours quelque chose de sauvage.

— Soit, mais il n'est pas religieux.

— C'est vrai, Annette; mais c'est mon ami.

— Il me glace le sang par sa présence, continua-t-elle, et j'ai quelque pressentiment que le bras de cet homme me sera funeste, et cependant ce sentiment m'étonne; car je me sens, en général, de la bienveillance pour tous les êtres. J'ai du plaisir à vous regarder; mais lui, je frissonne en l'apercevant!...

— Annette, dit Argow, je vous aime autant que l'on peut aimer au monde; mais je crois que vous m'aimez, et en vous répétant encore *c'est mon ami*, vous respecterez cette amitié.

— Oui, puisque c'est votre désir, répondit-elle.

Un soir, Argow et Vernyct étaient réunis dans la

chambre d'Annette, et cette charmante fille s'était abandonnée à tout son amour; chaque mot qu'elle avait prononcé avait été un mot brillant de candeur et de tendresse. Elle avait touché du piano, et les accords de sa musique avaient plongé les deux amis dans une rêverie qui se prolongeait encore longtemps après qu'Annette eut fini; tout à coup, Vernyct se leva, fut à elle, et, dans un enthousiasme difficile à décrire, il lui dit, en lui serrant la main :

— Vous êtes un ange ! mais en devenant l'épouse de M. de Durantal, vous ne savez pas tous les dangers que vous courez; moi, je me charge de vous en garantir : je serai toujours un démon; mais ce démon veillera sans cesse à votre bonheur. Je devine bien que vous devez ne pas m'aimer; mais si je n'ai pas votre amitié, je vous forcerai à avoir de la reconnaissance, et vous serez tout étonnée un beau matin de mêler mon nom à vos prières.

Annette dégagea son bras d'entre les mains de Vernyct, avec une espèce de dépit qui enchanta Argow, et elle ne répondit rien à ce discours.

Cependant l'époque du mariage d'Annette, avec M. de Durantal, approchait, et, toute joyeuse qu'Annette pût être de cette union, l'approche de ce moment faisait naître bien des réflexions dans son cœur. Par instant, elle ressentait comme une terreur sourde, que le souvenir des aveux de son époux excitait. Une nuit, elle eut encore le même rêve qui l'avait tant effrayée à Durantal; et, le lendemain, lorsque Argow entra, elle l'examina avec un soin curieux, et lui trouva une figure plus sombre qu'à l'ordinaire. Tout en le regardant, elle visitait de l'œil son cou, et tâchait d'ôter de sa mémoire l'image de cette ligne rouge qui l'épouvantait si fort, et plus elle y mettait d'intention, plus cette ligne brillait à ses regards par-dessus les vêtements mêmes.

— M. de Durantal, venez donc ici, lui dit-elle, en lui montrant un tabouret sur lequel elle posait ordinairement les pieds. Argow, y vint et s'y assit de manière que sa tête se trouva comme dans les mains d'Annette. Elle s'en empara avec une espèce d'avidité, et lui dit :

— Eh mais ! vraiment vous avez une tête bien grosse;

et, passant à plusieurs reprises ses doigts dans les cheveux du pirate, elle cherchait à déranger la cravate qui lui cachait le cou.

La superstition dont elle était possédée lui faisait battre le cœur, comme si elle allait commettre une faute, et ses regards incertains et comme confus, se baissaient sur le cou, et l'abandonnaient tout à tour...

— Pourvu, dit Vernyct, à l'aspect de ce tableau, qu'il n'y ait que ta fiancée qui joue toujours comme cela avec ta tête!... Elle la remue comme si elle ne tenait pas!...

Ces mots firent pâlir Argow; il se leva brusquement et ce mouvement permit à Annette de s'assurer qu'aucune ligne rouge n'existait sur le cou de M. de Durantal: ce dernier alla droit à Vernyct, et lui dit: « Mon ami, de grâce, pas d'idées pareilles... »

— Est-ce que tu en serais venu à craindre la mort? lui dit le lieutenant, à voix basse.

Ici, Argow jeta un regard à Vernyct qui lui imposa silence, tant il signifiait de choses, et il ajouta:

— Je ne la crains pas pour moi!...

Cette scène brusque ne satisfit pas Annette, qui crut y entrevoir un mystère qu'on lui cachait, et malgré l'assurance que lui donna Argow, sur ses questions multipliées, qu'elle ne contenait aucune chose qui pût l'alarmer, Annette n'en conserva pas moins des soupçons qui ne se dissipèrent qu'à la longue.

Chaque jour elle était comblée des présents magnifiques d'Argow, et ces présents, par leur nature, lui disaient que le jour de son mariage approchait de plus en plus.

Ce fut à cette époque que M. Gérard reçut une lettre de Charles Servigné. Il lui mandait qu'il avait l'espoir de monter à un poste encore plus élevé que celui qu'il occupait, et qu'il saisissait cette occasion pour lui renouveler ses instances au sujet de son mariage avec Annette: il lui apprenait que sa sœur et sa mère avaient abandonné le commerce de détail, et que, grâce à son influence, elles avaient réussi à fonder une maison de commerce qui prospérait et promettait les plus grands avantages.

M. Gérard répondit à cette lettre par l'annonce du

mariage d'Annette avec M. le marquis de Durantal, et il finit en prévenant son neveu que les réjouissances de cette heureuse union se feraient au château de Durantal, et il priait Charles d'engager toute la famille Servigné à s'y trouver.

Lorsque Charles lut cette lettre en famille, un grand étonnement succéda à cette lecture : Adélaïde Bouvier sentit une rage se glisser dans son cœur en apprenant qu'Annette devenait une dame de si haut rang et si riche, puis son dépit s'exhala par cette parole : « On nous apprendra bientôt un baptême !... »

Charles dissimula toute sa haine et garda le silence. Le soir, il était invité à un bal qui devait avoir lieu à la préfecture, et il répandit cette nouvelle dans toute l'assemblée, mais en tirant grande gloire pour lui de cette alliance. Le Préfet, en l'apprenant, le complimenta avec une sincérité qui étonna Charles, surtout quand le Préfet lui dit qu'il était l'ami intime de M. de Durantal. Charles s'applaudit alors de n'avoir parlé d'Annette et de son époux que dans un sens qui leur fût favorable, et il recommanda à sa sœur et à sa mère de n'en jamais parler qu'avec la plus grande amitié et la plus grande déférence. Aussi Annette et Mme Gérard furent très surprises en recevant de Valence une lettre pleine de tendresse et de compliments sur cette heureuse union. On regrettait même de ne pouvoir assister à la célébration de ce mariage ; mais l'on attendait avec impatience l'arrivée des époux et la fête de Durantal.

Annette, son père et sa mère, crurent aux sentiments exprimés dans cette lettre, et se réjouirent de ce que la nouvelle du mariage d'Annette n'avait pas été mal reçue par la famille Servigné.

Alors on pressa les préparatifs du mariage et du départ, et l'on fut bientôt à la veille de cette union tant désirée.

CHAPITRE XV

M. de Montivers devait, avant de partir pour une mission, marier Annette avec Argow. Cette cérémonie était indiquée pour cinq heures du matin, parce que M. et Mme Gérard et les nouveaux mariés, devaient partir sur-le-champ pour Durantal, où Vernyct était déjà à préparer le château et le meubler de manière à ce qu'il fût digne d'Annette.

La nuit de cette union était arrivée. Annette, simplement mise, attendait M. de Durantal. Argow vint : il était en noir, ce qui frappa Mlle Gérard, car elle était tout en blanc, et ces deux habillements formaient le plus grand contraste : Annette tressaillit et ajouta cet augure à tous les avertissements que le hasard lui avait donnés ; mais ce n'était rien encore.

Il y avait ce jour-là une fête particulière à l'église où ils allaient se marier ; c'était la dédicace de cette église, et cette fête fut cause du plus grand saisissement qu'Annette pût éprouver.

Elle avait surmonté toutes les craintes ; l'aspect d'Argow l'avait rendue à tout ce que l'amour a de plus tendre et de plus voluptueux, et ces sentiments avaient mille fois plus de charme pour une vierge aussi pure qu'elle que pour tout autre, car en touchant au bonheur, elle voyait la terre et les cieux lui sourire, et plus elle s'était interdit de tels sentiments d'amour, plus elle devait éprouver de charme à les savourer. Aussi en ce moment de joie elle brillait de toutes les beautés terrestres, et jamais elle n'avait eu plus de sentiments dans son cœur que quand, en descendant de voiture devant l'église, Argow lui donna sa main qu'elle sentit trembler dans la sienne. Elle lui jeta un regard dans lequel toutes les harmonies de la terre se réunissaient : c'était la sainteté, la tendresse, l'amour, le respect, la joie, la beauté, la pudeur et la chaste confiance d'une vierge, confondus dans une seule expression : son haleine, sa respiration même, sa contenance, tout parlait et imprimait un sentiment de vénération en faveur de cette si séduisante créature. S'il y avait eu une foule, elle se serait agenouillée devant une telle fiancée.

Elle s'avança en s'appuyant sur le bras d'Argow avec une complaisance qui indiquait toutes les pensées de son âme. Pour la première fois de sa vie elle allait entrer dans une église avec deux sentiments, celui d'une religion profonde et celui du plus tendre amour. Elle entra, leva les yeux, et une si grande terreur vint l'épouvanter, qu'elle resta froide et pâle entre les bras de M. Maxendi.

En effet, qu'on juge de l'impression que devait produire sur la superstitieuse Annette le tableau qui s'offrait à ses regards, et ces paroles qu'une voix sinistre avait prononcées : *De profundis clamavi anima mea,* etc. [a]

L'église était toute tendue en noir, et devant Annette était une bière autour de laquelle brillaient les pâles flambeaux du convoi : une tête de mort, des larmes, des os croisés, tels étaient les objets qu'elle aperçut, et autour du cercueil des prêtres, des parents pleuraient en continuant un chant lamentable. Il était encore nuit : l'église, sombre, ensevelie tout entière sous ce drap, semblait plus silencieuse, et les fatales paroles avaient retenti dans le cœur d'Annette avec toute leur signification [62].

Qu'on se figure, devant cet appareil, une jeune mariée, brillante de beauté, qui vient échouer sur cette tombe avec sa joie et son amour. Toutes les fiancées, dans cette fatale position, ne trembleraient-elles pas ?... Mais com-

a. L'idée de cette scène se trouvait dans *Le Vicaire des Ardennes*, autant que ma mémoire me permet ce souvenir ; et, comme cet ouvrage a été supprimé et que je pense que ce n'est pas cette idée qui l'a fait saisir, j'ai cru pouvoir la reproduire sans qu'il y eût de mal : du reste, je ne fais cette observation que pour me justifier du reproche de répétition auprès des personnes qui auraient lu *Le Vicaire*. (Note de l'auteur.)

bien Mlle Gérard dut-elle être plus effrayée, elle qui trouvait un présage dans les moindres choses !...

Argow l'avait entraînée entre ses bras, et portée dans la sacristie.

M. Gérard y était déjà, et se plaignait hautement de l'inconvenance d'une pareille cérémonie.

— Oui, monsieur, disait-il au sacristain et au vicaire, lorsque l'on a un mariage à célébrer, concurremment avec un enterrement, on fait prévenir du moins les personnes, et elles retardent, si elles le jugent convenable, le moment de leur cérémonie !...

— Monsieur, répondit le vicaire, l'urgence est une raison suffisante, on ne pouvait pas attendre une heure de plus pour l'enterrement de la personne décédée, à cause du genre de maladie, et il nous a été recommandé même de le faire au matin...

— Mais vous pouviez me prévenir.

— Monsieur, dit le vicaire, j'avais ordonné que l'on vous fît entrer par une autre porte, et c'est une erreur du sacristain.

— Au surplus le mal est fait, dit M. Gérard, en voyant Argow entrer avec sa fille. La chevelure abondante d'Annette était détachée, et répandait ses boucles sur la poitrine du pirate : elle saisissait son mari avec une force rendue naïve par l'abandon qui régnait dans sa pose ; ses lèvres étaient décolorées, et son haleine d'ambroisie s'échappait par intervalles inégaux, de manière qu'on pouvait en quelque sorte la voir.

— Annette !... mon Annette, disait Argow au désespoir, reviens à toi, reviens !... Toutes ces figures horribles ont disparu !... Ne soyez plus effrayée !... Relevez votre tête !... Non, non, qu'elle reste sur mon sein !... Voyez, c'est moi, écoutez, ce ne sont plus de lugubres accents !...

Annette rouvrit les yeux ; mais elle n'avait pas entendu, elle parla, mais comme un être en proie à une aliénation terrible : « Quel présage !... Nous mourrons !... Oui, mais nous mourrons ensemble !... Il y a de la mort dans notre union !... Quand je l'ai vu, *lui*, il était sur un tombeau ; quand je l'ai revu, j'étais sur un sépulcre, et *ce sera mon époux de gloire*. Oh ! ajouta-t-elle, mue par la volonté de rendre les images terribles qui l'avaient obsédée un temps, et qui se reproduisaient en ce moment dans son âme, voyez-vous, il a une ligne sur le cou !... cachez-la !... »

— Mon unique amour, disait Argow, écoutez-moi, rien ne nous présage des malheurs ; car en ce moment nous sommes unis comme deux amants, et ta tête est sur mon sein, tes doigts chéris se sont mariés aux miens !... Ah ! c'est le plus pur bonheur !

— C'est *lui !*... s'écria Annette, en ce moment. Alors elle releva doucement sa tête, ses yeux devinrent sereins, elle reprit peu à peu sa connaissance, et sa pure innocence la faisant agir comme par instinct, elle sourit, se dégagea par un mouvement rempli de charmes d'entre les bras de M. Maxendi, elle tressaillit, une larme roula dans ses yeux, et elle vint se précipiter dans les bras de sa mère.

A cet instant, M. de Montivers, qui arrivait, et que l'on avait instruit de l'événement, s'approcha d'Annette, et lui dit, de sa voix grave : « Ma fille, vous n'êtes pas chrétienne en vous abandonnant à de pareilles terreurs. Dieu seul conduit les événements de la vie, et rien n'en peut détourner le cours !... »

A cette voix grave et imposante, Annette sentit le calme renaître dans son cœur, et la nuit ne servit plus qu'à jeter dans son âme toute la piété qu'exige cette cérémonie imposante, qui se trouve seule, dans la vie humaine, comme un monument auquel se rattachent tous les événements du reste de l'existence.

Certes, un des tableaux les plus poétiques que puisse présenter notre religion, après celui d'un prêtre consolant la mort, est celui qu'offrait Annette et son époux, réunis devant un simple autel, dont les cierges rougissaient faiblement la nef par leur clarté tremblante. On entendait à la porte de l'église les dernières prières des morts, et le bruit du convoi qui sortait. Un prêtre vénérable avait devant lui une jeune fille, l'amour de la nature, et un homme, au regard inquiet, un grand criminel, pardonné par la bonté céleste, et cet être semblait douter de son bonheur.

Frappé de ce spectacle, M. de Montivers, avant d'unir la vierge au criminel, leur dit d'une voix recueillie :

— Une seule âme, une seule chair, c'est ainsi que l'Église vous voit. Toute individualité cesse désormais entre vous [63], et, dans ces paroles, mes enfants, vous trouverez un traité tout entier sur les obligations du mariage, vous n'avez qu'à les commenter et suivre tout ce que cette phrase renferme d'utiles préceptes. Désormais tout sera donc commun entre vous ; j'imagine que vous n'êtes venus recevoir cette bénédiction nuptiale, le plus grand lien de la terre, qu'après vous être assurés que la douce conformité de vos goûts ne fera pas une chaîne de ce tendre lien, ou que la disparité de vos qualités aimables ne servira qu'à rendre le mariage un état de grâce et de bonheur. Que cette parole, que je vais prononcer, vous soit un lien d'amour, qu'il soit de fleurs, qu'elles renaissent à chaque pas, et si le malheur vous accablait, souvenez-vous de ce discours. Une seule âme, une seule chair !... car je vous unis. CONJUNGO, etc.

Ce mot prononcé, Annette était perdue !... et son terrible destin ne devait plus tarder beaucoup à s'accomplir ! Nous pourrions nous écrier comme l'éloquent prédicateur :

« *La terreur est semée !* » mais gardons-nous bien d'anticiper sur ces funestes événements.

Toutes les cérémonies de la terre étaient terminées, Argow et Annette étaient à jamais unis, et la même voiture les entraînait vers Durantal. Jamais il ne fut au monde un plus gracieux voyage.

Désormais Annette pouvait, sans crime, déployer toute sa tendresse pour l'être qu'elle aimait, pour le seul être qu'elle dût aimer, pour celui qui fit tressaillir toutes les cordes de son cœur. Argow, chose incroyable, avait acquis une foule de sentiments que la nature dépose dans toutes les âmes énergiques, et qu'elles peuvent ne pas développer ; mais qui n'en existe pas moins : la plus précieuse de ses qualités, et celle qu'on aurait attendu le moins d'Argow, était un respect et une délicatesse rares. Loin de regarder Annette comme une créature que les lois lui donnaient comme une espèce de propriété animale, il se défit de tous ses droits, et dit à Annette :

— Ma chère et unique *adorée,* conserve, je t'en prie, la noble liberté de toi-même ! restons amants, et que jamais le devoir ne soit une autorité : suivons l'impulsion de nos cœurs.

— Oui, dit Annette, et, jetant ses bras avec grâce autour du cou de son époux, elle déposa sur son front un chaste baiser, en ajoutant :

— Je veux que ce soit moi qui vous ai fait le premier don d'amour…

Argow la regarda avec attendrissement, et, se penchant sur ses lèvres de rose, il ajouta la plus grande volupté terrestre, en confondant son âme dans l'âme d'Annette. « Ah ! s'écria-t-il, je deviens pur, je me lave de toute souillure en mêlant ainsi mon souffle au tien, j'espère mon pardon du ciel, si je continue longtemps une telle vie de bonheur ! mon amour même sera une longue prière. »

Annette, attendrie, s'écria avec une espèce de volupté : « Je savais bien que je trouverais tout dans une âme annoncée par des traits aussi brillants. » Et en achevant ces paroles, la vierge sainte caressait légèrement le cou, les cheveux, la tête entière de cet être qui, dès lors, ne devait plus respirer qu'amour, religion, et la résignation la plus sublime.

Avec quelle joie et quelle ivresse ils revirent cette route, dont chaque borne était un monument pour leurs cœurs. Que l'on voie Annette heureuse de pouvoir se livrer, sous les auspices et aux regards du ciel, à toute l'exaltation de son âme, donner carrière à sa force aimante envers la créature, la même activité, la même expansion qu'à son amour pour les cieux, ne pas craindre de rendre ces deux sentiments rivaux. Voyez-la dans ce moment ? car c'était le plus beau moment de bonheur qu'elle pût obtenir dans son apparition ici-bas. Regardez ? elle est le plus souvent, la tête appuyée gracieusement sur l'épaule de son époux[64], non pas *de gloire,* mais *d'amour ;* elle lui sourit, et ce sourire passe à travers des dents rivales des perles de l'Orient ; une haleine d'ambroisie, pure comme son âme, semble se jouer sur des lèvres amoureusement candides; ses mains qui, jusqu'alors, n'ont tenu que la blanche dentelle, et n'ont caressé, flatté que son père ou sa mère bien-aimée, ses mains s'entrelacent avec volupté aux mains terribles qui, jadis, ont remué les canons, manié la hache, et lancé la mort. Pour un homme qui a connu l'Argow de *la Daphnis* [a] le spectacle de ces mains entrelacées est un mélange de terreur et de grâce : les yeux d'Annette sont brillants, transparents comme ceux qu'un peintre a donnés à Marie Stuart chantant avec *Rizzio* [65], et ces yeux ravissants montrent à Argow la route; car en ce moment la voiture est à l'endroit où ce dernier manqua périr, et où Mlle Gérard vint lui apparaître comme un ange qui descendait des cieux : quant à M. de Durantal, il semble toujours dire à chaque instant : « Quel droit ai-je donc à tant de bonheur !... »

Ils approchaient de Valence, qu'ils ne devaient que traverser; car il faisait nuit, le temps était à la pluie, et des nuages très noirs sillonnaient le ciel. Annette proposa à M. de Durantal de s'arrêter à Valence; mais il lui objecta que pour deux heures de plus qu'ils auraient à rester en voyage, ils feraient mieux d'atteindre le château. C'était une chose si indifférente, qu'Annette n'insista seulement pas, et l'on continua de voyager.

Ici, une description succincte de la position du château de Durantal est nécessaire pour mille raisons : elle sera aussi abrégée que faire se pourra.

Le château de Durantal est situé sur une hauteur, autant dire même une montagne : les murs du parc se trouvent enceindre la montagne entière, et l'habitation domaniale, située à mi-côte, sépare en deux parties bien égales la largeur de cette côte, à gauche de laquelle est le village de Durantal. La grande route de Valence, à F***... vient aboutir au bas du parc, précisément en face du château; mais là, la route tourne à droite, au lieu de passer dans le

a. C'est le nom de la frégate à bord de laquelle se passait, dans *Le Vicaire des Ardennes*, la révolte fomentée par Argow. (Note de l'auteur.)

village, de manière que cette montagne, au milieu de laquelle le château s'élevait, était flanquée à gauche par le bourg, et à droite, par la grande route.

Il s'ensuivait de là que les anciens propriétaires de Durantal avaient deux entrées différentes : d'abord cette avenue qui conduisait au château par la grande route à droite, laquelle avenue était pavée, et donnait sur la principale façade du château : mais par la suite on avait, à travers le parc, ouvert une autre avenue qui conduisait, d'une autre façade, au village et à l'église de Durantal. Argow, en achetant cette propriété, avait regardé ces deux avenues comme trop longues pour arriver à son château ; et, ayant ordonné de jeter des ponts sur les rivières factices du parc, on dut percer une avenue qui conduisit à travers la montagne, droit à la route. Il devait y avoir une belle grille, car comme il comptait habiter la façade qui avait pour point de vue les plaines de Valence et la grande route, ce chemin montrait à tous les passants le château de Durantal dans toute sa splendeur.

Alors on voit qu'il y avait trois chemins différents pour arriver au château d'Argow ; car Vernyct venait de faire terminer l'avenue qui y menait en droite ligne, et qui semblait être la continuation de la grande route. Ordinairement Argow désignait au postillon le chemin par lequel il voulait être conduit, et il était déjà arrivé deux fois, qu'ayant affaire dans le village, il se fût fait mener par Durantal.

Le hasard voulut que le postillon, qui conduisait Argow en ce moment, fut celui qui, les deux fois, l'avait mené par le village, il devait donc naturellement suivre la route précédemment indiquée, et Argow, tout entier au charme de voyager avec Annette, ne fit aucune attention à une chose aussi ordinaire.

Mais le chemin du village n'était pas le même au printemps qu'en été, et surtout lorsque, pendant deux heures, la plus furieuse pluie qui fût tombée de mémoire d'homme, avait déployé sa rage sur la contrée : il y avait des ornières d'une étonnante profondeur, et, malgré toute sa science, le postillon douta de pouvoir arriver à Durantal.

Aux premières maisons du village, le postillon fut contraint de s'arrêter; car il n'était pas possible d'aller plus loin. La voiture de M. de Durantal courait risque de se casser, et le postillon tâcha de gagner le pavé qui se trouvait devant une maison qui avait assez d'apparence. Là, il se dégagea de dessus son porteur, nagea dans un océan de boue, et après mille jurons, attrapa la chaîne d'une sonnette, et sonna de toutes ses forces.

— Qui va là? demanda une vieille femme à la voix cassée.

— C'est un postillon embourbé qui voudrait...

— Un postillon! sainte Vierge! s'écria la vieille, en interrompant le discours du claque-fouet, jamais chaise de poste n'a passé par le village de Durantal! c'est tout au plus si, en vingt ans, j'ai vu passer trois fois la voiture du seigneur... vous êtes un maraud...

— Vieille folle, ouvrez donc, c'est M. de Durantal...

Bah ! la croisée était refermée, et la vieille n'entendait plus.

— Ah! je vais te faire ouvrir! s'écria le postillon, et il se mit à sonner comme s'il s'agissait de l'enterrement d'un pape.

— Postillon, dit Argow, essayez plutôt de regagner la *route neuve*.

— Eh! M. le marquis, l'eau entre dans votre voiture, il vaut mieux envoyer chercher du monde au château, et, à travers le parc, on viendra vous chercher ici quand la pluie aura cessé. Et le postillon de sonner toujours.

On entendit à l'intérieur un colloque de six ou sept voix de femmes, et l'on vit de la lumière aller et venir.

Enfin l'on ouvrit, le postillon montra la voiture, et, à cet aspect, l'on voulut bien recevoir Annette et M. de Durantal; mais aussitôt que le postillon les eut nommés, il y eut un émoi général et un empressement étonnant. La vieille fut chercher un parapluie et un vieux tapis, et les deux époux entrèrent dans cette maison à dix heures et demie du soir.

Le postillon détela les chevaux, abrita la voiture, et s'en retourna avec mille peines.

Vous, lecteur, si jusqu'ici vous m'avez vu conduire mon char à peu près comme le postillon conduisait nos héros, espérez que, désormais, nous allons rouler avec trop de rapidité, peut-être, quand vous apercevrez le but.

TOME III

CHAPITRE XVI

La maison dans laquelle venait d'entrer M. de Durantal et sa femme appartenait à une vieille demoiselle nommée Mlle Sarah Sophy.

Cette demoiselle avait tenu à Valence, pendant fort longtemps, une maison de commerce qu'elle venait de vendre à M. et Mme Bouvier, les cousins d'Annette. Mlle Sophy était la plus riche de tout le village de Durantal, et, de tout temps, sa maison avait été le rendez-vous des habitants les plus aisés ; elle était comme la reine de ce petit monde, et tant qu'au château les propriétaires furent absents, Mlle Sophy pouvait passer pour *la première* du village.

Or, dans tous les bourgs, villes, capitales, villages, hameaux, de tout royaume européen, asiatique et africain, partout enfin où se trouvent agglomérés sept animaux qu'on décore du nom générique d'hommes, il se trouve aussi des intérêts qui se croisent, des amours-propres qui se froissent, des jalousies qui croissent, et la reine du monde, *l'Opinion,* y vient sur-le-champ dresser ses tréteaux, et, comme un charlatan, parle sans cesse à la foule. Or, la maison de Mlle Sophy était l'endroit où l'opinion régnait; elle la dirigeait, la modifiait, et cela avait eu lieu, dans l'origine, par un motif qui n'était plus connu que des vieilles têtes à perruques de l'endroit; et ceux qui n'avaient pas l'honneur d'aller chez Mlle Sophy répétaient encore ces bruits dans ce qu'elle appelait leurs *conventicules :* nous allons les traduire fidèlement au lecteur.

Cette société secondaire de la petite bourgeoisie de

Durantal tenait son bureau chez l'épicière du village. Or, voyez-vous Mme Jacotat au coin de son feu, dans son arrière-boutique, entourée de sept ou huit habitants, fermiers, tailleurs, boulanger, tous membres de la petite propriété, et les industriels du canton ?

— Oui, répétait Mme Jacotat, ma mère m'a dit que Mlle Sophy avait été jolie, mais très jolie, à dix-huit ans ?... dà !... qu'elle avait été amoureuse, mais comme on l'était dans l'ancien régime, bien plus qu'aujourd'hui ; elle était donc amoureuse et aimée d'un jeune homme, le fils d'un président à mortier du parlement. Mais les parents de l'amoureux n'avaient pas voulu les marier, et l'on m'a dit que c'est ce jeune homme qui lui a acheté sa propriété à Durantal. Elle y vivait dans la retraite, et le jeune homme venait la voir clandestinement la nuit. On dit que c'est le président actuel du tribunal à Valence, et qu'il a tant aimé Mlle Sophy, qu'il n'a jamais voulu se marier. Le fait est qu'à Valence elle allait souvent chez lui, et lui chez elle, de manière que cette vieille Mlle Sophy, qui fait tant sa dévote et sa vertueuse, n'en a pas moins eu un enfant de lui.

— Un enfant !... s'écriait-on.

— Oui, un enfant, et elle n'a jamais osé le garder avec elle : on ne sait pas ce qu'il est devenu. C'est un crime cela ! une mère doit, quelque chose qu'on pense d'elle, ne jamais se séparer de son enfant [66] ! Elle ne parle jamais que de vertu ; elle a fait chasser la petite Jeanneton parce qu'elle avait fait un enfant avec le dernier garde-chasse, ou avec un autre, n'importe ! c'est le garde-chasse que l'on accuse : elle aurait dû plutôt la secourir... mais voilà, on condamne dans les autres ce qu'on a fait soi-même... Ici l'épicière se croisa les bras. — Mlle Sophy, reprit-elle, est riche, alors on va la voir ! On fait comme si l'on ne savait rien, et elle est reçue au château, c'est-à-dire, elle l'était par les anciens seigneurs ! mais le sera-t-elle par ceux-ci ? c'est une question.

— Qu'est devenue Jeanneton ?... demandait un des auditeurs.

— La pauvre petite !... reprit l'épicière infatigable, voilà ce qui lui est arrivé : le grand sec, qui est l'ami du nouveau propriétaire, l'a établie à dix lieues d'ici, je ne sais où. Elle a une auberge, une ferme, une habitation, je ne sais lequel, et le garde-chasse a un emploi qu'*il* lui a fait obtenir par le préfet, son ami. Aussi l'on a grogné contre celui-là, qui a l'air d'un bien brave homme : il ne s'en fait pas accroire : il vient m'acheter du tabac à fumer quand il lui en manque et qu'il est hors du château, car il en a sa provision. Si j'étais en ville, j'achèterais bien ce tabac-là au poids de l'or !... car c'est du tabac des îles, et je dis qu'il est fameux, car mon homme en a senti le fumet, et il s'y connaît ! mais pour les gens de Durantal, le nôtre est assez bon ; les paysans ne sont pas au monde pour avoir leurs aises. Au surplus, le nouveau propriétaire fait travailler, c'est un brave homme ! ça a autant d'écus que j'ai de grains de café !...

Ce fragment de la conversation de l'épicière instruit suffisamment le lecteur des antécédents de la vie de Mlle Sophy, antécédents qu'elle cachait avec un soin curieux et sous un masque de dévotion qui, peut-être, était véritable et sincère. Maintenant, avant d'introduire nos deux mariés, il n'est pas hors de propos de faire connaître les personnes qui se trouvaient alors chez Mlle Sophy, car elles doivent avoir une influence sourde et cachée sur leurs destinées.

Le curé y venait souvent ; mais comme son rôle est très court dans cette histoire, on peut se contenter de dire qu'au coin de la cheminée était un vieillard de cinquante ans, habillé, fait et parlant comme tous les curés de village : il n'est là que pour ordre ; il écoutait avec patience, discourait quand il pouvait, et, depuis peu, le pouvait rarement à cause de l'arrivée récente d'un personnage qui ne sera pas inconnu à ceux qui ont pu lire *Le Vicaire des Ardennes* pendant le peu de temps qu'il a été en circulation.

Ce personnage était la femme du maire ; elle pouvait avoir trente-six à quarante ans, mais un léger embonpoint lui permettait d'en escroquer une petite partie. Elle était mariée depuis peu et venait... d'où ?... c'était un secret qu'elle avait très bien su garder, malgré son amour pour les confidences, l'art de phraser qu'elle possédait mieux que maint député loquace, et sa tendance à tout apprendre et tout savoir. Elle était toujours bien mise, mais ses manières n'annonçaient pas une extraction bien franche, et quoique toujours occupée à bien parler, à s'étudier, à affecter un bon ton, souvent une phrase, un proverbe commun, la faisaient ressembler à l'âne qui montre le bout de l'oreille sous le peau du lion. Il y a six mois qu'elle était arrivée à Durantal, où son mari était arrivé un beau jour muni d'une belle nomination à la place vacante de juge de paix.

Ce que l'on avait pu savoir de cette inconnue, c'est qu'elle devait toute sa fortune à un vieillard respectable, un ecclésiastique, qui venait de lui laisser toute sa fortune par son testament, et souvent elle parlait du respectable M. Gausse en termes d'héritier content. A ce dernier nom, l'on doit reconnaître Marguerite[a] ! mais comment Marguerite a-t-elle pu subitement franchir l'espace qui se trouve entre une cuisine et un salon ? l'on va l'apprendre.

Marguerite était mariée !... mais à qui ? à M. de Secq, juge de paix. De Secq ressemble bien à Lesecq[b]... Nous allons donc encore rendre raison de cette nouvelle méta-

a. Dans *Le Vicaire des Ardennes,* Marguerite était la servante d'un curé septuagénaire, qui avait pour manie de citer des proverbes. Dans ce roman, elle était dépeinte comme une femme excessivement curieuse, encore plus bavarde, et elle avait manqué plusieurs fois épouser le maître d'école, dont il va être question dans la note suivante. (Note de l'auteur.)

b. Marcus-Tullius Lesecq était, dans *Le Vicaire des Ardennes,* le maître d'école du village d'Aulnay-le-Vicomte, aimant singulièrement l'ironie, méchant envers ses supérieurs, quoiqu'il rampât devant eux ; fanfaron et souple à la fois : pauvre et attendant tout de tout le monde, il aurait préféré une plaisanterie à la richesse ; insouciant, mais aimant brouiller tout le monde. Il arriva qu'Argow fut pris à Aulnay et reconnu comme pirate (autant que ma mémoire me permet ce souvenir), et, dans cette occurrence, Lesecq fut nommé pour veiller sur le prisonnier ; alors Argow offrant cent mille francs pour sa délivrance, Lesecq délivrait le pirate. Il est nécessaire de faire connaître ces circonstances, puisqu'elles l'auraient été si *Le Vicaire des Ardennes* n'avait pas été supprimé. Or, comme cette suite était préparée avant la saisie du *Vicaire,* je n'ai pas pu la publier sans y faire reparaître des personnages du *Vicaire,* mais ce sont de ceux qui n'ont attiré, je crois, sur l'ouvrage aucun blâme. (Note de l'auteur.)

morphose du maître d'école qui jouait jadis un si grand rôle à Aulnay-le-Vicomte.

Lorsque Marcus-Tullius Lesecq fut possesseur des cent mille francs que lui donna Argow pour le laisser échapper de la prison d'Aulnay-le-Vicomte, où on l'avait arrêté par hasard, Lesecq se trouva trop grand seigneur pour rester maître d'école à Aulnay-le-Vicomte : il vint donc à Paris, et son premier soin fut de redemander ses anciens prénoms de *Jean-Baptiste,* dont il s'était dépouillé pendant la révolution pour prendre les glorieux noms de Cicéron, son auteur favori, qu'il ne comprit cependant jamais. Alors, en examinant avec soin son extrait de baptême, dans l'original, il reconnut que l'L était formé de telle manière qu'il pouvait hardiment passer pour un D : on n'oserait pas affirmer que l'astucieux maître d'école n'ait pas un peu aidé à la lettre. Quoiqu'il en soit, il prétendit qu'il était noble, que les *Secq* étaient très connus, et il alla dans le monde sous le nom de M. de Secq. La protection du seigneur d'Aulnay lui fit obtenir la première justice de paix qui viendrait à vaquer ; mais cette justice de paix, qui devait être le premier bâton de l'échelle pour l'audacieux Desecq, lui fut enlevée au bout de quinze jours par suite d'un changement de ministère ; alors il eut soin de tellement crier que, pour le dédommager de cette disgrâce et de son voyage, on le nomma maire de Durantal.

Pendant l'intervalle qu'il y eut entre sa nomination et ses sollicitations qui furent longtemps infructueuses, il revint à Aulnay. Le curé était mort ; Marguerite héritait au moyen du fameux testament qu'elle avait si longtemps poursuivi, et elle se trouvait riche de soixante à quatre-vingt mille francs. Lesecq, ou plutôt M. de Secq, redevint amoureux fou de l'aimable gouvernante, et ils réunirent ainsi une fortune de près de deux cent mille francs. Alors, quand M. de Secq fut destitué de sa place de juge de paix à Durantal et promu à la place distinguée de maire, il trouva très honorable pour lui de rester dans un pays où l'on vivait à si bon marché, et où il pourrait jouer un rôle, car il remplissait les fonctions de procureur du roi auprès du tribunal de paix, les jours où l'audience était consacrée aux affaires de police, et il voyait dans l'avenir que M. de Secq, inconnu comme maître d'école, cachant sa vie passée avec soin, maire de Durantal, et riche de dix mille livres de rente, serait à Valence et dans le pays une espèce de personnage, et qui sait si les circonstances ne le pousseraient pas plus haut!...

Voilà le récit des événements qui amenèrent Lesecq dans le même pays qu'habitait un homme que, deux ans avant, il avait tenu en prison et qui lui avait fait sa fortune.

Mme de Secq était donc dans le salon de Mlle Sophy: on voit d'ici qu'elle était la personne la plus haute en dignité, et que, passant pour noble, elle tenait le haut bout. Or, l'on doit deviner l'air, l'importance qu'elle affectait: elle roulait ses yeux avec mignardise, tâchait de parler bas, et, par instants, élevait fortement la voix par suite de son ancienne habitude. Enfin, souvent M. de Secq la pinçait quand elle disait un *colidor*, une *casterole*, *avant-zhier*, et une multitude de paroles semblables. Le sévère M. de Secq pouvait bien corriger les mots, mais les gestes!... ces autres mots d'un langage presque aussi important, c'était bien *la chose impossible*.

Avec Mme de Secq, ou Marguerite, comme on voudra, étaient le receveur des contributions et sa femme, deux personnages assez indifférents, mais aimant la médisance et les caquets: un propriétaire de Durantal et sa femme tâchaient de mettre à fin, avec deux anciens marchands retirés, un boston dont on devait parler le lendemain, absolument comme dans la *petite ville* de Picard[67]. Ce propriétaire était un véritable hobereau, chicaneur, processif, tenant à sa noblesse qui datait de cinquante ans, se piquait d'une parole, d'une démarche, enfin, en ajoutant qu'il était exigeant, impérieux et bavard, l'on aura l'exact portrait de M. de Rabon. Mais au milieu de ce monde et à côté de Mme de Secq était Mlle Sophy. Elle pouvait avoir soixante à soixante-six ans; son visage était très bien conservé, mais elle se coiffait de manière à se vieillir: en effet, elle portait toujours un bonnet en baigneuse de soie noire et garni de dentelle noire; ses cheveux étaient poudrés et crêpés comme à l'ancienne mode; ses yeux gardaient une vivacité et une expression difficiles à rendre. On voyait qu'elle avait dû être extrêmement belle, mais bonne, ... en aucune façon ; seulement on devinait qu'elle pouvait l'avoir été pour un seul être. Un grand caractère était écrit sur sa figure : il y régnait de l'orgueil, de l'envie, et surtout une profonde dissimulation ; néanmoins, à travers l'expression de ces diverses passions, apparaissait une inquiétude vague qui annonçait comme un remords, et un observateur aurait reconnu que cette fille cherchait à racheter quelque faute, envers la nature, par la stricte exécution des petites et minutieuses pratiques de la religion.

Cette figure contrastait avec celle de Marguerite, qui n'avait aucune gêne, aucune dissimulation. Il sera très utile, avant de reprendre M. de Durantal et Annette où nous les avons laissés, c'est-à-dire dans l'antichambre avec toute la société qui était accourue comme nous l'avons dit, de faire assister le lecteur aux derniers propos tenus par ce cercle de la haute société de Durantal.

— M. et Mme Bouvier vont venir au château, avait dit Mlle Sophy ; car vous savez la grande nouvelle ?... M. de Durantal épouse cette cousine de Mme Bouvier, cette jeune personne qui a été enlevée !... Adélaïde l'avait bien prévu !... au surplus quelle que soit la nature des événements qui ont lié M. le marquis de Durantal avec Mlle Gérard, le mariage ratifie et efface tout. Nous verrons comment elle se conduira ici... elle est jeune...

— Ah ! dit Mme de Secq, elle augmentera le *cercque* de notre petite société ; car, lorsque ces messieurs étaient seuls au château, il ne pouvait pas y avoir moyen de fréquenter...

— La dit-on jolie ?... demanda Mme de Rabon en interrompant.

— Une figure de convention, répondit Mlle Sophy ; elle a de la grâce. Au surplus, nous la *verrons*...

Ce fut à ce moment que la cuisinière effarée et tout épouvantée accourut en disant que des gens malintentionnés assiégeaient la maison, et après une petite délibération, l'on se leva en masse pour courir recevoir M. et Mme de Durantal, ainsi qu'on l'a vu dans le chapitre précédent.

Aussitôt que ces deux grands personnages furent introduits dans le salon, on les amena devant le feu, les parties furent quittées, et l'on vint se grouper autour d'eux. Mlle Sophy offrit sa place à Annette qui grelottait de froid, et, sur-le-champ, tous les visages prirent cet air courtisan et obséquieux que les inférieurs à petites idées affectent devant les êtres élevés en dignité, ou qui possèdent une grande fortune.

Lorsque Annette se fut réchauffée et qu'elle promena ses regards sur cette assemblée, aucune des figures qu'elle aperçut ne lui plut ; néanmoins elle leur adressa un gracieux sourire (pouvait-elle ne pas sourire ?) et elle dit à Mlle Sophy : « Madame, nous avons interrompu le jeu... je vous en prie, continuez ? je suis bien fâchée du dérangement que je vous cause, mais le temps horrible qu'il fait et l'erreur du postillon nous servent d'excuse... »

Mlle Sophy n'entendait pas ; elle contemplait Argow avec une curiosité extraordinaire.

— Comment ?... le postillon... Madame... C'est la première fois, dit-elle, que j'ai l'honneur de voir M. le *marquis* de Durantal...

— Madame, répliqua Jacques de Durantal, cessez de me donner un titre qui ne m'appartient pas... je ne suis point marquis...

Pour un caractère aussi fier que l'était jadis celui d'Argow, cet aveu aurait pu paraître coûteux ; mais il le faisait dans toute la sincérité de son âme et par une profonde humilité chrétienne.

Sur une certaine quantité donnée de femmes, il s'y en serait trouvé beaucoup que cet aveu aurait affligées ou choquées ; mais pour Annette, elle aimait trop son mari pour lui-même, et cette phrase ne lui fit aucune impression.

— Mais, continua Mlle Sophy préoccupée, c'est le même son de voix... Voyez donc, dit-elle en s'adressant à M. de Rabon, comme M. de Durantal ressemble à M. le Président !...

— Oh ! répliqua M. de Rabon, ce sont de ces ressemblances qui disparaissent aussitôt que les deux figures sont à côté l'une de l'autre.

— Habiterez-vous longtemps notre pays, Madame ?... reprit Mlle Sophy, se souvenant qu'Annette lui avait parlé ; je vous prie de m'excuser : vous me disiez que le postillon... Cette ressemblance m'avait étonnée, et j'avoue mon impolitesse... Avez-vous vu, à Valence, Mme Bouvier ?...

— Nous n'avons fait qu'y passer, répondit Annette ; et à ce moment elle lança un regard à M. de Durantal comme pour lui dire : « Oh ! sortons d'ici !... et que ces êtres ne s'interposent pas entre notre bonheur, comme jadis aux Italiens cette foule que nous avons abandonnée. »

Ce regard fut vu et compris par Argow ; mais il le fut aussi par Mlle Sophy qui s'en blessa fortement, d'autant plus qu'Argow demanda sur-le-champ si l'on ne pouvait pas envoyer quelqu'un au château.

— Mes gens, dit Mlle Sophy d'un air composé, ne sont guère en état d'y aller par le temps qu'il fait ; mais l'on peut éveiller quelqu'un dans le village.

— C'est inutile, dit Argow, car il me semble que le mur du parc passe auprès de votre jardin, et il y a précisément une porte qui donne sur une allée couverte. Attendez, madame, dit-il à Annette, dans l'instant vous serez au château.

Argow s'élança et disparut ; il fit sauter la porte, et, malgré le vent et la pluie, il vola vers Durantal avec la rapidité de l'éclair.

— Madame, dit Mlle Sophy, vous êtes sans doute mariée depuis peu ?...

— Madame, nous sommes sortis de l'église avant-hier au matin pour monter en voiture : l'hôtel de M. de Durantal n'était pas préparé pour me recevoir, et nous comptions passer la plus grande partie de l'année à Durantal, de manière que nous avons préféré y célébrer notre mariage, notre famille étant à Valence...

— Il y a bien longtemps, dit Mlle Sophy, que je n'ai assisté à des fêtes au château de Durantal !...

Assurément cette phrase signifiait : « Invitez-moi !... » mais Annette, qui la compris parfaitement bien, jeta un regard scrutateur sur l'appartement et la maîtresse ; et, d'après cet examen, ne crut pas devoir répondre à cette attaque d'une manière favorable, parce qu'elle ignorait si l'aspect de cette antiquité *durantalienne* conviendrait à son mari ; alors elle se contenta de sourire, en disant : « Il y a donc longtemps que Durantal est inhabité ?... »

— Il est abandonné depuis la révolution : les propriétaires n'avaient plus assez de fortune pour y rester, car il faut la fortune immense de monsieur votre mari...

— Il est donc bien riche ?... dit Annette avec surprise.

— Il faut qu'il le soit, car depuis un mois l'on a dépensé plus de six cent mille francs pour meubler et décorer le château : tout est venu de Paris. Comment se fait-il, madame, que vous ignoriez... ?

A ce moment, Argow rentra dans le salon, en disant : « Madame, il y a une voiture à la porte du parc. »

— Madame, dit Annette, en se levant, je vous remercie de votre aimable hospitalité ; j'étais morte de froid, et il aurait été scandaleux, qu'en Provence, une fiancée se fût trouvée gelée... Elle salua gracieusement, et toute la compagnie se leva pour l'accompagner.

Arrivée dans la cour, Annette, en voyant l'eau et la boue, hésita d'y mettre son joli petit pied enchâssé merveilleusement dans un soulier de satin noir qui brillait comme une escarboucle ; Argow la saisit avec avidité dans ses bras, et, saluant la compagnie, il l'emporta comme s'il eut tenu une fleur qu'il craignît de briser...

— C'est une *pie-grièche,* dit Mlle Sophy quand ils furent loin, et lui, c'est un fort grossier personnage !...

La société regagna le salon de Mlle Sophy, en commentant cet oracle de la sibylle du lieu. Marguerite voulut prendre la défense de *la jeune femme ;* mais cette contrariété aiguisant la langue de Mlle Sophy, elle parla contre les nouveaux mariés avec toute l'aigreur de la vanité blessée. *Inde iræ !...* Ce fut la source des malheurs !...

CHAPITRE XVII

Annette entrait donc, en ce moment, dans ce château que ses pressentiments lui avaient montré comme devant être à elle, et elle y entrait avec l'homme qui lui était apparu comme un *époux de gloire*.

Elle mit pied à terre sous une voûte brillante ; car le grand escalier avait, à chaque marche, deux vases de porcelaine dans lesquels les plus belles fleurs disputaient de parfums et de couleurs, et, de cinq en cinq marches, un élégant et simple candelabre supportait un globe de verre dépoli, contenant la lumière, ce qui produisait une masse blanchâtre de cette lueur qui charmait tant Annette. La voûte et ses sculptures avaient été nettoyées ; le portique du haut était décoré de quatre magnifiques statues, et les deux portes des appartements brillaient d'or et de moulures si délicates, que la jeune épouse, frappée d'une recherche tant en harmonie avec ses goûts qui avaient été si bien étudiés, se pencha sur le bras de M. de Durantal, l'arrêta, et lui dit : « Voilà le rêve de mon âme ! elle se réveille en voyant son jour, son soleil et la réalité !… O que je suis heureuse !… » Elle pressa Argow sur son sein, et resta quelques minutes jouissant de cette douce pression comme de la plus grande joie de la terre. Elle aurait voulu arrêter le temps !…

Ce n'était plus l'heure des pressentiments, des présages, où elle les tournait à son avantage : elle ne s'aperçut pas qu'elle avait un frisson causé par la fraîcheur de la voûte et par la présence des fleurs : enfin, elle ne marchait plus que d'enchantements en enchantements. Son époux l'introduisit dans ses appartements ; rien n'était plus riche, plus élégant : la grâce, la beauté, la recherche des ornements, des draperies, des meubles, étaient sans égale ; mais, ce qui la flatta le plus, ce fut sa chambre à coucher : elle était exactement copiée sur sa chambre de Paris, si ce n'est que chaque ornement était exécuté d'une manière bien supérieure. Le cachemire blanc remplaçait la percale, la soie, le mérinos ; et les marbres, les dorures, l'argent massif, y étaient prodigués.

— Annette, dit Argow avec une visible émotion lorsqu'ils furent parvenus à cette charmante chambre conjugale, cette chambre et ces appartements sont *les vôtres :* vous y serez toujours maîtresse, quelles que soient vos volontés. Ici, votre mari ne sera jamais que l'amant le plus soumis, le plus tendre, le plus affectueux, l'amant des premiers jours de notre amour. Vos ordres n'auront pas le temps d'arriver sur vos lèvres adorées, et ce sera toujours, comme aujourd'hui, un geste, un sourire, un regard qui, toujours, compris, me diront vos chers désirs... et rien n'empêchera qu'ils soient exécutés... Oui, mon Annette, ajouta-t-il en saisissant sa main et la couvrant de baisers, tu seras mon unique amour, mon trésor de bonheur, l'être sur la tête duquel reposeront toute la vie, toute la félicité d'un malheureux indigne du ciel, de la terre, repoussé par toute la nature, mais qui ose prendre ton sein pour asile. »

Elle entendait ces douces et tendres paroles avec un charme inexprimable. Elle rencontrait donc ce qu'elle avait tant souhaité, un être qui conçût l'amour !... Quelques larmes de bonheur sillonnèrent ses joues de rose, et lui servirent de réponse. Qu'on se figure une vierge aussi pure qu'Annette, dans une chambre conjugale doucement éclairée et brillante de somptuosité ? Annette n'avait jamais eu de pensée qui pût seulement rider le front de cette jeune et pure déesse que l'on nomme Pudeur ; enfin, c'était une jeune fille qui ignorait !... or, quel suave tableau !...

— Cette scène, dit-elle, me fait à l'âme comme une fête de l'Église !...

« Où demeurerez-vous donc ? » demanda-t-elle avec ingénuité, après un moment de silence.

— Mes appartements, répondit-il, sont là... Il ouvrit une porte, et Annette parcourut, avec un ravissant plaisir, les appartements d'Argow qui se trouvaient en parallèle; car on avait consacré, aux appartements des mariés, toute l'aile du château qui avait sa vue sur la campagne de Valence.

— Ah! c'est bien, dit Annette, nous serons toujours ensemble, et je pourrai même vous entendre chez vous!...

La pauvre innocente n'y voyait pas d'autre raison, pas d'autre avantage!...

En se retrouvant sur le portique de l'escalier, Argow lui montra une galerie décorée comme l'escalier, éclairée de même, et Annette arriva aux appartements de réception: alors, dans un salon immense et magnifique, elle retrouva M. et Mme Gérard qui venaient d'arriver par l'autre route. Il était très tard, et, après mille questions, Mme Gérard, en mère discrète, conduisit sa fille dans la chambre qu'elle venait déjà de nommer la *chambre de Paris*... Là, Mme Gérard remplit le dernier devoir d'une mère en tâchant de dessiller les yeux de sa fille.

Comme les oreilles des hommes n'ont jamais entendu les discours tenus en pareille occurrence, il serait de la plus grande inconvenance de tâcher à les deviner, et nous laisserons chacun se figurer l'étonnement d'Annette à sa guise...

....

....

Certes, il fallait célébrer, par une fête brillante, cette fête charmante du bel âge, cette fête qui n'en est une que lorsque l'amour, avec son ivresse, sa joie, sa plénitude, assiste à ce don précieux, à ce dernier sacrifice, qui n'en est plus un lorsqu'on aime, et qui devient un supplice pour une foule d'êtres par la manière dont on se marie en Europe. Argow et Annette, privilégiés entre mille mortels, goûtèrent, dans l'empire de l'hymen, les mêmes charmes que deux amants. La chasteté ne cessa pas un moment d'habiter cette chambre céleste, et si la *pudeur* même pleura, ce ne fut que de plaisir.

En effet, il y avait déjà plus d'un mois qu'ils étaient mariés lorsque Annette, vaincue par tant d'amour, permît que cette chambre virginale quittât son nom[68]; et, dès lors, on jugea à propos de donner à Durantal une fête pour célébrer ce mariage qui, depuis l'arrivée de M. et Mme de Durantal, occupait toute la ville de Valence.

Ce fut M. Gérard qui, en qualité de bureaucrate, rédigea les invitations, et cette petite occupation lui retraça un moment son cher bureau, dont l'absence se faisait sentir pour lui malgré son bonheur.

Le jour fut indiqué, et les personnes invitées; cependant Mlle Sophy, le maire de Durantal et sa femme, ne furent point priés: Charles Servigné, Mme Servigné, M. et Mme Bouvier, le furent ainsi que le préfet, M. Badger, les principales autorités de Valence, et la haute société. Personne ne refusa, quoique dans le pays on commençât déjà à se demander quel était le propriétaire de Durantal? comment, et où il avait amassé une si grande fortune? quel rang il occupait? etc.; mais les bruits que l'on semait sur la somptuosité du château, l'envie de voir une jeune personne épousée par amour, l'incertitude même de l'opinion publique sur le maître de cette belle propriété, furent cause de l'empressement de chacun à venir.

Adélaïde, sa mère et Charles furent avertis, particulièrement par Annette, que leurs appartements étaient préparés au château; et, dans sa lettre, Mme de Durantal les conjura de venir aussi souvent qu'ils le voudraient, les assurant qu'ils seraient toujours les bienvenus.

Trois jours avant la fête, Adélaïde et son mari, Charles et sa mère, vinrent en effet au château de Durantal; mais l'affectueuse tendresse d'Annette, et ses gracieuses attentions, ne firent qu'augmenter la haine secrète de Mme Bouvier, qui comparait toujours sa position avec celle d'Annette, et qui ne pouvait pas penser que sa cousine oubliât la manière dont elle avait été reçue à son premier voyage. Alors, plus Annette témoignait d'amitié à sa cousine, et plus cette dernière l'accusait de fausseté en croyant qu'elle agissait à contrecœur. Pour Charles, en voyant celle qu'il devait épouser, celle qu'il aimait encore, briller ainsi au sein de l'opulence, et s'y trouver comme dans son élément naturel ; il sentait redoubler sa rage, et souvent cette pensée se trouvait dans son cœur : « Oh ! si je pouvais détruire leur bonheur et descendre ici avec tout l'appareil de la justice, comme cela m'est arrivé déjà à tort !... »

Adélaïde et son mari furent ce jour-là, avec leur mère, faire une visite à Mlle Sophy, à laquelle ils devaient encore des sommes considérables. Là, Adélaïde parla un peu à cœur ouvert sur sa cousine, mais en y mettant toutefois des ménagements.

— Nous vous verrons sans doute au bal ? dit-elle à Mlle Sophy.

— Moi, pas du tout, répondit-elle, je ne suis pas invitée !...

— Ni moi, dit aussi Mme de Secq, il me semble cependant que M. et Mme de Durantal auraient bien pu inviter les autorités du pays... Ce n'est pas pour la fête ! qu'est-ce que nous fait à nous de voir *leux* salons, *leux* meubles, *leux* domestiques et eux-mêmes ? mais c'est humiliant, et, comme disait ce pauvre curé : « Il ne faut pas *que la pelle se moque du fourgon*.

— *Satis est,* reprit M. de Secq, assez, assez ma bonne amie.

— Mais, dit M. de Rabon à Mme de Servigné, connaissez-vous ce M. de Durantal, le gendre de votre nièce ? qu'est-il donc ?... Tout le monde à Valence se demande cela... Il nous a dit ici, l'autre jour, qu'il n'était pas *marquis ;* le préfet prétend qu'il est Américain ; il y a une incertitude...

— J'ignore, dit Mme Servigné qui, heureuse enfin, se voyait interrogée, et prenait la parole ; ce que je sais c'est qu'il a une fortune colossale : il nous a fait acheter beaucoup d'étoffes par un grand homme sec, qui est son ami, et il a payé comptant. Cette affaire-là nous a fait un bien étonnant, car elle nous mettra bientôt à même, mademoiselle, de vous apporter une bonne somme ; mais pour vous dire ce qu'est M. de Durantal, je l'ignore complètement. Il est ami du préfet, car le préfet vient...

— Ah ! il vient !... dit M. de Secq ; mais c'est dommage que je ne m'y trouve pas ! si encore M. de Durantal venait à l'église, on pourrait encore le saluer, le voir ; mais, non, il vit renfermé, se promène en voiture ou dans son parc : il a fait restaurer la chapelle du château et on y dit la messe, ce qui n'arrange pas notre curé : s'il fait des aumônes aux pauvres, c'est son grand sec d'intendant qui les remet, et il n'ôte même pas sa pipe de sa bouche pour vous parler : *Quò usque tandem patiemmini*, resterons-nous sans rien savoir bien longtemps ?...

— Ils ne sont même pas venus me revoir, me remercier... dit Mlle Sophy.

— Oh ! Annette n'a pas de tact ! dit Adélaïde.

— Je m'y suis présentée, reprit Mlle Sophy, et elle ne m'a pas reçue.

— Elle ne vous a pas reçue !... répéta Adélaïde avec un profond étonnement, et pourquoi donc, *Madame*, ne vous a-t-elle pas reçue ?

— *Madame* n'était pas visible... répondit avec aigreur Mlle Sophy.

— Voyez-vous cela ?... *Madame* n'était pas visible ! répéta encore Adélaïde avec un air moqueur ; elle va prendre des tons de grande dame : une petite ouvrière en dentelle !...

— Ah ! elle a fait de la dentelle ?... s'écria Mlle Sophy ; il ne manquerait plus que son mari ait vendu du fil ! Il a assez l'air d'un gros négociant, et il aura acheté la terre de Durantal comme une savonnette à vilain. Oh ! si nous pouvions savoir son véritable nom !

— Dieu sait si la bonne volonté me manque !... dit Mme de Secq ; tu sais, mon ami, comme je découvre les secrets : *Ce que femme veut, Dieu le veut,* disait le pauvre...

— Nous le saurons quand nous voudrons, dit M. de Secq, en interrompant l'inévitable citation de sa femme ; car je puis demain le lui aller demander.

— Et que ne le faites-vous ?... s'écrièrent à la fois Mlle Sophy, M. de Rabon, Marguerite et Adélaïde.

— Ah ! diable, *amica veritas sed magis amicus Plato,* ce qui veut dire qu'il est l'ami du préfet, et que, lorsqu'on aime sa commune, on se garde de heurter les notabilités sociales, c'est ce que Cicéron explique dans le chapitre VII : vous le connaissez M. de Rabon, *de republica,* du budget[69] ?

— Mais, mon ami, reprit Marguerite, quand on a une fortune indépendante, on n'a besoin de personne, et l'on peut...

— L'on peut, dit l'ex-juge de paix, être destitué...

L'on voit, d'après cette conversation, que la curiosité du cercle de Mlle Sophy était fortement excitée ; que le besoin de connaître M. de Durantal formait un fond d'entretien qui ne devait tarir que lorsqu'on aurait découvert la vérité ; que Mlle Sophy était piquée au dernier point de n'être pas invitée au bal ; et que cet amour-propre blessé lui donnait l'envie de nuire aux propriétaires du château.

De Secq était partagé entre l'envie de se glisser au château et son orgueil offensé. Quant aux autres membres de la société, ils suivaient l'impulsion donnée par Mlle Sophy, et le curé lui-même n'était pas content de ce qu'un autre ecclésiastique que lui eût été choisi pour être l'aumônier du château.

Qu'on pense à tout ce qu'ils supposaient d'un seigneur que l'on ne pouvait pas voir !...

Ce bal, dont il était tant question dans la contrée, se donna, et l'élite de toute la société de Valence s'y trouva. Le préfet, reconnaissant envers Argow, malgré le haut rang qu'il occupait, lui prodigua ces marques d'affection qui prouvent une grande intimité entre deux hommes, et il fêta la jeune mariée comme si Annette eût été sa fille. Alors, les autres personnages, suivant l'impulsion que leur donnait la conduite du premier magistrat du département, s'empressèrent autour de cette famille, et ne négligèrent rien pour se montrer des amis réels. On parcourut Durantal avec d'autant plus d'admiration qu'elle était véritable, et tous les invités restèrent une journée entière. Vernyct avait pourvu à tout, et cet ami sincère, malgré la rudesse de ses manières, fut l'âme de cette fête : Argow et Annette n'eurent qu'à en faire les honneurs. Mme de Durantal semblait être prédestinée à jouer un tel rôle, et elle s'attira l'éloge vrai de tous ceux qui la virent : affable avec tout le monde, prévenante, gracieuse ; sans prétention auprès des femmes, leur donnant des louanges délicates et paraissant s'oublier auprès d'elles, spirituelle de cet esprit de bonne compagnie auprès des hommes, elle imprima à cette journée et à la fête un cachet de grandeur, de bon ton et d'amabilité sans gêne, qui fit regarder cette jeune femme comme une des plus précieuses conquêtes que pût faire la ville de Valence. Chacun s'en fit l'un à l'autre l'aveu, et tous désirèrent de lui plaire. Elle eut même le soin de se faire pardonner l'extrême magnificence de son château auprès des personnes chez lesquelles ce spectacle magique pouvait exciter l'envie ou la jalousie, et lorsque l'on parla de cette noce, dans Valence, ce ne fut, de tous côtés, que discours flatteurs pour Annette et son mari.

A cette fête, se trouva le président du tribunal de Valence, qui, le matin, avait vu Mlle Sophy : comme elle, il fut frappé de sa ressemblance avec Argow.

Charles et Adélaïde se trouvèrent alors les seuls dont les cœurs ne fussent pas à l'unisson. Charles cependant, eut tous les dehors de l'amitié la plus vive ; mais ce luxe l'écrasait, il ne respirait pas à l'aise dans ces appartements somptueux ; et, lorsqu'il vit paraître Annette décorée de toute l'élégance d'une toilette fraîche et simple qui la rendait mille fois plus belle, il sentit dans son âme l'amour se réveiller dans toute sa violence, et en apercevant dans les traits d'Annette ce contentement radieux que produit le bonheur, il trassaillit, et sentit une haine horrible s'élever dans son cœur pour l'être qui lui avait arraché l'amour d'une créature dont il savait apprécier le prix. Il s'en alla de Durantal en emportant une aversion plus forte pour son cousin, et il la déguisa assez à M. et Mme Gérard, pour que ces deux êtres de bonté le crussent l'ami de leur famille.

Bientôt Durantal devint solitaire, car M. et Mme Gérard retournèrent à Paris pour mettre ordre à leurs affaires, afin de pouvoir revenir promptement, et rester désormais avec leur fille ; car M. Gérard allait donner sa démission de caissier, et réaliser sa petite fortune, de manière à pouvoir vivre avec son gendre. Le bonhomme avait trouvé le moyen d'établir une administration entière dont il s'était créé le chef : cette administration était celle de la fortune de son gendre, et il s'était même fait arranger un bureau à Durantal.

Il ne resta donc plus au château que les deux mariés et Vernyct.

Aussitôt qu'Annette se fut habituée au changement que son nouvel état et l'habitation de Durantal apportèrent dans sa manière de vivre, elle se fit un autre thème sur cette nouvelle position sociale, et son mari reconnut en elle un de ces êtres supérieurs que le ciel envoie trop rarement sur la terre. En effet, elle commença une vie de bienfaisance et de bonté expansive qui fit goûter à Argow des plaisirs dont le malheureux ne s'était pas encore douté. Enfin, Vernyct lui-même, fut attaché au char de la bienfaisante Annette, et il la suivit en grondant et fumant toujours sa pipe, car Annette ne put jamais gagner cette réforme sur l'esprit de l'indompté lieutenant.

Ces trois êtres parcoururent les environs et soulagèrent toutes les infortunes. Annette tenait un registre exact des familles malheureuses, et obviait à tous leurs maux. Elle avait le soin de tout faire faire à son mari, comme pour grossir son trésor de bonnes œuvres dans le ciel, et racheter ses crimes par l'exercice de toutes les vertus chrétiennes.

Si l'on veut connaître comment se passait leur temps, il ne faut que montrer l'intérieur de la chambre d'Annette. La voyez-vous assise dans l'embrasure d'une croisée ? elle travaille avec ardeur à des chemises de la toile la plus grossière, et elle ne lève les yeux que pour les reporter sur Argow. Ce dernier est entouré de plans et de cartes ; il s'occupe, avec Vernyct, de la construction d'un hôpital champêtre. Vernyct est là, les bras croisés, il se promène de long en large, il regarde ce tableau céleste, et il jure en lui-même ; car il n'ose plus jurer tout haut : il n'a juré qu'une fois, et, pour tout l'or de l'Amérique, il ne voudrait pas revoir l'expression des regards qu'Annette lui lança douloureusement.

— Dire qu'une petite femme, pas plus haute que rien,

s'écria-t-il, a réussi à me faire tenir deux heures tous les dimanches dans une chapelle contre toute ma volonté !...

Annette se mit à sourire en regardant son mari.

— Continue, dit M. de Durantal, tu parles d'or...

— Oui, mais je jure bien, par la quille de la *Daphnis*, qu'elle ne me fera rien faire de plus... et c'est moi qui ai fait restaurer cette chapelle où je vais !... je n'y comptais guère : et c'est encore moi qui ai fait clouer tous ces tapis sur lesquels on ne peut plus cracher ni fumer !... voilà de beaux chefs-d'œuvre... Et le pis, c'est de voir *mon ancien* s'amuser à tracer des hôpitaux !... des greniers à malades !... courir à la chasse des pauvres comme si c'étaient des ortolans !... ne plus fumer !... Je l'avais bien dit que tout tournerait comme cela... Si je ne me tiens pas bien boutonné ils finiraient par m'encapuchonner ! ils me marieraient, et je n'aurais plus l'envie de vivre en brave et honnête...

— Brigand, ... n'est-ce pas ? dit Argow en l'interrompant, donner des horions et en recevoir ; ... perdre ton âme ?...

— Oh ! oui, reprit le lieutenant, je finirai par vous quitter, et j'irai m'engager dans quelque régiment de pousse-cailloux pour me faire brûler la cervelle avec quelques vieilles moustaches !... J'aime la fumée du canon !...

— Oh ! nous quitter !... s'écria Annette en sautant et jetant ses toiles, quitter vos amis ! votre petite prêcheuse qui veut votre salut, quitter Durantal !... ne plus sentir ces douces larmes couler quand je vous mène chez un malheureux ?... Oh ! vous ne ferez pas une chose si cruelle... Eh bien ! je ne vous tourmenterai plus pour vous faire agenouiller au *lever-Dieu,* vous fumerez dans les appartements.

— Même dans le vôtre ?... dit-il en la regardant avec curiosité.

Ici, elle jeta un regard plaisamment douloureux sur cette chambre étincelante de blancheur, elle prit Vernyct par le bras, et, le conduisant à un rideau de mousseline des Indes, elle lui dit : « Est-ce que vous auriez le courage d'enfumer cela ?... »

— Oui, répliqua-t-il.

— Eh bien ! vous l'enfumerez s'il n'y a que cela qui puisse vous faire rester avec vos amis !...

— Ah ! s'écria le lieutenant les larmes aux yeux, y a-t-il deux femmes comme vous dans le monde ?... Que le diable remporte les fusils, les canons, les haches, les sabres, les vaisseaux, même les fins sloops ! vivent les anges comme vous !...

— Eh bien, dit Annette en lui souriant, aimez-vous un peu la religion ? hein ! convertissez-vous !... soyez chrétien !...

— Oui, sois chrétien ! ajouta Argow de sa voix forte.

— Oh ! pour cela ne m'en parle jamais... Si vous voulez que je sois tranquille ici-bas, laissez-moi au moins la vie future, puisque vous dites qu'il y en a une ! pour me battre et enrégimenter l'enfer... Tudieu ! voyez-vous les démons aller au pas de charge, virer à droite, et, s'il y a des chevaux damnés, nous aurons de la cavalerie !...

— Oh ! taisez-vous, taisez-vous, dit Annette, vous me faites de la peine.

— Veux-tu te taire !... s'écria Argow d'un air impérieux ; mais, radoucissant sur-le-champ sa voix, il fut à son ami, lui prit la main, et lui dit avec l'accent de l'amitié : « Tais-toi !... »

— J'ai tort... adieu, je m'exile pour trois jours !...

Il sortit.

C'était ainsi que leurs jours se passaient au sein de l'amitié, de la bienfaisance et de l'amour : Annette prodiguait tous les trésors de sa belle âme pour charmer la vie d'Argow. Toute la matinée était donnée aux doux plaisirs de l'intimité ; ensuite on courait chez les malheureux les aider de conseils autant que d'argent ; l'on travaillait avec courage aux layettes des accouchées, aux chemises des pauvres vignerons ruinés ; l'on entremêlait ces travaux de chants, de prières et de musique ; et chaque journée était trouvée trop courte ; mais jamais ils ne purent dire, comme Titus, qu'il y en eût de *perdue* [70] ni pour l'amour, ni pour la bienfaisance, ni pour le ciel : aussi leur vie devint-elle pure comme l'azur du ciel !

CHAPITRE XVIII

Au milieu de la route de Valence à F... c'est-à-dire à dix lieues de Durantal, il y avait une petite maison qui était depuis longtemps abandonnée à cause du péril qu'il y avait à l'habiter ; mais depuis un mois les voyageurs la revoyaient peinte à neuf, bien réparée, et une enseigne qui portait : *« A la jolie Hôtesse »,* invitait à s'arrêter. Les contrevents étaient verts, les fenêtres du bas bien grillées par de bons barreaux de fer ; enfin, tout indiquait l'aisance, et comme cette maison était située à moitié chemin de Valence à F..., la nouvelle hôtesse devait faire une fortune tout aussi brillante que ses prédécesseurs ; car tous les voyageurs s'y arrêtaient. Mais, il faut dire aussi que tous les aubergistes y avaient été successivement assassinés, et que les voleurs leur prenaient leur fortune aussitôt qu'elle valait la peine d'être prise.

Il fallait donc que celle-là eût fait un accord avec les malfaiteurs, et leur payât une rente ! C'est ce que vous verrez !...

En ce moment, une jeune fille d'environ dix-huit ans, mise avec toute la recherche que comporte le joli costume de ce charmant pays, attendait sur la porte de l'auberge, et regardait sur la route avec une curiosité plus forte qu'à l'ordinaire ; car elle était curieuse de son naturel, défaut qu'annonçaient un charmant nez retroussé, des yeux qui voyaient en côté, de petites oreilles, jolies comme les amours, et qui devaient entendre à travers une porte de quinze lignes d'épaisseur. Hélas ! il n'y a que les curieuses qui se perdent !

— Il ne viendra pas ! dit-elle ; et, abandonnant son

poste avec un peu d'humeur, elle vint se rasseoir dans un joli comptoir en regardant d'un air indifférent les gens qui dînaient.

— Mademoiselle, dit l'un d'eux, vous ne craignez donc rien dans cette maison si voisine de la forêt, et dans laquelle il est arrivé tant de malheurs ?

— Oh ! dit-elle, j'ai des protecteurs : il y a ici, tout auprès, un garde-forestier qui, au premier coup de cloche, arriverait !... et puis, je n'ai jamais d'argent ici ; ... d'ailleurs on m'a dit que je n'avais rien à craindre !... ensuite nous sommes du monde ici : j'ai une servante et un garçon...

Comme elle achevait ces mots, elle entendit au loin le bruit du galop d'un cheval : « C'est *lui !*... c'est *lui !*... » s'écria-t-elle, et elle s'échappa en courant de toutes ses forces, sans s'inquiéter des voyageurs qui s'en allèrent sans payer... Elle aurait, en ce moment, laissé prendre toute sa fortune.

Elle accourut sur la grande route au-devant du cavalier : « Ah ! te voilà donc enfin ! je t'ai attendu un jour, deux jours, des siècles !... »

Le cheval s'arrêta, elle le flatta de la main, le caressa, l'embrassa, et lui dit : « Toi, ton orge est préparée, elle est vannée, criblée, et l'avoine aussi... — Bonjour toi !... » et elle embrassa avec toute la ferveur de l'amour le cavalier qui était descendu. Il y avait dans ses mouvements, dans son parler, dans toute sa personne, une vivacité, un charme que rien ne peut rendre.

Vernyct (car c'était lui) passa la bride de son cheval autour de son bras, et, soulevant doucement Jeanneton, la jolie hôtesse, il la serra contre son cœur, et lui baisa le front : « Bonjour petite » ; et il sourit en la caressant de la main.

— Viens donc vite, dit-elle, en le tirant par l'habit ? viens ?... je t'ai préparé un joli dîner dans la chambre en haut.

— Quel cœur !... s'écria Vernyct, en entrant dans cette modeste auberge.

Cette maison n'avait en bas qu'une vaste salle et une cuisine, au bout de laquelle était une chambre à coucher.

Dans la grande salle il y avait au plancher d'en haut une vaste trappe : elle servait à monter dans le grenier qui se trouvait au-dessus, et ce, par le moyen de l'escalier le plus simple que les ingénieurs aient jamais inventé : une échelle. Mais au-dessus de la cuisine et de la chambre à coucher de la cuisinière, était un autre grenier que Vernyct avait fait lambrisser et arranger de la manière la plus fraîche et la plus gentille. On y montait par un petit escalier qui donnait dans la cuisine. C'était là la chambre où Jeanneton avait préparé le repas et tout le reste.

Lorsque Vernyct y fut, elle le plaça dans un fauteuil antique, et s'assit sur ses genoux : elle l'embrassa, le regarda, mais tout à coup se leva et redescendit. Elle fut conduire elle-même le beau cheval dans l'écurie, et l'arrangea de manière à ce que rien ne lui manquât : « Il aurait été joli que ce fût Marie qui fît cela !... » dit-elle en sortant de l'écurie. Elle remonta avec la promptitude de l'écureuil, et revint s'asseoir sur les genoux de Vernyct.

— Sais-tu une chose, dit-elle, mon pauvre *bijou* est mort, ce pauvre animal ! c'est à lui que je dois ton amour ! il a bien souffert ! Y avait-il chevreau au monde plus joli que lui ! Je n'aime pas qu'il soit mort, cela ne me dit rien de bon !... Comme tu me regardes !...

— Es-tu folle !... dit-il, tu l'as enterré, n'est-ce pas ?

— Oui, dans la cave, sous la salle, ... je n'aime pas cet endroit-là !...

— *J'y mourrai peut-être !*... dit Vernyct en riant, et toi aussi. O femme !...

— Parlons d'autre chose, reprit-elle, je n'aime pas ton rire... Voyons, mais dis-moi, comment te trouves-tu dans cette chambre si simple, en quittant les beaux appartements de Durantal ?

— Très bien, ma pauvre petite.

— Comment, pauvre ? je suis la plus riche de toute la terre ! j'ai ton cœur,... n'est-ce pas que je l'ai ?... qu'il est à moi.

— Oui, petite, fais en tout ce que tu voudras ; car tu as tout ce que le hasard a mis d'amour chez lui. Je ne peux rien donner au-delà. Je suis brusque, bourru, aimant le tapage et la mort; mais à tes côtés je n'aime que la paix et la tranquillité, la joie et les douceurs.

— Quand les impératrices auraient trente mille lieues de terre à gouverner, s'écria Jeanneton, elles n'auraient pas encore la dixième partie de mon bonheur!... Mais embrasse-moi donc, mon cher protecteur, et alors je serai dans les cieux!...

— Je ne sais comment j'ai fait pour t'aimer, dit Vernyct, j'ai toujours porté malheur à toutes celles que j'ai aimées: en Amérique, on a tué *Jenny;* à Saint-Domingue, on a brûlé *Maya;*... que t'arrivera-t-il à toi?

— Du bonheur.

— Tu ne sais pas, dit Vernyct, que nous courons des dangers, tout riche que nous sommes.

— Et lesquels?

— Mais rien que d'être envoyés dans l'autre monde...

— Sainte vierge! que me dis-tu là!

— C'est la vérité!

— Oh! tu ris, ce n'est rien.

— Mais si cela était!...

— Si cela était je mourrais avec toi!... Allons, viens te mettre à table, mangeons comme l'autre jour avec la même assiette, la même fourchette et buvons au même verre!

Elle l'entraîna, et lui prodigua mille caresses pendant le repas: puis, folle comme on a dû le voir, elle prenait une cuiller, et lui barbouillait le visage avec de la crème, lui tirait les cheveux, jouait avec les pistolets qu'il portait toujours sur lui, l'embrassait sur les yeux, et tâchait de tellement le presser sur son cœur, qu'il y restât comme empreint véritablement.

On pouvait déployer un amour plus mystique et plus religieux, mais rien n'était si ardent et si tendre que le cœur de cette jeune fille. Elle aimait sans seulement s'inquiéter des hommes, de leurs lois, et du ciel; à peine savait-elle le nom de l'être qu'elle aimait: elle ne voyait que *lui;* les biens, les honneurs, les richesses, rien, rien ici-bas ne lui paraissait valoir une caresse, un regard, un sourire, une parole.

On voit qu'il en était dans cette obscure auberge

comme dans le magnifique château de Durantal, et que l'on y rendait au lieutenant le même culte qu'Annette au capitaine [71].

Pendant que ces deux êtres étaient ainsi aimés par deux femmes qui les comblaient de plaisirs, et, adorés par tous les malheureux de tout un pays (si bien qu'aussitôt qu'ils sortaient, ils étaient suivis des bénédictions de chaque pauvre paysan), il y avait à Durantal un cercle de gens qui s'occupaient, avec toute l'activité d'un comité directeur, de savoir l'histoire de leur fortune, de leur amitié, et qui brûlait de connaître ce qu'ils avaient si grand soin de cacher. Ainsi Argow était placé dans son château comme sur un baril de poudre, et une étincelle pouvait tout faire sauter : aussi avait-il soin de vivre dans une retraite absolue ! Déjà M. de Secq s'était présenté une fois en s'annonçant comme le maire de Durantal, et n'avait pas été reçu : cette circonstance avait piqué la curiosité et aiguisé les langues.

— Comment ! disait Mlle Sophy, il a positivement refusé de vous recevoir !

— Oh ! mon Dieu oui !...

— Mais, c'est un parti pris ! il faut qu'il y ait des raisons... C'est comme toutes ces aumônes et ces bienfaits... Croyez-vous que l'on dépense cent mille francs à bâtir, et cent mille écus à fonder un hôpital pour tout un canton, sans des raisons ?... ou c'est pour leur plaisir, ou c'est par conscience.

— Le fait est, reprit Marguerite, que tout a une cause ; et, lorsque les gens sont tristes, c'est qu'il y a *quelque anguille sous roche :* lorsque les gens se renferment, c'est qu'ils courent des dangers à être vus... et, de tout cela, il résulte que leur conduite n'est pas claire.

— Une singulière chose, dit M. de Rabon, c'est que lorsque M. le percepteur a voulu inscrire sur son rôle le nom du propriétaire, le grand sec, qui cache aussi son nom, lui a dit d'inscrire le nom de M. de Durantal, sans nom de baptême.

— C'est vrai ! dit le percepteur.

— Or, à Valence, continua M. de Rabon, il a refusé de fournir ses pièces pour être porté sur la liste des électeurs, et le conservateur des hypothèques, qui est mon parent, m'a dit que le contrat de vente de Durantal portait un autre nom que celui de Durantal. Il m'a promis de rechercher ce nom qui est très bizarre.

— Oh ! vous ne nous aviez pas encore dit cela !... lui répliqua Mlle Sophy.

— Je le crois, j'arrive de Valence...

— Et il n'y a pas de nom de baptême !... demanda-t-elle.

— Je ne vous dirai pas ! répliqua M. de Rabon.

— Des gens qui vont à sa chapelle, dit le receveur des contributions, prétendent qu'il est excessivement dévot, qu'il pleure quelquefois à la messe... et jamais on ne lui a vu la figure tranquille... Oh ! il est facile, ajouta-t-il, de s'apercevoir qu'il y a quelque chose d'extraordinaire dans cette figure-là !

— Mais vous souvenez-vous, dit Mlle Sophy, que dans le temps il a donné au préfet tous les signalements des brigands de Saint-Vallier, et que néanmoins l'on n'en a pas trouvé un seul.

En ce moment le curé entra, et l'on aperçut sur-le-champ les marques d'une vive agitation sur sa figure. Il salua, s'assit, et dit : « Il arrive quelque chose de bien singulier à Durantal !... »

— Et qu'est-ce ?... demanda-t-on de toutes parts.

— Voici, répondit le curé : ce matin, Marinet, le vieux jardinier de Durantal, est venu me trouver : cet homme a toujours été mon protégé, et, dans toutes les circonstances de sa vie, il m'a toujours consulté. Il était ce matin plein d'effroi. Hier au soir, il ordonnait aux ouvriers de creuser, dans une grotte, les fondations d'un petit mur que Mme de Durantal a demandé que l'on fît à l'insu de son mari, parce qu'elle veut, m'a-t-il dit, placer à l'entrée de la grotte souterraine, un sopha, une table, et, pour les préserver de l'humidité, elle adosse ces meubles à ce mur qu'elle veut décorer aussi. Marinet regardait faire les ouvriers, lorsqu'en donnant un coup de pioche, l'un d'eux a enlevé, sans le savoir, des cheveux !...

— Des cheveux !... s'écria-t-on.

— Oui, et noirs comme du jais !... Alors Marinet,

reprit le curé, en voyant cette touffe au bout de la pioche, a dit aux ouvriers qu'il était trop tard pour continuer, il leur a fait laisser leurs outils, et les a renvoyés. Quand ils les eut reconduits, il revint à la grotte de rocaille, et il s'assura que ce qu'il avait vu étaient des cheveux d'homme !...

— Oh ! quelle horreur ! s'écria-t-on.

— Gardez le plus profond silence là-dessus ! dit le curé ; or, en examinant le terrain, continua-t-il, il sentit une odeur très méphitique s'exhaler du trou que l'on avait commencé de faire. Il prit une autre pioche, et, pour vérifier des soupçons auxquels il n'osait pas croire, il continua de fouiller, et, après avoir écarté la terre, il découvrit le squelette d'un homme !...

A ces paroles, une profonde horreur se peignit sur tous les visages.

— J'en suis encore tout tremblant, dit le curé. J'ai conseillé d'abord à Marinet de remettre le terrain comme l'avaient laissé les ouvriers, et ensuite de se taire jusqu'à ce que j'aie réfléchi à la conduite qu'il devait tenir ; et, en effet, il y a de grandes réflexions à faire : car personne n'a disparu du pays depuis que M. de Durantal y est, le corps peut être très anciennement dans cet endroit, et les propriétaires actuels n'en rien savoir.

Enfin, s'il y a eu un crime de commis, ce peut n'être pas lui : cet homme enterré là ne peut-il pas être un des maçons qui construisirent la grotte et qui aurait pu être écrasé ?...

— Oui, mais on saurait qu'il a disparu, s'écria de Secq. Enfin, s'il est vrai qu'il existe un corps, il y a, de telle manière qu'on envisage la chose, une contravention aux lois de police ou un crime. Quel que soit le coupable, je n'en ai pas moins le droit de descendre à Durantal avec le juge de paix, et de faire un bon procès-verbal, d'avertir le procureur du roi, et si M. de Durantal n'est pas criminel, nous saurons toujours quel il est, sa famille, son pays ; et, si par hasard nous avions découvert un coupable, les autorités de Durantal auraient une certaine célébrité pour n'avoir pas été arrêtées par le nom et les richesses du coupable, comme Cicéron avec Verrès...

— Ceci devient très grave, dit Mlle Sophy.

— Dans une affaire semblable, fit observer le percepteur, il faut prendre bien des ménagements.

— Il n'en faut jamais avoir avec le crime ! répliqua Mlle Sophy, et l'immense fortune de M. de Durantal est acquise sans qu'on sache comment ; de plus, remarquez, s'il n'avait pas acheté Durantal, comment s'appellerait-il ?...

A cette observation judicieuse chacun se tut.

— Il a donc un autre nom ?... reprit de Secq, et ce nom, pourquoi le cache-t-il ?... Cependant il est vrai de dire aussi que le préfet le connaît, et que l'on m'a dit qu'il l'appelait quelquefois par ce nom-là, mais entre eux seulement !... ici l'on peut dire *cave ne cadas, gare le pot au noir ;* car il est ami du préfet, et une démarche offensive...

— Mais, M. de Secq, reprit Mlle Sophy, vous êtes tellement indépendant par votre fortune, et vous jouissez d'une considération si éminente dans le département, que si quelqu'un est maltraité là-dedans, ce ne sera que le jardinier...

— Allons, *sic itur ad astra,* c'est-à-dire, *je passe le Rubicon* [72]... j'irai, M. le curé !... vous pouvez m'envoyer Marinet, et je me charge de tout.

— Ainsi, dit Mlle Sophy, nous saurons à quoi nous en tenir sur le compte de nos grands seigneurs, et nous apprendre le nom de baptême de M. de Durantal... je voudrais bien le savoir... Oh ! M. de Secq instruisez-nous de tout ce que vous aurez fait.

— Oh ! nous n'y manquerons pas, répondit Marguerite.

Voyons de notre côté comment au château l'on pouvait détourner l'effet de cette conjuration permanente qui venait de prendre une aussi dangereuse direction.

Vernyct était revenu, et Annette, en le voyant le matin, le tourmenta beaucoup pour savoir comment et par où il était entré à Durantal.

— Mais, disait-elle, on ne vous a pas vu entrer ! il faut donc que ce soit de nuit.

— C'est de nuit, reprit-il d'un air préoccupé.

— Qu'avez-vous ? dit Annette, comme vous répondez !… Vous n'avez pas assurément passé la nuit à Durantal ?…

— Non.

— Et vous êtes revenu cette nuit ?…

— Oui.

— Ah ! s'écria Argow, voici du mystère…

— Vous êtes donc mystérieux ?… dit Annette en riant.

Vernyct ne répondit pas, il se contenta de regarder le délicieux tableau offert par ces deux êtres qui semblaient n'en faire qu'un seul si parfaitement bien, que la voix de l'un semblait l'écho de l'âme de l'autre ; et ce regard avait quelque chose de si douloureux qu'Annette dit à Vernyct : « On dirait que vous nous plaignez… »

— Peut-être !… répondit-il ; et, se reprenant, il regarda Argow et lui dit d'une voix brusque : *« Mon ancien, suis-moi !… »*

Cette parole avait quelque chose de si extraordinaire qu'Annette en fût alarmée. « Oh ! qu'est-ce qu'il y a ?… un feu quelque part ?… oh ! mes amis, restez !…

— Il n'y a de feu nulle part, répondit Vernyct, et un geste impérieux qu'il fit indiqua à Maxendi de venir.

— Mon ami, lui dit-il à voix basse quand ils furent dans le salon, je t'ai dit que je restais un diable occupé à faire feu sur tout ce qui pourrait vous gêner…

— Mon cher Vernyct, répondit sur-le-champ Argow, je te défends de te mêler en rien de mes affaires avec les hommes, s'il te faut, pour me garantir d'eux et de leur justice, commettre une seule action blâmable… Je sais qu'à chaque pas je cours des dangers ; mais ce que je sais, c'est que pour expier ma vie, il n'y a pas assez des pénitences et des autels ordinaires… Il n'y a qu'un autel pour moi, il se dresse partout ; il n'y a qu'une pénitence, on la décrète partout : cet autel est sous la voûte du ciel, sur une place publique, on le nomme *échafaud !*… j'irai le jour que la justice humaine m'appellera, tout en cachant ces lugubres pensées à Annette, car il faut qu'elle les ignore ;… mais, je t'en conjure, ne cherchons pas à défendre notre vie par des moyens affreux, cela n'est pas chrétien… et cesse surtout de veiller sur moi… je sais ce que peut enfanter ta protection.

— Tu es maître de toi, reprit Vernyct; mais, depuis que tu t'es *enreligiosé,* je suis redevenu mon maître, et je sais que j'ai hérité de toute l'énergie de mon ancien capitaine.

— Non, tu ne l'as pas tout entière, s'écria Argow en levant ses mains vers le ciel, car toute mon énergie a passé du côté de la vertu !

— Soit, reprit le lieutenant; mais écoute ce que je te demande, c'est peu, et ce peu c'est : « Sauve-toi et sauve Annette. »

— Pas de lâcheté !... dit Argow avec un terrible regard.

— Je ne t'en conseillerai jamais ! je te demande seulement de me laisser maître ici demain, et de rester dans ton appartement.

— Non ! dit Argow.

— Que le diable t'emporte !... et le lieutenant le laissa retourner auprès d'Annette.

— J'espère, dit cette dernière en s'asseyant sur les genoux de son mari, que cette bouche-là va me dire ce que ces oreilles-là ont entendu, parce qu'une femme doit tout savoir... tout... Allons, dis ? mon ami, j'écoute !

— Annette, répondit-il, en l'embrassant, n'écoute pas, je t'en supplie... tu n'entendrais rien.

Annette se leva et s'en fut dans un coin, s'assit et ne dit pas un mot. Argow l'y contempla, et crut l'avoir fâchée; mais cette céleste créature, s'accusant même de cette séparation plaisante, revint s'asseoir sur son mari, et, l'embrassant avec amour, elle lui dit : « J'ai eu tort de t'interroger... je sais que tu me l'aurais déjà dit, si cela se pouvait... »

Argow attendri, ne lui dit qu'une phrase, et cette phrase fit rester Annette épouvantée sur le sein du pirate : « Mon Annette, dit-il bien bas, *Vernyct m'a vu donner la mort!*... et... il n'y a encore que toi qui me l'ait pardonné !... »

Annette, à ce moment, tourna ses yeux vers le ciel, et le regarda d'une manière si touchante, que si les anges ont vu ses pleurs, la grâce du criminel a dû être obtenue. Il y avait tant dans ce regard céleste !

— Eh, mon amour, dit-elle, que de fois n'as-tu pas donné la vie!... tu es une seconde providence pour tout un pays!... rends l'existence à autant d'êtres que... rétablis le bonheur autant de fois que tu as créé l'infortune... Oh! il restera le crime... je le sais!... mais je témoignerai de tes larmes!... Ah! mon tendre ami! mon noble époux de gloire! pourquoi avoir réveillé cette douleur?... je prie, j'espère... Oh! oui, tu seras sauvé [73]!... une voix me le crie!... Elle le prit dans ses bras et le serra contre son cœur en l'embrassant avec une effusion, une exaltation sans modèle: «Oh! que je suis heureuse d'être femme, et de t'avoir rencontré!»

Argow était à ses pieds, et les baisait avec l'ardeur de la folie: «Bénie soit la vierge qui rend au coupable une conscience! qui lui met la prière sur les lèvres, et les pleurs dans les yeux! O mon ange! le ciel t'a envoyé pour me soutenir!...»

Chaque jour voyait ainsi leur amour s'accroître, Annette devenir plus touchante, et leur présence, dans une chaumière, égalait celle du soleil dans la nature.

Cependant Vernyct ordonnait de fermer toutes les portes, et de ne laisser accès au château que par l'avenue qui donnait sur la grande route, et il s'était posté avec une longue-vue marine pour examiner tout ce qui passait sur cette route. Il avait perpétuellement occupé Marinet, le jardinier en chef, et ne le laissait pas une minute en repos. Infatigable, il allait de la loge du concierge à l'appartement d'Argow, et paraissait dans une grande contention d'esprit.

Enfin, le surlendemain de cette journée, c'est-à-dire, le lendemain du jour où de Secq avait pris chez Mlle Sophy la détermination de descendre à Durantal avec le juge de paix, Vernyct aperçut, au moyen de sa *marine*, le maire en écharpe, et le juge de paix en costume, déboucher par l'allée, suivis du garde-champêtre et du greffier. Il abandonna son poste, fut enfermer Argow et sa femme dans leur appartement, et revint dans la cour prêt à recevoir la justice avec les moyens d'une défense formidable, dont le chapitre suivant va nous faire connaître l'explosion.

CHAPITRE XIX

M. de Secq s'avança gravement vers le lieutenant qui, sans attendre qu'il ouvrît la bouche, lui demanda : « Que voulez-vous ?... » absolument comme les suisses des ministères.

— Monsieur, lui répondit de Secq, j'arrive au nom de la loi, du roi.

— Etc., ajouta le lieutenant en riant.

— Monsieur, reprit de Secq sans se déconcerter, nous avons la plus profonde estime pour M. de Durantal et sa vertueuse femme, ils sont les bienfaiteurs de cette campagne ; mais le rapport qu'on a fait à l'autorité d'un fait singulier et extraordinaire nous amène... Nous sommes désolés de cette circonstance désagréable pour lui ; mais nous avons pris les précautions qui marquent notre respect, nous sommes venus au matin...

— Monsieur, reprit Vernyct en l'interrompant, j'ignore encore ce dont vous voulez parler ; mais M. de Durantal est en ce moment à Valence, et vous ne le gênerez en rien. Ainsi, lorsque vous m'aurez expliqué le sujet de votre visite judiciaire, je vous aiderai de tout mon pouvoir à atteindre le but... Voici, ajouta-t-il en souriant, la seconde que nous fait la justice, et la première était on ne peut plus déplacée.

— Monsieur, répondit de Secq, voudriez-vous avoir la bonté de nous conduire à la grotte en rocaille qui se trouve dans le parc, et, chemin faisant, je vous expliquerai l'objet de notre visite. Vous nous aurez excusé, *datis veniam,* lorsque vous saurez que nous serions répréhensibles de ne pas agir ainsi. Votre jardinier, monsieur, a découvert, en bêchant à l'endroit de la grotte, un cadavre!... il paraît que c'est celui d'un homme!...

Ici Vernyct se mit à éclater de rire, et de telle manière qu'il était obligé de se tenir les flancs. M. de Secq, le juge de paix, le greffier et le garde, interdits, se regardaient les uns les autres, et de Secq, commençant à soupçonner quelque mésaventure, tremblait d'autant plus que le juge de paix, qui ne s'était prêté à cette démarche qu'avec la plus grande répugnance, lui lançait des regards foudroyants.

— Venez, messieurs, venez? leur dit Vernyct en riant toujours, et, prenant de Secq par la main comme une dame, il le guida en ajoutant: « Venez... dresser procès-verbal. » Ils entrèrent dans le parc, et le juge de paix, saisissant un moment où Vernyct était en avant, il poussa le coude au maire et lui dit: « Quand je vous disais que vous alliez me compromettre. »

— *Patienza,* comme dit Cicéron, répliqua de Secq en faisant bonne contenance.

Alors le juge de paix se tournant vers son greffier, le garde-champêtre et l'ouvrier qu'ils avaient requis de venir, leur ordonna de rester à l'entrée du parc: « Car, se dit-il, puisque nous allons faire une sottise, qu'au moins il n'y ait pas de témoins bavards. »

Quand ils furent arrivés à la grotte en rocaille, précisément à l'endroit où Vernyct et Argow avaient enterré Navardin, le chef des voleurs de la forêt de Saint-Vallier, Vernyct, regardant de Secq avec malignité, lui dit: « Voulez-vous que ce soit vos gens qui ouvrent la fosse *de ce cadavre?*...

— Oh! Monsieur, reprit de Secq, faites-le faire par votre jardinier.

Alors Vernyct appela un nègre qui leur était tout dévoué, à Argow comme à lui, car ils l'avaient sauvé de la mort, et lorsqu'il fut venu: « Milo, lui dit-il, prends cette pioche, et mets à nu tout ce terrain-là!... »

— Maître, *il* avoir jà fouiller, car avoir vu, moi, Marinet regarder et mettre de côté la pioche et sti chevel...

En achevant ces mots, il montra au bout de la pioche la poignée de cheveux qui y était restée...

— Le jardinier avait raison !... s'écria de Secq en regardant le juge de paix étonné.

— Pourquoi, dit Vernyct, Marinet a-t-il recouvert le corps et remis la terre après s'être aperçu de cette singulière chose ? Qu'on le fasse venir ? mais avant, laissez votre pioche et prenez-en une autre, puisque Marinet s'est gardé d'employer celle qui a des cheveux au bout. Messieurs, cette précaution-là annonce des raisonnements en plus grande quantité que n'en contient la cervelle de Marinet !...

Le maire rougit, car c'était lui et le curé qui avaient conseillé à Marinet d'agir ainsi.

— Il aurait fallu, reprit Vernyct, au moins laisser le terrain en même état, puisqu'on laissait la pioche.

Pendant ce temps, le nègre mettait le corps à découvert : il le souleva avec sa pioche, et la plus grande confusion régna sur la figure des deux fonctionnaires de Durantal en voyant un chevreau, et en reconnaissant que les cheveux noirs, attirés par la pioche étaient des poils de la tête du chevreau. Ils les confrontèrent, reconnurent que le coup de pioche avait porté sur la tête ; et ils se regardèrent l'un l'autre en ne sachant que résoudre.

Alors le juge de paix alla vivement à la rencontre de Marinet ; et, lui faisant voir la pioche, il lui dit : « Reconnaissez-vous cela pour votre pioche et cette touffe pour les cheveux ?... »

— Oui, Monsieur, dit le jardinier.

— A quelle heure avez-vous mis à nu le corps de la victime ?... reprit de Secq en riant.

— A dix heures et demie du soir, répondit le jardinier stupéfait.

— Y voyiez-vous clair ?... reprit le juge de paix.

— J'avais, sous votre respect, une lanterne...

— Vous n'aviez pas de bésicles ? reprit de Secq.

— Non, Monsieur le maire.

— Eh bien, je le crois, continua le maire ; allez, mon cher, vous êtes un imbécile, et vous ferez mieux d'avoir des longues-vues avant de compromettre les autorités.

— Pourquoi, dit Vernyct, ne pas m'avoir prévenu d'une semblable chose ?...

— Monsieur, vous n'y étiez pas.

— Marinet, dit Vernyct d'un air sévère, vous n'êtes plus au service de M. de Durantal, je n'aime pas les valets qui cherchent à nuire; mais, en faveur de l'ancienneté, l'on vous fera une pension viagère de cent écus; allez... et une autre fois ne prenez pas des chevreaux pour des hommes.

— Maintenant, Messieurs, poursuivit-il, c'est à vous à l'engager à garder le secret; et, quant à moi, je vous le promets.

Marinet restait stupéfait; il s'en alla à la grotte, et voyant le chevreau, la pioche, la touffe: « C'était pourtant bien un homme!... » s'écria-t-il.

— Malheureux!... lui dit de Secq qui l'avait suivi, si tu répètes une calomnie semblable, et si tu ne gardes pas le silence sur une semblable méprise; gare à toi!...

Vernyct emmena les deux fonctionnaires vers le salon; là, il dit à son nègre de voir si M. de Durantal n'était pas revenu de Valence, et, en prononçant cette phrase, il lui lança un regard significatif. « Messieurs, dit-il à de Secq et au juge de paix, M. de Durantal a bien regretté de n'avoir pu jusqu'ici vous recevoir, et son dessein était d'aller vous visiter; mais, s'il est de retour, je me charge de vous faire connaître le bienfaiteur de la contrée, et de vous faire déjeuner avec lui; d'autant plus qu'il est assez nécessaire de s'entendre avec vous pour tout le bien qu'il médite de faire encore dans le pays. Il veut choisir parmi vous l'administrateur de l'hôpital qu'il fait construire, et fonder une école gratuite d'enseignement. »

— Oh! dit de Secq, je ne crois pas qu'il y ait en France un mortel plus bienfaisant, plus vertueux que M. de Durantal; je ne passe pas devant une chaumière que je n'entende la chanson de reconnaissance que les paysans ont faite pour lui et Madame, et ils la chantent à leurs enfants... que Dieu conserve longtemps un homme aussi utile!...

— Messieurs, je vous prierai de garder le silence sur votre expédition devant M. de Durantal, et en voici la raison: on n'inhume pas un chevreau dans un parc sans motif; le voici : M. de Durantal a été nourri par une chèvre qu'il a aimée beaucoup, et c'est naturel.

— Oh ! la belle âme !... dit de Secq.

— Oui, dit le juge de paix.

— Ce pauvre bouc, dont vous avez vu la dépouille, reprit Vernyct, était le dernier enfant de sa nourrice, et M. de Durantal y tenait singulièrement : il est mort dernièrement, et je lui fais accroire qu'il vit toujours... vous sentez ?...

— Oh ! très bien, dit de Secq.

Maintenant, pendant que le nègre va lever les arrêts auxquels Vernyct avait condamné Annette et Argow qui, heureusement, ne s'en étaient pas aperçus, expliquons cette énigme au lecteur.

La nuit, pendant laquelle Marinet, muni de sa lanterne, avait été fouiller la grotte, était celle où Vernyct revint de chez sa chère Jeanneton. Il venait à travers le parc, et son cheval, marchand sur les gazons, ne faisait aucun bruit ; le lieutenant avait aperçu Marinet et sa lanterne, et l'avait épié. En le voyant explorer la grotte, et sa pioche se lever et se baisser tour à tour, il comprit qu'il fouillait à l'endroit où lui et Argow avaient enterré Navardin. Il s'en fut donc à l'écurie, éveilla son nègre, lui demanda le plus profond secret, s'en alla pousser une reconnaissance sur le terrain ; et là, le pressant danger lui fit venir une idée lumineuse, ce fut de remplacer le corps du brigand par celui du chevreau chéri de Jeanneton, et de brûler Navardin dans de la chaux vive. Alors dans la même nuit, au moyen de chevaux excellents, le changement eut lieu, et l'adresse du nègre amena une parfaite ressemblance [a].

Cette aventure fit réfléchir Vernyct au danger de n'être pas entouré de gens fidèles ; et, à l'exception des trois nègres qu'ils avaient délivrés, il résolut de renvoyer tous les autres domestiques, et de les remplacer peu à peu par les plus honnêtes de ses anciens corsaires qui trouveraient ainsi une douce existence. Poursuivons :

Milo, le plus fidèle des trois nègres et le plus intelli-

a. Les nègres sont en effet très adroits pour ces sortes de travaux. (Note de l'auteur.)

gent, revint bientôt, disant que M. de Durantal arrivait à l'instant de Valence, et qu'il comptait bien, sur la nouvelle qu'il recevait de la visite de ces messieurs, qu'ils déjeuneraient à Durantal. Alors Vernyct laissa les deux héros du chevreau occupés à admirer la magnificence des salons du château, et il fut prévenir Argow qu'il aurait à déjeuner le maire et le juge de paix de Durantal.

Le jardinier revenait tout stupéfait de sa grotte ; il aperçut dans le salon les deux magistrats, et, mettant un pied sur les marches du salon, il leur cria : « C'était bien un homme !... »

— Il est fou !... dit de Secq.

— Mais sa folie peut nuire !... répliqua le juge de paix.

— Bah ! s'il le répète, nous lui donnerons sur les doigts, répondit le maire enchanté de pouvoir déjeuner avec l'ami du préfet, et dans ce château où il désespérait d'entrer.

« Comment, dit-il au juge de paix, ces bécasses de femmes et ces *ardéliones,* ces farceurs de chez Mlle Sophy, la revendeuse de propos et la marchande de caquets, qui fait des enfants et dit des *oremus,* peuvent-ils chercher à noircir un homme comme M. de Durantal ! le plus riche du département, le bienfaiteur de la contrée, *homo probus,* un homme d'or ?... C'est de la canaille, *plebs, plebecula* [74], le commun des martyrs, et cela veut juger les grands !... M. de Durantal est assez puissant pour vous faire nommer juge au tribunal... Oh ! c'est le plus estimable de tous les hommes !... vous l'allez voir ; c'est un superbe homme, petit, mais large, fort, à ce qu'on dit ; il enlève une femme comme une plume : il est vrai que cela ne pèse guère, j'excepte Mme de Secq.

A ce moment Vernyct rentra et leur annonça M. de Durantal. En effet, l'on entendit le bruit de ses pas dans l'antichambre : de Secq était devant la cheminée et en face de la porte, le juge de paix regardait la vue du parc par la fenêtre, et heureusement Vernyct causait avec le maire ; Argow entre, de Secq, avec sa figure obséquieuse, leva les yeux, alla à sa rencontre, mais tout à coup s'arrêta, pâlit, et Argow fut en proie à la plus vive émotion. Le geôlier d'Aulnay reconnaît son prisonnier, celui auquel il doit sa fortune, et Argow, l'homme auquel il a dû la vie, et le maître de ses secrets. Vernyct, s'apercevant d'un seul coup d'œil de cet incident extraordinaire, prend de Secq par le bras, l'entraîne vers une embrasure de croisée, et, pendant que dans le chemin le maire épouvanté lui dit à voix basse: « Oh, c'était un homme!... » le lieutenant lui répondit: *« Silence!... »* et l'enchanta par un regard comme le *Boa* d'Afrique.

Pendant que le juge de paix saluait Argow stupéfait, le lieutenant dit au maire: « Trouvez donc un moyen de renvoyer le juge de paix, afin que nous restions seuls... et surtout contenez-vous!... »

Alors le lieutenant, sans se décourager, dit par la fenêtre à Milo, qui avait l'ordre de ne jamais quitter Vernyct: « Cours chez Madame, et dis-lui de ma part de rappeler Monsieur auprès d'elle, et de l'y retenir: il y va de beaucoup pour elle! »

— Monsieur le juge de paix, disait de Secq, auquel la réflexion était revenue, et qui voyait dans cette affaire un sujet de fortune et d'élévation: « Vous devriez avoir la complaisance d'aller à Durantal prévenir nos chères moitiés que nous déjeunons ici. »

— Mais, s'écria Vernyct, on peut les faire prévenir, à moins que M. le juge de paix ne préfère y aller; mais par l'humidité qu'il fait je ne souffrirai pas qu'il y aille à pied. « Milo!... Milo!... Il mettra les chevaux et vous mènera.

— Mais, Monsieur, je ne veux pas...

— Si, si! pas de façon, dit Vernyct. Eh bien, qu'as-tu donc, ajouta-t-il, en voyant la morne contenance d'Argow, que t'arrive-t-il? tu es pâle?...

— Je suis résigné!... répondit lentement Argow.

— A bien déjeuner? répliqua Vernyct en riant.

— Milo, continua le lieutenant, au nègre qui était revenu, mettez les chevaux! conduisez et ramenez M. le juge de paix... *lentement*, ajouta-t-il tout bas...

— Monsieur, c'est inutile, je vous assure, disait le juge de paix...

— Ah, dit Vernyct, vous faites des cérémonies. Mais qu'a donc Milo ?... Durantal, il veut te parler...

— Monsieur, répondit le nègre, en s'adressant à Argow, Madame vous demande : elle n'est pas bien...

Argow s'élança comme un trait, et Vernyct dit au juge de paix récalcitrant : « Dépêchez-vous donc... dans une demi-heure nous déjeunerons...

— Dites à ma femme que je suis désolé... ajouta de Secq. Le pauvre juge de paix s'en alla de force comme Bazile dans Figaro.

— Monsieur, dit le lieutenant à de Secq, l'emmenant dans le jardin au milieu d'une vaste pelouse, votre étonnement à l'aspect de M. de Durantal n'est pas naturel : vous savez quelque chose sur lui ! je suis son ami, et son ami à la vie et à la mort ! La phrase qui vous est échappée me fait croire que vous êtes instruit !... Prenez garde ! il s'agit d'aller rejoindre *le chevreau !* aucune puissance humaine ne pourrait vous soustraite à votre sort, car je me dévoue au salut de Durantal. Voyons, que savez-vous ? surtout ne me cachez rien !... »

Il y avait une telle puissance dans cette dernière phrase, Vernyct la prononça en y déployant une telle volonté, si forte, si impérieuse, que de Secq tremblant, et subjugué à l'aspect de ce visage contracté d'une manière terrible et presque effrayante, lui répondit : « Monsieur, je sais que M. de Durantal était possesseur d'une terre à Vans-la-Pavée, qu'il a enlevé Mlle Mélanie, qu'il a tué M. de Saint-André à A...y, et que le procureur du roi de cette ville l'avait signalé comme un pirate, sous le nom d'Argow ; ... c'est moi qui fus chargé de veiller à sa personne, et il m'a donné cent mille francs pour le délivrer...

— Eh bien, monsieur, comment voulez-vous agir, en ennemi ou en ami ?... Répondez sur-le-champ, et songez qu'une syllabe, un regard, une parole équivoque, vous donneront la mort si, restant notre ami, ils vous échappaient, et que cela influât sur le sort de M. de Durantal ; si vous restez ennemi, avant une heure vous n'existerez plus, car je vous tuerai ! et je m'arrangerai de manière à ce que cela tourne *comme le chevreau,* pour moi. Si vous voulez vous taire, vous devenez notre ami, vous aurez vingt mille francs par an pour votre silence, et celui qui a fait M. Badger préfet, servira de tout son crédit M. de Secq, afin de le faire parvenir…

— Monsieur, dit de Secq, jamais de ma vie, fût-ce mon ennemi ! je n'enverrai un homme à l'échafaud, encore moins celui qui m'a donné tout ce que je possède !… je ne puis pas répondre des événements et des circonstances, mais je ne crois pas avoir jamais à parler sur votre ami.

— En voilà assez !… reprit le lieutenant, par le canon de ce pistolet, et il fit voir à de Secq effrayé un de ses pistolets qu'il portait toujours, je te lie à moi ! si tu manques à ta parole, ceci ne te manquera pas !… si l'on arrête Argow, tu meurs !… mais aussi je te permets de parler, si nous manquons jamais à satisfaire tes désirs…

De Secq tressaillait : « Sois donc calme ! lui dit le lieutenant, et surtout songe à ne jamais t'adresser qu'à moi quand tu voudras quelque chose. Retiens cela, car si tu parles à Argow, je te brûle le crâne ! Maintenant rentrons. »

En l'acheminant vers le salon, il lui dit encore : « Vous viendrez ici comme bon vous semblera, et vous en agirez comme ami de la maison. »

Argow et Annette étaient déjà dans le salon. Annette effrayée regardait Vernyct avec une sourde terreur, mais ce dernier lui dit à voix basse : « Ange du ciel ne craignez rien. »

— Eh bien, monsieur, dit Argow à M. de Secq, il paraît que vous vous souvenez bien du punch d'Aulnay ?

— Je m'en souviendrai toujours, répliqua l'adroit de Secq, pour bénir la mémoire de mon bienfaiteur !

Ces paroles rendirent le calme à Argow qui n'avait tremblé que pour Annette. Le juge de paix revint, le déjeuner fut gai, et Vernyct eut soin que Milo versât souvent du champagne au maire, et *Milo était le seul domestique qui servît à table, quoiqu'ils fussent plusieurs domestiques habituellement*.

Quand les deux convives furent partis, enchantés d'Annette, et que de Secq s'en fut avec le plus profond respect pour cette céleste femme, Vernyct dit en s'essuyant le front : « Jamais combat, pas même celui de Charlestown, ne m'a fait autant suer que cette journée !... »

Annette lui prit la main et, la serrant avec amitié, lui dit : « Brave homme !... oh ! comment vous récompenser ? j'ignore même l'étendue de vos services...

— Vernyct, dit Argow, j'espère que rien de mal...

— Enfant !... répondit le lieutenant en levant les épaules. Il leur prit les mains à tous deux, les serra dans les siennes, et, les regardant avec attendrissement, il leur dit, en proie à la plus vive émotion : « Mes amis, écoutez-moi ? Il faut quitter la France, la quitter au plus tôt ! vous, madame, tout lieu vous est égal, ainsi, comme quinze jours seraient déjà un retard fatal, profitons des avis du Ciel. Je vais dès aujourd'hui m'occuper de votre départ. Je songe que jamais je n'ai rien vu de si délicieux sur la terre que les îles Bermudes : le ciel, le climat, les plantes, tout est divin, digne de vous. Là, nulle justice n'enverra de recors, de gendarmes ni d'huissiers : c'est là que vous devez aller habiter, nous emmènerons M. et Mme Gérard, nous emporterons la charge d'un bâtiment de tout ce qu'il y a de commode, de joli, de précieux à Durantal et en France, et au moins vous serez sûrs de vivre toute votre vie sans alarmes, heureux ! et vous y trouverez, je vous jure, les moyens d'être chrétiens comme partout, puisque c'est votre fantaisie ; c'est moi qui vous en conjure et vous en supplie. »

— Je n'ai rien à dire contre un projet aussi raisonnable, répondit Annette.

— Rien... dit Argow, ce n'est qu'une lâcheté !...

— Ce serait une lâcheté, reprit Vernyct, si tu étais seul au monde, mais tu auras des enfants !...

Ce mot rendit Argow immobile ; il répéta avec une espèce de frénésie : « Mes enfants !...

— Certes, dit Annette, ajoutant un regard qui signifiait qu'elle en avait l'espoir.

— J'irai !... fut toute la réponse de Maxendi.

— Cette réponse, dit Vernyct à Annette, est l'assurance d'un bonheur éternel.

Rien n'était en effet plus sage et mieux combiné qu'un tel plan, les événements qui se pressent vont nous apprendre comment la fatalité avait décrété sur son autel de fer que les pressentiments d'Annette, avant d'épouser Argow, étaient bien la voix de l'avenir.

CHAPITRE XX

On sent qu'il y avait une convocation extraordinaire de tous les membres qui composaient la société de Mlle Sophy, pour la soirée du jour où le maire et le juge de paix étaient descendus judiciairement au château de Durantal. Pour tout le littoral de la Méditerranée, personne n'eut voulu manquer à cette assemblée, et Mlle Sophy avait même risqué le punch et les gâteaux pour aiguiser les langues.

De très bonne heure le salon avait été décoré, les sièges préparés, les housses ôtées, et Mlle Sophy, prête aussitôt que son salon, ne tarda pas à voir arriver le curé, qui fut suivi de toute la société, moins M. et Mme de Secq et le juge de paix.

— Nous saurons donc ce soir, dit Mlle Sophy, à quoi nous en tenir sur nos seigneurs.

— Il y a quelque chose de bien extraordinaire, dit M. de Rabon, c'est que j'ai appris que Marinet est renvoyé.

— Renvoyé !... s'écria-t-on.

— J'ai vu ce matin Mme de Secq, dit Mme de Rabon, et elle m'a dit que ces messieurs avaient déjeuné au château.

— Et moi, dit le receveur des contributions, j'ai vu M. le juge de paix dans la calèche de M. de Durantal.

— Voilà du nouveau ! s'écria Mlle Sophy ; au surplus, cela nous indique que ces messieurs sont instruits.

— Ces messieurs, dit M. de Rabon, tardent bien, car j'ai six heures et demie.

Au bout d'une heure d'attente et d'impatience de la

part des expectants, M. et Mme de Secq et le juge de paix arrivèrent ; mais il y eut un grand sujet d'étonnement pour la société, c'est que le juge de paix garda le plus profond silence, et à toutes les instances, M. de Secq répondit : « Nous avons fait une très fausse démarche, et rien n'était plus ridicule que l'histoire de Marinet. »

— Mais vous savez ce qu'est M. de Durantal ?

— Je l'ai vu, mademoiselle, et je n'ai pas été de but en blanc, *ex abrupto,* lui demander son âge, ses noms, prénoms et qualités.

Chacun se regarda et se dit en soi : « Il y a quelque chose là-dessous... » d'autant plus que de Secq et le juge de paix, détournant la conversation avec affectation, donnaient beaucoup à penser, et témoignaient que les questions multipliées leur étaient à charge.

Lorsqu'on s'aperçut que leur volonté de se taire restait fixe et opiniâtre, on ne les tourmenta plus, et Mlle Sophy s'en alla auprès de Marguerite pour lui dire à voix basse : « Votre mari sait quelque chose qu'il nous cache. »

— Mais, reprit Marguerite, c'est qu'il ne m'a rien dit non plus ! et j'ai bien vu qu'il avait des *secrets,* car il est *tout chose :* lui, qui parle volontiers, n'a rien dit depuis qu'il est revenu. Il est distrait, je lui ai demandé mon sac, il m'a apporté sa cravate : je l'ai bien tourmenté pour savoir ce qu'il avait appris, il m'a dit, mais en colère comme jamais je ne l'ai vu, qu'il voulait que je ne lui parlasse jamais de cela. C'est bien dur à une femme irréprochable comme moi, et qui ai apporté une si bonne fortune, de ne pas savoir ce que mon mari apprend !

— Vous comprenez, dit Mlle Sophy, qu'alors ce n'est pas une chose ordinaire.

— Ah ! il m'a dit que j'irais au château tant que je voudrais, qu'il me présenterait à Mme de Durantal, et que nous y serions comme chez nous.

— Diable !... s'écria Mlle Sophy ; mais cela est très extraordinaire !...

— Monsieur Laurent, dit-elle au juge de paix, dites-moi donc un peu si l'on vous a invité à retourner au château vous et votre femme ?

— Non, répondit le juge de paix.

— Vous a-t-on fait autant d'amitié qu'à M. de Secq ?

— Oh ! bien moins qu'à lui ! car on avait un fier soin de lui, on lui a donné du champagne, on s'est informé de sa femme, on l'a invitée... on ne m'a seulement pas parlé de la mienne ! on l'avait mis à côté de madame, et elle lui parlait beaucoup plus qu'à moi : mais il est le maire aussi !...

— Et ce corps ?... dit-elle.

— Ce corps, répondit le juge en riant, c'est une histoire qui ferait rire tout le monde de nous !...

Il y avait environ un gros quart d'heure que de Secq était chez Mlle Sophy lorsque, contre l'ordinaire, il fit signe à sa femme de s'en aller, et lorsque Mlle Sophy lui dit en riant : « Vous ne nous quittez pas ? »

— Si, répondit-elle ; car M. de Secq le veut.

Une fille aussi fine et aussi astucieuse que l'était Mlle Sophy, devait tirer bien des conséquences de la conduite de de Secq ; et, lorsqu'elle le vit partir avec le juge de paix, elle fit interrompre toutes les parties, et l'on se rangea avec la plus grande attention autour d'elle.

— Avez-vous vu, dit-elle à cette assemblée, furieuse d'être trompée dans son attente et sa curiosité, avez-vous vu quelque chose de plus singulier que ce qui arrive ? avez-vous remarqué comment M. de Secq a été froid et même malhonnête envers moi et même envers vous ? comme il était distrait, préoccupé !... On l'a engagé à venir au château, lui et sa femme ! il a été l'objet des attentions de Monsieur et de Madame, et le juge de paix en rien. Il est maintenant devenu, et cela en un instant, l'ami de la maison. Or, on n'est ami des grands que dans trois cas : quand ils ont besoin de nous, quand on sert leurs plaisirs, ou lorsqu'on les fait trembler. Remarquez que c'est M. de Secq qui a été le préféré ; quel besoin M. de Durantal a-t-il de lui ? comment peut-il servir ses plaisirs ?... en rien ; mais aussi comment peut-il le faire trembler ?... Oh ! je le répète, il y a un mystère là-dessous, un mystère grave, et la préoccupation de M. le maire donne beaucoup à penser !... Si M. de Secq et sa femme sont bien reçus au château et que nous ne le soyons pas... je réponds qu'il y a un secret important.

La curiosité trompée de ce cercle dégénéra en une espèce de fureur, et l'on enveloppa le maire dans la proscription. Chaque soir l'on en parla, et lorsqu'on apprit qu'au lieu d'un corps on avait trouvé un chevreau, et que le jardinier, malgré sa pension de cent écus, soutenait qu'il avait vu un homme, on tint, chez Mlle Sophy, les propos les plus défavorables sur de Secq et les seigneurs de Durantal.

Mais ce qui donna une créance étonnante aux soupçons de Mlle Sophy, c'est la conduite de Lesecq que l'on observa. Ce dernier resta presque toujours enfermé sans sa femme, ou bien il allait au château. Il cessa, par degrés, de voir Mlle Sophy, et défendit à sa femme d'y aller. On s'aperçut qu'il devint rêveur, taciturne, sombre, et qu'il perdit une gaieté qui était connue. Marguerite avait conté leur fortune, et l'on savait que leurs biens consistaient en telle et telle ferme, et qu'ils n'avaient pas d'argent, et de Secq acheta, pour trente mille francs, une partie des terres qui étaient derrière sa maison, en annonçant l'intention de bâtir et d'arranger sa propriété : « D'où peut venir tant d'argent ?... » disait Mlle Sophy.

Enfin, qu'on se mette à la place du pauvre maire de Durantal ? il avait le malheur de savoir lire, et il lisait le code ; il y jetait souvent un regard furtif, et connaissait la peine portée contre ceux qui ne font point de révélation sur les crimes dont ils ont connaissance. Sa conscience était tourmentée ; or il y avait un grand changement dans ses manières, et, outre ses terreurs particulières, il en avait une bien plus grande, c'est qu'il voyait toujours ce bout de pistolet que lui avait montré Vernyct. Ce grand changement dans sa conduite fut remarqué : sa femme était trop causeuse pour que le village ignorât que, depuis sa visite au château, M. de Secq ne dormait plus, qu'il parlait souvent seul, etc. ; et Mlle Sophy, le soir, de tirer mille inductions de l'intimité de Lesecq avec M. de Durantal et du changement total de son humeur et de ses manières. Elle en vint à dire : « Nous savons comment la femme a eu sa fortune ; mais elle ne nous a jamais dit d'où venait celle de son mari !... qui est-il ?... que faisait-il ?... où est Aulnay-le-Vicomte ? et que s'est-il passé là ?... Ils y ont demeuré toute leur vie, on doit savoir ce qu'ils y étaient… »

D'un autre côté, l'on apprit qu'au château l'on démeublait toutes les pièces et que l'on faisait de grands préparatifs de départ, et l'on apprit que, malgré la saison plus avancée, on disait au château que l'on allait à Paris.

Sur ces entrefaites, Mlle Sophy alla à Valence, et, comme elle connaissait tout le commerce, elle y dîna avec l'entrepreneur du roulage qui lui dit qu'il avait un marché avec M. de Durantal pour transporter de Valence à Fréjus *cent mille* livres pesant, et qu'un emballeur de Valence allait gagner des sommes énormes à emballer tout le mobilier de Durantal.

Quel nouveau champ de conjectures pour Mlle Sophy !… elle alla chez M. et Mme Bouvier, y vit Charles, et, devant le procureur du roi, elle se donna carrière et défila le long et le singulier chapelet de ses soupçons sur M. de Durantal et de Secq.

Elle fit remarquer l'obscurité, la complication de tous les incidents de leur conduite. « On dit à Durantal que l'on part pour Paris, et les meubles vont à Fréjus : on part après trois mois de séjour et après avoir annoncé un établissement éternel ; on a meublé Durantal comme un palais, et on ôte tout, absolument tout, et cela arrive quelques jours après cette descente judiciaire qui avait pour objet un cadavre, et ce cadavre est dit-on un chevreau. Le jardinier persiste à dire que c'est un homme : le maire soutient le seigneur, le seigneur est sombre et sauvage, et son nouvel ami devient tout comme lui, taciturne et rêveur… Qu'est-ce ce M. de Secq ?… il est d'Aulnay-le-Vicomte… (Marguerite avait parlé comme on voit.) Ne faudrait-il pas s'informer de sa vie, de sa fortune ?… est-elle patrimoniale ?… Ah ! disait-elle, si j'étais ce que vous êtes, M. Charles, il y a longtemps que j'aurais écrit à Aulnay, et appris, par les antécédents de la vie de M. de Secq, quel rapport il y a entre lui et M. de Durantal.

« Il y a quelque chose, car tout s'accorde à prouver qu'il existe une complicité ; de Secq, qui n'avait pas un sou pour meubler sa maison et qui comptait sur ses économies, vient d'acheter pour trente mille francs de terre... etc., etc. »

Nous ne rapporterons pas tout ce que disait Mlle Sophy guidée par sa haine et sa curiosité, nous nous contentons de mettre le lecteur à portée de deviner tout ce que le bavardage a de puissance, de voir les fils de la trame que tisse l'envie, et de comprendre ce que c'est que l'opinion publique et son pouvoir.

Charles Servigné écouta le long discours de Mlle Sophy avec la plus scrupuleuse attention ; il la questionna, lui fit redire mainte et mainte circonstances, grava tous ces détails dans sa tête, et la quitta fortement préoccupé.

Elle revint à Durantal et raconta tout à son cercle qui la complimenta sur son esprit, son intelligence, et qui admira le finesse de ses aperçus. Sans les vieilles filles qui n'ont rien à faire qu'à s'occuper des autres, comment découvrirait-on tant de choses, et comment, sur de si petits indices, bâtirait-on des romans entiers [75] ?... Tantôt M. de Durantal était un banqueroutier, tantôt il était un personnage qui avait conspiré et qui se cachait, etc., etc.

Ah ! si Mlle Sophy avait été priée du bal, M. de Durantal aurait été le plus gracieux seigneur que la terre eût jamais porté !

Un mois se passa de la sorte, et, au milieu de ce mois, Mlle Sophy avait reçu une lettre de Mme Bouvier qui la priait de garder le silence sur M. et Mme de Durantal, parce que tout ce qui s'était dit chez elle, sur eux, faisait le plus grand tort à sa cousine. Elle déplorait cette conduite, et la conjurait de ne pas juger sans entendre.

Enfin, vers ce temps, les préparatifs de départ avaient été poussés par Vernyct avec une telle activité, qu'Annette écrivit à son père et à sa mère de placer toute leur fortune sur la banque d'Angleterre, de venir les rejoindre sous huit jours, et de se préparer à un grand voyage. On n'attendit plus qu'eux.

De son côté, Vernyct avait acheté un vaisseau de transport et un vaisseau marchand qui mouillèrent à Fréjus, et dont il donna la garde et le commandement à deux anciens corsaires qui avaient servi sous Argow et leur étaient entièrement dévoués. Toute la fortune d'Argow avait été mobilisée, il ne restait en France que la terre de Durantal, l'hôtel de la vieille rue du Temple et la terre de Vans; mais cette dernière propriété, étant au nom de Vernyct, était depuis longtemps en vente, et c'est cette circonstance qui avait sauvé Argow des mains de la justice dans les Ardennes, car s'il eût possédé cette terre, il n'aurait jamais empêché de suivre ses traces.

Il ne restait plus à Durantal que les deux appartements d'Argow et d'Annette, qu'on ne devait démeubler qu'après leur départ, et c'était l'infatigable Vernyct qui se chargeait de tout.

Un soir, il était occupé à emballer des collections d'armes précieuses de la manufacture de Versailles, des haches, des pistolets, des carabines, mais, parmi, il y avait ce qu'on nomme un *tromblon*, et cette arme terrible [a] était jadis l'arme favorite de Vernyct et d'Argow.

— Bah! dit-il en riant, je veux garder *cette pauvre fille*, on ne se sépare pas comme cela de la compagne de ses périls!

Annette trembla à l'aspect de cette horrible machine de destruction, et elle fut effrayée de la manière dont Vernyct s'en servait.

— Oh! dit-elle, emballez tout cela ailleurs, car cela me fait mal à voir.

— Il y a cependant des armes plus terribles que vous caressez tous les jours.

— Que voulez-vous dire? s'écria Annette.

— Ne tenez-vous pas souvent embrassée la main de Jacques?...

— Eh bien?...

— Eh bien, regardez l'anneau qu'il a à son doigt...

a. Un tromblon est un fusil extrêmement court, dont la crosse est très épaisse et massive; le canon est très gros, très fort, et contient une livre et demie de balles: ce canon se termine par en haut comme un cor de chasse, et cette arme ne se tire ordinairement qu'en appuyant la crosse contre un mur. Quand on la tire, l'énorme quantité de balles que contient le canon, chassée par une très forte charge de poudre, s'écarte, et produit l'effet d'une décharge de canon à mitraille. (Note de l'auteur.)

En ce moment Argow rentra, et Annette, l'emmenant à côté d'elle, lui demanda, en jouant avec sa main, ce que contenait l'anneau qu'il portait.

— D'où te vient cette fantaisie?... lui demanda son mari.

— Elle me vient comme toutes les autres, répondit-elle; mais on dit que c'est une arme...

— Qui t'a dit cela?...

— Vernyct!...

— Eh bien, dis à Vernyct qu'il est un imbécile.

— Merci, dit ce dernier en riant; mais le fait est que je le mérite, car j'oubliais qu'il n'y a que nous deux qui devons savoir ce que contient cette bague.

— Ah! je veux le savoir, car je ne fais qu'un avec Jacques.

— Es-tu fou?... dit Argow en poussant violemment Vernyct.

Comme il achevait, l'on entendit le bruit d'une voiture dans la cour, et l'on annonça Charles Servigné. Au moment où il entra, Vernyct tenait un poignard, et, poussé par Argow, il arriva juste en face de Charles, de manière que ce dernier entrant brusquement, le poignard effleura son habit.

— Vous l'avez échappé belle! lui dit Vernyct, le poignard est empoisonné; s'il vous avait écorché, vous tombiez là!... Prenez garde, car je ne manque pas deux fois mon homme...

— Ah! mon ami, dit Annette avec un peu d'humeur, allez emballer vos armes chez vous... vous m'avez fait trembler!...

Vernyct sortit en murmurant. « Si je l'avais tué sans le faire exprès, j'aurais bien fait peut-être... cette figure-là m'a toujours déplu.

— Charles, dit Annette, vous nous resterez à Durantal quelque temps, j'espère?...

— Mais l'on prétend que vous partez...

— Ah, dit Annette avec un sourire, nous attendrons ma mère et mon père.

— Allez-vous loin?... demanda Charles à Argow.

— Nous ne sommes pas encore décidés.

Telle fut la réponse ambiguë que les sévères principes de Maxendi lui permirent de faire.

— Je viens vous apprendre, dit Charles, que j'ai l'espoir d'être nommé avocat général… à mon âge, c'est une grande faveur…

— Mais vous la méritez, dit Annette.

Charles fut reçu par M. et Mme de Durantal avec une rare cordialité, et Annette, sentant que sa séparation avec son cousin allait devenir éternelle, mit à le voir, lui parler et l'accueillir, une affectueuse amitié, une tendresse si forte, si sentie, qu'il en fut ému. Tous les souvenirs de son enfance revinrent à sa mémoire ; son amour pour sa cousine se réveilla avec une force invincible, et l'assurance qu'il avait du bonheur d'Annette lui rendit Argow odieux au dernier degré de la haine.

Le lendemain de son arrivée, Annette alla promener avec lui dans le parc après le dîner : elle voulait lui montrer, dans une espèce de vallée suisse, des vaches, des taureaux et une laiterie bâtie en marbre et presque semblable à celle du parc de Rambouillet. Ils parvinrent ensemble au bas d'une petite montagne factice, et s'assirent sur un banc en face de la prairie et à côté d'un massif d'arbres étrangers.

— Mon cousin, dit Annette, depuis ce matin vos regards semblent un voile qui cache quelque dessein. Je n'ai pas voulu vous parler de leur expression devant M. de Durantal ; mais, dites-moi, n'avez-vous rien à vous reprocher ? vous connaissez mon amitié pour vous, mon indulgence ; j'ai pris le prétexte de vous montrer ma vacherie qui est pour ce pays une chose curieuse, afin de vous parler de vous…

— Ma cousine, dit Charles avec une profonde émotion, je vous aime, que dis-je ? je vous adore toujours !… et, toutes les fois que je vous verrai, je serai, comme vous le remarquez, combattu entre deux passions effroyables, mon amour et la haine la plus violente pour celui qui m'a tout enlevé…

— Quel discours !… ô Charles !… est-ce vous qui parlez ainsi ?… oubliez-vous qui je suis ?…

— Je vois tout ; mais ma passion est si forte, que je ne

vois plus d'obstacle, et que je sens qu'il faut que je quitte ce pays... je le quitterai, Annette ! J'ai demandé à être changé de place, j'espère être nommé avocat général bien loin, dans le Nord de la France, et là, je serai délivré de l'effroyable supplice de voir toujours unis et triomphants l'objet de ma haine et celui d'un amour sans bornes !...

A ce moment l'on entendit du bruit dans le feuillage, et Annette, apercevant son mari, tomba de frayeur.

— Vous étiez là... dit Charles épouvanté d'être arrêté dans ses desseins.

— J'y étais, j'ai entendu, et je vous pardonne !...

Il tenait Annette dans ses bras et lui prodiguait des baisers qui la firent revenir, lorsque Charles, se retournant, jeta un cri affreux... Un taureau comme enragé se précipitait sur eux, et rien ne pouvait les sauver de sa fureur, car la singulière scène qui venait de se passer, ne leur avait pas permis de s'apercevoir de cet ennemi furibond qui n'était plus qu'à vingt pas d'eux et que le schall rouge d'Annette excitait encore. Charles et sa cousine jetèrent ensemble un cri terrible, et la peur les glaça tellement qu'ils restèrent immobiles... Tout à coup Argow défaisant sa bague, en tira une épingle très courte, et, se plaçant entre le taureau et Annette, il reçut l'animal de côté, et soutint son choc avec une vigueur étonnante : la tête de l'animal ainsi heurté porta sur le banc et le fit sauter; mais aussitôt qu'Argow eut effleuré la peau de l'animal furieux, ce terrible ennemi tomba mort.

L'étonnement d'Annette et de son cousin était égal à leur terreur, et ce n'est pas peu dire. Cette scène leur fut comme un songe, et ils regardaient le taureau mort et Argow tour à tour. Le mugissement de l'animal en tombant avait été horrible, et il leur semblait encore l'entendre. Annette tendait ses mains pour s'assurer que son mari vécût; mais comme il tenait sa fatale épingle, il repoussa rudement sa femme de la main qui lui restait libre.

— Oh ! mon ami !... lui dit-elle en pleurant.

— Mais, mon ange, veux-tu que je te tue ?...

— J'aime mieux la mort qu'un pareil geste !... dit-elle.

— Et par quel miracle, dit Charles, nous avez-vous sauvé la vie ?...

— Cette épingle, répondit Argow, est trempée dans le plus subtil poison de la terre, et il n'y a que les sauvages qui le connaissent : ce n'est même pas une épingle, c'est une arête de poisson.

Charles serra la main d'Argow avec reconnaissance, et lui dit d'un air attendri : « Je n'oublierai jamais que vous m'avez sauvé la vie, et je m'empresserai de le reconnaître. »

Au bout d'une heure, Charles était parti pour Valence après avoir montré la plus vive agitation, et Annette resta dans une incertitude cruelle, car elle n'avait pas pu savoir de Charles la cause d'un départ aussi précipité après une telle phrase.

CHAPITRE XXI

Charles, revenu à Valence, raconta à sa mère l'événement extraordinaire qui venait de changer son âme, et il s'écria : « Sans *lui*, je serais mort !... j'ai tant fait contre lui, que je dois désormais *lui* consacrer la vie qu'il m'a sauvée !... »

Il sortit pour aller chez le juge d'instruction de Valence.

En effet, l'on va voir quelle influence cette visite pouvait avoir sur le sort d'Argow.

Un mois avant, Charles Servigné, lorsque Mlle Sophy vint voir Adélaïde, avait été frappé des singuliers indices que présentait la conduite de de Secq et de son cousin. Il avait réfléchi à cette affaire, et, porté par la nature de ses fonctions à chercher, et à deviner les crimes, il avait fini par écrire au procureur du roi d'A...y, dont Aulnay-le-Vicomte ressortait, et il avait soumis, dans sa lettre à ce fonctionnaire, une foule de questions sur M. de Durantal, Vernyct, de Secq et Marguerite. Alors il était guidé par sa haine, et il avait présenté les questions d'une manière désavantageuse à son cousin.

Les recherches, les indices, les correspondances, avaient demandé un temps infini ; mais une chose qui étonna singulièrement Charles, ce fut qu'il ne reçut jamais de réponse décisive de son collègue, et qu'au contraire ce dernier lui demandait des renseignements qui prouvaient que le procureur du roi d'A...y, connaissait tous les personnages sur lesquels Charles avait appelé son attention.

Enfin, la veille du départ de Charles pour Durantal, le

juge d'instruction de Valence lui avait dit : « Nous avions depuis longtemps une correspondance avec Aulnay et A...y, nous avons maintenant toutes les pièces... »

Cette phrase, que Charles entendit en silence, et sans y répondre, lui fit voir que son cousin était gravement compromis ; toujours poussé par sa haine et son envie, il avait été sur-le-champ à Valence, pour exploiter à son profit la terreur qu'il comptait jeter dans l'âme de sa cousine ; mais l'événement dont on vient de lire le récit, les paroles touchantes de son cousin, opérèrent sur son cœur une révolution étonnante, et comme il savait que l'on ne pouvait commencer aucune poursuite contre son cousin sans lui, il accourait chez le juge prendre connaissance des papiers envoyés d'A...y, et les enlever.

Arrivé chez le juge, on lui dit qu'il venait de partir pour se rendre chez lui. L'impatience que lui causa une telle circonstance, le fit revenir précipitamment.

Il le trouva en effet ; mais le juge était chez Mme Servigné, et, en arrivant dans le salon, il entendit sa mère qui racontait au juge d'instruction la singulière manière dont son fils venait d'être sauvé de la mort : elle détaillait, avec la complaisance des bavardes, la propriété de cette arête empoisonnée, et, en entendant ce sujet de conversation, Charles maudit la langue de sa mère, et se maudit lui-même d'avoir parlé. Son premier mot en entrant fut de dire : « Monsieur, donnez-moi au plus tôt les papiers qui concernent Aulnay... »

— Monsieur, dit le juge, c'est impossible, car cette affaire ne vous regardera pas, vous n'êtes plus procureur du roi à Valence, et M. le Préfet vous remettra probablement votre nomination à de plus hautes fonctions... Je sais qu'il a reçu de G***** un envoi qui vous concerne : je venais vous faire mon compliment.

Charles resta atterré, car il envisageait les conséquences de cette nomination intempestive, qui certes n'était pas favorable à M. de Durantal.

— Et qui est nommé à ma place ?...

— M. de Ruysan.

— Quoi ! mon substitut ! celui qui m'en veut le plus à Valence !... Monsieur, continua Charles en s'adressant au juge, ayez la complaisance de passer dans mon cabinet, je voudrais avoir l'honneur de m'entretenir avec vous un instant.

Lorsqu'ils furent ensemble, Charles interrogea de l'œil le sévère magistrat qu'il avait en sa présence, et lui dit : « Monsieur, depuis quand le procureur général vous a-t-il instruit de mon changement ?...

— Depuis deux jours...

— Grand Dieu ! s'écria Charles ; et depuis deux jours M. de Ruysan exerce ?...

— Oui.

— Maintenant dites-moi si les pièces que vous avez reçues du procureur du roi à A...y incriminent fortement M. de Durantal ?

— Monsieur, il ne m'est plus permis de vous confier les secrets du tribunal, puisque vous n'en faites plus partie, mais je sais que l'estime que le ministère a pour vous, et la position dans laquelle cette affaire vous mettrait, ont été la cause majeure de votre changement, ... car je l'ai appris à G***** où j'ai été avec M. de Ruysan consulter le procureur général.

— Monsieur, je comprends !... dit Charles, pâle et blême, presque égaré ; mais c'est une barbarie que de m'avoir caché l'arrivée des papiers d'A...y, car il y a longtemps qu'ils doivent être ici.

— Monsieur, reprit le juge avec une grande dignité, si je l'avais su, je crois que tout en transgressant mon devoir, je vous l'aurais dit !... mais vous savez comme moi que nous basons notre opinion sur vos réquisitoires ; enfin, c'est M. le procureur général qui a correspondu avec votre confrère...

— Je perds du temps !... s'écria Charles.

— Oui ! lui répondit le juge avec un geste significatif. Charles resta glacé d'horreur, et s'aperçut à peine du départ du juge.

— C'est donc moi, s'écria-t-il, dont la haine aura conduit un homme !... où ?... se dit-il. Il frissonna, s'élança dans le salon : « Ma mère, ma sœur !... »

— Qu'as-tu Charles ?...

— Gardez-vous de prononcer un seul mot sur M. de

Durantal !… Adieu ! et il sortit comme égaré, se dirigeant chez un loueur de chevaux pour pouvoir arriver à Durantal et prévenir sa cousine, s'il en était encore temps.

Pendant qu'on selle un cheval et qu'on s'étonne que Charles se mette en voyage si tard, pendant qu'il récapitule en sa tête les moyens de salut pour son cousin, rétrogradons un peu, et voyons la cause du silence du juge d'instruction.

Le procureur du roi d'A…y voyant que M. de Durantal était le cousin de Servigné, crut que ce dernier voulait sauver Argow, et il adressa toutes les pièces au procureur général, en lui faisant observer de mener cette affaire importante avec le plus grand secret. Lorsque les pièces arrivèrent, il s'agissait de confronter avec Lesecq si M. de Durantal était bien Argow, et le matin même du départ de Charles pour Durantal, M. de Secq, mandé par la justice, avait été amené devant le juge.

— Vous ne vous appelez pas de Secq ?… lui avait dit le magistrat avec cet air de conviction et cette autorité sévère qui en imposent tant.

— Si, Monsieur.

— Non, vous vous appelez Lesecq.

— C'est une erreur de copiste, car mon extrait de naissance…

— A été falsifié, car l'encre qui d'un L a fait un D a paru quelque temps après… Mais ce n'est pas l'objet de notre conférence : vous avez été maître d'école et vous ne possédiez rien ?…

— Oui, Monsieur.

— Vous êtes devenu riche le lendemain de la fuite d'un nommé Argow, arrêté par vous, par M. Gradavel, maire de votre commune, et par M. Marignon, le juge de paix, et ce fut à vous que la garde en fut commise…

— Cela ne prouve rien, Monsieur.

— Cela prouve qu'il vous a donné de l'argent parce qu'il est extrêmement riche, et que vous l'avez accepté parce que vous étiez extrêmement pauvre : est-ce vrai ?…

Ici Lesecq balbutia et voulut nier.

— Allons, c'est vrai, tout Aulnay le certifie.

— Monsieur, c'est vrai ! dit Lesecq épouvanté.

— Ce n'est pas tout, Argow, l'assassin de M. de Saint-André, et l'affreux pirate qui a dévasté les mers, est de votre connaissance, vous l'avez revu ?...

— Non, Monsieur !... s'écria Lesecq.

— Monsieur, prenez garde ! c'est M. de Durantal et vous le savez...

Ici le pauvre maître d'école effrayé trembla tellement qu'il chancela sur ses jambes et tomba par terre. Cette frayeur plut au juge, et un sentiment de commisération se glissa dans son âme pour le pauvre maire.

— Monsieur, dit-il en l'aidant à se relever et le faisant asseoir sur son fauteuil, la Justice n'ignore jamais rien quand une fois elle veut scruter la conduite d'un homme, car avant de le mander il faut que l'autorité ait des soupçons qui équivalent à des réalités ; or, vous voyez que toute feinte est inutile ; votre conduite renferme des crimes, car faire évader un assassin et recevoir de son argent est un véritable crime, et, si vous avez lu le Code, vous devez savoir quelle est la peine ; mais ce n'est rien au prix de votre dernière infraction aux lois ! Comment, vous ! maire d'un canton ! chargé de veiller à la sûreté de tout un pays, vous reconnaissez un assassin, un pirate, un homme signalé comme le plus exécrable des hommes, que toutes les sociétés poursuivent et vous le laissez faire ses préparatifs de départ en paix ?... Allez, monsieur, il n'y a qu'une confession franche qui puisse vous sauver, et il faut vous signaler par l'arrestation de ce misérable.

— Monsieur, dit Lesecq, quant à la confession, je la ferai ; quant à l'arrestation, ne comptez pas sur moi. L'homme que vous voulez arrêter est mon bienfaiteur ; faites de moi ce que vous voudrez, mais ne faites pas un monstre.

Cette scène avait dès lors décidé du sort de M. de Durantal, et son arrestation avait été ordonnée. Par une de ces fatalités inconcevables, les gens chargés de cette expédition difficile avaient pris la grande route pour aller à Durantal, et, quand Charles sortit du château pour venir à Valence détourner l'orage qu'il avait amassé sur la tête de son cousin, l'escouade de gendarmerie était sur la route de droite ; un autre piquet avait pris le chemin du village, et des gendarmes déguisés rôdaient autour de la grille neuve par laquelle Charles était sorti : il n'avait pas éprouvé d'obstacle, parce que les gendarmes le reconnurent, et qu'il était seul dans son cabriolet.

D'un autre côté, Vernyct, le soir de l'arrivée de Charles à Durantal, ayant terminé tous ses préparatifs, avait, pendant la nuit, volé chez Jeanneton pour lui faire ses adieux. Il y était resté toute la journée, de manière qu'Argow et Annette étaient livrés sans protecteurs à l'horrible assaut que l'on allait donner à Durantal, sur le soir...

Laissons Charles sur la route galoper à toute bride, Vernyct chez Jeanneton qui l'accable d'amour, de caresses et qui le tourmente ; n'écoutons pas la scène d'amour la plus suave, la plus délicate et les plus généreux propos qui aient été prononcés par des lèvres humaines, et revenons à Durantal, dans l'appartement d'Annette.

CHAPITRE XXII

Il y avait environ une demi-heure que Charles était parti. Annette avait pleuré en le voyant s'échapper avec une telle rapidité et dans une agitation aussi grande. « C'est la dernière fois que je le vois, et il ne m'a pas même embrassée !... quel trouble !... Ce qu'il a osé me dire aura déplu à Jacques... »

Elle tomba dans la rêverie : il faisait sombre, car elle n'avait pas de lumière, et elle regardait le ciel qui brillait d'un éclat pur, les étoiles scintillaient. « O beau pays de France, dit-elle, je vais donc te quitter pour toujours !... j'irai prier, j'irai aimer sous un autre ciel... il est vrai que l'on aime et que l'on prie sous tous les cieux : ils sont la voûte d'un grand temple, partout où il y a terre pour s'agenouiller on trouve une église, et partout où fleurit la verdure on aime. Le cœur ne connaît pas tel ou tel lieu ; partout il est le même, et à ces îles charmantes *il* sera en sûreté, rien ne viendra me ravir mon cher bonheur !... ah ! ce me sera la France !... Je voudrais qu'il fût là pour le lui dire... ô quelle âme d'homme ! quelle vertu !... Oui, c'est mon époux de gloire !... »

Sa tête tomba sur sa jolie main, et des larmes délicieuses coulèrent sur son visage céleste ; et, la relevant tout à coup, elle dit vivement à une étoile qui brillait plus que les autres : « Oh ! oui, bel astre, tu me dis qu'on lui a pardonné !... »

Elle était sublime en regardant cette belle planète, et elle élançait mentalement une vive et brûlante prière au ciel, lorsqu'une chouette cria trois fois, et ce cri lent, clair et funèbre, la glaça : elle retomba sur son fauteuil, et écoutait avec horreur : elle entendit alors des pas précipités dans le salon qui précédait sa chambre. « Ah ! s'écria-t-elle, ma mère arrive, et nous partirons !... »

A ce moment, un jeune et joli garçon de quinze ans entra brusquement avec un flambeau, il le posa sur la table, et Annette tressaillit en apercevant les marques d'effroi qui dérangeaient la beauté d'une figure virginale.

— Ah ! oui, s'écria-t-il d'une voix douce et flûtée, il n'y a que vous qui puissiez être Annette !... Il posa son doigt mignon sur la bouche d'Annette prête à parler, et dit à voix basse : « Chut !... *ils* sont encore ici...

— Qui ?... demanda Annette glacée d'horreur.

— *Les gendarmes !...* »

A ce mot, Mme de Durantal resta exactement dans la même position ; ses yeux se fixèrent, sa prunelle ne vacilla plus, et elle eut l'air d'une statue posée sur un tombeau ; elle devint pâle et horriblement contractée.

— Écoutez-moi, dit le jeune garçon : je suis Jeanneton, l'amie de Vernyct ; il est venu me faire ses adieux, et voulait me laisser en France, quoiqu'il allât à *l'île des Mules* (elle voulait dire aux îles Bermudes), je n'ai pas pleuré, je l'ai bien embrassé et bien fêté ; mais quand il a monté à cheval je me suis esquivée ; j'ai pris les habits de mon garçon (les plus beaux s'entend !) et, quand Vernyct a été sur la grande route à galoper, il a entendu le galop d'un autre cheval qui suivait le sien, il a demandé qui était là, j'ai répondu : « Jeanneton ! » et il n'a plus osé me refuser de le suivre... Voilà que nous arrivons à l'avenue de Durantal tout à l'heure, et que nous entendons devant nous des chevaux comme s'il y avait beaucoup de monde ; et, à la lueur des étoiles, nous voyons briller les chapeaux et les sabres d'une troupe de gendarmes. Vernyct a vu qu'ils allaient à Durantal, et m'a dit de tâcher de franchir le saut de loup qui est devant la statue de je ne sais qui, et de venir vous avertir de faire sauver M. de Durantal aussitôt qu'il aurait réussi dans un projet qu'il méditait : il m'a dit pour cela d'examiner ce qui se passerait ; et, en cas de réussite, il m'a instruit de ce qu'il fallait faire. J'ai couru, j'ai sauté par-dessus le fossé, et je suis arrivée au grand portail ; là, avant que les gendarmes ne sonnassent, j'ai entendu Vernyct qui a crié de loin avec sa voix terrible : « *Qui vive!...* » et il a fondu sur l'escouade en disant : « Qui ose entrer à mon château à l'heure qu'il est?... je ne loge pas de militaires à Durantal!...

« Alors il y a eu un chuchotement, et l'on a dit : « C'est lui!... c'est lui!... est-il seul?... courons!... » Après, j'ai entendu Vernyct crier : « Répondrez-vous?... je suis M. de Durantal!... »

« Alors, il était près d'eux ; ils l'ont entouré, ils lui ont dit qu'ils venaient l'arrêter, il s'est laissé emmener! c'est beau, madame! ah! mon Vernyct est généreux!... »

— Oh! quel homme!... dit Annette.

— Chut, écoutez, ajouta la naïve Jeanneton ; il m'a recommandé tout, et en une minute ; c'est qu'il a une tête!... oh! c'est un bien brave homme!... Il faut, *qu'il m'a dit,* que Mme Annette laisse ignorer à Jacques que j'ai été arrêté pour lui, et il faut l'emmener, par la petite porte du parc, chez un voisin : il en aura le temps, parce que je ne ferai connaître l'erreur qu'à Valence, et aussitôt je viendrai le sauver ; mais, a-t-il ajouté, il ne faut pas lui dire ce qui se passe.

— Nous sommes perdus!... Jacques ne voudra pas!...

A ce moment, Milo effaré, arriva et dit : « Madame, il y a des gendarmes postés dans l'avenue du village, et l'on dit que l'on vient arrêter Monsieur... J'ai réuni tout notre monde, nous sommes dans la cour, nous avons des armes, et nous allons... »

— Milo, dit Annette, allez recommander aux gens de se tenir bien tranquilles et d'attendre mes ordres... Milo sortit ; elle le rappela et lui ajouta : « Dites à M. de Durantal de passer chez moi à l'instant même. »

Annette se leva, parut recevoir une force supérieure, et, montant, en énergie, à la hauteur des circonstances, elle s'écria : « *Dieu* et *lui,* voilà mon cri... Mon enfant, nous le sauverons!... »

— Quelqu'un arrive, dit Jeanneton, dieu!... c'est du bruit qui vient du dehors!... Elle courut à la fenêtre, et cria : « Un gendarme!... »

En effet, Annette stupéfaite, aperçut le chapeau bordé de blanc et la tête d'un gendarme sur la pierre de la fenêtre : Jeanneton courut pour le précipiter, car il paraissait qu'il s'était servi du treillage qui était sous la fenêtre comme d'une échelle, mais la jolie hôtesse s'arrêta, car il cria : «*Ami !*... où est Mme de Durantal ?... »

— C'est moi !... dit Annette.

— Écoutez, madame, je suis un vieux marin, et j'aime trop *mon ancien* pour le voir égorger... j'ai le poste du village, je viens vous prévenir que le parc est gardé partout, et que si le capitaine n'est pas encore arrêté, vous pouvez le faire évader de mon côté : je suis à la porte qui va à la maison de Mlle Sophy, j'ai placé une échelle à vingt pas de la porte, et l'échelle vous mettra sur le mur du jardin de Mlle Sophy, car le mur de son jardin touche le vôtre ; mais allez doucement, que personne ne vous entende, je n'aurai pas d'oreilles.

— Que le Ciel vous récompense !... s'écria Jeanneton ; mais Vernyct est arrêté à la place de M. de Durantal, et ils l'ont emmené...

— Dieu soit loué !... s'écria le gendarme, c'est digne du lieutenant !... eh bien, dit-il, nous ne tarderons pas à le savoir ; mais sauvez-vous, parce que la justice va arriver pour saisir les papiers, pour verbaliser : ils sont chez l'adjoint du maire...

— Tenez, dit Annette, en présentant au gendarme une épingle de diamant d'une grande valeur que portait Argow, et qu'elle avait aperçue sur sa pelote, tenez ? prenez, car c'est l'épingle que portait celui que vous aimez...

— O généreuse et digne femme ! je me ferais tuer pour *lui* et pour vous !...

A ces mots, le gendarme, que l'on doit avoir reconnu pour celui qui, au commencement de cette histoire, était avec les maçons sous la treille, descendit doucement et regagna son poste.

Mais au moment où sa tête disparaissait, M. de Durantal entra, et Annette se trouva dans le plus grand embarras, car voici ce que dit Argow :

« Que me veux-tu ?... comme tu es pâle !... qu'as-tu ?... que demande ce jeune homme ?... »

Annette mentir !... c'était bien chose impossible !...

elle restait dans une horrible angoisse, levant ses yeux sur son mari, regardant Jeanneton et ne sachant que dire. Quelles âmes nobles, pures et religieuses, pourront comprendre ce supplice où l'amour était combattu par la religion !

— Il s'agit, dit-elle enfin, de sauver quelqu'un, et j'ai compté sur ton secours ; cette jeune enfant est venue m'avertir...

— Il n'y a pas un instant à perdre !... s'écria Jeanneton ; il faut venir, Monsieur, tel que vous êtes, car il n'y a que vous qui puissiez...

— Oui, dit Annette, il n'y a que toi qui puisses le sauver... viens, je vais t'accompagner, et nous te dirons ce dont il s'agit ; la chose est si grave, que c'est ce qui cause mon effroi.

— Allons donc sur-le-champ ! dit Argow ; mais faisons mettre nos chevaux...

— Non, répliqua Annette, nous irons à pied à travers le parc, car c'est dans le village qu'il faut nous rendre, et Annette s'élança en lui disant : « Viens donc ?... »

Argow étonné ne savait que penser lorsque Jeanneton le prit par le bras et l'entraîna à travers la galerie : « Il s'agit, lui dit-elle, de venir au secours de Vernyct !... » Alors Argow épouvanté les suivit. Ils traversèrent les jardins et le parc en silence, car Argow ayant demandé à sa femme : « Comment se fait-il que Vernyct soit ?... » Annette l'interrompit en lui fermant la bouche avec sa main, et dit à voix basse : « Chut... silence !... »

Ils arrivèrent à la petite porte du parc par laquelle Annette était entrée quand elle vint à Durantal ; et là, Jeanneton, avec une adresse incroyable, mit une clef rouillée dans la serrure et ouvrit la porte sans faire le moindre bruit. On trouva, en tâtonnant, une échelle appliquée contre le mur du jardin de Mlle Sophy. Jusqu'ici tout allait bien, mais ils restèrent interdits, car Annette dit à Jeanneton : « Comment ferons-nous maintenant ?... »

Ils entendaient à cent pas d'eux le bruit des armes des gendarmes et des voix confuses, ce qui rendait leur position plus difficile. Alors Jeanneton dit à Argow : « Monsieur, voulez-vous monter sur cette échelle ? et, lorsque vous serez sur la crête du mur, vous l'enlèverez et la reporterez de l'autre côté pour descendre... »

— Mais à quoi cela vous servira-t-il?... demanda Argow.

— Chut! dirent Jeanneton et Annette, chut!... silence!... et faites ce que nous vous disons...

— Quand tu seras dans le jardin, ajouta Annette, restes-y jusqu'à ce que tu me voies venir; c'est moi-même qui viendrai te chercher...

Lorsque Annette et Jeanneton virent M. de Durantal sur la crête du mur et qu'elles l'entendirent descendre, elles s'embrassèrent comme deux sœurs, en s'écriant à voix basse: « Il est sauvé!... » Alors elles songèrent à se rendre chez Mlle Sophy, pour implorer son secours!...

En ce moment toute la société de Mlle Sophy était réunie et s'entretenait des événements extraordinaires et inouïs qui se passaient dans la commune de Durantal.

— Il y a, disait M. de Rabon, trois piquets de gendarmerie à cheval et de la troupe, et dans ce moment l'on arrête M. de Durantal!...

— M. de Secq a été mandé et forcé de comparaître ce matin devant M. le juge d'instruction, et il n'est pas encore revenu, ajouta le percepteur.

— *Tout ce qui reluit n'est pas or,* dit Mme de Secq, et mon mari aura été dévoiler...

— J'entends du bruit! s'écria Mlle Sophy...

En effet, Annette et Jeanneton suppliaient la domestique de leur faire parler à Mlle Sophy. Cette dernière, ouvrant la porte du salon, aperçut Mme de Durantal qui, alors, s'avança vers la vieille demoiselle et lui dit d'un son de voix qui aurait attendri un démon, « Ah! mademoiselle, M. de Durantal vient d'échapper!... il est dans votre jardin, et je viens vous supplier de le cacher dans votre maison pendant quelque temps: vous lui aurez sauvé la vie ainsi qu'à moi! ma reconnaissance sera éternelle, oh! sauvez-le!... je vous en conjure par Dieu, par son fils, par tout ce qu'il y a de plus saint et de plus sacré dans le monde!... » Et, en disant ces paroles, elle se jeta aux genoux de la vieille fille étonnée et stupéfaite. Tout le monde accourut, et cette scène fut aussi pittoresque qu'un romancier pourrait le désirer. Dix personnes entouraient Mlle Sophy qui, froide et impassible, contemplait avec joie la belle et touchante Annette à ses pieds. La pauvre enfant épiait un sourire, un mot de cette tête antique, la vieille servante tenait un flambeau et restait dans le lointain tandis que Jeanneton, se croisant les bras, s'écria: « Elle hésite, je crois!... »

Ce mot fit regarder Jeanneton par Mlle Sophy qui reconnut la jolie paysanne qu'elle avait fait chasser du village; la colère parut sur son visage, et elle dit à Mme de Durantal: « Si vous êtes conduite par cette petite gourgandine-là, ... je ne sais en vérité que penser de vous, madame!... »

— Gourgandine!... s'écria Jeanneton, mademoiselle oublie qu'à dix-huit ans elle avait fait un garçon tout aussi gros que le mien, et qu'il y a entre elle et moi une différence: c'est que j'ai avoué mon enfant, et qu'aucune puissance humaine ne m'y fera renoncer! »

Annette se leva subitement et secouant violemment Jeanneton: « Vous nous perdez! dit-elle avec un cri sublime, songez qu'elle peut livrer mon mari! » En effet, Mlle Sophy avait le visage tout bleu de rage et de colère et s'écria: « Marie, allez dire à M. l'adjoint que M. de Durantal est ici! »

Annette ne jeta qu'un cri, et s'évanouit; mais, dans l'assemblée, il y eut un mouvement d'horreur qui fut rapide comme un éclair, et l'on s'écarta comme si la foudre eût tombé en éclats: M. de Durantal poursuivi n'inspirait plus qu'une douce pitié...

— Va, s'écria Jeanneton furieuse, vieille et laide diablesse incarnée, horrible sauvagesse et infâme scélérate, puisse-tu retrouver le fils que tu as méconnu et le voir massacrer sous tes yeux sans pouvoir le sauver!... les tigres ont plus d'humanité que toi!... Elle s'élança vers la fenêtre, l'ouvrit et sauta dans le jardin pour tâcher de sauver Argow. Cette vigoureuse et hardie tentative émut toute l'assemblée qui jeta un cri d'épouvante en la voyant disparaître.

Annette rouvrit un œil mourant, et trouvant en ce moment une noble énergie, elle se leva et s'écria: « Je le sauverai!... » Elle se dirigeait vers la porte, lorsqu'un autre personnage entra et la prit dans ses bras.

C'était Charles!... Il avait rencontré Vernyct sur la route, et, voyant emmener un homme par un piquet de gendarmes, il accourut, et, reconnaissant Vernyct, il lui serra la main en signe d'amitié, et pria les gendarmes de le laisser parler à son cousin. On n'osa pas le lui refuser à cause du rang qu'il occupait dans la contrée, et Vernyct lui dit à voix basse : « Votre cousin est sauvé ! il est chez Mlle Sophy : l'erreur ne sera reconnue qu'à Valence; courez vite, et tâchez de le mettre en voiture : les relais sont préparés jusqu'à Fréjus, le mot d'ordre pour avoir les chevaux de cinq lieues en cinq lieues est : *l'amour et Jeanneton.* »

— Chère cousine, dit-il, nous sommes sauvés!... où est-il?...

A ce moment l'on entendit venir, au grand galop, des gendarmes, et l'on vit paraître à la porte l'adjoint du maire et le juge d'instruction avec des hommes qui portaient des flambeaux. La vieille servante les avait rencontrés sortant du château.

En les voyant, Charles resta stupéfait et comme anéanti.

Voici le nouvel incident qui amenait ces personnages au milieu de la nuit dans la maison de Mlle Sophy. En racontant les mille incidents d'une telle catastrophe on est obligé de laisser en suspens une action qui marche aussi vite que le balancier d'une pendule; mais le lecteur retiendra, que ce que nous racontons longuement se passait en réalité avec la rapidité de l'éclair.

Ainsi, au moment où Charles, le juge, l'adjoint, le commissaire, la servante, entraient dans le salon, et pendant que les gendarmes cernaient la maison sur l'avis de la vieille Marie, Jeanneton cherchait dans le jardin et appelait M. de Durantal qui ne venait pas, parce qu'il ne reconnaissait plus la voix d'Annette.

Lorsqu'à Valence Mme Servigné raconta au juge d'instruction l'histoire de la bague, de l'épingle et du poison que M. de Durantal portait toujours avec lui, ce fut un tel trait de lumière et une telle preuve du meurtre de

M. de Saint-André[a], que ce magistrat jugea à propos de se transporter pour veiller à ce que cette bague fût trouvée sur M. de Durantal au moment où il serait arrêté. Voilà ce qui explique comment il rejoignit au château les personnes chargées de verbaliser. Il en sortait avec eux sur la nouvelle que M. de Durantal était déjà emmené, lorsqu'il rencontra la vieille servante qui leur dit qu'il était chez Mlle Sophy, alors le juge pressa le pas pour se trouver à cette catastrophe.

En arrivant, il demanda où était le prévenu, et personne ne put lui répondre. Cette scène forma un tableau vraiment curieux.

Autour de Mlle Sophy étaient les huit personnes qui composaient la société. L'étonnement se peignait sur toutes les figures, et celle de Mlle Sophy annonçait une profonde terreur, car elle commençait à réfléchir...

Le juge, l'adjoint, leurs suppôts, cherchaient des yeux M. de Durantal; Charles, le coude appuyé sur la cheminée, dévorait des larmes cuisantes qui roulaient sur son visage abattu; Annette était debout, pâle, roulant des yeux égarés, et, lorsqu'elle aperçut venir le gendarme qu'elle reconnut pour celui qui leur avait donné un bon avis, elle tomba à genoux, et, comme si elle était seule, elle joignit ses mains, et, levant les yeux au ciel, elle fit une prière éloquente. Une multitude de lumières éclairaient diversement toutes ces figures parlantes, et d'expressions si multipliées, et si l'on pense à l'intérêt d'une semblable situation, on aura un des plus beaux tableaux qu'un peintre puisse offrir.

En ce moment un cri se fit entendre dans le jardin, il était tellement perçant, il y résidait une expression de douleur si forte, si vraie, si expansive, si déchirante, que subitement tout le monde se jeta aux fenêtres et l'on regarda ce qui pouvait la causer.

Trois gendarmes étaient entrés avec des flambeaux, ce qui jetait une lueur très vive sur le jardin, et l'on vit dans

a. M. de Saint-André était, dans *Le Vicaire des Ardennes*, le commandant du vaisseau dont s'emparait Argow pour pirater, et cette frégate se nommait la *Daphnis*. (Note de l'auteur.)

l'enfoncement, et contre le mur, la pauvre Jeanneton succombant sous M. de Durantal ! il avait chaque pied posé sur chaque épaule de la jolie hôtesse, et il atteignait déjà la crête du mur lorsque les gendarmes en entrant virent cette scène touchante, et, quand ils se dirigèrent sur Jeanneton, elle jeta ce cri d'horreur.

Alors M. de Durantal descendit ; et, allant vers les gendarmes, il leur dit avec le plus grand calme : « Si c'est moi que l'on cherche, me voici !... »

Il fut amené, avec Jeanneton, devant le juge qui, sur-le-champ, se tournant vers le gendarme, lui dit sévèrement : « Et pourquoi êtes-vous venu nous avertir que l'on avait arrêté et emmené celui qui dit s'appeler de Durantal ?... »

— C'était la vérité, dit Charles au juge, car j'ai rencontré l'escouade.

— C'est Vernyct probablement !... dit Argow.

Charles fit un signe affirmatif et une profonde horreur régna.

— Mademoiselle, dit Charles au désespoir en se tournant vers Mlle Sophy, votre ouvrage est complet !... vos bavardages, vos soupçons, m'ont conduit à chercher la vérité, vous avez livré le criminel que vous aviez perdu, vous méritez une couronne, car vous avez atteint le dernier degré des devoirs de l'*homme social !*... les légistes vous diront : « *C'est bien !...* » Le malheur, c'est que mon âme et mes mains ne sont pas pures de cet héroïsme social, mais je ferai tant que je rachèterai ma faute !

— Et que ferez-vous, monsieur ? dit le juge en regardant Charles.

— Ce que je ferai, s'écria ce dernier, je défendrai mon cousin, et je le sauverai... j'en crois mon cœur saignant !...

— Non, dit Argow avec calme, rien ne peut me sauver... il faut que les crimes s'expient sur la terre... Et vous, Mademoiselle, dit-il à Mlle Sophy, la religion et mon Annette m'ont appris à bénir les instruments de la volonté céleste ! En achevant ces paroles, il lança un regard plein de bonté à celle qui l'avait livré.

— C'est digne de qui renie son fils !... dit la jolie

hôtesse à Mlle Sophy ; je doute vraiment que vous ayez eu une mère !...

Annette s'était attachée à son époux et elle l'embrassait avec une force et une tendresse qui semblaient tenir à la folie. Elle ne pleurait pas, ses yeux étaient secs et brûlants.

— Est-ce qu'on ne me laissera pas avec lui, Monsieur le juge ?... dit-elle.

— C'est impossible !... répondit-il.

Annette baissa la tête.

Comme un ange, Jeanneton souriait et conservait de l'espérance ; alors le juge, se levant, fit examiner à tout le monde les bagues que M. de Durantal portait à ses doigts. Bientôt l'on sépara Annette de force, malgré des cris déchirants, et l'on emmena M. de Durantal tranquille et résigné.

A ce moment, Charles arrêta le criminel et lui dit : « Mon cousin, je vous supplie de ne rien répondre à toutes les demandes que l'on pourra vous faire pendant vos interrogatoires. La loi, muette sur le refus d'un prévenu, vous en accorde le droit, et le débat oral, devant la cour d'assises, est le seul qui décide de votre sort. Je connais les lois, cette conduite n'est pas *défendue*, et, comme je connais aussi les ressources des lois, c'est la seule qui puisse vous sauver : jurez-moi d'agir ainsi, et de vous renfermer dans un silence absolu ?...

— Monsieur, dit le juge d'instruction, vous vous compromettez en donnant de tels conseils à votre cousin ; et, membre de la magistrature, vous ne devez pas...

— Mon cousin, jurez-le-moi par l'enfant que porte ma cousine...

— Oh ! jure-le !... dit Annette en larmes.

— Je le promets, dit-il.

— J'y compte, répliqua Charles.

En les voyant partir Annette poussa un grand cri, et, parcourant des yeux le salon, elle dit à Mlle Sophy : « Mademoiselle, je n'ai jamais maudit personne, je souhaite que Dieu vous pardonne ; mais moi... oh ! jamais !... vous m'avez ôté plus que la vie !...

— Que le diable vous rôtisse !... s'écria Jeanneton, je

ne suis qu'une pauvre pécheresse, mais je suis plus riche que vous, car j'ai un cœur!... et vous n'avez qu'une pierre, là!... *(elle montrait son cœur)*.

— Vous avez fait votre devoir, dit Charles; mais, moi, magistrat, je ne sais pas si je l'eusse suivi à la rigueur...

Ils sortirent en soutenant Annette, car elle ne pouvait pas marcher.

La société s'en alla sans saluer Mlle Sophy; elle resta seule avec la vieille Marie qui lui dit: « M. de Durantal a été arrêté précisément à la même heure que vous êtes accouchée, et dans ce même salon, et c'est aujourd'hui l'anniversaire! »

Mlle Sophy frémit involontairement.

CHAPITRE XXIII

Le lendemain, Annette et Jeanneton, qui avait repris les habits de son sexe et qui était charmante avec la toilette que lui donna Mme de Durantal, abandonnèrent le château avec Charles, et s'en allèrent à Valence suivis de Milo et des deux nègres, ses compagnons.

Elle laissa le château sous la direction d'un homme que Vernyct lui avait désigné comme homme de tête, et cet inconnu était un des brigands de la forêt qui, reconnu par Vernyct et engagé à rentrer auprès de son ancien capitaine, avait de nouveau juré de défendre Argow et le lieutenant comme par le passé.

Annette rencontra à moitié chemin Vernyct que l'on avait relâché. « Mort de ma vie !... s'écria-t-il en montant dans la calèche où ils étaient tous trois, je le délivrerai, où l'on m'enterrera sous les ruines de Valence !... »

— Et il y aura des gens qui vous prêteront main-forte ! dirent deux paysans qui passaient : ils s'arrêtèrent, et, regardant Annette, ils la saluèrent et ajoutèrent : « Nous venons d'un pays où, quand on a appris que le bienfaiteur du canton était arrêté, il n'y a eu qu'une voix pour jurer sa délivrance, quoiqu'il ait fait... »

— Bonnes gens !... dit Annette, quelle reconnaissance !... tenez... et elle leur jeta sa bourse et ses bagues précieuses.

— Est-ce du malheur ! dit Vernyct ; tout était prêt, le départ convenu, les relais même préparés, car il semble que je me doutais de cela..., oh ! je le délivrerai !... Tout Valence parle de cette aventure-là : il n'y a pas une personne qui n'en jase avec son voisin ; dans les rues, dans les maisons, c'est une nouvelle qui se commente, qui se répand, qui vole… ces imbéciles-là me montraient au doigt. Patience!… patience!… et moi, il faut que je prenne garde à ma tête, car elle me joue des tours… du sang-froid mon bonhomme…

Annette lui prit la main et la pressa sur son cœur. « O digne ami!… dit-elle, rendez-le-moi? et, fussiez-vous un impie, je crois que j'obtiendrais votre grâce en sacrifiant ma vie future tout entière!… »

— Que deviendrais-je, dit Charles, si nous ne réussissons pas, moi qui suis cause de tout?…

— Vous?… s'écria Vernyct en lui présentant son pistolet, tuez-vous alors pour m'épargner de le faire…

— Terrible!… dit Annette, en lui prenant le bras et détournant l'arme, y pensez-vous?…

— Je ne me tuerai pas, dit Charles, parce que j'espère lui être encore utile… je suis son avocat…

— Et votre place de procureur?…

— Je ne l'ai plus…

— Tant mieux, … dit Vernyct. « Ah! ajouta-t-il, bonjour, petite!… je ne te reconnaissais pas », et il pressa la main de Jeanneton.

En arrivant à Valence, ils rencontrèrent M. et Mme Gérard.

— Ah! ma mère! s'écria Annette en la revoyant, que n'êtes-vous arrivée trois jours plus tôt!… nous serions heureux!… et elle fondit en larmes.

M. et Mme Gérard rétrogradèrent et ils vinrent tous s'établir dans la maison de Mme Servigné et d'Adélaïde, qui étaient au désespoir. Rien n'égala celui du père et de la mère d'Annette, car c'était du désespoir seul : il ne s'y mêlait aucun sentiment comme à celui d'Annette qui était en proie à mille sentiments divers.

— Chère cousine, dit Annette en revoyant Adélaïde, je devais vous envoyer hier le monument du dernier bienfait de la chère créature que la fatalité a perdue… tenez? je vous le remets moi-même.

En disant ces paroles elle tendait à Adélaïde et à son mari une quittance de soixante mille francs que Mme Bouvier devait encore à Mlle Sophy pour achever le paiement total de ce qu'ils leur devaient. «*Il* vous aimait parce que vous m'apparteniez par les liens du sang...», dit-elle les larmes aux yeux.

A ce trait, toute la haine qu'Adélaïde avait pu concevoir s'effaça comme un nuage qui disparaît dans le ciel.

Un silence terrible régna entre tous ces personnages réunis, et, au bout d'un gros quart d'heure, Annette s'écria : « Mon cousin, faites en sorte que je puisse passer toutes mes journées avec *lui!*... dans sa prison!... »

Charles sortit et ne revint qu'avec toutes les autorisations nécessaires pour qu'Annette, Vernyct et lui, entrassent dans la prison où Argow était détenu, à toutes les heures et pendant tout le temps que l'on pourrait voir le criminel.

Annette et son cousin se rendirent sur-le-champ à la prison. Ils trouvèrent Argow dans la chambre la plus commode du lieu. Elle était toute nue, un lit et une chaise composaient l'ameublement, et sur le mur une foule de noms écrits attestaient le désespoir, le désœuvrement et l'ennui de ses horribles prédécesseurs. La seule fenêtre de cette chambre était grillée, et, dans l'espèce de galerie par laquelle il fallait arriver, il y avait deux sentinelles, et au bout, le logement du concierge.

Annette en entrant eut un horrible saisissement, elle ne retrouva des forces que pour voler sur les genoux de son mari. Il était calme, un léger sourire errait sur ses lèvres, et il embrassa Annette avec cette douce et pure joie qui l'animait à Durantal lorsqu'il était assis près d'elle dans cette chambre de plaisir et de bonheur. Encore voyait-on dans ses traits cette teinte de satisfaction, qui devait faire briller le visage des saints martyrs lorsqu'ils confessaient Jésus-Christ au milieu des tourments. Il semblait que l'assurance qu'il acquérait de pouvoir expier sur la terre des crimes commis sur la terre, lui donnât encore plus de sérénité dans l'âme que sa conduite précédente. Il avait plus de confiance à ce baptême de sang qu'il devait recevoir, qu'à cette robe d'innocence que ses bienfaits et ses remords lui faisaient revêtir aux yeux de Dieu.

Annette jeta un regard douloureux sur cette chambre, et reporta bien vite ses yeux sur Argow, comme si elle eût craint de s'être dérobé trop longtemps à elle-même le cruel bonheur de le voir: « Ami, dit-elle, comme tu es mal ici!... »

— Qu'importent les lieux, mon Annette, ce m'est un temple puisque je te vois.

— Comment, s'écria Annette, une créature aussi noble, grande, généreuse, a pu commetre une action blâmable!... oh! non, tu es innocent, mon cher amour, je le dirai à toute la terre... au ciel, aux juges!...

— Je suis coupable, Annette, répondit Argow; mais écoute-moi, je veux rester dans ton cœur ce que j'y fus toujours, c'est-à-dire, un être que tu as rendu, par le céleste contact de ton âme, pur et digne d'avoir été innocent aux jours de son enfance, digne enfin d'avoir repris cette candeur sainte qui t'a toujours décorée de sa grâce virginale. J'exige, mon Annette, que tu vives dans la solitude.

— Eh, je ne vivrai qu'avec toi jusqu'au dernier moment!... s'écria-t-elle.

— J'exige, entends-tu, mon ange?... *j'exige,* c'est un mot que ma bouche ne t'a jamais prononcé, je veux que tu ne puisses en rien connaître les détails horribles de ce qui se passera à la cour d'assises... tu me le promets?...

— Oui.

Pendant cette scène, Charles, appuyé sur la muraille et les bras croisés, paraissait en proie à une agitation violente et à une grande méditation.

— Mon cousin, dit-il, vous vous souvenez de votre promesse d'hier ou de ce matin? lors de votre arrestation, vous m'avez juré de ne rien répondre pendant le cours de vos interrogatoires, telle demande qui vous soit faite.

— Je tiendrai ma promesse.

— Oui, dit Annette, c'est bien important à ce que dit Charles, et il faut suivre ses avis, mon ami car, en fait de lois terrestres, il connaît ce qui est permis et ce qui est défendu.

— Ma cousine, répondit Servigné, voulez-vous un instant nous laisser seuls?...

— J'aime mieux, dit Annette, me fermer les oreilles,

car je ne veux pas perdre une seule minute que je pourrais employer à *le* voir.

— Mon cousin, dit Charles à Argow, y avait-il des témoins du crime qui paraît avoir été commis à A...y ?...

— Aucun, car il n'y avait que Vernyct, et nous sommes la même âme.

— Est-ce vous qui l'avez commis ?...

— Oui... A cette parole, une grosse larme roula sur les joues d'Argow, et il passa ses mains sur son visage comme pour dérober son remords à des yeux humains.

— Il y a de l'espoir... beaucoup ! mais il faudra obtenir de votre mari qu'il ne fera pas à l'audience des réponses qui lui soient désavantageuses... Si alors il voulait user d'une dénégation constante [76]...

— Oh ! ne l'espérez pas !... s'écria Argow : je dirai toujours la vérité quand on me la demandera.

— Ma tâche n'en sera que plus difficile, dit Charles : mais j'espère...

— Tu espères, Charles ?... ah ! tu me rends la vie !... dit Annette.

Chaque jour Annette vint au matin et s'en alla le soir. Vernyct n'entra pas une seule fois, car, aussitôt qu'il sut que son ami était emprisonné, il repartit avec Jeanneton, et on ne le revit plus à Valence. Charles, de son côté, s'occupa entièrement de l'affaire de son cousin, et, ayant reçu l'ordre de se rendre à C... où il était nommé avocat général, il envoya sur-le-champ sa démission, et s'inscrivit comme avocat à la cour royale de G...

Tant qu'Annette ne vit pas le danger imminent, et au bout de quelques jours, elle redevint comme jadis, c'est-à-dire, qu'elle ne s'occupa qu'à combler d'amour, d'attention et de recherches, son mari dont la sublime résignation, le calme et la fermeté, la rassurèrent. Elle reçut, de beaucoup de personnes, des marques d'amitié ; car généralement on la plaignit.

L'affaire fut instruite avec une célérité et une activité extraordinaires, cependant l'éloignement de tous les témoins à citer qui se trouvaient pour la plupart à A...y, à Aulnay-le-Vicomte et à Vans-la-Pavée, tous endroits situés dans le département des Ardennes, fit qu'il s'écoula encore deux mois avant que l'affaire ne fût portée au tribunal terrible du jury.

Les magistrats qui composaient la chambre d'accusation étaient tous révérés, et quand on apprit qu'ils avaient décidé que M. de Durantal serait mis en jugement, la ville de Valence fut plongée dans l'étonnement, et les campagnes, au milieu desquelles Annette et son mari avaient exercé leur bienfaisance active, furent frappées de terreur, de manière que cette cause devint l'occupation de tout un pays, et l'on sait que les pays méridionaux ne s'occupent pas d'une chose à demi.

M. Badger, le préfet, était tellement connu pour être l'ami intime et dévoué de M. de Durantal, qu'il reçut sa destitution, quoiqu'il eut agi avec finesse pour conserver sa place au moment où il pouvait sauver son bienfaiteur. En effet, il avait affecté la plus grande horreur pour lui, et avait pris des mesures si sévères que l'on commençait à l'accuser dans le public; mais cette conduite n'empêcha pas que l'on ne crut pas, dans une semblable circonstance, devoir lui confier le soin d'administrer le département au milieu duquel l'on allait juger son ami intime.

Bientôt la cour d'assises fut convoquée, et il vint de Grenoble un conseiller de la cour royale pour présider. L'affluence du monde fut extrême à Valence, et la curiosité publique était excitée au dernier point. L'on prit même des mesures envers la foule que l'on présuma devoir envahir la salle des audiences, et l'on réserva des places pour les personnes de distinction. Les avocats réclamèrent même leurs bancs; car ils étaient intéressés à la lutte qui allait s'engager. En effet, Charles avait fait preuve du plus grand talent pendant le temps qu'il exerça ses fonctions, et son histoire avait couru la ville: on connaissait sa haine primitive pour M. de Durantal, son amour pour sa cousine, et l'on savait que c'était lui et Mlle Sophy, qui étaient la cause première de l'infortune de M. de Durantal.

D'un autre côté, M. de Ruysan était l'adversaire, l'ennemi avoué de Charles. L'affaire de M. de Durantal paraissait peu douteuse, conséquemment la lutte entre ses deux talents devait être fort intéressante. Il est vrai de dire que la noble conduite de Charles et son refus de la place d'avocat général à C..., lui avaient conquis tous les suffrages, et lui faisaient pardonner les torts qu'il avait eus envers son cousin, alors qu'il était procureur du roi.

Enfin le jour de la justice humaine arriva pour le criminel, et le premier jour, en présence d'une assemblée immense, les juges parurent sur leur tribunal, dans une salle majestueuse. Un grand crucifix était placé au-dessus du président qui, entouré des juges, se trouvait en face du public : les jurés se trouvaient à droite, et le criminel à gauche ; le procureur du roi, M. de Ruysan, était presque à côté d'Argow, que des gendarmes gardaient à droite et à gauche, et Charles n'était séparé d'Argow que par la boiserie de l'espèce de stalle dans laquelle se trouvait l'accusé.

Quand Argow parut, tous les regards se portèrent sur lui avec une espèce d'avidité, et cette vue produisit dans l'âme des spectateurs des sentiments divers. Cette figure avait contracté un tel caractère de sublimité et de grandeur, il régnait une telle sérénité d'âme sur ce front, où jadis brilla tant d'énergie, qu'il y eut généralement une tendance à l'admiration. Les femmes surtout connaissant, par la voix publique, la concorde et le bonheur qui vivifiaient son ménage, et la grandeur qui éclatait à Durantal, lui tenant compte enfin du dévouement profond d'Annette, furent influencées en sa faveur par son seul aspect. Le hasard avait voulu que les seules croisées de la salle fussent du côté des jurés, ce qui faisait que tout le jour tombait, comme un rayon du ciel, sur l'accusé, et qu'aucun des mouvements de sa figure ne pouvait échapper à ses juges. Au milieu du public privilégié, on remarqua un homme debout, contre une croisée, il regardait la masse des jurés qui attendaient le choix qu'on allait faire d'eux, et il la regardait avec une attention de tigre ; son œil avait quelque chose de perçant ; il parcourait, de son regard terrible, l'assemblée et principalement les magistrats, avec une curiosité sauvage. Cet homme, fortement contracté, souffrant, pâle, abattu par de grands travaux et des souffrances physiques, était Vernyct !... Sa figure annonçait une grande douleur morale, et de grandes résolutions.

Lorsque les jurés furent choisis, que les récusations furent exercées de part et d'autre, Vernyct remarqua chacun des douze juges que la société donne aux criminels, et il sortit. Tout le monde étant assis, le président ouvrit la séance et les débats, recommanda le plus grand silence, et un greffier lut l'acte d'accusation.

Nous allons en rapporter succinctement les principales circonstances, afin que le lecteur soit parfaitement au fait de ce grand débat, et nous lui éviterons la prolixité nécessaire de l'acte qui tiendrait trop de place dans un moment aussi intéressant.

« Depuis longtemps (y était-il dit) les divers États avaient été instruits de l'existence d'un exécrable pirate, nommé *Argow,* lequel infestait les mers d'Amérique. »

A ce nom, il y eut un mouvement dans l'assemblée.

« Il était signalé par tous les gouvernements, et l'on savait que ses pirateries avaient commencé par l'anéantissement d'une flotte espagnole qui portait à Cadix l'argent de La Havane. Ce pirate était un contre-maître de la frégate *la Daphnis*, commandée, en 18.., par M. le marquis de Saint-André, contre-amiral au service de France, et qui s'y rendait pour recevoir les ordres du gouvernement : Argow avait soulevé l'équipage, et s'était emparé du vaisseau après avoir déporté M. de Saint-André et tous les officiers qui lui restèrent fidèles, et l'on remarquera que de tous ces officiers, déportés sur un rocher stérile, il n'y eut que M. de Saint-André qui revint en France.

« Longtemps tous les gouvernements, effrayés des pirateries horribles de ce brigand qui dévastait les mers, s'étaient concertés pour s'en emparer... ; mais son habileté et sa valeur, le dévouement de ses satellites, le firent échapper à toutes les poursuites. Il vint un jour échouer sur une côte aux États-Unis, et, envoyé à Charlestown, il fut condamné à mort ; mais, s'étant rendu utile à l'*Union* par la vaillance de ses troupes, il obtint sa grâce.

« L'immensité de ses richesses lui fit penser à jouir des fruits de ses crimes. Il vint en France, décidé dès lors à vivre tranquillement, et, se fiant à son opulence et au genre de vie qu'il adoptait, il crut demeurer impunément sur cette terre hospitalière.

« Il y aurait vécu, en effet, sans être atteint par d'autres lois que par celles de la vengeance divine, si la Providence n'avait ordonné qu'il se décèlerait lui-même par de nouveaux crimes.

« En 181., Argow, qui depuis son retour prenait le nom de Maxendi, avait acquis plusieurs terres, et notamment la terre de Durantal. Un de ses amis, nommé Vernyct, et sur la complicité duquel la justice n'a pas obtenu assez de preuves pour le faire paraître à côté d'Argow...

— Et c'est son regret!... s'écria une voix terrible qui sortit du milieu de la foule, au moment où le greffier lut cette partie du réquisitoire.

On chercha vainement l'interrupteur, et cette phrase parut émouvoir singulièrement Argow qui dit à voix basse à Charles : *« Oh! un ami!... »*

« ... avait acheté, continua le greffier, soit pour le compte de son ami, soit pour le sien, une terre très considérable à Vans-la-Pavée. Mgr l'évêque d'A...y possédait une terre voisine de celle de Vernyct, et les appartenances de ces deux propriétés étaient tellement encadrées les unes dans les autres, que Maxendi et Vernyct se rendirent exprès à A...y, pour acheter la propriété de Mgr l'évêque d'A...y.

« Monseigneur était le frère de M. le marquis de Saint-André [77], et ce dernier venait de rentrer en France, cherchant une fille chérie, nommée Mélanie, qu'Argow avait enlevée à Paris, et retenait prisonnière dans son château de Vans, espérant épouser la fille de son ennemi, et l'obliger ainsi à se taire, si par hasard il revenait.

« Lorsque Vernyct et Argow se présentèrent chez Mgr d'A...y, ils revirent M. de Saint-André qui, n'écoutant que sa vengeance et la juste indignation que lui inspirait la vue d'un tel criminel, envoya sur-le-champ chercher la gendarmerie pour le faire arrêter. Ce fut alors qu'Argow-Maxendi découvrit à son ancien chef la situation de Mlle de Saint-André.

« Le danger pressant dans lequel était sa fille, obligea

M. de Saint-André à différer de livrer aux lois son ancien matelot, jusqu'à ce qu'il lui eût rendu sa fille, que ce dernier menaçait de la mort.

« Après cette entrevue, M. le marquis de Saint-André fut trouvé mort, et dans la nuit, Argow partit. »

Voici les faits principaux, et maintenant commence un autre ordre de faits.

« Argow avait intérêt à commettre ce crime, et les faits suivants vont établir sa culpabilité ....
....
....

A ce moment, l'audience fut interrompue par un fait singulier qui donna lieu à arrêter la lecture de l'acte d'accusation, et le volume suivant en instruira le lecteur.

TOME IV

CHAPITRE XXIV

M. de Rabon était le chef du jury, et, à l'instant décrit dans le chapitre précédent, il se leva, et interpella ainsi le président :

« Monsieur le président, une personne que je ne pourrais désigner et qu'aucun de mes collègues n'a vue par suite de l'attention que nous prêtons à l'acte d'accusation qu'on lit en ce moment, vient de lancer sur notre table une note ainsi conçue :

« *Si M. de Durantal est condamné et s'il est exécuté, le chef du jury et l'un des jurés, dont la voix aura été contraire à l'acquittement, périront, eux et leurs familles !...* »

M. de Rabon remit la note au président, et M. de Ruysan fit sur-le-champ un réquisitoire auquel la cour obtempéra, et M. de Ruysan sortit pour faire commencer les poursuites sur cet attentat, l'un des plus graves que l'on puisse commettre contre les lois de son pays. L'audience fut troublée et l'on chercha encore vainement une seule personne à accuser de cette singulière circonstance, car Jeanneton, mise avec la plus grande élégance [78] et qui se trouvait auprès des jurés, ne fut reconnue par personne pour la Jeanneton qui gardait des chèvres à Durantal, et c'était elle qui, par le conseil de Vernyct, avait glissé ce papier sur le bureau des jurés. Elle avait soufflé sur ce papier plié en quatre, et sa douce haleine avait conduit le papier criminel jusqu'aux doigts de M. de Rabon ; ce petit manège fut favorisé par l'attention générale et par le poli du bois dont était fait le bureau.

Après cette longue interruption, l'on reprit l'acte d'accusation dont la lecture remplit cette première séance.

« ... Argow avait intérêt, reprit le greffier, à commettre ce crime, et les faits suivants établissent sa culpabilité.

« Mgr l'évêque d'A...y, soupçonnant l'affreux pirate de ce crime, en apercevant son frère mort, fit appeler la justice, et l'on examina avec soin le corps du contre-amiral.

« 1° L'on découvrit que la mort lui avait été donnée violemment, mais sans lésion, car il était glacé par l'effet d'un poison subtil et d'un poison végétal qui ne laissait aucune trace. Cependant, on découvrit à l'artère du bras une piqûre, et les médecins n'hésitèrent pas à déclarer que cette piqûre légère était la cause de cette mort subite.

« 2° En dépouillant les chairs avec précaution, autour de cette piqûre, on aperçut un fragment de deux lignes environ de hauteur et d'une finesse imperceptible qui se trouvait dans la plaie. Les médecins, munis de ce résidu d'une substance inconnue, l'ont enfoncé dans le corps d'un chien qui, à l'instant même où le fragment eut percé le tissu de sa veine, expira, et les mêmes symptômes qui parurent sur le corps de M. de Saint-André parurent sur le sien.

« Alors les recherches les plus minutieuses eurent lieu, et l'on vit sur le parquet les traces des pas d'un homme qui serait sorti par la cheminée. On examina la cheminée avec soin, et l'on reconnut, aux traces laissées dans son passage, qu'un homme s'était introduit par le tuyau de cette cheminée : le faîteau en avait été démoli, et les débris s'en trouvèrent dans la cour.

« Dans le jardin, on découvrit des pas d'homme imprimés sur le sable, qui, par l'effet du hasard, avait été ratissé dans la journée, et la mesure, la description minutieuse du pied, soit en allant, soit en revenant, a été prise.

« En examinant le haut de la cheminée, on découvrit un crampon de fer, il était neuf ; et un marchand a déclaré en avoir fourni sept, dans la soirée pendant laquelle le crime a été commis, à un homme d'une taille moyenne, et il a désigné Argow. On a en effet retrouvé les sept crampons sur la muraille de l'hôtel qui donne sur le jardin.

« La femme qui tient l'auberge où Argow était logé,

déclara que ce dernier avait été absent pendant le temps de la nuit et l'heure à laquelle le crime a été commis.

« D'après ces renseignements, on se mit à poursuivre Argow qui se faisait appeler Maxendi; mais les recherches furent vaines, parce qu'il sut les éluder toutes.

« M. de Durantal a, au moyen d'une épingle formée par une arête de poisson, tué un taureau furieux dans son parc, et le taureau mourut aussitôt que l'épingle entra dans le sang du taureau.

« La bague qui contient cette épingle a été saisie sur lui au moment de son arrestation, et cette épingle venimeuse est cassée à sa partie inférieure, et le fragment, trouvé sur le corps de M. de Saint-André, se rapporte parfaitement bien à cette épingle; la couleur du poison dans laquelle elle est trempée est uniforme dans le fragment et dans l'épingle, et une foule de témoins reconnaissent M. de Durantal pour l'homme qui vint à A...y.

« Les pas décrits et la trace du pied [79] sont exactement les mêmes que ceux que produisent les pieds de M. de Durantal, etc., etc.

« A ces causes, etc. »

Cet acte d'accusation était dressé et signé par le procureur général de la cour royale à G..., sans nulle participation du parquet du tribunal de Valence.

Le lendemain, la séance fut ouverte dès le matin; l'affluence était encore plus grande que la veille: l'on commença par l'appel des témoins. Sur la liste, Mlle Sophy se trouva l'un des derniers, et elle était, au moment où l'interrogatoire commença, placée entre le bureau de M. de Ruysan et le tribunal de la cour.

— Comment vous nommez-vous? demanda le président à Jacques.

Il se leva et répondit: « Je ne m'appelle ni Argow ni Maxendi; j'ai pris le nom de Durantal parce que je possédais cette terre, et qu'en effet je n'ai aucun nom propre... je m'appelle Jacques... »

A ces mots, Mlle Sophy jeta un cri perçant; elle regarda, avec la plus grande anxiété, le prévenu et tour à tour le président du tribunal, puis elle parut en proie à l'horreur la plus profonde.

Ici, Charles se leva et dit aux jurés : « Messieurs, vous remarquerez que nous ne sommes point Argow ni Maxendi, et que l'on n'a, en aucune façon, établi l'identité. »

— Avocat, dit le président, vous ne devez pas faire encore cette observation, elle rentre dans l'ordre de votre plaidoyer, et vous avez tort de jeter d'avance... Il s'arrêta, car son voisin, le président du tribunal, lui parlait à voix basse.

— Où êtes-vous né ?... demanda le président à Argow.

— A Durantal, en 1786.

— Où est la preuve de cette assertion ?...

Jacques fit parvenir au président un parchemin crasseux, et Mlle Sophy, y ayant jeté les yeux, s'écria d'une voix altérée : « Mon fils !... oh ! je t'ai livré[80] !... » Elle tomba comme une masse privée de vie ; et, en tombant, son crâne, portant sur le coin du bureau des juges, s'ouvrit, et le sang jaillit même sur le président.

Elle était morte raide autant par la violence du coup que par l'horrible révélation qui s'était faite en elle.

Cet événement causa une sensation extraordinaire, et, sur-le-champ, Charles s'élança vers Mlle Sophy, et, s'assurant qu'elle n'existait plus, s'écria : « Cette mort subite, messieurs, nous prive d'une des plus fortes preuves en notre faveur, car vous ignorerez à toujours si cette demoiselle n'a pas eu deux enfants qui se ressemblassent tellement que les crimes de l'un puissent être attribués à l'autre. Je prends acte de ce moyen à l'instant même pour faire voir qu'il entrait dans notre défense avant l'événement même, mais la cause présente des moyens de défense qui ne nous l'auraient fait employer que comme surcroît. »

Cette observation de Charles produisit une grande impression.

En ce moment, le président de Valence, devenu pâle et presque sans connaissance, déclara se récuser ; sur un mot qu'il dit au président de la cour, cette récusation fut admise, et ces événements, en plongeant l'assemblée dans une incertitude et un effroi cruels, aiguillonnèrent vivement la curiosité publique.

La séance fut longtemps interrompue; car il fallut enlever Mlle Sophy, et cette opération nécessita beaucoup de temps.

Enfin le président, que cet événement avait, comme tout le monde, visiblement ému, reprit l'interrogatoire de l'accusé.

— Reconnaissez-vous cette bague pour vous avoir appartenu?

— Je crois l'avoir portée... répondit Jacques de Durantal.

— Avez-vous servi sous M. de Saint-André?

— Oui, monsieur.

— Faisiez-vous partie de l'équipage de la frégate *la Daphnis?*

— Oui, monsieur.

— A quelle époque?

— En 180...

— A quelle époque rentrâtes-vous en France?

— En 181...

— Avez-vous connu Mlle de Saint-André?

— Oui, monsieur.

— Est-ce vous qui avez été à A...y, chez Mgr l'évêque, dans l'intention de lui acheter sa terre?

— Oui, monsieur le président.

— En quel temps?

— Je ne saurais en vérité préciser l'époque de mon voyage.

Cette réponse causa un visible plaisir à Charles Servigné.

— Avez-vous vu M. de Saint-André, le contre-amiral, à A...y?

— Oui, monsieur le président.

— Était-ce le soir ou le matin?

— Ce fut le soir et ce fut le matin, je le vis deux fois.

— Messieurs les jurés, dit Charles, remarqueront que l'acte d'accusation ne mentionne qu'une visite.

— Quand êtes-vous reparti d'A...y?

— Quelque temps après avoir vu M. le contre-amiral.

— Êtes-vous resté, tout le temps qui s'écoula entre votre visite et votre départ, à l'hôtel d'Espagne où vous logiez ?

— Non, monsieur.

— Qu'avez-vous fait pendant ce temps ?

Ici, Charles, se levant brusquement, dit au président : « Monsieur, je m'oppose à ce que mon client réponde ; car ou il avouera que pendant ce temps il a tué M. de Saint-André, et son aveu ne peut servir en rien, les lois se refusant à ce qu'un prévenu s'accuse lui-même, ou il gardera le silence et niera, alors de toute manière la question est inutile : il vaudrait mieux nous demander sur-le-champ : « Êtes-vous coupable... ? »

Le président se tut ; mais M. de Ruysan s'écria d'une voix sévère : « Eh ! depuis quand s'élève-t-il du barreau une voix qui impose des lois au pouvoir qu'a le président de diriger les débats ? on vous interroge !... gardez le silence si bon vous semble ; ne l'avez-vous pas gardé insolemment pendant toute l'instruction ? »

— Nous en avions le droit ! répliqua Charles.

— Eh bien ! gardez-le donc encore en ce moment, et n'oubliez pas que c'est par faveur que le ministère public et la cour ont permis qu'un avocat général plaidât comme un simple avocat !

— Je me soumets, dit Charles, à tout ce que cette réplique a de grave pour moi, puisque l'accusé garde le silence : je n'ai ici d'autre vue que son salut.

— Accusé Jacques, d'où teniez-vous cette épingle ou cette arête ?

— D'un chef de sauvages de l'Amérique septentrionale.

— Avez-vous été arrêté à Charlestown et condamné comme pirate ?

— Oui.

— Je ferai observer, dit Charles, que l'acte d'accusation n'a fondée en rien sa sévérité sur nos prétendues pirateries, et que la piraterie étant même reconnue, nous ne pourrions pas être condamnés pour ce crime.

— Aussi, reprit le président, ne fais-je cette question

que pour établir l'identité que vous annonciez vouloir détruire !

— N'est-ce pas avec cette épingle que vous avez tué récemment un taureau dans le parc de Durantal ?

— Oui, monsieur le président.

— Le chef de sauvages qui vous remit cette arête empoisonnée en avait-il plusieurs ?

— Je l'ignore.

— Des gens de votre équipage, êtes-vous le seul qui possédiez une arme semblable ?

— Je l'ignore.

— Avez-vous communiqué seul avec ce chef ?

— Non, monsieur.

— Étiez-vous plusieurs de votre équipage ?

— Oui.

— En est-il revenu beaucoup en France avec vous ?

— Tous ceux qui échappèrent aux combats livrés devant Charlestown pour en faire lever le siège revinrent avec moi en France.

— Pourquoi, après avoir fait un établissement aussi considérable que celui que vous fondâtes à Vans-la-Pavée, n'y êtes-vous plus retourné depuis le meurtre de M. de Saint-André ?

— Les circonstances qui se sont succédé rapidement depuis deux ans ne me l'ont pas permis ; mais je n'aurais jamais craint d'y retourner. Au surplus, cette terre n'est pas ma propriété, elle appartient à l'un de mes amis.

— N'avez-vous pas été arrêté à Aulnay-le-Vicomte ?

— Oui ; mais ce ne fut pas comme criminel, je fus l'objet d'une erreur.

— Alors, pourquoi offrîtes-vous cent mille francs, et les donnâtes-vous pour vous échapper ?

— Parce que je voulais être rendu à Paris au plus tôt, et le ciel m'est témoin que ce n'était pas pour échapper à des dangers, mais pour satisfaire une passion qui, à cette époque, m'agitait cruellement.

Ici le président fit répandre du sable devant les jurés, ordonna à Jacques d'y marcher, et pria les jurés de voir la trace des pas et la marque des pieds d'Argow. Le greffier mesura exactement les dimensions de ces vestiges, et l'on passa à l'audition des témoins.

Le premier fut la maîtresse de l'hôtel d'Espagne à A...y. Elle déclara qu'elle reconnaissait parfaitement bien Argow pour celui qui était venu loger chez elle il y a deux ans.

— Combien de temps a-t-il demeuré dans votre hôtel ?

— Un jour et la moitié d'une nuit.

— Vous devez avoir apporté vos livres, et vous pouvez préciser le jour de son arrivée, demanda le procureur du roi.

— C'est, dit l'hôtesse, le 23 octobre 182.

— Messieurs les jurés remarqueront, reprit M. de Ruysan, que c'est le jour de la mort de M. le marquis de Saint-André, car on s'aperçut de cet assassinat le lendemain matin à six heures.

Le témoin interpellé ne put pas affirmer à quelle heure et pendant combien de temps l'accusé fut absent.

La servante de l'auberge, interrogée, affirma qu'on avait amené des chevaux de poste à une heure et demie du matin, et que l'accusé était dans sa chambre à une heure précise du matin.

On lui demanda quand il était sorti ; elle répondit : « Qu'il était sorti à huit heures du soir pour aller à l'évêché, et qu'il rentra une heure après ; mais, qu'à compter de cette heure, elle ne pouvait pas affirmer l'avoir vu sortir : cependant une circonstance qu'elle se rappelait fort bien, c'est qu'il sortit trois inconnus de l'appartement de l'accusé, et qu'à une heure du matin il s'était trouvé dans sa chambre sans qu'on l'ait vu rentrer. »

— La porte de l'hôtel était donc restée ouverte ?

— Oui, parce que nous avions beaucoup de personnes qui devaient partir.

— Avait-il l'air agité ? demanda Charles.

— Non, répondit la servante, il riait souvent.

Un marchande de ferraille à A...y déposa que l'accusé, qu'elle reconnaissait parfaitement bien, en ce que, dit-elle, quand on avait une fois vu l'accusé, sa tournure et sa figure se gravaient aisément dans la mémoire, était venu dans la soirée du 23 octobre 182. acheter neuf crampons de fer.

— Comment avez-vous pu le reconnaître? demanda Charles, vous avez, selon l'avis de plusieurs personnes, l'habitude de vous tenir dans une arrière-boutique, et vous n'éclairez jamais votre magasin.

— Ce fut, dit-elle, à la lueur du réverbère...

— Messieurs les jurés, dit Charles, jugeront jusqu'à quel point on peut croire à cette déposition si importante pour nous, car le réverbère n'est pas en face de la boutique...

— Le réverbère est-il en face de votre boutique? demanda brusquement M. de Ruysan.

— Pas tout à fait, répondit-elle.

Ici le président déclara aux jurés que l'état de maladie dans lequel se trouvait M. l'évêque d'A...y, le caractère dont il était revêtu, et ses fonctions, n'avaient pas permis qu'il vînt faire une déposition orale, mais qu'on avait dressé à A...y un procès-verbal de son témoignage, et le président en donna lecture.

Cette pièce était tout entière favorable au système de l'accusation, et Monseigneur rapportait un propos d'Argow annonçant évidemment l'intention qu'il avait de se défaire de son frère, le marquis.

Une foule d'autres témoins, mais dont les dépositions offraient peu d'intérêt, furent entendus, et bientôt la série des témoins à charge fut épuisée. On commença à entendre les témoins à décharge.

Le premier fut M. Badger, l'ancien préfet, qui déclara que le 11 octobre, à minuit, M. Maxendi était chez lui à Paris, et avait assisté à un bal qu'il avait donné ce soir-là.

Cette importante déposition fut confirmée par douze témoins, personnages marquants, qui avaient assisté à ce bal, et qui reconnurent parfaitement bien M. de Durantal.

Trois domestiques et le concierge de l'évêché, tous au service de M. l'évêque d'A...y, déclarèrent que, sur les neuf heures ou neuf heures et demie du soir, un inconnu, mais qui certainement n'était pas Argow, s'introduisit à l'évêché, en se faisant conduire, avec un gros paquet que l'on crût être celui de M. le contre-amiral, dans la chambre même de M. le marquis de Saint-André.

— Qui de vous l'a introduit ? demanda M. de Ruysan.

— C'est moi, répondit le valet de chambre de M. de Saint-André.

— Est-il ressorti ? demanda le président.

— Je l'ai reconduit jusqu'à la porte des appartements.

— Concierge, demanda le président, avez-vous vu sortir cet homme par la porte de l'évéché ?

— Oui, monsieur.

— L'avez-vous vu rentrer ? demanda Charles.

— Je ne saurais répondre d'une manière certaine.

— La porte de l'évêché reste-t-elle ouverte ?

— Presque toujours.

— Était-elle fermée alors ? demanda le président.

— Je crois pouvoir dire oui, si ma mauvaise mémoire me le permet.

— Dites oui ou non, répliqua Charles.

— Je ne saurais, dit le témoin.

— A quelle heure ?

— Il était neuf heures et demie.

— A-t-on défait le paquet ? demanda le président aux trois domestiques successivement.

— Oui, monsieur, répondit le valet de chambre, il contenait des effets, des papiers, des brimborions tellement sales et mauvais, qu'on les brûla, car on vit bien que c'était par dérision qu'on avait apporté ce paquet.

— Faites le portrait de celui qui l'apporta.

— Il était petit, gros, et avait l'air étranger : j'affirme cette partie de ma déposition.

— Comment était-il habillé ?

— Grossièrement ; il portait même des souliers ferrés.

Ici Charles, faisant observer que la liste des témoins à décharge était épuisée, soumit à la cour une demande.

— Messieurs, dit-il, nous avons un témoin à produire, mais notre devoir n'est pas de poursuivre des coupables, et je n'ai d'autre but que le salut de mon client. Je demande donc si la cour trouvera bon que nous fassions intervenir une personne obligée de garder l'anonyme, mais dont la seule présence fera arriver à la découverte de la vérité. Nous demandons qu'il lui soit permis de se retirer sans qu'elle soit poursuivie, du moins à l'instant même, sans cela, nous renoncerions à l'introduire.

M. de Ruysan s'opposa fortement à une chose aussi insolite, et dit que l'on ne traitait pas ainsi avec la justice; mais le chef du jury, ayant déclaré que la conscience des jurés exigeait que la personne fût admise; la cour, après en avoir délibéré, permit à l'avocat d'introduire le témoin.

A ce moment, un homme d'une taille énorme fendit la foule, arriva devant le président, et, posant sur le bureau une épingle absolument semblable à celle saisie sur Argow, il s'échappa sans qu'il fût possible de le retenir. Cette singulière scène se passa avec la rapidité de l'éclair, et Charles ajouta: « Monsieur le président, et vous, messieurs les jurés, vous jugerez jusqu'à quel point nous sommes embarrassés, lorsque nous vous dirons, sous la foi du serment, qu'hier, une lettre anonyme que voici *(et Charles la déposa sur le bureau)* nous offrit, sous la condition que j'ai eu l'honneur de vous exposer, de faire arriver sous les yeux du tribunal la principale pièce de conviction. J'ai répondu, comme la lettre me l'indique, de vive voix en entrant à l'audience, que je ne demandais pas mieux, et j'avoue, dans la sincérité de mon âme, que j'ignorais le résultat. »

La séance fut levée, et toutes les circonstances de ce procès extraordinaire, ainsi que la dernière qui, certes, était bien singulière, aiguillonnèrent la curiosité publique au dernier point.

Les juges, les jurés, les avocats, M. de Ruysan, l'assemblée entière, nul enfin n'avait seulement pu entrevoir l'être extraordinaire qui semblait être sorti de dessous la terre, et s'être envolé; car la foule étonnée avait à peine gardé le souvenir de l'empressement avec lequel elle s'était partagée en haie pour le laisser passer, d'après un geste plein de puissance et d'autorité.

Le lendemain fut attendu avec d'autant plus d'impatience, qu'il était vraisemblable que les plaidoiries auraient lieu, et que dans la nuit le jury prononcerait son arrêt. Une multitude de paysans, venus des campagnes de

Durantal, étaient arrivés pour savoir le sort du bienfaiteur de ces contrées.

Annette ignorait tout, et vivait dans un oratoire, en priant le Ciel pendant le temps qu'elle ne pouvait pas voir *son époux de gloire*.

CHAPITRE XXV

Le lendemain, la place, sur laquelle est située le palais de justice, était couverte de monde, et, dès son ouverture, la salle des Assises fut envahie.

L'accusé excita, par son arrivée, un murmure de faveur et d'intérêt qui prouvait bien que les assistants ne l'avaient connu qu'à Valence ou à Durantal. Il était toujours le même, calme et d'une douceur aussi grande que sa cruelle énergie fut jadis furieuse. Sa figure brillait, et ses yeux annonçaient une grande suavité religieuse dans tous ses sentiments. Le bonheur même répandait sur tous ses traits son auréole gracieuse; car, à l'instant où il paraissait, il sortait de sa prison, et Annette, alors, l'avait comblé de mille preuves d'amour, l'avait enivré de tous les dons d'un cœur pur, mais exalté par les circonstances.

En ouvrant la séance, le président fit passer aux jurés la seconde épingle qui avait été remise la veille d'une manière si extraordinaire sous les yeux de la justice, et elle fut trouvée exactement pareille à celle que portait Argow, le fragment s'y rapportait également, de manière que, pour le moment, l'on n'apercevait aucun indice qui pût faire penser que l'une avait, préférablement à l'autre, donné la mort à M. de Saint-André.

Après avoir demandé à Charles s'il n'avait plus aucun témoin à faire entendre en faveur de l'accusé, le président donna la parole à M. de Ruysan pour soutenir l'accusation; mais ce dernier, par un adroit artifice, déclara qu'il s'en tiendrait à une réplique à l'avocat de l'accusé, parce que l'accusation n'était que trop prouvée par les faits, que pour lors il se contenta de paraphraser en concluant à la condamnation d'Argow.

Un sourire de dédain parut sur les lèvres de Charles, il se leva, et, à ce moment, le plus profond silence s'établit dans l'assemblée. Tous les yeux se tournèrent sur l'avocat qui semblait être le centre de toutes les pensées de cet immense auditoire. Le bruit d'une araignée, attachant son mince réseau, aurait pu facilement être entendu.

Charles n'avait ni notes ni livres, il était simplement debout au barreau, ce qui excita l'étonnement des avocats de Valence. Jetant alors un coup d'œil plein de finesse sur les jurés, il dit, d'une voix qu'il savait rendre, à son gré, flatteuse et pleine de charme :

« Je n'en appellerai pas, comme on le fait, à votre sagesse : la flatterie est inutile en de pareilles occasions, et l'on sait fort bien que des hommes impartiaux ne condamnent pas de gaieté de cœur un homme à mort; aussi, par le même motif, je ne chercherai pas, pour vous convaincre, de ces arguments que l'on tire de certains raisonnements métaphysiques sur lesquels on se rejette toujours : c'est dans les faits, et dans les faits tels que les débats les ont présentés, que j'irai chercher notre défense; et, en les expliquant avec bonne foi à des consciences pures, vous trouverez des preuves contre l'accusation.

« Nous ne sommes plus au temps des quarts de preuve et des scrupules de probabilité pesés par des juges, la société vous député pour juger en son nom, et il vous faut, avant de donner la mort, une clarté et une lucidité qui n'existent plus maintenant que l'accusation est arrivée en présence des faits, dont elle avait donné le détail avec tant d'art. Ainsi vous n'oublierez pas que c'est de notre côté que se trouvera la lucidité, et que c'est nous, accusés, qui venons éclairer la justice comme s'il ne s'agissait pas de notre vie.

« Des témoins vous ont assuré avoir vu Jacques de Durantal à une réunion composée de l'élite de la société de Paris. Ces témoins n'ont plus revu depuis l'accusé : ils n'avaient que la vérité à dire, et ces témoins l'ont vu à Paris, à minuit, le 11 octobre. »

Ici, Charles fit parvenir aux jurés le billet d'invitation de M. Badger, à M. Maxendi, pour cette soirée.

« Messieurs, reprit-il, ce nom de Maxendi est celui d'un chef de sauvages qui sauva la vie à mon client ; car l'innocence doit tout expliquer, et ces noms que l'on vous a dit être supposés pour échapper aux poursuites, sont l'effet de la reconnaissance ; car celui d'Argow, que Jacques a porté jusqu'à ce qu'il eût pris celui de Maxendi, fut le surnom que lui donna l'équipage du premier vaisseau sur lequel il ait navigué.

« Maintenant, messieurs, je pourrais vous donner à peser dans l'asile de vos consciences, comment il a pu se faire que, le 13 au matin, Jacques de Durantal fût à A...y, après être passé par Vans-la-Pavée, et s'y être arrêté ? mais le moyen de l'alibi est explétif ; ce sera le dernier refuge de l'innocence, nous avons mille preuves à donner avant celle-ci.

« Vous connaissez la position de l'accusé et la mienne ; c'est moi, son parent, qui l'ai en quelque sorte amené sur ces bancs !... une femme, pour avoir empêché sa fuite, s'est punie devant vous !... Je défends mon parent parce que s'il a beaucoup fait pour le crime, il a fait encore plus pour la vertu ; aussi, le sauver est mon plus cher espoir, et plus encore, c'est désormais un devoir pour moi... fût-il coupable !...

« Débutant par un tel aveu, il faut que je sois bien certain de son innocence et de la force de nos raisons ; mais vous remarquerez que cette loyale franchise régnera dans mon discours, et c'est par l'effet de cette sincérité que notre justification viendra, non pas des témoins à décharge, mais des dépositions mêmes des témoins que le ministère public a fait comparaître pour prouver l'accusation.

« Je ne répondrai pas à l'accusation quand elle prétend que Jacques avait intérêt à faire périr M. de Saint-André : en temps et lieu l'on verra le contraire. Je prends donc les débats à l'instant auquel ils ont commencé.

« Jacques, disent les témoins, a été à huit heures et demie à l'évêché, il en est revenu à neuf ; et, depuis, personne n'a pu vous affirmer qu'il soit ressorti de son auberge. Première obscurité. On vous a ensuite établi qu'il était parti à une heure du matin.

« Voici donc une circonstance bien forte : pesez-la !... Nul témoin à charge ne peut affirmer l'avoir vu sortir de l'auberge une fois qu'il y fut rentré en revenant de l'évêché à neuf heures ; de neuf heures à une heure qu'il est parti, il y a quatre heures, et c'est pendant ces quatre heures que le crime a été commis, dit l'accusation. Quel est le devoir du ministère public ? c'est de vous faire suivre un accusé dans toutes ses actions : il doit vous le montrer en quelque sorte marchant au crime et le commettant. Or, ici, l'accusation n'a pour preuve, au milieu de ces ténèbres, que la déposition de Mgr l'évêque ; et ce dernier peut facilement être repoussé dans son témoignage, car ce vieillard, prévenu par les antécédents de la vie d'Argow, a pu croire que l'assassinat de son frère était le fruit de la haine du chef contre le matelot.

« Nous, messieurs, nous serons toute lumière en nous justifiant. A son premier pas, l'accusation est comme interdite, car elle ne peut pas prouver que nous soyons sortis de notre auberge.

« Maintenant, remarquez que la marchande de fer a déclaré avoir vendu sept crampons de fer dans la soirée, mais elle n'a pas précisé l'heure. Si l'accusé a commis le crime, et qu'il prouve être revenu de l'évêché à neuf heures, il faut, pour que l'accusation soit prouvée, qu'elle le montre sortant de son auberge à neuf heures et demie au moins pour acheter les crampons. Observez, messieurs, que nous marchons dans le sens de l'accusation.

« Sorti de l'auberge, achetant des crampons, où serait-il allé ?...

« Il est constant qu'il est parti avant une heure. Serait-ce en deux heures et demie de temps qu'il aurait envahi l'évêché, tué M. de Saint-André, qu'il serait revenu à l'auberge, et qu'il y aurait repris tranquillement son sommeil dans son lit, sans être aperçu de nul être au monde ? A travers tant d'obstacles ! L'hôtel d'Espagne était encombré de voyageurs, la porte était restée ouverte, ce qui suppose une grande surveillance, et aucun témoin ne peut vous dire : « Je l'ai vu sortir, aller, venir dans les rues. » La marchande de fer a une famille, son quartier est populeux !... Que de vide dans l'accusation !... Bien plus, le réverbère de la rue était allumé, et voici une preuve qu'il aurait fallu surmonter l'impossible pour consommer ce crime : c'est que, le 11 octobre, les réverbères ne s'allument qu'à dix heures et demie, à cause de la lune ; en voici l'attestation du maire d'A...y, et de l'entrepreneur de l'éclairage. Ainsi l'accusé, selon ces renseignements certains, aurait eu encore moins de temps.

« Or, dans cette soirée fatale, pendant que personne n'a vu ressortir l'accusé auquel il était bien permis de dormir après un voyage aussi prompt que celui qu'il a dû faire, on a vu, des témoins ont même conduit un inconnu qui n'est pas l'accusé, cet inconnu a déposé un paquet dont le contenu a prouvé qu'il s'était introduit dans l'hôtel avec l'intention d'y mal faire. On ne peut pas affirmer qu'il soit sorti, M. de Saint-André est assassiné, et c'est nous que l'on accuse ! Il y a preuve contre l'inconnu, et à peine soupçon sur nous, et nous sommes sur les bancs du crime !...

« Ici, je prie M. le président de faire rappeler deux témoins, le valet de chambre de M. le marquis, et la servante de l'auberge d'*Espagne ;* car je vais avoir deux renseignements qui prouveront ou notre culpabilité ou notre innocence. »

Les deux témoins rappelés, Charles écrivit au président deux demandes à faire. Le président demanda au valet de chambre à quelle heure M. le marquis de Saint-André s'était couché.

— A dix heures, reprit-il.

— Comment pouvez-vous donner une date aussi certaine ? demande le procureur du roi.

— Parce que ce fut après avoir soupé, et lorsque j'eus desservi à neuf heures et demie, que monsieur causa avec son frère une demi-heure environ, et, comme j'attendis tout ce temps, et que ce fut alors que j'allai déshabiller M. de Saint-André, ces petits événements ont gravé l'heure dans ma tête.

— Les draps de l'accusé annonçaient-ils qu'il se fût

couché dans son lit, à votre hôtel ? demanda le président à la servante.

— Oui, monsieur.

« Messieurs, reprit Charles, l'accusé, en se couchant à neuf heures et demie, n'aurait eu que deux heures et demie de repos pour se remettre de la fatigue de son voyage, et l'on n'oubliera pas que, s'il partit à une heure, ce fut pour aller chercher la fille de M. de Saint-André, qu'il s'était engagé à ramener le lendemain.

— Pourquoi ne la ramena-t-il pas le lendemain ? il connaissait donc la mort de M. de Saint-André, qui cependant ne fut connue qu'à dix heures du matin... demanda M. de Ruysan.

— Monsieur le procureur du roi, je n'imagine pas qu'un plaidoyer soit une controverse, et vous m'interrompez au moment où j'allais au-devant de l'objection. Vous saurez donc que Mlle de Saint-André ne voulut pas venir, et qu'elle s'évada... C'est chose prouvée, et l'accusation établit elle-même que l'accusé fut alors incarcéré, non pas par la justice, mais par l'amant de Mlle de Saint-André qui craignait son courroux ; et, s'il s'évada de la prison d'Aulnay, ce fut pour aller se venger de cet enlèvement.

« Pouvions-nous retourner à A...y ? je le demande ?... Maintenant, supposons que le véritable criminel [a] soit cet inconnu, admirez comme de la part de l'accusé toutes ses démarches sont naturelles, sont vraies.

« Il arrive à A...y ayant fait un voyage d'autant plus fatigant qu'il a été rapide, si tant est que ce soit lui ; et après avoir rencontré un homme qu'il ne s'attendait pas à trouver, qui peut le livrer aux tribunaux comme pirate, il fait un traité, permis à un père seul de le faire ! par lequel M. de Saint-André s'engage à ne pas le livrer aux tribunaux, s'il lui rend sa fille.

« Remarquez que Jacques pouvait s'enfuir en Allema-

a. Tous ces détails ne sont pas inventés à plaisir ; cette plaidoirie est conforme aux événements qui arrivaient dans l'ouvrage supprimé ; mais comme on voit, j'ai jeté toute la clarté possible pour que le lecteur fût au fait. (Note de l'auteur.)

gne, qu'il avait mille partis à prendre plutôt que de tuer M. de Saint-André. Or, il sort, va se coucher, repose, et, à minuit, fidèle à ses engagements, il vole chercher la fille de son amiral. J'ai dit le reste tout à l'heure. Est-ce clair?... N'est-ce pas la vérité?... Messieurs, ce qui n'est qu'une probabilité va devenir une réalité. En effet, parmi les pas qu'on a mesurés dans la chambre de M. de Saint-André, et ceux qui furent également mesurés dans le jardin, l'accusation a omis de dire qu'il s'en trouve d'étrangers, qu'on en a remarqué d'autres, et ces pas bien distincts, pourquoi ne seraient-ils pas ceux du véritable coupable? Il s'y trouve des pas exactement les nôtres?... Messieurs, si l'accusation n'a plus que cette preuve, condamnerez-vous un homme parce que la marque de ses pieds forment une marque exactement pareille à celle d'un autre homme?... Mais une chose que l'on n'a pas remarquée et qui jette encore plus d'obscurité sur l'accusation, c'est que l'on ne vous a pas dit dans quel sens allaient ces pas!... s'ils venaient de la cheminée au lit, du lit à la cheminée, ou de la porte de la chambre, au lit; si, dans le jardin, ils venaient de l'hôtel au mur de clôture, ou du mur de clôture du jardin à l'hôtel. Ici, je demanderai à l'accusation: « Par où pense-t-on que nous nous soyons introduits? » Déterminez le terrain sur lequel nous devons nous défendre!... Voyons!... Est-ce par la porte?... Le concierge nous aurait revus, reconnus!... Par le jardin?... Il faut le prouver... et, sur trente maisons qui font face au jardin, nul habitant ne nous a vus!... Ensuite que de difficultés dans l'exécution!... tandis que nous n'avions que tout au plus deux heures. Eh! comment, messieurs, l'auteur de ces pas et du crime ne serait point cet inconnu qu'une marchande de fer a pu désigner faussement pour l'accusé à cause de l'éloignement du réverbère que l'attestation du maire vous dit être à treize pas de la boutique, sur la gauche. Cet homme, une fois introduit, et que l'on n'a pas vu sortir, n'a-t-il pas pu se cacher dans l'hôtel après y être entré, et n'a-t-il pas calculé d'avance qu'il sortirait par la cheminée et le jardin, au moyen de sa corde et de ses crampons?

« Le fait est que M. de Durantal n'a pas paru à l'évêché, et que l'accusation est muette sur l'heure du crime. Nous, portant un flambeau de vérité sur cette partie, nous prouvons que cet assassinat a dû être commis au moins à minuit, car les crampons n'ont été achetés qu'à dix heures et demie, et, d'après les difficultés, il fallait au moins une heure et demie pour arriver à la victime... Or, nous sommes partis à une heure, et nous avions dormi longtemps... Mais, messieurs, supposez le crime commis dans l'intervalle de dix heures et demie du soir à six heures du matin, rien ne l'empêche: ici, l'accusation contre nous croule tout entière. Car enfin n'y avait-il que nous qui eussions intérêt à tuer M. de Saint-André? Savez-vous ce qui existait entre lui et l'inconnu?

« Or maintenant quelle preuve avez-vous pour croire que c'est Jacques qui est monté par-dessus le mur, qui a franchi les étages de l'hôtel, jusqu'au sommet, et comment?... Le dernier crampon se trouve au second étage, comment aurait-il monté jusqu'au second avec ses mains?... n'est-ce pas impossible?... n'est-il pas plus naturel de penser que celui qui s'était introduit dans la chambre, sortant par la cheminée, a fiché ses crampons et y a attaché ses cordes, et, qu'arrivé au second, il s'est laissé couler jusqu'en bas au moyen de sa corde? Que d'obscurité! que de ténèbres dans l'accusation!... Quelle clarté dans nos actions!...

« L'acte d'accusation est clair, dit-on?... Demain, contre un inconnu, avec des circonstances moins aggravantes, j'en ferai un aussi lucide. Jugez donc!... Non, nous sommes innocents!...

« Que l'accusation retrouve l'inconnu?... Voilà le coupable!... »

Ici un murmure d'approbation, même de la part de quelques jurés, accueillit ce plaidoyer, sous les raisonnements duquel M. de Ruysan semblait accablé... Il examinait, pendant ce temps, l'épingle d'Argow et celle remise la veille par l'inconnu.

« Maintenant, continua Charles, cet inconnu d'hier, qui a demandé ce sauf-conduit, ne serait-il pas ce coupable qui, pressé par ses remords, est venu donner ainsi une preuve en faveur de l'innocent?... »

Ici Argow dit à voix basse: «Grand Dieu! quelle puissance vous avez donnée à la parole de l'homme!...» et il jeta un profond soupir.

«Que reste-t-il, continua Charles avec une énergie et une véhémence croissantes, que reste-t-il à l'accusation?... une épingle!... non, je me trompe, deux!... S'il était permis de plaisanter dans un sujet aussi grave, je voudrais vous faire rire, messieurs, sur une accusation qui, prouvée, entraînerait la mort, et qui s'appuie sur deux épingles cassées comme sur des béquilles... Ainsi donc, tant que l'on ne prouvera pas que l'épingle de Jacques est celle qui a donné la mort, tant que l'on ne prouvera pas que l'autre est une épingle non mortelle, vos épingles ne pourront pas nous atteindre.

«Nous ne dissimulons pas que l'accusation aurait été plus grave sur le chef des pirateries; mais si nous avons été condamnés en Amérique, nous ne le serions jamais en Europe, car devant des juges européens, le corps du délit manquerait.»

Ici Charles se livra, avec une éloquence entraînante, à la description des nombreux bienfaits par lesquels Jacques avait cherché à se faire pardonner ses erreurs. Il s'éleva à tout ce que l'art oratoire a de plus passionné et de plus persuasif, et il récapitula si bien tout ce que son plaidoyer avait de logique et de bonnes raisons, que, lorsqu'il fut terminé, une salve d'applaudissements se fit entendre, et sur la place on cria unanimement: «Il est sauvé!...»

M. de Durantal avait écouté Charles comme s'il eût parlé pour un autre; et, lorsque M. de Ruysan se leva, il se retourna vers ce dernier avec une complète indifférence.

— Messieurs, répliqua M. de Ruysan, j'avoue que jamais accusation n'a été détruite avec autant de succès...

A ces paroles, un murmure de joie s'éleva dans l'assemblée.

— Je conviens que, pour la soutenir sur le chef de l'assassinat de M. le marquis de Saint-André, il faut de nouvelles preuves, mais j'en ai une... une palpable...

«L'épingle de M. de Durantal et celle qui nous a été

remise hier, non pas comme le prétend l'avocat, par le vrai coupable, le fut par un ami de l'accusé; et ceci tient à un raisonnement très juste et si naturel, que c'est le premier qui soit tombé sous le sens de l'avocat dans la défense. Mais voici ce que je remarque : c'est que l'épingle ou l'arête de poisson qui nous a été donnée hier est teinte de la même substance que celle qui couvre l'arête de M. Jacques; mais l'arête de Jacques, à l'endroit où elle est fracturée, n'est plus teinte à l'endroit de la fracture, puisque le poison dans lequel elle a été trempée n'a enduit que la surface; et celle qui nous a été adressée est recouverte de substance vénéneuse à l'endroit même où celle de Jacques n'en a point... »

Ici les jurés demandèrent unanimement à voir cette différence.

Pendant qu'ils examinaient cette différence, M. de Ruysan requit le président de mander deux chimistes et deux naturalistes, et de soumettre les épingles à leur analyse.

L'audience fut donc suspendue.

Pendant cette suspension, M. de Ruysan reçut deux lettres, et ces deux lettres excitèrent en lui une vive émotion. L'audience fut reprise à sa requête, et il déclara qu'une lettre anonyme venait de le menacer de la mort s'il persistait à vouloir faire condamner Argow. Il déposa la lettre au procès, et déclara que rien ne pourrait l'empêcher de faire son devoir.

— Ces lettres, dit Charles, peuvent plutôt nuire que servir à l'accusé; car, à la place de M. le procureur du roi, j'agirais de même.

— L'autre lettre, s'écria M. de Ruysan, est la plus importante, car M. le procureur général m'annonce que demain, l'inconnu dont la défense s'est tant occupée, celui qui a pénétré dans l'hôtel de Mgr l'évêque d'A...y a été retrouvé...

« En effet, messieurs, la présence de cet inconnu a été, pour le ministère public, l'objet de longues recherches, dès l'origine des poursuites comme pendant le cours de l'instruction, et nous ignorons alors entièrement la nature des dépositions que fera ce nouveau témoin; elles peuvent être favorables ou défavorables; mais cette circonstance nous force à demander que la cour s'ajourne à demain, le témoin n'arrivant que ce jour.

On obtempéra à cette demande, et l'issue du procès fut encore reculée d'un jour.

Le lendemain, même foule et même impatience. Les deux chimistes furent d'accord que la substance qui recouvrait l'épingle d'Argow leur était inconnue; mais que celle qui enduisait l'épingle apportée était une substance tellement facile à créer, qu'ils offrirent d'en produire, en taisant toutefois le nom de cet acide vénéneux, pour en dérober la connaissance au public.

Les deux naturalistes reconnurent également que l'arête qui produisait l'épingle d'Argow provenait d'un poisson qui leur était inconnu, mais que l'autre provenait du saumon, et qu'on l'avait même taillée et arrangée...

Enfin parut le témoin si important dans le procès, l'inconnu sur lequel Charles avait rejeté avec tant de talent tout le crime.

Il fut contemplé avec une vive curiosité par toute l'assemblée, et l'on vit un Auvergnat, petit, gros, et tel que l'avaient dépeint le concierge et le valet de chambre.

On confronta l'Auvergnat avec eux; ils déclarèrent que c'était bien lui qui s'était introduit dans l'hôtel de l'évêché.

L'Auvergnat déclara se nommer Jean Gratinat, être d'Auvergne, et demeurer à V..., dans les montagnes du Cantal.

— Avez-vous été à A...y? demanda le président.

— Oh bien!... répondit-il.

— Combien de temps?

— Six mois.

— Qu'étiez-vous venu faire?

— Gagner ma vie.

— Pourquoi vous êtes-vous en allé si tôt?

— Parce que j'avais fait fortune.

— Comment cela?

— Un gros monsieur m'a donné douze mille francs, et m'a fait reconduire, dans une belle voiture, à mon pays, pour avoir porté un paquet à l'évêché...

— Rien que cela ?

— Et lui dire où était située une chambre...

Une profonde terreur régna dans l'assemblée... Charles parut abattu.

— Reconnaîtriez-vous l'homme qui vous a donné les douze mille francs ?

— Oui.

— Est-ce l'accusé ?

— Non.

Cette réponse fut accueillie par un murmure d'étonnement.

— Connaissez-vous l'accusé ?

— Oh ben !...

— Comment le connaissez-vous ?

— C'est lui qui m'a promis les douze mille francs, c'est lui qui m'a fait épouser Jeannette, c'est mon bienfaiteur... c'est à lui que j'ai donné les renseignements, et c'est lui qui m'a donné le paquet à porter à l'évêché.

— Accusé Jacques, demanda le président, reconnaissez-vous cet homme pour l'avoir rencontré à A...y ?

— Oui !...

Alors M. de Ruysan prit la parole, et soutint l'accusation avec une facilité et une éloquence dignes de son prédécesseur.

Charles répliqua ; mais le plaidoyer qu'il fit ne roula plus que sur des raisonnements spécieux, pleins de logique, mais de cette logique qui ne résulte plus des faits, qui ne s'appuie plus que sur les raisonnements métaphysiques.

Le président résuma les débats avec talent, et posa la question qui n'était nullement embrouillée. Les jurés entrèrent dans la chambre des délibérations, et y restèrent quatre heures et demie.

Au moment où ils rentrèrent dans la salle, il y eut un mouvement de terreur et d'attention dans l'assemblée, et le chef du jury déclara, dans la forme imposante prescrite par nos lois, le *oui* de conviction qui s'échappait de l'unanimité des consciences.

Argow fut condamné à subir la peine de mort.

A ce moment Argow se leva, et, s'adressant aux jurés :

« Messieurs, leur dit-il, si par hasard, il vous restait quelque doute, et que l'un de vous fût tourmenté par sa conscience, je déclare que je suis coupable... Ayant satisfait à la terre, j'espère que les cieux me pardonneront !... »

Le criminel inspira, par ces paroles, une pitié qui se glissa dans tous les cœurs, et sur la place, lorsque la condamnation fut apprise par la multitude, il y eut un grand cri qui prouvait l'intérêt qu'il avait inspiré.

La salle était vide, Jacques dans la prison ; et Charles, désolé, la mort dans l'âme, fut chercher Annette, et l'emmener chez lui pour la préparer à cette fatale nouvelle qui fit l'objet des conversations de toute la ville de Valence.

CHAPITRE XXVI

Annette était assise dans le salon de Mme Servigné la mère : elle était sur un fauteuil ; et, pâle, égarée, elle regardait Charles dont l'effroi et la feinte tranquillité rendaient la figure un théâtre où se jouaient mille passions diverses. M. et Mme Gérard, mornes, abattus, changés à ne pas les reconnaître, étaient debout avec Mme Servigné, Adélaïde et Mme Bouvier. Tous rangés en cercle autour de Charles, ils attendaient sa parole avec une anxiété sans égale.

— Cette heure, dit Annette, me sera comptée pour des siècles d'enfer !...

— Pouvez-vous soutenir un seul mot ? lui dit Charles avec une espèce de férocité qui n'était que le résultat de cette horrible situation.

— Je suis chrétienne !... répondit Annette.

— Il est condamné à mort !... répondit Charles.

Mme Gérard et Adélaïde tombèrent évanouies... Mme Servigné recula épouvantée ; mais Annette se leva, ce mouvement, produit par une horrible convulsion, fit tomber son peigne, ses cheveux se déroulèrent et devinrent épars sans qu'elle y fît la moindre attention. Elle, si chaste et si pure ! elle que son cou nu épouvantait jadis !...

— Charles !... viens !... Sortons !... il me faut de l'air... j'étouffe ; je n'étouffe pas de peur... non... un je ne sais quoi s'empare de moi... sortons !... En disant ces paroles, ses yeux s'animèrent, il y brilla une expression d'énergie sauvage ; elle leva ses bras comme si elle eût voulu exercer une force supérieure qui lui vint malgré elle.

Elle saisit son cousin, l'entraîna sans vouloir lui dire un seul mot et courut comme poussée par un démon.

Quand elle fut dans la rue elle s'écria : « Ah ! je respire !... oh ! que l'air est bon ! qu'il fait frais !... En ce moment, l'horloge du palais sonna minuit.

— Que voulez-vous faire ?... demanda Charles.

— Ce que je veux !... s'écria-t-elle avec une énergie croissante, Dieu du ciel ! ce que je veux, je veux une seule chose, le sauver !... c'est mon éternelle pensée !... c'est ma vie ! mon âme !... Ou je ne connais pas mon pouvoir, ou je le sauverai !... J'ai en ce moment une terrible puissance !... viens, et tu vas voir comme je soulèverai tout un peuple. *On l'aime,* mille bras veulent le délivrer, il ne faut qu'une voix pour les rassembler, qu'une volonté pour les faire agir, il faut une âme à cette masse-là !... je serai sa volonté, son âme, sa vie !... éveillez-vous !... au secours !...

— Taisez-vous, ma cousine, vous allez vous perdre !

— Eh ! que m'importe de me perdre, s'*il* est perdu !... Avenir, fortune, vie, je veux tout sacrifier, je veux *le* sauver !... seulement un an !... une minute !... holà ! braves gens, venez ici, venez m'aider !...

— Tais-toi !... lui dit un homme enveloppé d'un grand manteau, et dont le chapeau était rabattu sur le visage... tais-toi ! si l'on délivrait les hommes avec des paroles, ton cousin l'aurait fait.

— C'est Vernyct !... s'écria-t-elle, *il* est sauvé !...

— Te tairas-tu !... dit Vernyct, ne prononce pas un mot, et viens avec moi ! J'allais te chercher, car il n'y a que toi qui puisses le déterminer à nous suivre : enveloppez-vous de ce manteau, prenez ce poignard, et venez !...

— Pourquoi un poignard !...

— Pour vous défendre.

— Ah ! dit-elle, je ne veux blesser personne.

— Enfant, dit Vernyct, on enlève des prisonniers avec des roses, n'est-ce pas ?...

— Marchons !... dit-elle, marchons !...

— Oui, dit Vernyct, vous serez notre étendard.

— Ah ! répondit-elle en marchant, si l'amour créait des armées vous seriez bien puissant...

Ils marchèrent en silence, mais, au détour d'une rue, ils furent arrêtés, et l'on cria à voix basse : « *Qui vive ?*

— *Daphnis et l'ancien !* » répondit Vernyct, puis, allant vers les trois personnes qui gardaient le passage, il leur demanda : « *Où est Jeanneton ?...*

— *Nulle part* », répondirent-ils.

Alors Vernyct passa sans difficulté...

Nous allons décrire, le plus succinctement qu'il sera possible, la prison de Valence, et sa position. Cette prison était un ancien presbytère qui, pendant la révolution, avait subi cette triste destination. Ce presbytère était situé sur une petite place carrée à laquelle aboutissaient deux rues différentes : l'une menait à Durantal, et l'autre à la route de Paris.

La place était formée par des maisons presque toutes bâties en bois, et les deux rues, dont nous venons de parler, étaient opposées l'une à l'autre en parallèle, de manière qu'elles longeaient les murs de la prison qui alors se trouvait séparée par trois côtés de toute espèce d'habitation, car sa façade donnait sur la place, et de chaque côté étaient les rues.

La porte de la prison était garnie de fer, et chaque croisée, chaque issue, sur la place comme sur les rues adjacentes, étaient enjolivées de gros barreaux de fer et de treillages en fil de fer qui ne laissaient aucun espoir de salut ; enfin, il y avait toujours à cette prison un poste très considérable de soldats de la ligne, outre les gendarmes de service. Ce poste était situé à côté de la porte même, et la salle du corps de garde communiquait avec le rez-de-chaussée du presbytère. Il y avait toujours une sentinelle en faction à la porte de la prison, mais sa guérite était du côté gauche, parce que le poste étant à droite, avait sa sentinelle particulière, ce qui faisait deux hommes de garde pour la porte seule de la prison, sans compter les autres sentinelles.

L'administration, d'après le grand intérêt que l'on avait manifesté pour Jacques de Durantal, mais craignant aussi l'active amitié de Vernyct et la puissance d'Annette sur la multitude des campagnes, avait ordonné, dès le commencement du procès, de doubler la garde, et de faire de fréquentes patrouilles dans Valence.

Vernyct, pour qui la délivrance d'Argow était un sujet de contenter son ardeur, et que de semblables affaires aiguillonnaient, avait résolu de venger son ami tout en le délivrant, et, dans sa haine contre la ville où les hommes l'avaient si justement condamné, il prit des mesures telles, qu'il fallait de grands secours à la prison pour empêcher cette délivrance.

En ce moment le terrible lieutenant, tenant Annette sous le bras, parcourait avec activité tous ses postes, car l'instant fatal approchait. Il avait donné pour signal le son de la cloche quand elle sonnerait une heure du matin.

Il avait réussi à rassembler, pendant tout le temps que le procès et son instruction durèrent, une trentaine de ses anciens corsaires, c'était tout ce qui en restait : il avait été à Vans-la-Pavée, à Paris, d'abord recueillir tous les renseignements qui servirent si bien Charles dans sa première défense ; mais ensuite, pour convoquer une réunion générale de ses anciens marins. Ceux que l'on a vu, au commencement de cette narration, arrêter la diligence, n'y manquèrent pas ; et, avec les trois nègres dévoués, Vernyct réunit trente-sept hommes, qui, tous, les nègres exceptés, avaient coopéré aux pirateries d'Argow. Vernyct les avait pérorés, et cette harangue ferait pâlir celle de Catilina à ses complices, s'il nous était permis de pouvoir la rapporter. Le serment qu'ils prêtèrent tous fut affreux ; voici la conclusion : « L'on jurait d'obéir à Vernyct comme jadis l'on obéissait au capitaine, le but était la délivrance de *l'ancien* (nom qu'ils ne cessaient, comme on l'a vu, de donner à Argow), que si l'on y parvenait, ceux qui resteraient en vie seraient transportés aux Bermudes ; qu'on leur compterait une somme fixe, et qu'ils iraient ensuite où bon leur semblerait ; que, s'ils ne délivraient pas leur ancien, ils le vengeraient en désolant le pays jusqu'à ce qu'ils fussent tous morts, jusqu'au dernier, les brigands, s'entend.

Maintenant la suite va faire voir comment Vernyct s'y était pris pour délivrer son ami.

Il arriva sur la place avec Annette qui, en proie à une

horreur que rien ne peut rendre, ne réfléchissait plus, et n'avait plus qu'une seule pensée, la délivrance de l'être qu'elle adorait.

— Qu'avez-vous là?... dit-elle à Vernyct, en sentant sur le dos de ce dernier une foule d'instruments...

— C'est une hache, mon tromblon et ma giberne...

— Dieu! que va-t-il donc arriver!...

— Je ne sais pas encore comment cela se passera, mais nous sommes en guerre depuis que l'arrêt a été rendu!...

— Le sauverez-vous?...

— Oui, ou nous périrons.

— Tous!... demanda-t-elle.

— Oui!...

— Tant mieux!... reprit-elle avec le regard et les gestes de la folie; mais, Vernyct, écoutez?... si l'on échoue, promettez-moi de me tuer!... car si je survivais... je ne me tuerais pas moi!... Ah! ajouta-t-elle, je savais bien que *mes pressentiments étaient tous vrais!...*

Il faisait en ce moment une horrible obscurité; un silence étonnant régnait, et l'on n'entendait dans la place que les pas de deux sentinelles de la prison. Une heure sonna!...

Vernyct tressaillit, et Annette lui demanda ce qu'il avait.

— Nous allons commencer à ce moment une vie d'enfer!

Annette jeta un cri, en disant: «Ah! je ne pourrai jamais voir de telles scènes!...»

— Voulez-vous *le* sauver?...

— Oui!... dit-elle.

— Eh bien! fermez les yeux sur tout ce que vous allez voir!... la mort pourra vous atteindre; mais Jeanneton y est bien elle! avec moi!...

— Me voilà!... cria doucement une petite voix de femme.

— Silence!... lui répondit Vernyct, et prends Annette avec toi, rends-toi dans la maison qui est au coin de la rue de Paris, et restes-y avec madame jusqu'à ce que Milo vienne vous chercher.

L'intrépide lieutenant resta seul; et, à ce moment, une

ombre gigantesque, projetée par la lumière de la lune qu'un nuage laissa paraître un moment, se dessina sur le pavé.

— Un... dit Vernyct : *qui vive ?* Un homme parut et répondit à voix basse : *« L'ancien ! »*

Au bout d'un gros quart d'heure, trente-sept hommes avaient comparu ainsi, lentement et mystérieusement devant Vernyct ; ils semblaient marcher sur du velours, car ils ne firent aucun bruit, et ils se rangèrent le long des maisons qui, de l'autre côté de la place, formaient le parallèle de la façade de la prison. Il les passa en revue pour s'assurer qu'ils y étaient bien tous.

Ayant fait, il se dirigea vers la rue qui menait à Durantal, et là, demanda, à une troupe également rangée contre les maisons, si Jacob était venu... A ces mots, un homme, de la taille et de la corpulence d'Argow, se présenta, il était habillé absolument de même, et, à quelques pas, il devenait presque impossible de ne pas s'y tromper.

— Enveloppe-toi de ton manteau pour n'être pas reconnu, lui dit-il, et prends garde de te faire tuer, au risque de passer pour un lâche...

Enfin il s'assura par lui-même de l'arrivée d'une des voitures d'Argow, et il ordonna d'y atteler six chevaux qui se trouvaient dans une maison qu'il avait louée sous un nom emprunté [a]. Il revint dans la place, et, retournant à la maison dans laquelle Jeanneton avait peine à contenir Annette, il s'assura que trois chevaux sellés et bridés étaient prêts, ainsi que plusieurs déguisements.

L'horloge annonça, en ce moment, une heure et demie, et les nuages étaient tellement noirs et rassemblés, qu'on ne pouvait rien voir. Alors, à un signal donné par Vernyct, une boutique fut ouverte, un homme parut avec une torche, et les trente-sept brigands, jetant des cris effroya-

a. L'artifice, dont le terrible lieutenant se sert pour tromper la vigilance des gendarmes, est à peu près le même, dans un autre sens, que celui dont Catherine II se servit quand elle s'empara du pouvoir. En effet, au moment où la foule la proclamait impératrice, un faux convoi, tel que pourrait être celui d'un empereur, traversa le peuple qui dut croire que Pierre II était mort. (Note de l'auteur.)

bles, s'élancèrent sur le corps de garde et sur la prison avec la rapidité de l'éclair; trente-sept fagots furent lancés contre la porte, et l'homme à la torche y mit le feu.

A cette brusque et vigoureuse attaque, les deux sentinelles, sans crier qui vive, tirèrent ensemble et au hasard sur cette masse, en criant: « Aux armes!... » le poste entier sortit; mais il fut enveloppé et combattu par les assaillants...

La flamme, attisée par l'homme à la torche, s'éleva dans le bûcher préparé, et bientôt le feu prit à la porte de la prison.

Aux cris terribles lancés par les soldats et par les brigands, tous les habitants de la place furent éveillés, et, apercevant des flammes, ils descendirent sans seulement se vêtir, en criant: « Au feu!... au feu!... » En un moment, de tous les côtés, arrivèrent des habitants, parmi lesquels étaient un bon nombre de paysans des environs de Durantal, parmi lesquels Vernyct avait fait répandre le bruit qu'on allait délivrer leur bienfaiteur.

Cette action, ce tumulte, rapides comme la pensée, furent en mouvement comme par magie. La troupe des brigands combattait avec une extrême vaillance contre les soldats; les balles sifflèrent dans l'air, les cris augmentèrent, la terreur se répandit comme une pluie d'orage, et d'horribles flammes éclairèrent le théâtre de l'action. Au milieu des brigands, était Vernyct qui les dirigeait et les encourageait, quand tout à coup, sur un geste qu'il fit, ils se rangèrent en demi-cercle, et Vernyct lança sur le poste une telle décharge de mitraille, que tous les militaires, comme anéantis, disparurent, s'enfuirent ou moururent sans qu'on eût su comment. Alors, le lieutenant s'élançant avec sa hache vers la porte qui brûlait, lui donna, à travers les flammes, de tels coups de hache, et ses satellites firent tant d'efforts, qu'elle céda sous leurs coups. Ils entrèrent pêle-mêle par la porte principale, par celle de communication entre la prison et le corps de garde, et furent suivis de la multitude. La maison d'où l'homme à la torche était sorti brûlait, les habitants des maisons voisines déménageaient en sorte que rien n'était curieux comme le spectacle offert par cette place qui, un instant avant, était muette, tranquille, sombre et vide.

Elle était remplie d'une foule si abondante et si tumultueuse, qu'on ne pouvait ni en sortir ni y entrer; et, par les trois issues, la foule y abondait toujours. Le tocsin sonnait, on entendait au loin la générale battre, et des cris horribles étaient lancés dans les airs par les prisonniers qui sentaient la fumée remplir la prison, et par les incendiés qui sauvaient leurs effets, en tâchant de se faire jour à travers ce fleuve de peuple : de là, des combats particuliers qui établissaient au sein de la foule même des scènes d'horreur. A la lueur effrayante de l'incendie, on apercevait les flammes dans la prison, et une épaisse fumée s'élevait du faîte de ce palais du crime : il semblait que ce fût un volcan prêt à lancer une lave terrible et lumineuse.

On entendait un combat qui devait être sanglant, dans l'intérieur de la prison; les détonations d'armes à feu, les cris surpassaient ceux de la place, et l'on voyait, par la porte et les fenêtres, des poutres enflammées tomber, des prisonniers se sauver en désordre, les uns nus, les autres couverts de leurs vêtements comme d'un chapeau préservateur. Les pompiers arrivaient avec leurs pompes; le tumulte et la confusion, les cris et l'horreur étaient au comble, et tous ces attentats affreux se commettaient par des hommes plus affreux encore, et au profit d'un seul homme, auquel la société devait donner la mort, et qui la méritait mille fois.

Au moment où l'attaque de la prison commença, et que l'horrible tapage se fit entendre, Argow était à genoux dans sa prison, et priait Dieu, avec ferveur, de lui pardonner ses crimes en faveur de la coupe d'humiliation qu'il devait épuiser jusqu'à la lie.

Les cris, la fumée, le tumulte, le tirèrent de sa méditation, et, quand il se releva frappé par le bruit de la mousqueterie tirée dans l'intérieur de la prison, il entendit de grands coups de hache que l'on donnait dans sa porte, et vit paraître Milo, Vernyct et plusieurs hommes ensanglantés, brûlés, et dont les figures annonçaient la chaleur d'une action dangereuse.

— Sauvez-vous!... vous êtes libre!...

Argow resta muet et immobile.

— Jacques, suis-moi !... lui dit Vernyct.

— Non !... s'écria avec indignation le criminel ; vous avez sans doute emporté d'assaut la prison, vous avez...

— Ah ! le voilà qui déraisonne !... s'écria Vernyct en l'interrompant : allons ! tais-toi, vieux radoteur !... et toi, Milo va chercher d'autres arguments... Vous ? dit-il à ses brigands, gardez-le ! et ne l'écoutez pas !...

En ce moment des détachements de gendarmerie à cheval et des troupes de ligne arrivaient, en hâte, par les rues adjacentes, et cherchaient à se faire jour à travers la multitude pour s'établir sur la place. A force de pousser, de battre et de fouler aux pieds cette multitude immense, la force armée avait fini par entrer dans la place, et essayait de se mettre en ligne, toute confondue qu'elle était avec le peuple. Alors la foule poussée par sa propre force, vers la prison, par un horrible flux et reflux de têtes humaines, se replia tout à coup et brusquement sur elle-même : et un détachement des brigands, jetant un terrible *hourra* de joie, criait à la délivrance, et portait en triomphe le criminel !... La foule, rangée en demi-cercle devant la prison, les vit passer : ce chœur, armé jusqu'aux dents, et composé d'hommes aux vêtements brûlés ou en désordre, et ayant d'horribles figures rendues plus horribles encore par l'effroyable réverbération de l'incendie à reflet rougeâtre, conduisit Argow [81] vers la voiture que le peuple apercevait, et dont les six chevaux hennissaient. A cette vue, et au cri général : « Il est sauvé !... il est sauvé !... » répété par des milliers de voix, l'escadron de gendarmerie à cheval, stimulé par le chef, fendit vigoureusement la foule sans s'inquiéter des malheurs, et passant rapidement sur le ventre de chacun, chacun hurla, beugla, cria : les jambes, les bras, les oreilles furent meurtris ; mais, au moment où les gendarmes arrivèrent à la voiture, elle partit au grandissime galop vers Durantal, et l'on vit l'escadron la poursuivre à toutes brides. Les brigands qui venaient de porter Argow à sa voiture, se mêlèrent à la foule ; mais tous, selon les instructions de leur chef, coudoyèrent, foulèrent cette masse, et vinrent devant la prison se former en bataille.

Milo avait été chercher Annette et Jeanneton. Il les fit passer par les débris d'un mur du jardin de la prison que l'on avait abattu, et il les amena, à travers l'incendie, jusqu'à Argow, qui refusait obstinément de partir.

Plus l'on attendait, et plus la force armée que, sur les avis réitérés l'on ne cessait d'envoyer, mettait de régularité dans ses mouvements et de patience à s'ouvrir un chemin dans la foule que l'on faisait écouler. Le danger devenait pressant, et si Vernyct n'avait pas compté sur de grands délais, il avait pris des précautions en cas de malheur; aussi, en ce moment, tous les brigands se tenaient sous le porche enflammé de la prison, et s'apprêtaient à soutenir un siège, s'il le fallait, et à s'enfuir par les derrières aussitôt que le *sauve qui peut!* aurait été proclamé, car ils avaient un autre rendez-vous général après l'expédition. Ceux qui seraient blessés devaient être mis à mort par les vivants, et nul ne devait se laisser capturer.

Ce fut en ce moment critique qu'Annette et Jeanneton traversèrent les corridors enflammés, et arrivèrent, conduites par Milo, dans la cellule où le criminel haranguait, avec son ancienne énergie, ses anciens corsaires, et tâchait de les faire rentrer dans le devoir, et de les soumettre aux lois. Cet homme, condamné à mort, prêchant au milieu d'un incendie, et s'obstinant à périr, offrait un tableau curieux.

— Tu ne veux pas te sauver!... s'écria Annette en se précipitant sur lui, et le couvrant de ses larmes : elle était les cheveux épars, les yeux égarés.

— Je suis condamné à mort!... reprit-il.

— Eh bien! soit, dit Annette, mais il est des morts glorieuses que l'on peut aller chercher quand on est condamné. Sauve-toi, et vas mourir, au milieu d'un combat, pour l'indépendance d'un peuple! meurs en héros, en écoutant les cris de liberté, d'indépendance ou de victoire!... Cours voir tout un peuple t'appeler son libérateur : meurs ainsi, et non sur un échafaud, au milieu d'un peuple curieux... Tu seras mon époux de gloire, et je combattrai à tes côtés, je mourrai avec toi!...

— Douce colombe, s'écria Jacques, tu es là au milieu

de l'horreur et de l'infamie comme un ange, et ta voix semble celle du Ciel !...

— Écoute-la donc ! et vis pour léguer à ton fils un héritage de gloire, au lieu du sanglant héritage d'opprobre dont ton sang arroserait sa tête !... Viens !... viens !... suis-moi !... Qu'*il* vive !... qu'*il* vive !... s'écria-t-elle avec enthousiasme ; et, voyant l'incendie s'accroître, la fumée devenir épaisse, elle sentit couler en elle un autre sang, une autre énergie, qui lui étaient envoyés comme du Ciel ; elle regarda Argow, le saisit, et, le soulevant, elle l'emporta à travers le corridor embrasé, en pliant parfois sous ce faix chéri. Elle fut suivie de Jeanneton et de Vernyct qui l'admirèrent éviter les poutres enflammées, et voler à travers l'incendie comme une créature privilégiée que les flammes eussent eu ordre de respecter.

A ce moment une horrible détonation eut lieu, et annonça, par le bruit des tambours qui retentirent, que les soldats avaient remporté la victoire. Vernyct courut à travers les flammes, il rallia les brigands épouvantés, il les réunit, et, ayant lancé une dernière décharge sur la troupe, il s'écria, d'une voix tonnante : « Sauve qui peut !... »

A cet horrible cri répété, ils s'élancèrent tous dans le jardin, et léguèrent aux vainqueurs une maison que l'incendie gagnait déjà [82].

Cependant Annette, Jeanneton, Milo, Argow, s'étaient déguisés : montant alors sur trois chevaux, ils se sauvèrent à toutes brides sur la route de Paris, et l'abandonnèrent au premier chemin de traverse qui se présenta. Vernyct avait de l'or sur lui.

Laissons-les fuir...

On finit à Valence par faire un cordon de troupes autour de la prison qu'on laissa brûler ; on dissipa la foule avec une peine infinie, on éteignit le feu des maisons, et trois jours après l'on rechercha et l'on ensevelit les morts que l'on pût retrouver dans les décombres.

L'on avait arrêté une foule de personnes, l'ordre était rétabli, non sans peine, et diverses relations, toutes plus exagérées les unes que les autres, couraient par toute la contrée sur l'événement de cette terrible nuit.

L'on portait le nombre des brigands à trois cents, et mille autres choses pareilles.

Une circonstance certaine, c'est que, parmi les personnes arrêtées, l'on n'en reconnut aucune qui pût être suspecte. L'on n'avait pas encore de nouvelles de la voiture que les gendarmes poursuivaient, et la police de Valence agissait avec la plus grande activité dans tout le département pour parvenir à retrouver le criminel et les auteurs de l'horrible attentat dont on vient de lire les détails. Mais la multitude des témoins enfanta une multitude de versions, et l'autorité, occupée de la foule d'incidents que cette affaire présenta, se perdit dans le dédale des mesures à prendre.

L'on trouva, le quatrième jour, le corps du concierge et tous ceux des employés de la prison. On reconnut sur la place les corps de huit soldats, de vingt personnes de la ville, et dans la prison, neuf corps de personnes inconnues que l'on présuma devoir être ceux des complices de Vernyct, attendu qu'ils étaient tous hommes, et qu'auprès des corps il y avait des armes.

Voilà tous les renseignements que l'on eut, et d'après lesquels on se mit à agir. Nous laisserons cette affaire, et, dans le chapitre suivant, nous marcherons avec les fugitifs.

CHAPITRE XXVII

Annette était en croupe sur le cheval d'Argow, Jeanneton sur celui de Vernyct, et le fidèle Milo galopait en avant pour lever les obstacles qui pourraient s'opposer à leur fuite. Mais n'ayant éprouvé aucune difficulté à sortir de Valence, une fois qu'ils eurent atteint la grande route de Paris, ils lâchèrent la bride aux excellents chevaux que Vernyct s'était procurés, et, en quatre heures, ils mirent une quinzaine de lieues entre eux et Valence, et se trouvèrent dans la campagne à l'abri de toute poursuite, tant que les événements de Valence ne seraient pas officiellement transmis par l'autorité aux moindres fonctionnaires.

Ils avaient eu soin d'éviter tous les villages et toutes les habitations; mais dès que le jour parut ils furent forcés de chercher un asile, car le cheval de Milo était mort de fatigue et cet avertissement leur prouva que les leurs ne tarderaient pas à les abandonner.

Alors Vernyct indiqua un village retiré dans les terres, et ils s'y rendirent. Annette n'avait pas cessé, pendant toute cette route si fatigante pour elle, de tenir son mari embrassé, et, lorsque les circonstances le permettaient, elle le couvrait de baisers, et, quand ses discours annonçaient qu'il désapprouvait cette fuite, elle lui rappelait, par de douces et tendres paroles, qu'elle portait dans son sein un enfant qu'il ne fallait pas abandonner. Cette Annette qu'on a vue si religieuse, si rigide, courbait maintenant la religion tout entière sous son amour, et, quand celui qui jadis ne connaissait même pas l'image du Christ lui disait qu'ils transgressaient toutes les lois divines et humaines, cette vierge pure répondait : « Si nous réussissons, c'est que Dieu le veut !... » Paroles qui, de tout temps, ont été l'argument des vainqueurs.

Ils entrèrent tous dans une misérable cabane dont le dehors annonçait une auberge, et là, Vernyct tint conseil avec Jeanneton et Milo ; car Annette et Jacques étaient incapables de penser aux choses de ce monde : ils ne voyaient qu'eux, et encore le temps leur paraissait-il trop court. Argow, en s'occupant exclusivement de son épouse chérie, trouvait moyen de faire taire l'horrible souffrance de son cœur par une si douce volupté, et il goûta un plaisir inconnu à l'aspect du sourire patient et forcé qui errait sur les lèvres adorées d'Annette. Ce sourire était comme un manteau qui cachait un enfer de douleurs...

En ce moment, ils oublièrent cependant tout, car les habitants de la maison étant absents, et pour la première fois se trouvant au sein de la misère, Argow cherchait à placer Annette sur une couche qu'il décora de tous les vêtements dont il pouvait se passer ; de son côté, Annette tâchait de lui persuader qu'elle était bien, qu'elle ne souffrait pas ; et ce combat mutuel d'attentions, d'égards, cette curieuse envie de lire dans les yeux l'un de l'autre leurs désirs, enveloppa cette chétive cabane du voile diapré de l'amour, et leur donna la faculté d'oublier leur cruelle position.

Pendant qu'ils étaient ainsi presque heureux au sein du malheur, Vernyct, Milo et Jeanneton, se consultaient sur le seuil de cette cabane.

— Nous avons encore deux jours et deux nuits, au moins, disait Vernyct, avant que l'on se mette réellement à notre poursuite ; mais, alors, tout sera contre nous... Que faire pour regagner Valence, Durantal et la route qui nous mènera à nos relais pour aller à A...m... où j'ai ordonné que nos deux vaisseaux nous attendissent, car on devait savoir qu'ils étaient à Fréjus, et j'ai sagement changé leur position.

— Nous ne pouvons plus aller à cheval !... dit Milo ; monsieur, vous et moi, irons bien à pied, mais ces deux dames ?...

— C'est vrai, répondit Vernyct; eh bien! nous les abandonnerons...

— Nous séparer de vous!... s'écria Jeanneton, j'aimerais mieux marcher toute ma vie sans me reposer une minute! ah! vous ne nous connaissez pas!...

— Madame Annette!... criait-elle, et Annette accourut: « Madame, ils veulent nous laisser ici et s'en aller sans nous!... est-ce que vous ne vous sentez pas la force d'aller jusqu'au bout du monde à pied?...

— Je n'irais pas seule... répondit Annette avec un délicieux regard; mais, avec lui, je marcherais mille ans sur des cailloux, et pieds nus!...

— Mais, dit Vernyct en admirant l'enthousiasme de ces deux êtres charmants qui se tenaient par la main et regardaient le ciel comme si elles étaient inspirées, tant leur exaltation et leur courage étaient rehaussés par ces cruelles circonstances, mais, mesdames, vous avez des souliers de satin et des bas de soie?...

— Quand nous les aurons usés, reprit Annette, nous prendrons des souliers de paysan!...

— Chère Annette, dit Argow en serrant sa femme dans ses bras, vous êtes des créatures toutes célestes!...

L'ingénieuse sollicitude du nègre lui avait déjà fait trouver le pain noir des habitants de la cabane, et il faisait cuire des poulets qu'il avait attrapés et arrangés. Pendant qu'il apprêtait le repas, Vernyct dit à Argow: « Nous avons trente-cinq lieues à faire avant de regagner l'endroit où mes hommes seront rassemblés; et, pour être sûrs que nous pouvons nous rendre au mouillage où sont nos vaisseaux, il faut que nous y soyons dans deux jours: or, comme nous devons passer par les campagnes de Valence et de Durantal, car le rendez-vous est à une lieue de l'auberge de Jeanneton, dans la forêt, il est nécessaire de faire, pendant la nuit et par les routes de traverse, ce trajet périlleux. Une fois chez Jeanneton, nous sommes sauvés, car les relais sont préparés.

— Vernyct, lui dit Argow, le ciel m'est témoin que tout ce que tu fais est contre ma volonté...

— Ah! dit Vernyct, voilà encore du radotage!... Oh! mon pauvre capitaine!...

Milo vint leur dire que le repas était servi : Jeanneton, toujours gaie et folle, même au sein des périls, avait fait, de l'un de ses jupons, une nappe, et les mouchoirs servirent de serviettes. Elle fit mille plaisanteries en les voyant manger avec leurs doigts ; et, lorsque les possesseurs de la cabane entrèrent et virent le nègre qui leur demanda ce qu'ils voulaient, ils furent saisis de frayeur : ce fut Jeanneton qui leur persuada de manger de leurs poulets avec eux, et qui les rassura en leur parlant patois. Le repas fini, Vernyct les surprit encore bien davantage en leur laissant deux pièces d'or, et leur recommandant le secret.

Vernyct était, d'eux cinq, celui dont le costume devait donner le plus de soupçons : il avait, sur sa tête, un madras à moitié brûlé, son manteau l'était aussi de tous côtés ; il portait une ceinture large et rouge qui contenait des pistolets ; son tromblon, qu'il nommait *sa fille,* était passé en bandoulière avec un sac plein de balles et de charges de poudre, et ses bottes teintes de sang, de boue et de poussière, son pantalon rempli de taches, ses gros gants brûlés, tout annonçait et indiquait l'auteur de l'incendie de Valence ; aussi Milo gagna-t-il avec peine de pouvoir mettre en ordre les vêtements du lieutenant, et lorsqu'on se mit en route, le bon nègre ne craignit plus de voir leur petite caravane arrêtée au premier village à cause de l'équipage du chef. Le tromblon, le sac, tout fut soigneusement caché sous le manteau, et le madras fut légué au premier fossé que l'on rencontra.

Milo resta constamment en arrière ; Vernyct et Jeanneton, se tenant par la main, formaient l'avant-garde, et au milieu, à cent pas de distance et de Milo et de Vernyct, Annette et Argow marchèrent ensemble.

— Ah ! disait-elle, je l'aime bien mieux errant et vagabond que sous les verroux de cette horrible prison !...

— Et Dieu ?... répondit Argow.

Annette baissa la tête, et une larme roula sur sa joue.

Ils marchèrent tout le jour avec un courage inouï, et, malgré mainte et mainte alarme, ils réussirent à refaire, à pied et sans être aperçus, tout le chemin qu'ils avaient parcouru à cheval, pendant la nuit.

Ils arrivèrent, sur le soir, aux environs de Valence,

mais du côté de Paris. Annette et Jeanneton étaient si fatiguées, qu'Argow portait sa femme, et le nègre Jeanneton. Les souliers de satin étaient déchirés, les pieds des deux femmes étaient ensanglantés, et cependant elles ne jetaient pas un seul cri de plainte; lorsque Vernyct ou Argow les regardaient, elles trouvaient encore assez de force pour sourire, et les douces mains d'Annette caressaient, comme par instinct, les cheveux d'Argow; car elle était si horriblement fatiguée que c'était tout au plus si leurs yeux pouvaient regarder dans la campagne pour veiller au salut des fugitifs.

Alors, la nuit était venue, et Vernyct, en s'orientant, reconnut qu'ils approchaient d'un bois épais, ne voulant pas se hasarder à entrer soit dans une auberge, soit dans un village, ils se jetèrent dans le bois.

Ils s'y avancèrent avec précaution; Vernyct tenait *sa fille* toute chargée à la main, et allait en avant.

— Nous sommes là dans une belle salle pour passer la nuit!... dit Jeanneton.

— Chut!... s'écria de loin Vernyct; au diable les femmes!... elles parlent toujours.

Ce *chut* les fit rester en suspens; ils s'arrêtèrent, et, dans le silence de la nuit, ils écoutèrent leurs cœurs battre avec violence.

— J'ai une effroyable peur!... dit Annette à voix basse.

— Soyons résignés!... lui répondit Argow.

— Je te fatigue?...

— Non...

Alors ils entendirent une voix rauque qui leur cria un: «Qui vive!...» suivi d'un horrible jurement.

— *Daphnis et l'ancien!* répondit Vernyct, s'apprêtant à combattre.

— *Où est Jeanneton?...* demanda joyeusement l'inconnu.

— *Partout et nulle part*, répondit Vernyct, et sur-le-champ il dit à la petite troupe d'avancer.

Alors ils virent briller une lumière, et en un instant ils furent dans une espèce de grotte au milieu de laquelle ils aperçurent un homme qui faisait griller un mouton tout entier... Vernyct reconnut un de ses trente-sept acolytes, et ce brigand, après avoir témoigné la plus vive joie en voyant *son ancien* et sa compagnie, raconta comment il avait été poursuivi tous les jours par les gendarmes, et comment il avait trouvé cet asile, comptant le lendemain regagner, au péril de sa vie, le poste indiqué par le lieutenant.

Les événements de la nuit dernière, la course à cheval et la fatigue morale, enfin tout ce qui avait agité Vernyct et ses compagnons était si violent, qu'après avoir partagé le repas du fugitif, ils succombèrent tous au sommeil. Quand Annette les vit ainsi couchés et ensevelis dans le repos, elle trembla et dit à Jeanneton : « Ma sœur, car tu l'es d'âme et de courage, écoute ? veillons-les ! l'une de nous sera en avant à cent pas, l'autre à cent pas en arrière, nous jetterons un seul cri en cas d'attaque, et celle qui ne criera pas viendra les avertir. »

Alors, ces deux femmes, toutes mourantes qu'elles étaient, se traînèrent à la distance convenue, et s'assirent sur leurs schalls. Elles eurent la constance surhumaine d'écouter, pendant toute la nuit, le moindre bruit du feuillage, les pas des animaux, le vol des oiseaux, et de veiller ainsi à la sûreté des proscrits.

Elles eurent le bonheur de voir l'aurore paraître et le soleil se lever sans avoir eu lieu de troubler le repos des criminels : elles rentrèrent, et leur arrivée réveilla en sursaut le lieutenant qui fut stupéfait de leur courage et de leur constance. Il embrassa Jeanneton à l'étouffer, en lui disant : « Nous ne sommes rien, nous autres !... » et l'intrépide lieutenant essuya, avec son manteau, des larmes qui roulaient dans ses yeux.

On tint encore conseil, et, grâces aux connaissances topographiques du compagnon d'infortune que Vernyct avait rencontré, on connut parfaitement bien les chemins que l'on devait parcourir pour éviter Valence et Durantal, et arriver néanmoins à la forêt qui se trouvait non loin de la demeure de Jeanneton.

Le corsaire leur promit de toujours aller un demi-quart de lieue en avant, et il dut tirer un coup de carabine au moindre danger. « Si je rencontre les gendarmes, ajouta-t-il, n'ayez pas la moindre inquiétude sur mon compte, je ne cours aucun risque, car j'ai l'habitude de me sauver de leurs griffes. »

La caravane se remit donc en marche ; mais cette journée fut tout entière employée à faire des détours, des contremarches, des courses rapides et tout à coup ralenties. Annette et Jeanneton avaient enveloppé leurs pieds mignons de linge, et s'étaient fait des sandales avec les débris du chapeau du corsaire ; alors elles purent marcher, mais lentement, et, dans les grandes occasions, Argow et le nègre les portaient.

Ils approchèrent de Valence, aux environs de laquelle on ne les cherchait certes pas ; mais, en apercevant les maisons, ils eurent une terrible peur, et ne tournèrent la ville qu'avec la plus grande difficulté : les chemins creux, les hauteurs, furent soigneusement suivis, et, quand il fallait traverser une plaine, Annette et Jeanneton étaient employées comme à l'armée les éclaireurs.

Enfin la nuit vint, et ils n'avaient encore rien mangé depuis le matin, mais ils avaient réussi à aller en deçà de Valence, vers Durantal, et il ne leur restait plus que quinze lieues à faire pour gagner l'auberge de Jeanneton où se trouvait le premier des relais préparés par Vernyct pour gagner le mouillage et s'embarquer.

A ce moment ils se trouvaient à cent pas d'un village distant de deux lieues de Valence, et de trois de Durantal. Le corsaire se replia sur la caravane, et revint dire qu'il venait de voir une auberge séparée d'environ six cents pas du reste du village : elle était située sur la grande route, de manière qu'en cas de surprise, l'on pouvait, en trois bonds, se réfugier dans un endroit inaccessible qui lui était connu pour lui avoir déjà servi de retraite ainsi qu'à ses camarades. Il s'engagea à introduire, sans danger, la petite troupe, et, sur cette assurance, l'on se dirigea vers l'auberge.

Le corsaire entra seul, et demanda trois chambres et un souper pour huit personnes. Ayant vu l'aubergiste seul avec sa femme, il ressortit, fit entrer Annette, Jeanneton, Vernyct et Argow, en masse, dans une salle basse, contiguë à celle où se tenaient ordinairement les voyageurs.

Quant à Milo, il lui dit de s'introduire par les fenêtres, parce qu'il était trop connu comme domestique de Mme de Durantal.

En voyant passer ces cinq personnes dans un pareil équipage, la terreur s'empara de l'hôte et de sa femme; et, pendant que Vernyct et Milo, qui était monté par la croisée, arrangeaient la table, l'on entendit la conversation suivante :

— As-tu vu comme ils étaient armés ?

— Oui ; mais que penses-tu de ces gens-là ?

— Hum !... ils n'ont pas bonne mine... ce sont peut-être les brûleurs de la prison...

Alors le corsaire entra subitement, et leur dit : « Comment, vous n'avez encore rien mis à la broche ?... Vertu de grenadier ! voulez-vous bien faire rôtir tout ce que vous avez... Tenez, dit-il en leur montrant vingt pièces d'or que Vernyct lui avait remises, voilà ce que vous gagnerez ce soir, si vous voulez observer deux choses : *discrétion et silence*... Cinq cents francs ou votre maison brûlée... choisissez... »

— Oh ! c'est tout choisi !... dit la femme ; quand il viendra quelqu'un, nous tousserons, et mon homme, pour ne pas vous déceler, car je vois qui vous êtes...

— Silence !... s'écria le corsaire.

— Vous servira par l'autre porte : tenez, monsieur, voici la clef de la porte du jardin.

— C'est bon, dit le corsaire ; allez vite en besogne...

Le souper ne tarda pas à être servi, et toutes les armes étaient préparées en cas d'attaque. Le souper terminé, tout le monde était trop fatigué pour se remettre en route ; alors on résolut de coucher dans l'auberge. On dressa pour Vernyct et Argow une échelle appuyée contre la croisée de leur chambre, enfin le corsaire et Milo veillèrent toute la nuit en faisant sentinelle.

Il n'y eut encore aucun événement, et ils passèrent dans l'auberge même une partie de la matinée ; mais sur le midi, pendant qu'ils s'apprêtaient à quitter l'auberge, et au moment où ils étaient tous réunis dans la chambre haute qui donnait sur l'escalier, ils entendirent entrer beaucoup de personnes, et l'aubergiste et sa femme tousser avec une violence et une complaisance très significatives. La terreur les fit rester muets et sans force; ils prêtèrent l'oreille et entendirent la conversation suivante :

— Eh bien, la mère, vous êtes donc enrhumée ce matin?...

— Oh! mon Dieu, oui, monsieur le brigadier; mais vous vous portez bien, à ce que je crois?

— Parbleu, non, car depuis trois jours nous faisons un métier que jamais je ne pensais faire étant gendarme!... et voilà sept hommes qui sont sur les dents comme moi!... Vous savez ce qui s'est passé?

— Oui, qui est-ce qui ne le saurait pas!... (Ici le corsaire dit à voix basse à Vernyct: Ils ne sont que sept!...) On m'a dit qu'il y avait eu au moins trente bourgeois de Valence de tués, une maison brûlée, sans compter la prison.

— Bah, dit le gendarme en riant, elles étaient *assurées!*... Donnez-nous du vin!

— Que venez-vous donc faire par ici? leur demanda-t-elle en leur versant à boire.

— Vous ne savez donc pas, leur dit le brigadier en mettant son sabre entre ses jambes, cet enragé... Vernyct, qu'ils l'appellent, c'est un lion, cet homme-là!... c'est celui qui a délivré son ami, M. de Durantal... n'avait-il pas fait courir après une voiture vide!... on ne l'a attrapée qu'à douze lieues de Paris, et l'on n'a trouvé qu'un bourgeois de Valence qui ressemblait à M. de Durantal...

— C'est, par ma foi, drôle! s'écria l'hôtesse...

— Oui, mais ce qui n'est pas drôle, c'est que nous avons crevé nos chevaux, et que nous sommes revenus à pied.

— Ah! c'est vous qui avez couru!

— Oui, moi et bien d'autres; mais nous ne sommes revenus que sept, parce que l'on a laissé les camarades en surveillance sur toute la route.

— Oh, dit l'hôtesse, ils ne peuvent pas vous échapper.

— Hum, dit le gendarme, ce sont de fiers hommes!...

— Qui a-t-il de nouveau à Valence?

L'hôtesse leur versait du vin à chaque instant, et le corsaire, croyant s'apercevoir qu'elle voulait les griser, fit signe à Vernyct de rester tranquille. Annette se mourait de peur, et parlait à Argow pour le contenir, car il voulait se livrer plutôt que d'occasionner de nouveaux malheurs.

— Il y a, reprit le brigadier, que l'on a découvert que c'est Vernyct, l'ami de Jacques, qui avait mis tout en mouvement. On a arrêté bien du monde, et l'on fait des poursuites : on instruit une affaire dans laquelle tout le monde est compromis : les gens les plus inconnus ont eu peur, mais des témoins ont déclaré que Mme de Durantal, son mari, son nègre, s'étaient enfuis par la route de Paris, et l'on est sur leurs traces... on les a vus je ne sais où, et il y a ordre de visiter toutes les auberges.

— Dieu merci, ils ne sont pas dans la mienne, dit l'hôtesse, car je ne crois pas qu'il leur prenne envie de retourner à Durantal.

— C'est égal, il faut visiter tout... A boire !... On a mis tout le pays en état de siège... Croyez-vous qu'on laissera des brigands rôtir la prison, le concierge, brûler la moustache à tout un poste, en risquant d'incendier une ville, délivrer un condamné, sans qu'on les extermine tous ?... Vous n'avez personne en bas ?... Le brigadier se leva et visita la chambre où l'on avait dîné la veille.

— Diable, vous avez eu du monde.

— Oh, ils sont partis.

— Quels étaient ces gens-là ?

— Des marchands...

— Restez vous autres !... dit le brigadier en montant l'escalier. L'hôtesse pâlit, tout en espérant qu'ils se seraient sauvés. Le brigadier parvint à la chambre où étaient rangés le corsaire, Vernyct et le nègre, et, en ouvrant la porte, il les aperçut qui tous trois tenaient leurs armes braquées. En les voyant, il dit : Oh, oh !... chut, ami... c'est Golburn !... — Allons, s'écria-t-il à haute voix, la mère, il n'y a personne !...

Vernyct et Milo se regardaient avec le plus profond étonnement, quand le corsaire leur dit : « C'est un des nôtres qui de tout temps a été gendarme... »

Au bout de dix minutes, le brigadier remonta, et leur dit : « Allez par N... il n'y a encore personne, je crois ;

mais prenez bien des précautions, car nous sommes semés comme les caillous, et dans chaque village il y a des postes *de la ligne*. »

Depuis longtemps le brigadier était suspect, et il y avait toujours, dans les hommes qu'on lui donnait à conduire, un surveillant auquel son grade était promis, si l'on pouvait le convaincre de perfidie et de trahison. Ce surveillant, en voyant Golburn retourner à l'auberge et laisser ses sept hommes sur le chemin, conçut des soupçons, et revint avec précaution dans l'auberge : il y entra, et, montant l'escalier, il se montra brusquement avec son monde.

— Perdus ! perdus !... s'écria le corsaire en voyant les chapeaux bordés et Golburn se ranger du côté des gendarmes, en leur disant : « Vous voyez que je ne me doutais pas en vain que cette sorcière d'hôtesse nous cachait quelque chose... en avant !... »

Un combat très vif s'engagea entre les gendarmes et les trois défenseurs d'Argow, mais, après trois décharges de mousqueterie, les gendarmes abandonnèrent la place en laissant trois morts : le brave corsaire avait une blessure si grave, qu'il pria le nègre de l'achever, afin de ne pas tomber au pouvoir de l'ennemi.

Vernyct et le nègre avaient reçu deux balles, mais elles avaient porté dans les chairs, et, après s'être pansés, ils rejoignirent en hâte Argow, Annette et Jeanneton, qu'ils trouvèrent dans l'endroit indiqué par le corsaire.

CHAPITRE XXVIII

— Cette dernière affaire est la plus malheureuse ! s'écria Vernyct, car ils vont être désormais sur nos traces, et, à moins d'une grande célérité, il sera difficile de leur échapper. Nous n'avons pas à balancer, il faut nous mettre en marche car nous avons une nuit de repos, nous ne sommes plus guère qu'à dix lieues, et à la nuit nous prendrons le chemin à vol d'oiseau.

Ce discours ranima l'espoir dans le cœur d'Annette, qui heureusement ne réfléchissait pas encore, tant elle était absorbée par son amour et les dangers. Si une voix lui avait crié : « Mademoiselle Gérard, compagne des hommes les plus criminels que la terre ait portés, les veille dans leur sommeil !... » elle eût demandé la mort à grands cris. En ce moment elle en était fière, elle regardait Argow avec orgueil ! Tous ses pressentiments n'étaient-ils pas accomplis ?... Non il y avait une horrible image de l'avenir qui n'était pas réalisée.

Enfin, ils se remirent en marche, et, après avoir passé deux nuits et un jour comme ils avaient passé les deux précédents, c'est-à-dire en proie à des transes perpétuelles, à des peurs paniques et à des terreurs si cruelles, qu'Argow commençait à trouver la mort plus douce qu'une telle vie ; ils arrivèrent enfin au rendez-vous donné par Vernyct à sa troupe.

C'était dans l'endroit le plus épais d'une forêt. Des rochers et des cavernes faisaient de ce lieu une forteresse où cent hommes pouvaient tenir en échec plus de dix mille hommes de troupes réglées. Arrivé au chêne désigné, Vernyct dit à Annette, à Jeanneton et à Argow, de s'asseoir en toute tranquillité, et qu'il espérait que désormais ils parviendraient au bord de la mer sans difficulté. Alors, par trois fois, il jeta un cri rauque et bizarre, et à l'instant on entendit du bruit dans les arbres, dans les rochers, et il sembla que tous les hommes qui parurent fussent sortis de dessous terre ou tombés du ciel.

— Combien êtes-vous ? demanda Vernyct sans les voir encore.

— Vingt-neuf, répondit une voix.

— Nous sommes trahis, je crois, dit Vernyct à voix basse, car je ne connais pas cette voix-là !...

— Qui es-tu ? demanda-t-il.

— Flatmers !...

— Bravo ! s'écria Vernyct ; amis, apportez des lumières, que l'on veille à six cents pas à la ronde, et que l'on apporte des lits de mousse ; servez-nous un repas, et nous réglerons nos comptes.

A ces mots, un *hourra* général s'éleva dans l'antique forêt, et bientôt on apporta des flambeaux : ces figures terribles, et toutes marquées au coin de l'énergie et du courage le plus féroce, effrayèrent Annette qui se pencha dans le sein d'Argow.

— Ce sont eux qui l'ont délivré !... lui dit Vernyct. Cette phrase la fit regarder avec moins d'horreur ces brigands qui souriaient en voyant, au sein de la nuit, au milieu des rochers et du silence de la forêt, deux têtes aussi pures et aussi célestes que celles d'Annette et de Jeanneton. Jamais deux femmes n'éprouvèrent plus de marques de respect et de dévouement. Ces hommes grossiers, devant les femmes de leurs chefs, devinrent soumis, souples et dévoués comme à des divinités. Elles n'avaient qu'à jeter un regard, il était interprété et satisfait.

On leur fit une tente avec des feuillages, et tous donnèrent leurs habits pour empêcher les effets de l'humidité. Argow et sa femme y entrèrent, et l'on plaça des sentinelles à cent pas de cet abri champêtre.

Vernyct eut le sien, puis, le repas fini, le silence régna dans la forêt, comme s'il n'y eût eu aucun être vivant.

Vernyct leur distribua les sommes convenues ; et quand

toutes ses instructions furent reçues par tous ses hommes, celui qui avait eu le commandement en son absence, lui procura une grande surprise.

— Capitaine, dit-il, il n'y a plus rien à chercher, l'ancien et nous tous sommes sauvés!...

— Comment!... demanda Vernyct.

Alors le vieux Tribel le mena dans une avenue du bois, et là lui montra un de ces grands chariots qui servent aux rouliers. Cette charrette était chargée de fausses caisses, ballots, etc., si bien imités, que Vernyct, regardant avec étonnement le corsaire, lui demanda ce que cela signifiait. Ce dernier fit un geste d'épaule, en répondant :

— Eh! mon lieutenant, êtes-vous fou de vouloir aller en poste gagner, avec vos relais, la côte et nos vaisseaux? vous seriez pris mille fois pour une. Tenez?... A ces mots, il leva la masse de ballots qui semblait être derrière la voiture, et il fit voir à Vernyct que sous cette masse de tonneaux et de ballots, dont le poids semblait faire plier la voiture, ils avaient pratiqué très ingénieusement une petite salle dans laquelle on avait artistement ménagé la place de deux personnes. Ils y avaient mis des vivres, et l'air venait par-dessous la voiture.

— Voyez-vous, mon lieutenant, l'un de nous mènera cela grand train, et à chaque relais on changera de chevaux; cela vaudra mieux qu'une voiture que les gendarmes peuvent visiter; car on peut frapper là-dessus, je leur défie de s'imaginer qu'il y ait du monde là-dedans. *L'ancien* et sa femme voyageront ainsi, tandis que vous et votre Jeanneton, vous les rejoindrez comme vous pourrez.

— Et qui de vous a fait cela?

— C'est un de vos nègres qui est adroit comme un singe; il a tout arrangé avec une telle dextérité, que nous étions tous à l'admirer!... et tenez! voilà la lettre de voiture!...

De ce moment Vernyct ne douta plus du succès de l'entreprise, et il dormit avec une sécurité parfaite.

Le lendemain matin il renvoya Jeanneton à son auberge; car c'était chez elle qu'était établi le premier relais. Tout en promettant d'aller la rejoindre aussitôt qu'Argow serait passé, il lui enjoignit la plus grande prudence, et l'ayant conduite jusque sur la grande route, il la plaça à cheval, et lui donnant un baiser d'espoir, il la suivit des yeux...

Quand il l'eut perdue de vue, il revint vers Argow et Annette, et leur montra, avec la plus vive allégresse, l'heureuse invention du nègre.

Annette serra la main de ce serviteur zélé, loua et admira cette cabane impénétrable aux yeux des plus grands argus ; elle y monta, en descendit, l'essaya mainte et mainte fois, et, dans sa joie, elle embrassa Argow devant tous les brigands qui s'étaient réunis ; mais honteuse et rouge, elle se cacha en se jetant dans les bras de son mari.

— Allons, ne perdons pas de temps ! s'écria Vernyct, mettez-vous dans cette cachette, et voyagez pour arriver à bon port.

— Vous êtes un ange tutélaire, lui dit Annette, les larmes aux yeux !...

— Non, c'est un démon qu'il faut dire !...

A ces mots, il donna une poignée de main à Argow, qu'il embrassa contre son ordinaire, en lui disant : « *Adieu !... en voilà pour jusqu'au moment du départ !...* Je suis fâché de te quitter ; mais n'importe ! je veillerai sur la charrette ; elle emporte mon plus grand trésor !... »

— Pourvu qu'il n'arrive rien de fâcheux !... dit Annette.

Argow était passif au milieu de tous ces dangers ; il embrassa Vernyct à son tour, et lui dit : « La bonne réunion pour des amis, c'est dans le ciel ! tâche que nous soyons ensemble !... adieu !... »

Jacques et Annette furent incarcérés dans leur cabane protectrice. On y attela quatre chevaux, et un brigand, vêtu en roulier et en costume analogue, conduisit les fugitifs vers la grande route.

Vernyct, en les voyant sortir de la forêt, dit à ses hommes : « Je ne m'en défends pas, je pleure en le voyant partir !... voilà depuis longtemps le seul péril que nous ne courrions pas ensemble !...

— Il se sauvera ! » fut le cri général.

Le lieutenant distribua encore une fois et de l'argent et

ses instructions, convint d'un rendez-vous, en cas de nouveaux malheurs; puis, se déguisant en paysan et cachant ses armes dans une hotte couverte de fruits, il se dirigea, à travers les bois, vers l'auberge de Jeanneton.

Pour la première fois de sa vie, Vernyct, soit parce que sa sensibilité avait été fortement excitée, soit par un pressentiment qu'on n'est pas maître de rejeter, était en proie à une terreur, une impatience, une mélancolie, que son chant ne pouvait pas dissiper. Il courait à toutes jambes pour arriver plus vite à l'auberge de Jeanneton, et s'arrêtait soudain à cause du bruit de ses armes qui sonnaient dans la hotte. Il aurait voulu avoir accompagné Jeanneton, ou du moins être sur la route . . . .

Il dévorait la terre; il marchait comme le vent, et cependant, comme il avait pris par des chemins détournés, il était physiquement impossible qu'il arrivât avant la charrette.

Après avoir déployé tant de courage, tant de forces, et fait de si grands efforts pour sauver un ami, il eût été déplorable pour Vernyct de voir ses travaux rendus vains, et Argow enlevé au moment où le succès couronnait une œuvre dont la réussite avait causé tant de forfaits.

Vernyct, secouant toutes ses terreurs, se mit à marcher d'un pas ferme et soutenu, en chantant la chanson des pirates, et bientôt il aperçut de loin l'auberge de Jeanneton. Il approcha, mais en arrivant il n'entendit aucun bruit dans la cour; tout paraissait morne et inhabité. A ce moment il ne fut pas maître d'un mouvement de terreur. En entrant dans la cour, il siffla l'air par lequel il avertissait Jeanneton de son arrivée, et ne vit personne accourir... il s'élança brusquement dans la salle, le même silence régnait au-dedans... la cuisine de Jeanneton était vide: se dirigeant alors vers la salle des voyageurs, il parvint au-dessous de la trappe décrite dans le précédent volume, et trouva Jeanneton évanouie et comme morte!...

Pour cette fois, si la peur et ses vertiges sifflèrent aux oreilles de l'intrépide lieutenant, ils ne furent que les avant-coureurs de la plus horrible colère et du plus violent emportement qui fussent jamais!... il tomba sur un banc devant le corps de Jeanneton, et resta muet comme le mur, pâle comme sa gentille maîtresse, et chaque trait de son visage se contracta de telle manière, qu'il avait quelque ressemblance avec le tigre devant sa proie.

Tout immobile et muet qu'il était, il détourna ses yeux, et aperçut par la croisée la fatale charrette!... il ne sortit seulement pas!... tout lui disait que son ami et Annette avaient été découverts et enlevés!...

Il se leva, prit Jeanneton, la mit sur ses épaules, qu'il avait débarrassées de la hotte, et, dans son désespoir, il s'en alla à pas lents, armé de son tromblon en bandoulière et de ses pistolets à la ceinture, vêtu cependant en paysan; mais en sortant par la porte de l'auberge qui donnait sur la grande route, il heurta le corps du fidèle roulier qu'il vit percé de balles!...

L'air fit rouvrir les yeux à Jeanneton, elle jeta un cri faible et plaintif; ses mains, qui étaient pendantes, vinrent avec peine se retenir à la chevelure de Vernyct, et elle s'écria: « Que dira-t-*il!...* »

Le lieutenant rentra, et, posant Jeanneton sur une chaise, il se mit devant elle à genoux, puis avec de l'eau, du vinaigre, il essaya de la faire revenir tout à fait: ses yeux errèrent quelque temps sans idées; enfin, elle vit Vernyct, le reconnut, et, se cachant le visage, elle jeta un grand cri.

— Qu'est-il arrivé?... dit-il; Jeanneton, raconte-le-moi, pour savoir s'il y a encore moyen d'y porter remède.

Jeanneton remua la tête deux fois d'une manière négative, puis, relevant Vernyct, elle le fit asseoir, pencha sa tête sur son sein, et y pleura en abondance.

— Hélas! dit-elle en entremêlant son discours de larmes et de sanglots, quand je suis arrivée, j'ai trouvé mon auberge pleine de gendarmes déguisés en bourgeois: ils paraissaient être des voyageurs, et Marie me dit que depuis mon absence la maison avait toujours bien été: elle m'ajouta qu'il y avait un poste de gendarmerie à vingt pas de notre maison. Ceci me donna du soupçon sur les voyageurs, et quand je fus habillée en costume d'aubergiste, je vins leur demander pourquoi ils restaient à boire, au lieu de continuer leur route. Ils me répondirent que cela ne me regardait pas: alors en les examinant, je m'aperçus que c'étaient des gendarmes ; cela me fit trembler, et je songeai que si la police avait su que ton premier relais était ici, elle avait dû naturellement s'emparer de mon auberge et y tenir garnison... Alors je dis à Georges d'aller au-devant de la voiture que je lui dépeignis, et d'avertir le conducteur de ne pas s'arrêter chez moi... Comme Georges sortait, un des gendarmes déguisés lui barra le passage en lui disant impérativement : « On ne sort pas d'ici, vous êtes en surveillance ! » et il lui montra un papier...

La voiture arriva... Ils ne se doutèrent de rien ; mais quand ils virent que l'homme dételait et allait mettre ses chevaux à l'écurie, ils l'accompagnèrent, lui firent mille questions, lui demandèrent ses papiers, et l'homme leur répondit imperturbablement en leur montrant des papiers dont ils furent satisfaits. Alors, pour être plus sûrs de son affaire, le roulier crut devoir temporiser, et il vint à table en faisant comme s'il avait coutume d'arrêter ici. Tout allait bien... mais au bout d'une heure, quand il voulut repartir, il prit les chevaux du relais... ils étaient différents des siens ; les gendarmes l'avaient remarqué ; ils eurent des soupçons... ils ont fait venir le poste voisin ; ils ont entouré la voiture... ils l'ont prise !... L'homme a défendu M. Durantal si bravement qu'il leur a tué cinq hommes, ils ont alors tous tiré sur lui !... il est là... fusillé !... Ils ont emmené Argow lié sur une charrette de paysan, et Madame est sur un matelas que je lui ai donné... Pauvre petite femme, elle fait peur !... elle l'embrasse !... elle le console !... *lui!* est comme un saint !... quoi ! cela a fait pitié aux gendarmes !... Cette pauvre Annette est là, comme si j'y étais avec toi ; elle ne prend garde à rien, elle ne voit que son mari... elle lui donne les plus doux noms, et je suis sûre qu'elle traversera tout Valence sans seulement s'en apercevoir. On aura beau être aux fenêtres et la regarder, elle ne verra que *lui!*... est-ce du malheur !...

Vernyct immobile lâcha un horrible jurement, et s'écria : « Vite, tous à cheval !... à cheval ! courons, nous les rattraperons sur la grande route, et nous l'enlèverons... non, c'est impossible... je suis seul !... oh ! je le vengerai de manière à faire trembler tout le pays !... oui, je n'ai plus qu'à le venger !... et mourir !... O mon pauvre capitaine !... un si brave homme !... il vous sautait sur un vaisseau avec sa hache avec la figure calme comme celle d'une fille quand elle s'avance pour ouvrir un bal... mourir comme un voleur !... »

Il termina cette oraison funèbre comme il l'avait commencée, par un effroyable juron, et il dit à Jeanneton : « Reste à ton auberge, j'y viendrai presque tous les jours à cinq heures du soir... tu me verras toujours... et je veux mourir à tes côtés !... »

— Est-ce que nous pouvons mourir autrement ? répondit Jeanneton...

Après l'avoir embrassée avec force, Vernyct reprit ses habillements véritables, s'arma et s'élança vers le chemin qui conduisait à la forêt, plein d'une rage qui le fit voler avec la rapidité d'un cerf.

En ce moment, Argow et Annette arrivaient en face de leur château de Durantal ; là, Annette, jetant les yeux sur leur misérable équipage, arrêta le chef de l'escorte, et lui dit : « Monsieur, par pitié, ne nous laissez pas entrer à Valence sur cette horrible voiture ! M. Durantal n'a jamais eu la volonté de vous échapper, et je crois que sa délivrance est impossible... permettez que l'on aille chercher une voiture au château... »

L'officier était le même qui se trouvait dans la diligence lors du premier voyage d'Annette à Valence ; il condescendit à cette prière, et Annette eut la faible satisfaction de voir son mari dans sa voiture. Ils arrivèrent promptement à Valence. Chaque tour de roue était pour Annette une douleur, et, sans le contact de l'être auquel elle avait donné toute sa vie, elle serait morte cent fois ; mais la patience, la résignation, les discours touchants et pleins de religion que lui adressait Jacques, la maintenaient dans un état que l'on peut imaginer, mais qu'il est impossible de décrire. Elle ne pensait pas ; son amour seul la guidait, et cet amour était devenu plus que *folie*... Tout avait disparu devant le malheur d'un époux adoré... et, où la société voyait un criminel, elle voyait le plus sublime des hommes. Elle lui avait pardonné, M. de Montivers l'avait absous, elle ordonnait, par ses regards, à tout homme, de les imiter; et, si elle avait comparu devant la société entière, elle l'aurait persuadée!

Ils arrivèrent quelques heures avant la nuit à Valence: la ville était calmée, grâce aux soins de l'autorité; mais, quand on apprit qu'on ramenait M. de Durantal, une foule immense suivit et escorta la voiture jusqu'à l'ancienne prison. M. de Durantal y fut incarcéré, et sur-le-champ l'autorité déploya la force la plus imposante autour de cette prison.

Ce fut là que se passa la scène la plus touchante et la plus attendrissante dont les murs d'une prison aient jamais été témoins. On voulut séparer Annette d'Argow, elle ne céda qu'à la force, et on l'entraîna mourante chez Mme Servigné!...

— Quelle barbarie! s'écria Charles en voyant sa cousine, ils vous séparent d'un homme qu'ils mènent demain au supplice, car les délais de l'appel sont expirés!...

— Grand Dieu! cria Annette, mon cousin, faites que je le voie! Que je vive le reste de ma vie!... Elle tomba sans connaissance sur le lit de Mme Gérard que ces événements avaient presque déjà mis dans le tombeau!...

Charles s'en fut plaider cette cause de l'amour devant les autorités, et il obtint qu'Annette resterait dans la prison de son mari jusqu'au matin.

Adélaïde, Charles, M. Gérard, la conduisirent à la prison, et lui apprirent que M. de Montivers était arrivé à Valence... Elle leva les yeux au ciel et y jeta un regard de douleur: « Mon Dieu! dit-elle, voici longtemps que je vous abandonne, mais quel calice amer!... Mes amis, prévenez M. de Montivers qu'il sera agréable à Jacques d'être conduit par lui jusqu'au portique des cieux!... Oui! mon époux de gloire ne fera que passer d'un vaste édifice de la création dans la *création elle-même!...* »

— Courage! lui dit M. Gérard.

— Oh! répondit-elle, j'en aurai tant qu'*il* vivra!...

La porte de la prison se referma.

Quel ange!... se dirent-ils.

— Elle est *femme!...* ce qu'elle a été *fille!...* dit M. Gérard en pleurant.

[illegible]

[illegible] par ses regards [illegible] de sa [illegible] devant [illegible] avait [illegible]

Il [illegible] deux heures avant la nuit [illegible] la ville [illegible] M. de Durantal [illegible] toute [illegible] M. de Durantal [illegible] autour de cette prison.

[illegible] la plus [illegible] une prison [illegible]

Mme Servigné!

[illegible]

[illegible] de l'Ange [illegible]

[illegible] Mme Gérard [illegible]

[illegible] plaider [illegible] la prison [illegible]

[illegible] M. de Montvers [illegible]

[illegible] M. de Montvers [illegible]

[illegible] dans la [illegible]

— [illegible] M. Gérard [illegible]

— [illegible] pourquoi [illegible]

La porte [illegible]

[illegible]

— [illegible]

[illegible]

CHAPITRE XXIX

Annette frémit en voyant l'appareil de puissance déployé pour garder un seul homme qui toujours fut résigné. Les cours, les corridors mêmes étaient garnis de soldats et de gardiens. Ce fut en arrivant à son cachot que cette terrible idée, dont elle n'avait jamais vu la conséquence face à face : « Demain, il mourra !… » vint frapper son âme…

A ce moment, la mort se mit en elle, et, quand on lui ouvrit la porte, elle apparut à Argow comme l'ombre d'Annette, et non comme Annette elle-même. Il en fut frappé, et lui dit : « Eh, qu'as-tu mon ange ?… tu es changée !… »

— Oh oui, dit-elle, car je t'aime mille fois davantage ! je t'apporte tout ce qu'il y a de tendresse sur la terre, réunie dans un même cœur, et ce cœur t'appartient !… Ici, des larmes vinrent dans ses yeux, et elle lui ajouta : « Demain !… »

— Demain, reprit-il, ô ma chère âme, demain, ton époux prend son vol vers les cieux ! l'échafaud est la marche dernière qui mène au temple quand le cœur est devenu pur !… Vis avec cette idée… et pense que la mort est plus légère que les remords !… Va, l'enfer, en voyant que je tâchais de lui échapper, conduit par toi, n'a pas lâché un instant sa proie !… Il m'a tenté jusqu'au dernier moment ! et quand *ils* m'ont délivré, l'odeur de la poudre, les cris, l'incendie, avaient je ne sais quel attrait que je n'ai repoussé que par ton image adorée… alors j'ai vu que j'étais devenu vertueux !… je le suis maintenant ! et la terre est pour moi trop étroite, elle me rappelle mes crimes... ma guérison sera complète sur ce tréteau, devant cette foule !...

— Dieu du ciel ! faites que je ne le quitte pas !...

— Reste en exil ! répondit Argow, ange tutélaire que le Dieu de bonté envoya au criminel pour lui donner salut et joie !... ta tâche n'est pas accomplie... rends mon ami vertueux ! guide mon fils dans la voie céleste !...

— Oui ! dit-elle enflammée et le visage brillant ; car tu seras toujours avec moi !... l'étoile brillante, dont le feu pur guide le voyageur, est éternelle comme la voûte qu'elle éclaire ; mon ami, tu seras cette étoile pour Annette, pour ta famille ; et, comme une grande pensée dirige et le poète et le peintre, tu animeras toute notre vie... si je reste !... ajouta-t-elle avec un soupir.

Une lampe accordée par faveur éclairait le cachot, et répandait une lueur funèbre. C'était la dernière nuit du condamné, et quoique toute créature vivante fuie le meurtrier, Argow avait entre ses bras une femme qui gracieusement caressait sa chevelure, son visage. A les voir, on eût dit Léandre reçu, à la faveur d'une nuit orageuse, par Héro [83], et le lendemain les flots devaient emporter l'amant chéri dans l'immense abîme . . . .

Annette effrayée jeta un cri perçant : en vain son mari la pressa-t-il de lui dire ce qui avait occasionné ce cri, elle se garda bien de lui avouer la vision horrible qu'elle venait d'avoir : elle avait revu, malgré elle, cette ligne rouge sur le cou d'Argow ! cette ligne fine comme la lame d'un couteau !...

— Annette, lui dit Argow avec calme, écoute ? Oublie, je t'en supplie, le cruel moment de demain ! songe que j'ai vu tant de fois la mort, que je sais que ce n'est rien... pense que dans ce cercle qui paraît affreux, et où ma tête sera irrévocablement prise, je serai tel qu'aux Italiens, lorsque tu m'appris que nous serions unis... sois digne de moi !... grande, énergique !... et songe que je te fais ma dernière prière... Accorde-moi ce que je vais te demander !... Quand je serai mort, ensevelis-moi toi-même... à la nuit, et que Vernyct fasse élever un modeste monument qui dise combien je fus criminel, mais combien aussi je fus repentant... Annette! Annette!...

Elle pleurait, son courage l'abandonnait... « Tu mourras donc?... » disait-elle; et, pendant quelques instants, ce fut tout son discours. Elle se jeta à genoux, et dit avec ferveur: « Dieu! père des hommes! tu le sauveras, au moins!... tu lui donneras l'entrée de l'Éden... Ah! que nous y soyons réunis à jamais!... »

A ce moment, un rayon de la lune, par l'artifice de son cours, entra par les barreaux, et vint illuminer Argow et Annette qui étaient à genoux : Annette regarda son époux, et le vit si brillamment éclairé et si resplendissant, par l'effet de cette lueur qui se répandait avec grâce sur les surfaces, qu'elle se leva et dit: « Ah! voilà mon époux de gloire!... le voilà!... il est prédestiné pour les cieux! et c'est moi qui l'y ai conduit!... »

Cette idée lui donna une force, un courage, une énergie, que les discours d'Argow fortifièrent; et, dans un moment d'enthousiasme: « Faisons la Pâque, comme les Hébreux quand ils partirent pour la terre promise!... s'écria Argow; un dernier repas en Égypte! une dernière nuit remplie par l'amour et la religion!... entourons le dernier acte de l'homme vivant de tout ce qu'il y a de grand, de beau, de délicat.........................

....

— Son dernier baiser m'a donné la mort! dit Annette en fermant la porte de la prison... je ne le verrai donc plus!...

Elle était comme égarée, elle courait par toutes les rues de Valence, sans pouvoir trouver son chemin. Le crépuscule du matin avait une fraîcheur qui la faisait frissonner sans qu'elle s'en aperçût. Elle vit au loin des hommes qui travaillaient sur une place avec de la lumière. « Je leur demanderai mon chemin », dit-elle. Elle s'avança vers eux avec un frisson glacial, et, les yeux hagards, elle prit la main d'un homme en veste, en lui disant: « Mon ami, quelle heure est-il?... »

— Cinq heures...

— Pouvez-vous m'indiquer mon chemin?...

— Volontiers... où allez-vous?

— Pourquoi donc ces bois, ces charpentes?

— Elle est folle !... dirent en chœur les trois hommes à voix basse...

— Vous ne voyez donc pas que c'est l'échafaud ?... et que ce matin l'on...

Elle n'entendit pas l'horrible mot, car l'infortunée jeta un cri et tomba entre les bras du bourreau. A ces marques de douleur, il reconnut Mme de Durantal : elle était là, à deux pas de l'hôtel de Charles, les deux hommes la conduisirent à la porte, l'assirent sur la borne, sonnèrent et se retirèrent en disant : « Pauvre femme !... »

L'autorité avait jugé à propos d'indiquer l'exécution pour le matin, afin de ne pas laisser le temps aux amis du condamné de réunir des forces et de commettre, une seconde fois, des attentats aussi grands que ceux dont Valence avait été témoin la nuit du jugement. Néanmoins, malgré toutes les précautions prises pour exécuter M. de Durantal devant le moins de monde possible, la nouvelle de son arrestation et celle de son supplice matinal, semblèrent voler. L'on prévit, par l'espèce d'instinct qui anime les masses, que cette sanglante tragédie du peuple aurait lieu le lendemain : l'on vit passer, l'on entendit construire l'échafaud, et, de toutes parts, le peuple accourut.

La place était vaste, l'échafaud se trouvait au milieu, et il était gardé par un escadron tout entier de gendarmerie. Cette place ne semblait pas assez large pour contenir les flots du peuple qui s'y pressait. On ne voyait, du haut des fenêtres, qu'une mer agitée que formaient les têtes noires des hommes et les têtes garnies de bonnets d'une multitude de femmes. On était pressé comme pour une fête publique, et il y avait un épouvantable flux et reflux, car le monde en abondant causait des mouvements intestins parmi cette foule, comme s'il y eût régné un ouragan..

Les fenêtres étaient toutes ouvertes et garnies de spectateurs, comme pour un tournoi. Si elles n'étaient pas pavoisées, il y avait, pour la commodité des gens qui regardaient, des coussins, des tapis... Ne faut-il pas être à son aise pour voir un supplice !... les fenêtres avaient même deux ou trois rangées de têtes !... on loua des croisées, tant il fut difficile de savourer la dernière douleur d'un homme. Il y avait beaucoup de femmes !... en France !... au XIXe siècle !... et cette scène, si elle ne se renouvelle pas souvent à Valence, se reproduit souvent dans ce royaume pendant l'année !... Si la postérité lisait des romans, et s'ils ne mouraient pas en un jour, ... elle demanderait où était située la France ?... En Europe, là où furent jadis la Grèce et Rome.

Les uns riaient, les autres parlaient, il y avait un brouhaha comme au théâtre, avant que la pièce ne commence : peu s'en fallait que quelques voix ne se plaignissent des retards. Cependant on doit dire que généralement le condamné excitait le plus grand intérêt, et lorsqu'on parlait de Mme de Durantal, pas une âme ne restait froide à son malheur. On se racontait la manière dont Jacques avait été pris, et quelques-uns exprimaient le regret de ne pas avoir appris qu'il se fût enfui. Aussitôt qu'il paraissait quelque chose dans la rue par laquelle le tombereau devait passer, un *hourra* s'élevait, produit par je ne sais quel sentiment... Pour un homme qui raisonne il y a de quoi frémir !... Si cette masse de peuple vient donner au malheur, par sa présence, une marque de plainte et des larmes, il serait sublime pour un criminel de voir courir le monde entier ; mais si le coupable se trouvait seul avec le bourreau, le ciel, un ami et sa conscience, la justice et la religion, je crois que tout ce qui a vie et raison admirerait ce groupe dans la solitude, en se reportant, par la pensée, à cette dernière scène.

— Le voilà !... le voilà !... le voilà !... » ces paroles furent dans toutes les bouches, et cette voix collective fut comme le dernier mugissement d'une tempête qui cesse tout à coup. Les têtes se tournèrent vers un seul point, et le silence le plus épouvantable qui jamais ait régné dans une foule s'établit comme s'il eût été ordonné par un pouvoir magique.

Il ne fut troublé que par le conducteur de la charrette qui fouettait son cheval, et par le roulement des roues sur le pavé ; cette fatale charrette avait paru, et, pour l'honneur de l'humanité, toutes les âmes s'étaient réunies dans une même pensée, la plainte de la misère !... Argow était dans le tombereau avec M. de Montivers ; et, pour ceux qui ne connaissaient pas le criminel personnellement, et sans le costume du vénérable prêtre, on eût pris M. de Montivers pour le condamné. Jacques de Durantal était à ses côtés, et soutenait le bon prêtre qui pleurait : « Allons, mon vénérable ami, vous qui m'avez réconcilié avec le Ciel, vous, mon père en Dieu, du courage !... notre séparation n'a rien de cruel, si les espérances de l'homme ne sont pas vaines : je vais être heureux et je quitte une enveloppe grossière pour ne plus garder... vous savez !... cette belle robe d'innocence... oh ! votre sermon... il est toujours là, dans mon cœur. »

En disant ces mots, Jacques regardait le firmament avec une expression angélique ; la beauté du ciel semblait avoir décoré sa figure de quelque chose de brillant : les remords avaient disparu pour faire place à l'espoir ; et, quand ses yeux tombèrent sur la foule, ce ne fut que pour y distribuer des sourires de bonté qui semaient les regrets. Le char marchait entre deux haies silencieuses ; en fermant les yeux, l'on eût cru qu'il n'y avait personne.

Le malheur voulait que l'habitation de Mme Servigné ne fût pas loin de cette place, comme on l'a vu, de manière que les cris de « Le voilà !... le voilà !... » suivi de ce silence, parvinrent à l'oreille d'Annette et la rendirent comme aliénée. « Ah ! ils l'ont tué !... un seul coup ! s'écria-t-elle ; et cette ligne rouge, la voilà !... Oh ! je puis rire, maintenant, car tout ce qui est sur la terre m'est indifférent !... »

Il fallut toute la force de Charles et de M. Gérard pour la contenir ; elle les saisissait et lançait des cris indistincts comme un être privé de raison et qui ne parle aucune langue.

— Ma fille !... ma fille !... disait Mme Gérard, d'une voix affaiblie... ma fille !...

— Ma fille !... répéta Annette, je n'ai plus de mère, de père ! tous mes parents sont dans la place, maintenant, sur ce tréteau !...

Pendant un temps que nul des personnes qui tenaient Annette ne put déterminer, on n'entendit que des plaintes incohérentes... des pleurs... des sanglots...

Cependant, le char était arrivé à l'échafaud ; Argow y

monta, leva les yeux au ciel, dit à M. de Montivers : « Je vous recommande Annette !... ce fut... oh ! c'est un ange !... Adieu. . . . .

. . . .

La foule allait s'écouler en silence, lorsqu'une scène effrayante eut lieu avec la rapidité de l'éclair.

— En recevant le coup, il murmurait « Annette !... » dit un homme qui était le plus près de l'échafaud.

Soudain, un grand corps presque gigantesque s'élança sur l'échafaud : il avait les bras nus, il les trempa dans le sang de Jacques, et, montrant ses mains au peuple : « Je n'essuierai ce sang, s'écria-t-il, que lorsqu'*il* sera vengé !... *Vengeance !... vengeance !... tu seras terrible !...* »

Cette action, ces paroles furent comme un coup de foudre, Vernyct, car son nom fut proclamé par le peuple, se jeta au milieu de la foule, qui, saisie d'horreur, se rangea comme si le feu passait, afin de n'être pas tachée du sang que Vernyct présentait en tendant les mains : il s'élança sur un cheval et disparut.

Il y eut alors, parmi la foule, comme un réveil.

— L'avez-vous vu ?

— Oui, il avait un grand manteau noir.

— Moi, disait un autre, je n'ai vu que ses bottes.

— Était-il grand !

— Il a bien choisi, disait le premier, le côté où il n'y avait point de gendarmes...

— Son visage était bien bouleversé !... il avait l'air d'un lion qui déchire sa proie !...

Enfin, il n'y avait pas une personne qui ne parlât de cette apparition qui fut comme un météore... Ce cri de *vengeance !...* avait retenti dans toute la place comme le son d'un clairon, et cette dernière scène de la tragédie éclipsait l'affreux dénouement.

La place se vida lentement ; mais enfin, à la chute du jour, tout avait disparu, et le calme régnait seulement là ; car, dans tout Valence, on ne parlait que du serment de Vernyct, et l'on cherchait quelles seraient les victimes de cette promesse sanglante !...

L'autorité, active et prudente, prit toutes les mesures nécessaires, afin que cette insensée fidélité n'eût aucune suite fâcheuse; mais les gens qui connaissaient ce qu'avait déjà fait Vernyct, et qui jugeaient son caractère aigri par les événements, n'étaient pas sans de vives inquiétudes. L'on conseilla à M. de Rabon, le chef du jury, et à M. de Ruysan, le procureur du roi, de se tenir sur leurs gardes; mais ces derniers, soit par courage civil, soit confiance dans les mesures de l'administration, restèrent dans la plus grande sécurité, protégés, qu'ils l'étaient, par leur conscience.

CHAPITRE XXX

Quatre heures après l'exécution, Annette vivait encore; mais l'on a vu dans quel horrible état elle se trouvait. La chambre où gisait sa mère présentait un spectacle affreux ! Tout à coup, au milieu de son délire, Annette eut comme une pensée lucide, elle s'arrêta, ne cria plus, s'assit devant le lit de sa mère, et tout le monde, rangé en cercle autour d'elle, attendit avec impatience les paroles qui allaient sortir de cette bouche, dont les lèvres, jadis fraîches et pures, étaient comme flétries.

— *Il* m'a dit de l'ensevelir !... Cette phrase, prononcée par cette femme au milieu de ce cercle de parents attentifs, avait un tel caractère qu'une terreur froide comme la mort se coula dans les veines des assistants.

— Charles ! dit-elle avec un horrible sang-froid, en le montrant du doigt, c'est vous qui l'avez conduit là, sur la place ! Il vous a pardonné, cette nuit, en m'embrassant, il me l'a dit d'une voix touchante !... Il est mort, la terre est satisfaite ; on peut avouer que c'était un ange !... Eh bien ! moi, Charles, je t'inflige, pour peine, d'aller redemander son corps... je dois lui obéir... il faut que nous l'ensevelissions... à Durantal, dans l'île des peupliers [84] !... va, Charles, je serai tranquille...

Charles obéit en silence. Annette resta au chevet du lit de sa mère. Mme Gérard tourna lentement ses yeux, déjà dénués de toute leur expression, et, regardant sa fille, elle lui dit d'une voix sépulcrale : « Qu'est devenue mon Annette, cette brillante vierge qui, les yeux pleins de vie, le visage rayonnant, travaillait à de la dentelle et vivait pure!... ô ma fille!... il faut l'œil d'une mère pour te reconnaître!...

— Ma mère!... ô mère chérie, bénissez-moi et ne m'accablez pas!... mon fardeau est plus lourd que le vôtre... vous n'avez encore rien perdu!...

— Et l'honneur!... s'écria la mourante en se mettant sur son séant.

Annette baissa la tête, et dit à voix basse: «Je me trouve honorée de lui avoir consacré ma vie!... c'était une âme née pour être grande et généreuse, elle le fut trop tard!...»

Mme Gérard se maintint sur son séant, prit les mains d'Annette, les porta sur son cœur, et dit, avec cette voix et ce sentiment qui rendent ces sortes de scènes pleines de majesté: «Ma fille, tu ne m'as jamais apporté que bien et que consolation, Dieu nous frappe, il a ses raisons, sois à jamais bénie, car tu fus une fille tendre et une épouse grande et noble!...»

Elle retomba sur son oreiller, en serrant la main d'Annette. M. Gérard vint la regarder, et, devinant son intention, Mme Gérard lui dit: «Je vais très bien, mon Gérard!...» mais un faible sourire erra sur ses lèvres décolorées...

Au bout de deux heures passées dans l'angoisse et le silence, Charles parut et dit à Annette: «Le corps de mon cousin est en route pour Durantal, quand vous voudrez, Annette, nous nous y rendrons.»

— Sur-le-champ! dit-elle. Elle fut à son père, l'embrassa avec une espèce de folie, et déposa un baiser sur le front de sa mère. Mme Servigné resta seule auprès de Mme Gérard.

M. Gérard, Annette, Charles, M. et Mme Bouvier, montèrent en voiture et partirent, à la chute du jour, pour Durantal.

— Hier, à cette heure, *il* vivait!... dit Annette.

Pendant tout le chemin, les trois cousins remarquèrent une sorte de décomposition dans les traits de l'aimable femme qui succombait sous le poids de ses malheurs. En effet, Annette n'était plus soutenue par la présence de l'être qu'elle chérissait; il semblait que son énergie se fût enfuie. Alors toutes les douleurs et les fatigues de cette semaine de désolation, qui se trouvaient comme suspendues, fondirent sur elle, et elle ressentit tous les maux physiques et intellectuels qu'elle devait éprouver : on l'entendit se plaindre, comme si elle était seule : elle déplorait surtout *une douleur qui lui sciait le cou ;* ses jambes... elle ne les sentait pas ; elle étouffait, voulut soulever la glace de la voiture, et elle la laissa, parce qu'elle *ne le pouvait pas !...*

Charles sentit des larmes amères couler dans ses yeux, en contemplant ce noble visage jadis si pur, si frais, si gracieux : toutes les veines du visage étaient marquées ; les cheveux d'Annette étaient devenus, durant cette journée, blancs comme de la neige ; elle ne s'en apercevait pas ; son souffle s'échappait avec peine d'entre ses lèvres blanches ; ses yeux, toujours pleins d'expression, étaient levés vers les étoiles, et ils étaient comme secs et brûlants... Charles lui prit la main ; elle avait le froid de la mort. Charles serra la main de M. Gérard, et le vieillard lui répondit par un regard affirmatif qui le remplit de terreur ! Il y a des êtres qui ont, malgré leur peu d'esprit, le don d'être sublimes par un geste, ou peut-être les circonstances seules donnent-elles le ton aux individus...

A moitié chemin, Annette se mit à chanter d'une voix pure et recueillie, comme si elle eût été parfaitement tranquille et heureuse. Ils se turent et l'écoutèrent en silence : son chant était grave, mais d'une mélodie extraordinaire ; elle ne chantait rien qui fût connu, sa musique paraissait venir d'une improvisation. L'attendrissement les gagna tous, et ils admirèrent, au milieu du calme de la nuit et des champs, cette vierge, ce cygne, qui semblait dire adieu à la terre ; elle avait les yeux constamment fixés sur une étoile, et la lumière des cieux, donnant sur son visage, y jetait d'avance l'auréole des saints...

En mettant pied à terre, et revoyant Durantal qui se dessinait dans les cieux comme un immense géant, Annette pleura... elle prit le bras de Charles et marcha, avec assez de peine, dans l'avenue ; elle ne se plaignait pas de la faiblesse de ses jambes, mais de la dureté du sol.

Charles s'aperçut alors que sa cousine n'avait pas longtemps à vivre. Elle arrriva dans son parc, sur lequel elle jeta un dernier coup d'œil. Elle regarda de sang-froid l'île des peupliers, où elle vit briller de la lumière ; mais, avant de s'y rendre, elle voulut monter dans son appartement, et là elle embrassa, avec un plaisir amer, tout ce que son mari avait coutume de toucher. Elle revit la chambre nuptiale, et déposa un baiser sur la couche. La chambre était restée exactement dans l'état où elle la laissa le jour de l'arrestation de son mari. Elle distribua à tous ceux qui avaient servi à Durantal, de l'argent, et lorsque le secrétaire fut vide, elle y découvrit sur des papiers quelques cheveux d'Argow qu'elle donna à son cousin en y joignant une boucle des siens : elle fit tout cela naturellement. Puis, ayant parcouru les galeries, elle redescendit avec précipitation et sans retourner la tête ; elle s'élança dans le parc, suivie de tous les domestiques, de Charles, de M. Gérard et d'Adélaïde.

L'on se mit en marche vers l'île des peupliers : les deux nègres portaient le corps de leur maître, et Annette se repaissait, avec une effroyable avidité, des formes qu'un linge éblouissant laissait apercevoir. Elle tendait les mains comme pour palper encore le seul être qu'elle aima d'amour ; ses yeux avaient même la voracité du besoin ; elle embrassait, par sa vue, le corps tout entier...

— Oh ! elle est morte !... se dit Charles...

Ce convoi silencieux passa à travers les riantes allées et les prairies de Durantal, la lune environnait le cortège de sa lumière pure, et l'on n'entendait que le bruit des pas et celui des feuilles.

Arrivés à l'île des peupliers, l'on déposa le corps de M. de Durantal par terre ; Annette s'agenouilla et récita les prières de l'église. Quand cela fut fini, elle se retourna et dit : « Tous ceux qui t'ont connu, mon ami, sont là !... Je me trompe, ton plus fidèle frère n'y est pas ! »

— Il y est !... cria une voix sourde, et l'on vit une grande ombre s'avancer lentement et mystérieusement. — Mais, pendant que vous le pleurez, il songe à venger l'amitié !...

— Vernyct, dit-elle, en l'amenant vers le corps gisant de son ami, la mort de tout ce qui a vie ne lui ôtera pas cette fatale ligne rouge. Renonce, sur sa tombe, à faire le mal, et deviens vertueux !

— Non !... et le féroce lieutenant, levant ses mains ensanglantées vers le ciel, ajouta : j'ai ma religion à moi... *il* sera vengé !...

A ce moment, les deux nègres, ayant descendu leur maître dans la fosse, avaient jeté une pelletée de terre ; le bruit fit retourner Annette qui voulait prier, de sa douce voix, l'ami de Jacques... En ne voyant plus de vestiges de cet être qu'elle avait chéri... elle jeta un cri, et tomba si précipitamment dans la fosse, que les deux nègres lui jetèrent deux autres pelletées de terre ; on se précipita pour la relever, mais elle était morte !... ses cheveux s'étaient écartés autour de sa tête, et leur blancheur, rendue brillante par le reflet de la lune, lui donnait l'aspect d'une sainte que l'on retirait de sa tombe... il n'y avait aucun espoir.

L'on n'osa pas la séparer de celui qu'elle tenait embrassé par un dernier effort de l'instinct de l'amour !...

Vernyct s'avança et dit : « On m'a tué deux amis !... je veux deux victimes ! » et des larmes interrompirent le reste de son discours.

Il fut à Charles, tira un portefeuille de son sein, et lui dit : « Voilà le reste de toute la fortune de Durantal ; je n'en ai que faire, car j'ai pris tout ce qu'il fallait pour Jeanneton et pour récompenser mes amis !... je n'ai plus besoin de rien... Votre repentir est vrai, soyez donc le dépositaire de ces quatre millions, et faites-en ce que bon vous semblera... adieu !... vous entendrez parler de moi, car je vais semer l'horreur dans tout le pays ; mais quelque temps après on ne parlera plus du tout de Vernyct !... »

Il s'élança dans le taillis ; mais on le vit promptement revenir, et, prenant Charles par la main, il le secoua fortement, en lui disant d'une voix émue : « Je te recommande Jeanneton ! ne crois pas, parce qu'elle se soit donnée à moi, qu'elle soit une créature indigne d'être aimée... Pour un honnête homme, c'est une autre Annette, s'il est permis de donner ce nom à une créature vivante... adieu !... » On ne le revit plus.

Ainsi qu'au théâtre, lorsqu'une fois le nœud d'un drame est tranché, il devient tellement impossible de réussir à intéresser, qu'on a fait une loi de cesser à l'instant ; mais la curiosité des lecteurs ne serait pas satisfaite si je n'achevais pas de donner le détail des actions du lieutenant, qui, toutes criminelles et horribles qu'elles soient, ont un genre d'intérêt pour certains lecteurs. Alors il sera loisible à celui qui ne s'intéresse qu'à Annette et au Criminel d'en rester là. Ceux qui voudront tout connaître n'auront qu'à poursuivre.

Malgré toutes les précautions que l'on prit pour annoncer à Mme Gérard la mort d'Annette, elle ne survécut pas longtemps à cette fille chérie ; elle languit encore quelque temps, et finit par expirer dans les bras de son *cher Gérard*.

Ce ne sont pas les mourants qu'il faut plaindre !... Cette parole touchante est vraie, et M. Gérard le prouva. Par toute la douleur que ce pauvre être éprouva pour se séparer de son bureau des droits réunis, qu'il avait dirigé pendant trente ans, l'on peut juger de celle qui l'envahit tout entier à la mort de sa femme. Il quittait un être avec lequel il avait cheminé presque toute sa vie. Jamais l'idée d'une infidélité ne lui était venue en tête, et il avait toujours pensé tout haut avec elle. Il pouvait revoir son bureau, mais revoit-on un être perdu pour toujours !... Il allait dans Valence sans but, sans idées (il n'en eut jamais beaucoup) ; mais, pour le pauvre homme, être sans guide et sans point de mire, ne plus retrouver au logis le même visage qui lui adressait toujours le même sourire... Il faisait pitié même à ceux qui ne le connaissaient pas, car il semblait qu'à chaque acte d'existence il lui manquât quelque chose qu'il ne pouvait définir, et qui rendît sa vie incomplète. Cette douleur passive, qui reste longtemps, et qui, ne se dévoilant en rien dans les actions, reste au fond du cœur et répand sur la vie une teinte d'indécision, est toute aussi touchante que celle qui brise comme l'orage.

Il se retira à Durantal, et y fit du bien sans éclat : il allait chaque jour arroser les fleurs qu'il planta lui-même sur *leur* tombe, car il ne *les* nomma jamais... Le nom d'Annette le faisait même pâlir... enfin, s'il ne resta pas trois heures sur *sa* tombe pendant les premiers jours, il y alla perpétuellement par la pluie, le vent, le soleil, l'hiver, l'été, et cette triste histoire devait être toujours pour lui comme arrivée de la veille. Les malheureux virent en lui une réunion de quatre êtres qui semblaient vivre en lui et l'accompagner toujours.

Le lecteur peut se retracer le sous-chef peint dans le premier chapitre de cet ouvrage, et il le verra de même, à la douleur près ; car sa petite et habituelle grimace de bienveillance fut remplacée par le masque éternel de la plainte et de la mélancolie. Il ne vécut pas, il végéta dans un cercle de bienfaisance et de douleur. Mme Servigné, sa belle-sœur, remplaça sa femme auprès de lui.

Adélaïde et son mari prospérèrent. Charles passa en Amérique, et l'on n'a plus eu de ses nouvelles. Cependant un jour la gazette de Colombie annonça la mort d'un jeune Français qui s'était dévoué pour une mission dangereuse. Adélaïde, en apprenant cette particularité, ne douta pas que ce Français ne fût son frère. Maintenant il ne nous reste plus que Vernyct et Jeanneton.

Un grand mois s'était écoulé depuis l'exécution de M. de Durantal, et l'on avait cessé de parler de cet événement. Si parfois quelqu'un, dans les cercles de la société, venait à y penser, c'était pour dire :

— Eh bien, cet homme qui a paru sur l'échafaud pour annoncer de si grands malheurs, qu'est-il devenu ?

— L'on n'en sait rien, répondait-on ; il paraît même que, malgré tous ses soins, la police en a perdu la trace.

— Il est loin... disait un autre ; quand on a hérité de la fortune de M. de Durantal, on a bien plus envie d'en jouir que de venir brûler les bicoques de Valence.

— Ma foi, à la place de M. de Ruysan, je demanderais mon changement... Cet homme a annoncé par ses actes un grand caractère... il est peut-être comme le chat qui attend avec patience le moment de s'élancer sur sa proie.

Cependant au bout d'un mois le feu de la curiosité s'était amorti : le procès sur l'évasion de M. de Durantal n'avait pas eu lieu, parce que l'on n'avait pas réussi à retrouver les vrais coupables, et rien n'indiquait à la police de Valence que Vernyct eût des intentions hostiles. On finit même à cette époque par se relâcher de la sévérité des mesures adoptées pour protéger ceux que l'ami du criminel avait en quelque sorte désignés, et l'on s'endormit sur cette haine sourde.

Le nouveau préfet de Valence donnait un bal, et tout ce qu'il y avait de distingué dans la ville y assistait : M. de Ruysan et M. de Rabon y étaient, et s'en allèrent vers les onze heures. A minuit, au milieu d'une contredanse, l'on entendit des cris affreux, des hurlements, et l'horrible bruit d'une multitude de trompettes qui par leurs sons semblaient convoquer toute la ville... L'on se porta en foule aux fenêtres, et l'on aperçut une vive lumière qui venait de la place sur laquelle avait eu lieu l'exécution d'Argow.

Sur-le-champ tout le monde s'y transporta dans la plus vive inquiétude, et en sortant l'on vit la multitude accourir dans le désordre de gens qui s'éveillent. Quel affreux spectacle se montra aux regards des spectateurs indignés !...

Quarante à cinquante cavaliers armés, masqués, et couverts de grands manteaux noirs, parcouraient la place, en suivant M. de Rabon et M. de Ruysan que deux hommes traînaient impitoyablement. Chaque cavalier avait une torche, et, tenant les guides de leurs chevaux entre leurs dents, leur sabre d'une main et leur torche de l'autre, ils cavalcadaient dans la place, avec des hurlements effroyables, et en décrivant un cercle. Ce que l'on raconte des cannibales dansant autour de leurs victimes, ou plus encore l'horrible joie des égorgeurs de la Saint-Barthélemy, ou des féroces septembriseurs, rien ne pourrait donner l'idée de cet épouvantable concert donné par la vengeance. Si tout le peuple accouru voulait faire un mouvement pour arracher les deux victimes, soudain les cavaliers se portaient vers l'endroit où les spectateurs faisaient mine de se révolter, et ils montraient sur-le-champ une forêt de carabines tendues. Ce que l'on se figure du *boa* et de sa proie était réalisé : la foule, comme *charmée*, restait immobile.

Aux armes! aux armes!... criait-on de toutes parts!... Les uns couraient aux casernes, les autres aux postes voisins; et, pour la seconde fois Valence était, au milieu de la nuit, en proie à la même épouvante et à la même terreur qui l'agitèrent la nuit de l'évasion de Jacques.

Dans le lointain l'on entendit le bruit des chevaux de la gendarmerie qui accourait au grand galop, et celui des tambours de la troupe de ligne qui venait au pas redoublé...

Alors le grand fantôme noir qui traînait L. de Ruysan s'arrêta, descendit de cheval, et le nègre qui tenait M. de Rabon en fit autant. Il y eut un cri d'horreur parmi la foule; mais les cavaliers ne firent qu'un mouvement, et cet horrible mouvement arrêta le zèle des habitants!...

On voyait avec surprise des femmes en robes de bal et toute l'assemblée du préfet, mêlées aux habitants. Toutes les fenêtres étaient ouvertes, et chacun, une lumière à la main, regardait immobile cette affreuse scène.

— Accordez-moi un moment, dit M. de Ruysan à son farouche bourreau, je veux faire ma prière...

— Bah! pour un *oremus* de plus ou de moins, l'on ne vous damnera pas.

— Si vous voulez qu'on vous accorde du répit à l'heure de la mort, accordez-m'en? demanda M. de Rabon.

— Je ne veux pas de délai quand je mourrai!... répondit le nègre.

Les deux têtes tombèrent ensemble!...

— A la même place! cria le lieutenant.

A ce moment, la foule se précipita, la gendarmerie et les troupes arrivèrent, mais le lieutenant et Milo étaient remontés à cheval; les cavaliers fondirent sur la gendarmerie, tirèrent, presque à bout portant, leurs carabines, dissipèrent l'escadron, et disparurent avec une telle vélocité, qu'il fut impossible de les poursuivre . . . .

Valence resta plongée dans la consternation la plus profonde, et l'autorité résolut de détruire ces horribles brigands à tel prix que ce fût.

Telle fut la vengeance de l'homme qui ne promettait jamais rien qu'il n'essayât de le tenir ....

CONCLUSION

Vernyct et ses quarante camarades, n'ayant pas été atteints par la gendarmerie qui les poursuivait, se retirèrent dans les bois; mais l'autorité ne tarda pas à prendre les mesures les plus vigoureuses pour détruire cette horde de brigands. Un régiment d'infanterie et toute la gendarmerie de Valence furent commandés par un habile officier qui fut obligé de combattre Vernyct, absolument comme s'il se fût agi d'une armée entière. Pour Vernyct, aussitôt qu'il eut connaissance de la guerre qui lui était déclarée, il se mit en campagne, et parcourut le pays en se livrant à des excès qui le rendirent le fléau de cette contrée.

Il tombait à l'improviste sur les postes des troupes, et les détruisait; il arrêtait sur les routes, même en plein jour, et se livrait à toutes les cruautés que lui dictaient et son désir de vengeance et son naturel sauvage, que les événements arrivés à son ami avaient aigri; cependant, d'après les diverses aventures rapportées, et dont on tenait registre à Valence, l'on remarqua que le lieutenant et ses complices ne faisaient jamais de mal aux paysans, aux ouvriers, aux malheureux, et même que sa vengeance ne s'exerçait que sur ceux qui faisaient partie d'une certaine classe de la société : ainsi, il était impitoyable pour les gens de justice, les administrateurs, ou ceux qui tenaient à l'administration : il était cruel pour les gendarmes et les moindres individus attachés à la police : souvent il ordonnait de laisser aller les soldats sains et saufs, et se contentait de retenir les officiers comme otages; quelquefois il donnait de l'argent à ceux qui en manquaient, et il payait tout ce qu'il prenait.

Dans les fréquentes rencontres qu'il eut avec les troupes, les officiers ne purent s'empêcher de lui rendre cette justice, qu'il était difficile de montrer plus de bravoure et d'audace que lui et que ses gens. Sa résistance fut si longue, et son adresse était telle, que l'on se vit obligé de lui faire des propositions qu'il n'accepta jamais.

Enfin, lorsqu'un de ses gens était blessé, qu'il devenait impossible de le transporter, et qu'il était menacé de tomber au pouvoir de l'ennemi, il y avait ordre de l'achever, car Vernyct et ses gens craignaient par-dessus tout l'échafaud sur lequel Argow avait péri. Lorsque le hasard voulait qu'un brigand tombât entre les mains des assaillants, Vernyct annonçait aussitôt l'intention de mettre à mort tous ses prisonniers, et alors l'on échangeait le brigand contre un certain nombre d'officiers.

Cette lutte dura pendant un certain temps; mais, quelque habile que fût le lieutenant, il perdait souvent du monde, et il ne cherchait pas à recruter, quoique bien des mauvais sujets se fussent présentés à lui; alors au bout de trois mois il se vit réduit à une douzaine d'hommes aussi adroits et aussi intrépides que lui.

Ce combat d'hommes en guerre avec la société pourrait, à lui seul, fournir le sujet d'un ouvrage qui ne laisserait pas d'être curieux par la singularité des maximes, le contraste des caractères et l'intérêt de cette action tumultueuse; mais ici une telle peinture n'est pas l'objet de cette conclusion, et nous n'avons rapporté succinctement l'histoire de cette horde, qu'afin d'arriver à la mort de Vernyct.

Après la mort d'Annette et de son mari, Jeanneton s'était retirée à son auberge, et l'administration, instruite de la liaison qui existait entre le chef de cette bande redoutable et la jolie hôtesse, n'avait point inquiété Jeanneton, et semblait fermer les yeux sur l'espèce de complicité de la jeune paysanne. Ce silence était assez facile à interpréter, et Vernyct avait assez de ruse pour savoir qu'on ne lui laissait Jeanneton que comme un piège auquel on prétendait le prendre.

Néanmoins le rusé lieutenant n'en vint pas moins chez Jeanneton : c'était chez elle qu'il prenait ses repas, soit le jour, soit la nuit, lorsqu'il se trouvait dans ses parages. L'amour actif de sa maîtresse, les déguisements qu'il savait prendre, sa célérité, sa bravoure le préservèrent pendant longtemps des dangers qu'il courait. Quelquefois l'on séduisit les espions qui rôdaient dans l'auberge ; souvent Vernyct se maintint par la force ; mais le danger croissait, loin de diminuer.

Un soir, le lieutenant avait fait donner, par ses douze hommes, une alarme à tous les postes qui entouraient l'auberge, et, ayant éloigné tous ses ennemis, par cette ruse qui lui était familière, il arriva à l'auberge où Jeanneton l'attendait avec impatience, car il y avait environ huit jours qu'ils ne s'étaient vus, et il l'avait fait prévenir.

Jeanneton, avec la même joie, le même amour que le lecteur connaît, préparait donc elle-même le souper de Vernyct : un feu brillant illuminait l'auberge ; chacun de ses gens étaient aux aguets, et la jolie hôtesse tressaillit en entendant les coups de feu, les cris et les combats qui emmenèrent assez loin les surveillants et les troupes. Il était neuf heures du soir, la table mise dans la grande salle de l'auberge attendait le maître de Jeanneton, et, comme cette dernière fermait la trappe qui se trouvait au milieu de la salle, et dont nous avons donné la description dans le troisième volume, le cri rauque par lequel Vernyct s'annonçait ordinairement se fit entendre, elle laissa sur-le-champ cette trappe ouverte, se jeta à bas de la table sur laquelle elle était montée, et courut au-devant du lieutenant.

Lui jetant les bras autour du cou, elle le couvrit de baisers, et l'emmena à cette table et devant ce foyer préparé pour lui avec tant de bonheur, et là elle redoubla ses caresses et ses questions.

— D'où viens-tu ?... pourquoi as-tu été si longtemps absent ? etc. Et, sans attendre les réponses, elle lui renouvelle encore un discours tombant la nécessité de quitter un pays sur lequel il avait assez vengé la mort de son ami, lequel discours faisait toujours froncer les sourcils du lieutenant.

Cette fois il la regarda fixement, et lui dit : « Jeanneton, ne sais-tu pas que je cherche la mort… que la vie m'est odieuse sans l'ami qu'*ils* m'ont massacré ? »

Jeanneton baissa les yeux, sa tête tomba sur son sein, et des larmes qu'elle chercha à cacher roulèrent sur ses joues. « Jeanneton n'est donc rien pour toi !… » dit-elle à voix basse.

Vernyct alors la prit sur ses genoux, et, sans lui répondre, embrassa les joues de Jeanneton, partout où les pleurs avaient coulé.

— Est-ce qu'un moment pareil ne vaut pas toute une vie ?… lui dit-il après un moment de silence.

Jeanneton l'embrassa et lui dit : « J'oubliais que du jour que je t'ai aimé je n'étais plus un être raisonnable… je dois partager toutes tes pensées ; ainsi tes sentiments sont les miens… »

Elle le regarda, et alors elle s'empressa de le débarrasser de son tromblon et de son sac, puis elle l'entraîna à table ; mais cette petite scène l'avait tellement émue, que sa gaieté semblait éteinte.

En ce moment, un homme à cheval passa sur la grande route, sans que personne y fît attention : c'était un gendarme qui, voyant à travers les barreaux une vive lumière, jeta un coup d'œil, et, reconnaissant Vernyct, il s'empressa d'aller chercher du secours.

Le lieutenant et Jeanneton finirent par oublier le moment d'attendrissement qui les avait si fort émus, et la joie reparut au milieu de leur festin. Jeanneton folâtrait et riait, lorsque tout à coup un bruit de chevaux lui coupa la parole, elle regarda à travers les croisées, et ses brillantes couleurs l'abandonnèrent ; Vernyct riait de son effroi, quand le domestique de l'auberge entra et leur dit à voix basse : « Ils viennent !… ils viennent !… »

Jeanneton, frappée, répéta : « Ils viennent !… »

— Il y a des gendarmes !… et un bataillon entier de soldats !…

— Des soldats !… répéta encore Jeanneton immobile.

En effet, le stratagème du lieutenant avait été réitéré tant de fois, qu'à cette dernière il n'avait pas complètement réussi : les chefs des postes s'étaient contentés d'envoyer à la poursuite des brigands quelques soldats, en gardant la majeure partie de leurs gens, que, sur l'avis du gendarme, ils venaient de mettre en marche sans faire de bruit.

— Jeanneton ! s'écria Vernyct... et l'infortunée, à ce son de voix, retrouvant toute sa raison, accourut en le regardant avec cette soumission passive qui émeut si puissamment. « Jeanneton, répéta le lieutenant, ôte la table, mets une échelle à la trappe, et sortez tous !... »

Les domestiques et Jeanneton exécutèrent cet ordre avec une célérité incroyable, et, pendant qu'ils dressaient l'échelle, Vernyct, avec le sang-froid d'une jeune fille qui se mire, prenait son arme terrible, et examinait si les amorces, les charges, la poudre, étaient en état.

Jeanneton, lui jetant un douloureux regard, le vit se réfugier dans le grenier, et elle sortit de l'auberge au moment où le bataillon entrait. Elle fut saisie par un gendarme qui la conduisit de l'autre côté de la grande route, et la remit entre les mains de quelques soldats. Elle frémit en voyant son auberge cernée par toutes les troupes, et la certitude qu'elle acquit de la mort de celui qu'elle aimait, la rendit immobile, blanche et muette comme une statue de marbre : ses yeux étaient fixes et attachés sur la partie du grenier où se trouvait Vernyct.

Ce dernier, réfugié au bord de la trappe, tenait son tromblon appuyé contre le plancher, cachait cette arme terrible sous un peu de paille, et son œil parcourait la salle avec curiosité.

Cette salle était pleine de soldats ; la maison de Jeanneton fut bientôt parcourue et fouillée dans les moindres recoins, et, quand on vint annoncer au chef que le lieutenant ne se trouvait pas, tous les yeux se portèrent sur l'échelle, alors, quand on aperçut Vernyct, il s'éleva un cri terrible : « En avant ! » s'écria le capitaine qui grimpa le premier sur l'échelle. Sur-le-champ toute la troupe se groupa au bas de l'échelle, et, quand elle fut couverte de soldats, le lieutenant impassible lâcha la détente de son tromblon, et, avant qu'un seul fusil de ses nombreux adversaires ne l'eût couché en joue, l'échelle et la salle furent balayées, comme si un canon eût craché son fleuve de mitraille : chaque soldat était couché, mort ou blessé, et ceux qui ne furent pas atteints se sauvèrent.

Vernyct avança la tête hors de la trappe, mais, voyant ce carnage, il essuya tranquillement son arme, la rechargea comme un chasseur pourrait recharger son fusil après avoir tiré sur une compagnie de perdreaux, et se mit dans la même position.

Les autres officiers traitèrent les fugitifs de lâches, et une seconde fois un second détachement eut le même sort. Alors on tint un conseil de guerre pour savoir quel parti prendre : Vernyct, assez fin pour ne pas ignorer que l'on ne reviendrait pas une troisième fois à l'assaut, débarrassa le plancher des morts qui l'encombraient, et, regardant par la fenêtre ses ennemis qui se consultaient, il hésita s'il ne se mêlerait pas parmi les morts en prenant l'habit de quelque soldat, lorsque tout à coup, il vit qu'on lui ôtait tout moyen de salut, car on formait un cercle de troupes autour de la maison, et il aperçut allumer des torches.

En effet, l'on avait résolu d'incendier l'auberge et de l'entourer de manière à ce que Vernyct fût sur-le-champ fusillé, s'il faisait mine de vouloir se sauver.

Jeanneton criait comme une folle, et injuriait les troupes et les gendarmes, en exaltant le courage et l'adresse de Vernyct.

Les troupes disposées autour de l'auberge présentèrent à l'œil un cercle de fusils braqués sur la maison, et quelques soldats hardis jetèrent sur le toit et dans les salles des torches et des morceaux de bois allumés, tandis qu'à chaque décharge des fusils, les officiers, par une habile manœuvre, faisaient resserrer le cercle.

Jeanneton cessa ses cris à l'aspect des flammes qui ne tardèrent pas à s'élever de sa maison qui, au bout d'une demi-heure, brûla tout entière. A chaque fois que les flammes de l'incendie, agitées par le vent ou par des poutres qui tombaient, semblaient se remuer vers un seul point, le cercle de troupes fusillait cette maison, en dirigeant les balles sur l'endroit où la flamme semblait indiquer la présence du lieutenant.

A minuit, les flammes n'avaient plus trouvé d'aliments; tout était consumé, et, à la lueur des torches et de l'incendie, dont il s'échappait encore quelques légères flammes, les soldats étaient tous arrivés autour du peu de maçonnerie qui subsistait encore, et, à chaque fois que quelque chose remuait, les soldats, toujours épouvantés par Vernyct, tiraient précipitamment.

Ils venaient tous de décharger leurs fusils de cette manière sur ces ruines fumantes, et chacun, certain de la destruction du lieutenant, s'était approché, lorsque tout à coup, du sein de cette cendre noire, s'élève avec la rapidité de l'éclair, un fantôme noirci qui hurle, se jette sur le côté le plus faible du cercle, le rompt, tue quelques soldats à coups de massue, et, à la lueur des lumières, les soldats épouvantés reconnaissent le lieutenant à ses vêtements de cuir, à ses formes sèches et maigres!... la stupeur s'empare de tout le monde. Vernyct, les mains brûlées, les cheveux en cendres, s'élance vers Jeanneton, qui s'élance elle-même vers lui. A ce spectacle, tout le monde les fuit, s'écarte, et, pendant qu'ils se tiennent embrassés, une dernière fusillade les réunit dans une même mort.

Il paraît que le lieutenant s'était réfugié dans le caveau où jadis Jeanneton avait enseveli son chevreau, et que la voûte épaisse et tout en pierre du caveau préserva le lieutenant de l'incendie, mais que, ne pouvant supporter plus longtemps le défaut d'air et l'horrible chaleur occasionnée par l'incendie, il avait préféré une prompte mort que partagea Jeanneton. On les trouva étroitement unis par leur dernier embrassement, et le père Gérard les fit secrètement ensevelir à quelques pas d'Annette et d'Argow.

NOTES DU TOME I

1. Imprimé à mille exemplaires, le roman de Balzac est introuvable en décembre 1822, au moment où le commissaire de police du quartier du Palais de Justice se présente successivement chez Balzac, chez son éditeur Pollet, au Cabinet de lecture de la rue de la Corderie (impasse Saint-Denis) et au domicile de Mme B.-F. Balzac. Voir A.-M. Meininger, « La Saisie du *Vicaire des Ardennes* » *(L'Année balzacienne, 1968)*. Les poursuites sont suspendues probablement grâce à l'intervention de M. de Berny.

2. L'*Histoire philosophique et politique des établissements et du commerce des Européens dans les deux Indes,* ouvrage de l'abbé Raynal, écrit en collaboration avec Diderot, d'Holbach, Naigeon, Pechméja, publié sans nom d'auteur à Amsterdam en 1770, et réimprimé plusieurs fois, est brûlé, à Paris, par la main du bourreau en mai 1781. L'impression d'*Émile* s'achève, à Paris et à Amsterdam, en mai 1762. Le Synode de Genève condamne le livre dès le 18 juin. Le 19, avec le *Contrat social, Émile* est détruit, par le bourreau, devant la porte de l'Hôtel de Ville de Genève.

3. « Mange-t-on dans *René ?* », demande le maître d'école Matricante, « traducteur » de *Falthurne*. Pendant toute sa vie, Balzac reprochera au romantisme l'abandon du *vrai*. Il s'élèvera contre le faux grandiose, la déformation de la peinture de l'amour, l'abus de la couleur locale et l'emphase du style (voir P. Laubriet, *L'Intelligence de l'art chez Balzac,* 1961). Dans ses premiers romans, par des interventions ironiques, le jeune auteur libéral dénonce le caractère outré des sujets qu'il emprunte à ses contemporains.

4. Dans une note du *Vicaire des Ardennes,* l'auteur « déclare humblement n'être jamais sorti de la rue de la Femme-Sans-Tête, à l'île Saint-Louis, que pour [se] rendre au quartier latin ». Habitant le Marais, Balzac pouvait emprunter cette rue qui constituait la partie nord de l'actuelle rue Le Regrattier, entre la rue Saint-Louis-en-l'Ile et le quai de Bourbon. Bachelier ès lettres depuis 1816 et bachelier en droit depuis 1819, Balzac choisit le pseudonyme Saint-Aubin, en août 1822, pour signer *Le Vicaire des Ardennes* et *Le Centenaire*.

5. *Vie et opinions de Tristram Shandy,* roman de Laurence Sterne (1713-1768), auteur également du *Voyage sentimental,* « le plus original

des écrivains anglais », selon la *Physiologie du mariage*. Les dons d'observation de Sterne, ses idées sur le rapport entre le physique et le moral, le corps et la pensée, ses innovations en matière de technique romanesque ont fortement intéressé Balzac.

6. Dans *Aventures de Caleb William*, W. Godwin (1756-1836), pasteur devenu athée sous l'influence des philosophes français du XVIIIe siècle, dénonce le système judiciaire anglais qui broie l'individu innocent. Caleb est le valet de Falkland qui, dans un moment de colère, tue Tyrrel, le despote du comté qu'il habite. Jaloux de sa réputation, obsédé par l'idée de l'honneur, il laisse condamner un innocent, et poursuit odieusement Caleb, qui sait que son maître est coupable.

7. Commune sur la route de Paris à L'Isle-Adam, fréquemment empruntée par Balzac, entre 1817 et 1821, pour se rendre chez Villers-La-Faye, ami de son père. « Tu sais que L'Isle-Adam est mon paradis terrestre, et qu'il influe beaucoup sur moi », écrit Honoré à Laure, en octobre 1819. Dans *Un début dans la vie* (1842), la diligence de Pierrotin, qui dessert le même itinéraire, emmène à Presles l'imprudent Oscar Husson, en compagnie de Georges Marest, Léon de Lora et le comte de Sérisy.

8. Le Bureau des droits réunis occupe, depuis l'Empire, l'hôtel de Mesmes, rue Sainte-Avoye, n° 44 (rue du Temple, n° 62). Cette administration des contributions indirectes comporte une *Division des tabacs* où travaille M. Gérard (voir p. 54). Elle surveille « l'achat, la fabrication et la vente des tabacs ; la vente des poudres à feu ; la comptabilité matière de ces services, ainsi que leur contentieux administratif ; le personnel des manufactures et magasins » (*Almanach royal*, 1821).

9. *Cheveux à la victime, costume à la victime*, coiffure, vêtements qui rappelaient la toilette des condamnés et qui furent adoptés dans quelques salons après le 9 Thermidor.

10. Voir, également, p. 66 et 167. Cette scène de « la jeune fille à la fenêtre » est reprise et développée dans *La Maison du chat-qui-pelote*, *Une double famille*, *Eugénie Grandet* et *Le Curé de village*.

11. Première esquisse d'une étude de mœurs bureaucratiques que Balzac développera dans la *Physiologie de l'employé* (1841) et *Les Employés* (1837-1844). Dans les œuvres de la maturité, le romancier parle avec une ironie féroce de l'employé « crétinisé » ; en 1824, il éprouve beaucoup de tendresse à l'égard du père Gérard, hébété de *douleur*, à la fin du roman. Au sujet du renvoi de ce fonctionnaire, pense-t-il à son propre père, invité à faire valoir ses droits à la retraite, en juillet 1818 ?

12. Balzac n'a pas trouvé d'emblée le système onomastique pouvant cautionner l'exploration de la réalité par la fiction. Le nom de ce fonctionnaire, comme ceux d'Enguerry, seigneur féodal, cruel et mécréant ; Maître Trousse et Spatulin, médecins ; Villani, traître ; Engerbé, gros fermier ; Maître Plaidanon, avocat ; Courrotin, clerc d'étude, etc., est forgé sur le modèle des noms « signifiants » de la comédie de mœurs.

13. Les lecteurs de Balzac pouvaient, et peuvent encore, suivre l'itinéraire du malheureux fonctionnaire destitué. En quittant son bureau, rue Sainte-Avoye (actuellement rue du Temple, n° 62), M. Gérard se dirige vers la droite, s'engage dans la rue du Chaume (rue des Archives), puis tourne encore à droite et prend la rue des Quatre-Fils jusqu'à la vieille rue du Temple qu'il remonte jusqu'à la rue Échaudé-du-Marais (rue Debelleyme). (Voir p. 66 les indications concernant les croisées de l'appartement d'Annette.)

14. Le personnage du cousin d'Annette annonce celui de Charles Grandet, cousin d'Eugénie. Son ascension rapide dans l'ordre judiciaire préfigure la carrière du vicomte de Granville, d'abord substitut, puis avocat général, à Limoges. Cependant, alors que Charles Servigné reconnaît l'amour passionné d'Annette pour son mari criminel, le vicomte de Granville reste sourd aux supplications de Mme Graslin, qui voudrait sauver son amant, J.-F. Tascheron, accusé du meurtre de l'avare Pingret.

15. Contrairement à Mme B.-F. Balzac qui met Honoré en nourrice chez la femme d'un gendarme à Saint-Cyr-sur-Loire. Le romancier en veut-il à sa mère ? Dans ses romans de jeunesse, l'allaitement est un thème récurrent. Mme Béringheld, mère de Tullius, nourrit elle-même son enfant. Dans *La Dernière Fée,* la femme du chimiste « vivait du souffle de ce petit être qui jouait sur son sein, après en avoir extrait un lait pur comme l'âme de sa mère ». Les héros du jeune romancier partent parfois à la recherche de leurs nourrices. Del-Ryès éprouve le désir de revoir Manon-Viel dans le petit village de Saint-Cyr. Joseph, le vicaire des Ardennes, conserve un vague souvenir de sa nourrice qui le déposait sous un poirier « lorsqu'elle allait travailler dans un champ voisin ».

16. Dans un fragment qui précède immédiatement le récit de la rencontre de Louis Lambert et de Mme de Staël, Balzac écrit : « Sainte-Thérèse et Mme Guyon lui continuèrent la Bible, eurent les prémices de son adulte intelligence, et l'habituèrent à ces vives réactions de l'âme dont l'extase est à la fois le moyen et le résultat ». Balzac connaît manifestement *De l'Allemagne* de Mme de Staël : « L'opinion dominante parmi les chrétiens mystiques, c'est que le seul hommage qui puisse plaire à Dieu c'est celui de la volonté dont il a fait don à l'homme : quelle offrande plus désintéressée pouvons-nous, en effet, présenter à la divinité ? » (Chap. v, *De la disposition religieuse appelée mysticité,* de la IVe partie, *La Religion et l'enthousiasme.*) L'orientation mystique de Mme B.-F. Balzac pouvait également exercer une certaine influence sur les opinions religieuses de son fils. (Voir Madeleine Fargeaud, « Madame Balzac, son mysticisme et ses enfants », et Arlette Michel, « Aspects "mystiques" des romans de jeunesse », *L'Année balzacienne, 1965* et *1966.*

17. Balzac fait allusion à l'adjectif grec χλωρός (chlôros) qui signifie : ayant la couleur vert pâle de la végétation *naissante* (et non pas flétrie). χλωρός se dit aussi d'un visage à la pâleur livide (Homère, *Iliade,* X, 376, XV, 4). L'empereur doit être Constance Ier Chlore (le « Pâle »), empereur *romain,* né vers 225, de 305 à 306. Cf. *Wann-*

Chlore, roman rédigé en grande partie en 1822, réédité en 1836, sous le titre *Jane-la-Pâle*.

18. Balzac écrit dans son *Traité de la prière,* rédigé dans le courant de 1823 : « Or les solitaires de la Thébaïde, les Indiens et le disciple de Platon souvent prouvent les uns par leurs exemples, et l'autre par sa doctrine, qu'il est en l'homme, une certaine disposition de l'âme, qui le rend capable de jouir d'un plaisir inconnu à beaucoup d'êtres, mal organisés ou bien organisés, nous ne déciderons pas la question, et que ce plaisir, donné par la prière méditative est d'une telle vivacité, d'une telle immensité, que les êtres disposés au sublime s'y sont dévoués tout entiers. » Dans ce *Traité,* Balzac veut saisir le mécanisme psychologique de la prière et décrire les effets physiologiques de l'extase qui fait franchir à l'esprit les limites terrestres. Son propos a un caractère plus spiritualiste dans *Annette et le criminel;* néanmoins, il y insiste sur les séductions de la vie contemplative (V. p. 165).

19. Dans *La Peau de chagrin,* Pauline, secrètement amoureuse de Raphaël de Valentin, passe ses nuits à peindre des écrans pour pouvoir subvenir aux frais d'existence de l'étudiant. Contrairement à Balzac que la famille voulait « préserver de toute tentation mondaine » (Laure Surville), au moment où il habitait rue Lesdiguières, Charles Servigné profite des plaisirs de la vie de Paris. Balzac se souvient de ses désirs réprimés dans *Un début dans la vie* et *La Cousine Bette*.

20. La jeune Véronique Sauviat habitera « deux chambres » luxueusement installées « au second étage » de la maison de ses parents. La future Mme Graslin, comme Annette, aura également la passion des fleurs. (Voir sa lettre adressée à Grossetête, dans *Le Curé de village*.)

21. Décoré à l'orientale, le Café Turc, en vogue sous l'Empire et la Restauration, était situé boulevard du Temple, non loin de la rue Charlot. En 1822, Lucien et Coralie s'y rendent à pied de la rue Vendôme. Sous la monarchie de Juillet, il devient le rendez-vous des rentiers du Marais. En 1844, Mme Cibot y envoie son mari chercher deux demi-tasses pour Schmucke et Pons.

22. Les « célérifères » partant de la cour de la Jussienne, n° 19, et de la rue Montmartre, n° 53, se dirigent non pas vers le Midi, mais vers la Normandie, d'après le témoignage des *Almanachs* de l'époque. Balzac pouvait emprunter l'une des diligences exploitées par Le Bourgeois et Cie, en 1822, au moment où il se rendait à Bayeux chez les Surville. Le voyage pour Valence est entièrement fictif.

23. Dans *Les Chouans* et *Un début dans la vie,* Balzac exploite également le thème conventionnel du voyage en diligence. Pendant le déplacement, des modifications interviennent dans les rapports des personnages ; les propos prononcés à haute voix se doublent de paroles tues, de gestes, de regards, caractéristiques du langage du corps.

24. Dans *Le Pirate* de Walter Scott, le bateau de Cleveland sombre au large des îles Shetland. Accroché à une planche, le corsaire échoue sur la grève. Balzac se souvient de cet épisode lors de la création du roman : il associe le thème du naufrage à celui de l'accident survenu lors d'un voyage en diligence.

25. Première application systématique de la théorie de Lavater (1741-1801), inventeur de la physiognomonie. En août 1822, Balzac fait savoir à Laure qu'il vient d'acheter « un superbe Lavater », probablement l'édition de 1820, en 10 volumes, de l'*Art de connaître les hommes par la physionomie*. Lavater écrit dans ses réflexions liminaires : « le visage est la représentation ou le sommaire de ces trois divisions [vie organique, intellectuelle et morale] : le front jusqu'aux sourcils, miroir de l'intelligence ; le nez et les joues, miroir de la vie morale et sensible ; la bouche et le menton, miroir de la vie animale, tandis que l'œil serait le centre et le sommaire de toutes ces existences : quoiqu'on ne puisse trop répéter que les trois vies se retrouvant dans toutes les parties du corps, y ont aussi partout leur expression ».

26. Argow semble être la première incarnation de ce « fantôme du miroir » (P. Abraham) qui hantera Balzac pendant toute sa vie. Graslin et Bénassis rappelleront encore le pirate : le médecin de campagne a « un visage semblable à celui d'un satyre » et le banquier ressemble à « un satyre antique, un faune en redingote ». (Dans « Les Affreux du miroir », article paru dans *Europe*, janvier-février 1965, P. Citron analyse ces visages que Balzac s'est donné « à ses moments de doute et d'horreur de soi ».)

27. Selon Jules Sandeau, *Vie et Malheurs de Horace de Saint-Aubin* (1836), « Horace fut le premier qui s'inspira parmi nous du génie de Byron et de Walter Scott ». En effet, on ne saurait méconnaître les accents byroniens épars dans tout ce portrait. Balzac, auteur d'un scénario d'opéra-comique, tiré du poème de Byron, *Le Corsaire* (1819), se souvient ici de Conrad : « Le soleil avait bruni ses joues ; son front large et pâle était ombragé par les boucles nombreuses de ses noirs cheveux. Le mouvement de ses lèvres révélait les pensées d'orgueil qu'il avait peine à contenir [...] Le froncement de ses sourcils, les couleurs changeantes de son visage, causaient un indéfinissable embarras à ceux qui l'approchaient, comme si cette âme sombre renfermait quelque terreur et des sentiments inexpliquables » (traduction d'Amédée Pichot, *Œuvres* de Byron, Ladvocat, 1822-1825).

28. Le couple de Vernyct et Argow rappelle celui de Don Quichotte et Sancho Pança. Curieusement, c'est le lieutenant-intendant Vernyct qui hérite du physique de Quichotte et du sens des réalités de Sancho, alors qu'Argow, ressemblant à l'écuyer du roman de Cervantès, poursuit une chimère intérieure, à la manière du chevalier errant. (Cf. les abbés Troubert et Birotteau, Dutheil et Grancourt.)

29. Balzac se réfère au *Paradis perdu* de Milton (voir notre Introduction, p. 25). Cf. « Milton, qui avait vécu au milieu des guerres civiles, excellait surtout dans la peinture des caractères, et son Satan est un factieux gigantesque armé contre la monarchie du ciel. » (Mme de Staël, *De l'Allemagne*, IIe partie, chap. v.) Lecteur de Chateaubriand, Balzac pouvait aussi découvrir le Satan de Milton dans *Génie du Christianisme*. Chateaubriand illustre par de longues citations du chant Ier le caractère désespéré, orgueilleux et révolté du « monarque infernal ».

30. La topographie du roman paraît être créée de toutes pièces. Le nom du château de Durantal ne rappelle-t-il pas celui du château de Durtal, orthographié Duretal dans *Sur Catherine de Médicis,* et Durestal dans les textes du XVIe siècle ? Balzac pouvait penser à sa Touraine natale à propos de cette région fantaisiste de Valence. Dans « Influences schillériennes dans les romans de jeunesse de Balzac », E. Brua estime que Balzac, en créant le personnage d'Argow, « s'est probablement inspiré à la fois des *Brigands* de Schiller et des exploits réels de Louis Mandrin, exécuté à Valence » *(L'Année balzacienne, 1974)*. Le nom du fameux chef de bande figure dans *Splendeurs et Misères des courtisanes*.

31. Clin d'œil à Laure, mariée à l'ingénieur Surville et habitant Bayeux depuis 1821. Au mois de mai 1822, Balzac quitte Villeparisis pour rendre visite à sa sœur et à son beau-frère.

32. Il s'agit de la Fête-Dieu, solennité religieuse instituée en 1264. Dans *Sentiments de piété,* Fénelon recommande la prière suivante pour la fête du Saint-Sacrement : « J'adore Jésus-Christ au saint sacrement, où il cache tous les trésors de son amour. O octave trop courte pour célébrer tant de mystères de Jésus anéanti ! Je ne vois qu'amour, que bonté et miséricorde. » (1713; 4e éd., 1734, p. 378.) Cf. également *Génie du christianisme,* IVe partie, livre I, chap. VII : *La Fête-Dieu.*

33. Allusion aux *Amours des Anges* de Thomas Moore (1779-1852); dans ce poème, trois anges déchus racontent l'histoire de leurs passions pour des femmes de la terre. Voir également la note 59, p. 194.

34. L'accomplissement de cette prophétie constituera la trame du roman. La fiction est inscrite dans les pressentiments du personnage qui enregistre attentivement les oscillations de son inconscient.

35. Rue des Postes (actuellement rue Lhomond), n° 34. En 1820, Henry Balzac fait des études dans ce collège. Selon l'appréciation de ses professeurs, c'est une « tête légère, capricieuse, et qui sans une tenue ferme se livrerait à des fréquents écarts ». (Voir Madeleine Fargeaud et R. Pierrot, « Henry le trop aimé », *L'Année balzacienne, 1961*.)

36. Première apparition du mot *repentir :* Charles l'utilise d'une manière hypocrite, comme le traître Michel-Ange qui se moque de tout sentiment religieux : « car, vous êtes noirs de crimes, et vous suez l'iniquité par tous vos pores : mais, il est toujours temps de vous repentir : le repentir et l'espérance sont les deux Antigones que l'Éternel nous a léguées, pour parcourir les sentiers de la vie ! » *(Clotilde de Lusignan)*. Dans *Annette et le criminel,* Balzac exploite l'acception première, morale et religieuse, de ces mots, prononcés dans une intention ironique.

37. « ... qui sait si je ne finirais pas par devenir noble ? » demande l'auteur de *Clotilde de Lusignan*. Il semble plaisanter, pourtant il révèle un désir qui agite les Balzac, celui de s'inventer une ascendance nobiliaire. On sait qu'à l'occasion du mariage de Laurence avec de Montzaigle, B.-F. Balzac fait imprimer deux tirages de lettre de faire-part, l'un avec et l'autre sans la particule. Dans ses romans de jeunesse, Balzac

ironise sur cette prétention familiale : Jackal, « corbeau judiciaire », appelle l'intendant des Birague « monsieur de Robert », et Courottin, petit clerc, annonce « messieurs de Granivel » à la porte de Maître Plaidanon, pour introduire le père charbonnier et l'oncle philosophe de Jean-Louis.

NOTES DU TOME II

38. *La Mort de Pompée* (1641). Dans l'Examen de la tragédie, Corneille écrit, en 1660 : « Il y a quelque chose d'extraordinaire dans le titre de ce poème, qui porte le nom d'un héros qui n'y paraît point ; mais il ne laisse pas d'en être en quelque sorte le principal acteur, puisque sa mort est la cause unique de tout ce qui s'y passe. » Vaincu à Pharsale par César (en 47 av. J.-C.), Pompée fut décapité, en Égypte, par les hommes de Ptolémée. Quel est le fantôme qui sépare Annette et Argow, dès cette étape de l'histoire ? Est-ce le spectre de la mort ?

39. On serait tenté de retrouver le nom de M. de Berny (Cte) dans celui du lieutenant ; cependant, il ne faut pas perdre de vue qu'il est forgé d'après un autre modèle : dans *Clotilde de Lusignan,* Vérynel est le chef des palefreniers ; dans *Le Centenaire,* le garde des forêts Veryno est chargé de l'administration de tous les biens de la famille Béringheld. (Au sujet de ce personnage voir A.-M. Meininger, « André Campi. Du *Centenaire* à *Une ténébreuse affaire* », *L'Année balzacienne, 1969*.)

40. Argow suit les pas de Job Del-Ryès et de Joseph. Chacun de ces héros veut retrouver le pays natal. Il s'agit d'une véritable quête œdipienne ; inconsciemment, Argow prononce des mots semblables à ceux du roi de Thèbes : « … sans savoir qui je suis » (Argow), « A qui dois-je la vie ? » (Œdipe) ; « L'océan est mon berceau » (Argow), le Cithéron « berceau… nourrice… mère » d'Œdipe, selon le Chœur. (On sait que dans certaines versions de la légence, Œdipe est placé dans une corbeille et lancé dans la mer.) Argow, exposé sur la voie publique, est recueilli par un matelot ; Œdipe est sauvé par un berger. Le thème de l'enfant abandonné mis en œuvre dans les romans de jeunesse est en rapport avec les fantasmes de Balzac, placé en nourrice, s'interrogeant sur ses origines (voir Introduction, p. 28).

41. Dans *Sténie,* Balzac s'interroge sur l'origine et la nature du rêve. Job Del-Ryès, « champion des songes », croit que « l'âme réagit sur elle-même » pendant le sommeil, dès que le corps entre dans un état de « mort apparente ». En revanche, Vanhers est persuadé que les stimuli extérieurs sont des facteurs déterminants dans la formation du rêve. Dans *Annette et le criminel,* Balzac opte pour l'explication idéaliste. Il estime que le rêve est un phénomène autonome et qu'il témoigne d'une activité imaginative symbolique. (Cf. le rêve de viol de Léonie dans

Jean-Louis; le rêve de Joseph, incapable de répondre à l'appel de Mélanie, dans *Le Vicaire des Ardennes.*)

42. Cf. « Un écrivain français qui a des lueurs sublimes, M. de Saint-Martin, a dit *que la prière étoit la respiration de l'âme.* Les mystiques sont pour la plupart convaincus qu'il y a une réponse à cette prière, et que la grande révélation du christianisme peut se renouveler en quelque sorte dans l'âme chaque fois qu'elle s'élève avec ardeur vers le ciel. Quand on croit qu'il n'existe plus de communication immédiate entre l'Être suprême et l'homme, la prière n'est pour ainsi dire qu'un monologue; mais elle devient un acte bien plus secourable, lorsqu'on est persuadé que la divinité se fait sentir au fond de notre cœur. » (Mme de Staël, *De l'Allemagne,* IVe partie, chap. V : *De la disposition religieuse appelée mysticité.*) Cette conception peu dogmatique de la vie spirituelle convient parfaitement à Balzac qui est à la recherche d'une mystique positiviste. Il affirme dans le *Traité de la prière :* « Dès son origine, [la religion catholique] s'est adressée à l'âme et y frappa avec toute la force d'une institution née au ciel, et dont le divin maître y résidait en envoyant continuellement son esprit sur la terre. Aussi la prière fut longtemps mentale... » Mme Guyon écrit dans *Moyen court et très facile de faire oraison :* « Comment passer en Dieu ? Cela ne se peut faire qu'en sortant de nous-mêmes, pour nous perdre en lui; or cela ne s'exécutera jamais, que par l'anéantissement, qui est la véritable prière, laquelle rend à Dieu *l'honneur et la gloire, et la puissance, dans les siècles des siècles* » (1685; 3e éd., 1695, p. 70-71).

43. Dans *Le Vicaire des Ardennes,* Argow tue M. de Saint-André d'une manière identique. Balzac s'intéresse à la toxicologie des poisons depuis la création du personnage de Maïco, dans *Jean-Louis.* (Voir *Sur Catherine de Médicis, Ferragus, Splendeurs et Misères des courtisanes, La Cousine Bette.*)

44. Le jeune romancier donne une structure dramatique à son récit. A la fin de ce chapitre s'achève l'exposition qui prépare le drame. Il ne procédera pas autrement dans ses grands romans. Dans *Le Cousin Pons,* avant de relater la visite de Mme Cibot à Fraisier, il note : « Ici commence le drame, ou, si vous voulez, la comédie terrible de la mort d'un célibataire [...]. Cette comédie, à laquelle cette partie du récit sert en quelque sorte d'avant-scène, a d'ailleurs pour acteurs tous les personnages qui jusqu'à présent ont occupé la scène. »

45. Ce sont des sentiments religieux exaltés qui permettent à Annette de communiquer avec l'au-delà. Dans les romans antérieurs, c'est essentiellement l'exaltation *amoureuse* qui donne accès à ce mystérieux « domaine pur » que connaîtront Louis Lambert et Séraphîta. Balzac écrit dans *La Dernière Fée :* « Dans cette région pure de la pensée, dégagée des grossières sensations du corps, règne un charme subtil que nulle parole humaine ne peut rendre... »

46. Cf. « Je vous sollicite en vain pour obtenir un pardon que vous ne pouvez m'accorder, parce que vous ne savez pas sentir, vous ne savez pas aimer comme j'aime, moi, dont le cœur était brisé, le cerveau en délire, l'existence voisine de la tombe, avant que j'osasse parler. Un tel

amour est pour vous une profanation. » C'est de Courcy, déchiré par son amour pour Éva, jeune Irlandaise inhibée par son éducation religieuse rigoriste, et la Française Mme Dalmatiani-Zaïre, actrice sensuelle, qui prononce ces reproches dans *Éva ou Amour et Religion* de Maturin. En créant Annette et Wann-Chlore, Balzac se souvient de ce roman traduit en 1818. Voir Arlette Michel, « Aspects "mystiques" des romans de jeunesse », *L'Année balzacienne, 1966*.

47. Cf. « C'est sous ce rapport que souvent un seul mot produit plus d'effet que toute une oraison, et dans cette interpellation sublime, *ô mon père!...* adressée à Dieu, sainte Thérèse trouvait toute une semaine de méditation. » (Dans ce fragment du *Traité de la prière*, Balzac fait allusion aux *Méditations sur le Pater pour s'en servir durant les sept jours de la semaine*, voir éd. Ph. Bertault, 1942, p. 108 et n. 3.)

48. M. de Montivers annonce l'abbé Dutheil : « A voir ses yeux noirs, creusés par les austérités, et entourés d'un cercle brun, à voir son front jaune comme une vieille pierre, sa tête et ses mains presque décharnées, personne n'eût voulu entendre une voix et des maximes autres que celles qui sortaient de sa bouche » *(Le Curé de village)*. Sa manière de captiver l'attention de ses fidèles par des exemples tirés de la vie privée, fait penser à celle de l'abbé de Vèze, personnage du *Prêtre catholique* (1832), première incarnation sublimée de l'abbé Troubert. En créant M. de Montivers, Balzac a-t-il pensé à Mgr Frayssinous (1765-1841) dont les conférences aux Carmes, puis à Saint-Sulpice, interdites par Napoléon (1809), furent reprises sous la Restauration, et publiées sous le titre *Défense du Christianisme* (1825). Dans une note de *Falthurne*, « Savonati prétend que les homélies de l'abbé Fraynoussi donnent aux auditeurs des cauchemars très violents dans la nuit qui suit le sermon ». Argow se précipite au confessionnal sous l'effet des paroles de l'abbé de Montivers.

49. *Qui n'a pas péché!* La parabole concerne Annette et Argow ; elle est le miroir ou la « mise en abîme » de leur histoire. L'image de l'épouse, symbole de l'âme, appelée aux noces mystiques, est conforme à l'interprétation quiétiste du *Cantique des Cantiques*. En même temps, Balzac se souvient probablement de *Melmoth*. Maturin y compare Immalie à « une tourterelle fascinée qui s'élance dans le bec du vautour » ; l'homme errant s'adresse à la jeune fille en ces termes : « Je t'épouse, fiancée de la perdition ! » Dans *Le Pirate* de Walter Scott, la magicienne Norna déclare à Cleveland : « Le faucon ne prend pas la colombe pour compagne. »

50. Dans *Le Père Goriot*, Bianchon croit se souvenir d'un passage (qu'il attribue à Rousseau) où l'auteur « demande à son lecteur ce qu'il ferait au cas où il pourrait s'enrichir en tuant à la Chine par sa seule volonté un vieux mandarin, sans bouger de Paris ». La source commune des deux fragments est probablement le *Génie du christianisme* (I, IV, 2) : « Si tu pouvais, par un seul désir, tuer un homme à la Chine, et hériter de sa fortune en Europe, avec la conviction naturelle qu'on n'en saurait jamais rien, consentirais-tu à former ce désir ? » (Voir P. Ronai, « Tuer le mandarin », *Revue de Littérature Comparée*, 1930.)

51. Balzac, rédacteur du *Code des gens honnêtes* (1825), se propose précisément de révéler et de dénoncer ces crimes : « Un marchand qui gagne cent pour cent vole ; un munitionnaire qui, pour nourrir trente mille hommes à dix centimes par jour, compte les absents, gâte les farines, donne de mauvaises denrées, vole ; un autre brûle un testament ; celui-là embrouille les comptes d'une tutelle ; celui-ci invente une tontine : il y a mille moyens que nous dévoilerons. Et le vrai talent est de cacher le vol sous une apparence de légalité : on a horreur de prendre le bien d'autrui, il faut qu'il vienne de lui-même ; là est tout l'art. » Vautrin s'indignera également de l'impunité des crimes domestiques.

52. Dans ses romans précédents, Balzac identifie la religion à un « culte intérieur » qui n'est réglé par aucun dogme de l'Église. La religion est un « ensemble moral » selon l'auteur de *Clotilde de Lusignan*. Il affirme dans *La Dernière Fée* que ce « culte intérieur gît dans la conscience » ; l'essentiel est de « faire du bien, sauver les malheureux, dépouiller le *moi* et s'oublier un peu ».

53. Ces propos s'inspirent manifestement de l'apologétique romantique. Selon Mme de Staël, « la nature a revêtu l'infini des divers symboles qui peuvent le faire arriver jusqu'à nous : la lumière et les ténèbres, l'orage et le silence, le plaisir et la douleur, tout inspire à l'homme cette religion universelle dont son cœur est le sanctuaire » (*De l'Allemagne*, IVe partie, chap. I). D'après Chateaubriand, « la beauté de la nature est une preuve de l'existence d'un être supérieur » (*Génie du christianisme*, Ire partie, livre V). Dans une conférence sur *L'Existence de Dieu, prouvée par l'ordre et les beautés de la nature*, Mgr Frayssinous affirme : « Oui, dans la nature tout s'enchaîne : c'est une machine immense dans laquelle l'ordre éclate d'autant plus que chaque rouage a sa destination spéciale et en même temps sa destination par rapport à l'ensemble. [...] Et où donc la trouver, cette nature qui parle à nos âmes bien mieux que toute l'éloquence humaine ? où, Messieurs ? c'est dans ces forêts superbes et majestueuses, où la solitude, le silence, l'épaisseur des ombres, semblent pénétrer l'âme d'un saint recueillement et d'une religieuse frayeur... » L'abbé de Montivers s'inspire directement de ce sermon. (Voir *Défense du Christianisme ou Conférences sur la Religion*, 1825, t. I, p. 179.)

54. Propos de caractère prophétique car, en dernière analyse, c'est Annette qui est responsable de la destinée d'Argow. Elle dira dans la prison : « il est prédestiné pour les cieux ! et c'est moi qui l'y ai conduit !... » (voir p. 367).

55. Balzac pense probablement, soit au tableau de Raphaël, *Le Ravissement de Jean l'Évangéliste*, soit à celui de Carlo Dolci. Rappelons que Lucien s'apprête à lire son poème *Saint Jean dans Pathmos* dans le salon de Mme de Bargeton, projet critiqué par son beau-frère David. Le titre de ce poème figure à plusieurs reprises dans *Pensées, sujets, fragments*, recueil de notes de travail de Balzac.

56. Souvenir manifeste de *Melmoth :* « Consentiriez-vous donc à unir votre destinée à la mienne ? Voudriez-vous réellement être à moi au sein du mystère et de la douleur ? [...] sans connaître de repos, sans avoir de

foyer, avec la marque sur le front et la malédiction sur votre nom même ? », dit le réprouvé à Immalie. Balzac a probablement lu *Caïn*, mystère de Byron, qui montre le premier homicide exaspéré que l'Éternel préfère l'autel sanglant d'Abel au sien où se trouvent étalés « les fruits vermeils de la terre et des saisons favorables » (trad. Amédée Pichot, Ladvocat, 1822-1825). Après le meurtre de son frère, Caïn se dirige vers le côté le plus aride de l'Éden ; sa femme Adah partage son exil.

57. C'est l'*être intérieur*, l'individu obéissant à sa vocation d'ange, qui se manifeste dans cette lueur qui émane d'Annette. Cf. « Minna devint rayonnante par degrés » (*Falthurne*, ébauche de *Séraphîta*, 1823 ou 1824).

58. Balzac se souvient encore de *Melmoth :* « Elle était là comme une femme aimante, mais que son amour n'humilie pas, unissant à la tendresse la magnanimité [...] — Eh bien ! répondit Melmoth, recevez dans ce lieu la preuve de mon éternelle reconnaissance. Dans ce lieu, je renonce à votre vue ! je romps votre engagement ! je vous fuis à jamais ! »

59. Il s'agit de Thomas Moore qui, dans les *Amours des Anges*, écrit : « Amour, Religion, Musique ! seules traces d'Éden sur cette terre, seuls trésors qui, depuis la chute de nos faibles âmes, rappellent encore leur haute et glorieuse origine [...]. Combien la Religion et ses extases ne sont-elles pas près du précipice trompeur de l'Amour ! tandis que la Musique... oh ! la Musique est le lien par lequel ils tiennent tous les deux aux Cieux, la langue de leur sphère natale que, sans elle, ils eussent oubliée ici-bas » (trad. Louise Swanton-Belloc, 1823). Dans ses romans, Balzac s'inspire du poème de Moore. Eugénie d'Arneuse apprend cet axiome de Landon : « Que les trois vertus des âmes tendres étaient l'amour, la religion et la musique. » Marianine et, par la suite, Ursule Mirouët et Schmucke, sont initiés aux secrets surnaturels de la musique, capable d'apaiser les douleurs physiques et morales. (Voir Arlette Michel, *Le Mariage et l'amour dans l'œuvre romanesque d'Honoré de Balzac*, Lille-Paris, 1976, t. I, p. 134 et sq., 1978, et M. Le Yaouanc, « Balzac et Thomas Moore... », *L'Année balzacienne, 1980*).

60. D'après l'édition de 1836, il s'agit de Maria de la Felicidad Garcia, dite la Malibran, cantatrice française d'origine espagnole (1808-1836), sœur de Pauline Viardot. Dans ses romans ultérieurs, Balzac célèbre la voix pure de cette « cantatrice de génie » *(La Cousine Bette)*. Annette et Argow se trouvent au Théâtre Royal Italien, salle Favart, construit sur l'emplacement de l'hôtel Choiseul et achevé en 1782.

61. Vernyct pressent sa propre fin. Il semble également prévoir le sort d'Argow. (Voir p. 203 et 241.)

62. On ne saurait méconnaître le caractère obsessionnel de cette scène récurrente dans les romans de jeunesse. Sténie est mariée à minuit, « heure de malheur, heure du crime », à la cathédrale Saint-Gatien de Tours. « Éveillés par l'approche de l'orage, une nuée de corbeaux croasse un chant de mort. » Au moment où le prêtre invoque la bénédiction de Dieu, Job s'écrie : « l'Éternel, dites l'enfer, la mort, la

mort et le malheur». Il associe le mariage à un acte de profanation : « la rose est effeuillée ! son calice est souillé ! » Dans *Le Vicaire des Ardennes,* le mariage de Joseph et Mélanie est également célébré à minuit. Le premier objet qu'ils aperçoivent à l'église Saint-Étienne-du-Mont, mal éclairée, est « une tête de mort blanche sur un drap noir ». Enfin, dans *Wann-Chlore,* Horace est impressionné par les « croassements de mort » des corbeaux qui survolent Saint-Gatien ; les chants d'une messe mortuaire parviennent à son oreille. A la manière de Hamlet, déçu par sa mère adultère, Balzac, sous l'effet de ses souvenirs d'enfance, semble maudire le rite du mariage.

63. Les propos de l'abbé de Montivers ne rappellent-ils pas ceux de Melmoth définissant, à l'intention d'Immalie-Isidora, ce qu'est l'amour ? « Le monde pour eux ne renfermera qu'un individu, et cet individu est pour eux le monde lui-même. » Balzac se souvient de ce célèbre fragment du roman de Maturin, non seulement dans *Le Centenaire* et *La Dernière Fée,* mais encore dans ses lettres à Mme de Berny (voir sa lettre d'avril 1822, *Correspondance,* éd. R. Pierrot, t. I, p. 170).

64. Attitude de tendresse dans les romans de jeunesse. Rentrant à Saint-Cyr, Sténie se trouve dans les bras de Job : « Ma tête contre la sienne, ma joue couverte de ses cheveux bouclés qui se jouaient en la caressant. » Dans *Clotilde de Lusignan,* l'héroïne « s'appuya bien légèrement sur l'épaule de son bien-aimé ; les boucles de leurs cheveux se mêlèrent ». En revanche, dans *La Dernière Fée,* c'est Abel qui se penche sur sa duchesse. Horace Landon, mari d'Eugénie, l'imite dans *Wann-Chlore :* « ... il pencha la tête sur elle, et leurs chevelures éveillèrent en eux une douloureuse volupté, par un contact si léger, que l'âme paraissait être seule à la sentir ».

65. Rizzio (David), peintre italien, secrétaire et amant de la reine Marie Stuart, assassiné sous ses yeux en 1556.

NOTES DU TOME III

66. Reproche répété dans les romans de jeunesse, adressé incontestablement à Mme B.-F. Balzac. Cf. « — Hé quoi, pensais-je, lorsque je fus âgé, comment une mère a-t-elle pu abandonner son fils aîné ? » *(Le Vicaire des Ardennes.)* Rappelons que Mme d'Arneuse, mère d'Eugénie, personnage dur, au cœur sec, et Mlle Gamard, bourreau de l'abbé Birotteau, sont prénommées *Sophie*.

67. Cette comédie de L.-B. Picard (1769-1828), auteur et acteur comique puis romancier, met en scène deux Parisiens en visite dans une ville de province. Ils se voient obligés d'y passer la journée, leur calèche ayant versé. Bien qu'ils soient sollicités par diverses coteries rivales, ils ne trouvent de gîte ni chez des particuliers ni à l'auberge. L'expérience de la province semble justifier leurs préjugés : « Ah ! oui, l'assemblée ! Quelques vieilles femmes bien disgracieuses, bien sèches, possédant à fond toutes les finesses du reversis ; quelques vieux hobereaux, dissertant gravement sur l'excellence de leur tabac ; quelques jeunes gens bien gourmés ; un groupe de jeunes personnes bien niaises... » (III, 3). Le salon de Mlle Sophy est conforme à ce modèle décrit par Picard.

68. Le tact, la délicatesse de cet ancien pirate demeurent inégalés dans les romans de Balzac. Argow connaît les recommandations de l'auteur de la *Physiologie du mariage :* « Ne commencez jamais le mariage par un viol » ; il sait que « le sort du ménage dépend de la première nuit ».

69. Ce maître d'école qui crée cette locution « retournée » (à partir de la sentence : « Amicus Plato, sed magis amica veritas » — « Platon m'est cher, mais la vérité me l'est encore davantage »), se moque de ses interlocuteurs. *De la République* de Cicéron ne comporte que *six* chapitres !

70. Allusion aux propos de Titus dans *Bérénice* de Racine : « L'univers a-t-il vu changer ses destinées ? / Sais-je combien le Ciel m'a compté de journées ? / Et de ce peu de jours si longtemps attendus, / Ah ! malheureux ! combien j'en ai déjà perdus ! » (Acte IV, sc. 4).

71. Balzac renouvelle d'une manière ingénieuse la tradition littéraire de l'histoire parallèle des amours du maître et du valet. Rappelons que

dans *Clotilde de Lusignan,* Josette, suivante de Clotilde, est amoureuse de Barbu, premier lieutenant d'Enguerry. Le couple servira de modèle à celui de Francine et de Marche-à-terre dans *Les Chouans*.

72. « Cave ne cadas » : « prends garde de tomber ». « Macte animo ! generose puer, sic itur ad astra » : « courage ! enfant, c'est ainsi qu'on s'élève jusqu'au ciel ». Ce vers de Stace, pris à Virgile (*Énéide,* IX, 641) n'a rien à voir avec les fameuses paroles (« Alea jacta est » — « Le sort en est jeté ») attribuées à César, se préparant à franchir le Rubicon, petite rivière entre la Gaule Cisalpine et l'Italie.

73. Propos à double sens : Argow pourra racheter ses crimes, non par la bienfaisance, mais, selon son propre désir, sur l'échafaud. La parole trahit le personnage qui, inconsciemment, prévoit l'avenir.

74. *Ardalio :* qui fait l'empressé ; *homo probus :* homme vertueux, honnête ; *plebs, plebecula :* classes inférieures, menu peuple.

75. Première esquisse de la physiologie de la vieille fille que Balzac développera dans les grands romans de *La Comédie humaine : Le Curé de Tours, La Vieille Fille, Béatrix, Pierrette, La Cousine Bette*.

76. Suivant les conseils de Mme Graslin, Tascheron adoptera une attitude semblable : « Jean-François se referma tout d'abord dans un système de dénégation qui, en présence du Jury, devait tomber devant les preuves, mais qui dénota l'intervention d'une personne pleine de connaissances judiciaires, ou douée d'un esprit supérieur. » *(Le Curé de village.)*

77. Ce prélat est le père de Joseph. Pendant sa jeunesse, il a séduit Joséphine, qui deviendra Mme de Rosann, mère du futur vicaire des Ardennes. Il a tout fait « pour anéantir cette preuve énergique de [leur] faute ! »

NOTES DU TOME IV

78. Cette métamorphose étonnante de la petite Jeanneton fait penser à celle de Jacqueline Collin qui, pour sauver son neveu, se présente à la Conciergerie dans une toilette à étourdir le greffe, le directeur et les surveillants (*Splendeurs et Misères des courtisanes,* IIIe partie).

79. Plusieurs éléments de l'acte d'accusation se retrouvent dans celui du procès Tascheron. Dans *Le Curé de village,* « l'Instruction finit par trouver qui avait fourni le fer, qui prêta l'étau, qui donna la lime ». Les marques de pas, les empreintes d'escarpin serviront de preuves contre Tascheron. En 1839, Balzac se souviendra des procès fictifs de ses romans. Pour défendre le notaire Peytel, il écrira dans sa célèbre *Lettre :* « Les pas d'un homme qui monte une côte tranquillement sont à une distance évaluable, ils ont leur physionomie, ils sont tout autres que les pas d'un homme assailli qui résiste, qui lutte et qui se défend... »

80. Cf. « ... je suis la meurtrière de mon fils », s'écrie la vieille Norna qui, dans *Le Pirate,* de W. Scott, se reproche de n'avoir pas reconnu, en Cleveland, son propre enfant.

81. Il s'agit du *sosie* d'Argow (cf. p. 336) comme le fait remarquer l'éditeur d'*Argow le Pirate,* en 1836.

82. Dans l'édition de 1836, le fragment suivant se trouve intercalé ici :

En longeant les murs de la prison, dans une rue étroite et qui était déserte, ils rencontrèrent un homme assis sur des décombres, qui, couvert de sang et de fumée, souleva la tête en les entendant approcher. Il fit d'abord un mouvement pour se lever, mais, ayant reconnu son capitaine et lieutenant, il se rassit, portant la main à son bonnet par une vieille habitude militaire, il sourit convulsivement à Vernyct, qui, le regardant des pieds à la tête d'un air moqueur, lui demanda pourquoi il ne se hâtait pas de fuir.

— J'attends un camarade, répondit le brigand en jetant sur Vernyct un regard effaré.

Puis s'efforçant encore de sourire et de détourner l'attention du terrible lieutenant :

— L'affaire a été chaude, dit-il, et nous nous sommes passablement tirés ; mais vous-même, mon officier, pourquoi ne vous hâtez-vous pas davantage ? voilà le capitaine qui vous a devancé, vous allez le perdre de vue.

— Oh ! dit tranquillement Vernyct, je sais où le trouver...

Et en parlant ainsi il prenait un des pistolets passés dans sa ceinture. Quand il l'eut chargé et armé :

— Stephen, mon vieil ami, dit-il au brigand, dont les yeux étaient à moitié sortis de leurs orbites, tu connais la consigne, épargne-moi la peine de t'envoyer où tu sais bien !

— Mon lieutenant, s'écrie Stephen d'une voix entrecoupée, je ne suis pas blessé grièvement, une balle m'a effleuré le bras, et voilà tout ; bast ! une égratignure, un rien ; le vieux Stephen en a vu bien d'autres !

— Une égratignure ! dit Vernyct en riant.

En prenant une des jambes du brigand, il la souleva et la fit ployer plusieurs fois en sens inverse du jeu de l'articulation.

— Mon pauvre Stephen, je voudrais avoir le temps de t'emporter d'ici, mais le capitaine s'impatiente, il faut que j'aille le rejoindre. Adieu, nous causerons une autre fois, ajouta-t-il en riant sourdement.

— Mon lieutenant, attendez ; je...

Il ne put achever ; Vernyct l'ajusta froidement et le renversa mort à ses pieds ; puis, entendant marcher à quelques pas il franchit d'un bond les décombres et se mit à fuir dans la direction de la route de Paris.

83. Prêtresse d'Aphrodite et amante de Léandre qui, pour la rejoindre, traversa l'Hellespont à la nage. Une nuit d'orage, Léandre ne put trouver la côte dans les ténèbres ; il se noya dans le détroit. Héro se donna la mort par désespoir. L'histoire d'Annette et d'Argow semble se rattacher à cette légende qui préoccupe l'imagination de Balzac depuis la création de *Sténie* : « ... Héro, la nuit, éclairait le détroit que traversait Léandre et les nombreuses allégories des métamorphoses de la fable prouvent qu'il n'existe point d'obstacles pour ceux qui aiment », déclare-t-il à Mme de Berny dans sa lettre de mai 1822.

84. L'île, important lieu récurrent dans les romans de Balzac, ayant une valeur affective particulière, à la fois maternelle, amoureuse et criminelle. Cf. « Une grande isle de peupliers semble s'opposer au cours majestueux » de la Loire ; Job, en présence de Sténie, plonge dans le fleuve, à proximité de cette île, pour sauver deux jeunes gens de la noyade. Raphaël de Valentin vend à un spéculateur l'île qu'il possède dans la Loire, où se trouve le tombeau de sa mère. Dans *Le Curé de village*, l'évêque devine que l'île de la Vienne protège les secrets du crime commis par Tascheron avec la complicité de Véronique.

JUGEMENTS

Ce roman, attendu depuis longtemps, réalise toutes les espérances conçues par les amateurs du genre, mais M. de Saint-Aubain a été encore plus singulier et plus original que dans toutes ses autres compositions. Ici, ce n'est plus, comme dans *Clotilde de Lusignan,* un essai dans le genre historique, ce n'est plus cette chaleur désordonnée des amours d'un *Vicaire;* également loin du tableau magique qu'il retrace dans *Le Centenaire,* comme la touchante simplicité de l'intrigue qui fait le charme de *La Dernière Fée* [...]. A la première lecture, nous avons été frappé de la rapidité de l'intrigue, de la vivacité des images, de la poésie répandue dans tout l'ouvrage, mais surtout, de l'expression religieuse, de l'amour et de la mysticité qui doivent, dans le temps où nous vivons, faire obtenir à cet ouvrage un succès de vogue. Ce roman est fait pour plaire à toutes les femmes, car il les montre sous le jour le plus flatteur, et M. de Saint-Aubin y a décrit des sentiments si cachés du cœur de la femme, qu'il est impossible de s'imaginer qu'il ne les a pas remarqués par une observation exacte et soutenue. Nous avions annoncé naguère cet ouvrage, aujourd'hui nous en prédisons le succès.

Compte rendu dans *Le Corsaire* du 25 avril 1824, inspiré par Balzac.

M. Horace de Saint-Aubin n'est pas tout à fait sur notre route, et nous avons été forcés de nous détourner un peu pour le rencontrer. *Demi-romantique,* il exploite à petit bruit la *littérature marchande*, et nous nous faisons scrupule de toucher aux affaires d'intérêts. [...] Franchement, le criminel est une mauvaise spéculation. Beaucoup de gens pourront lire le roman, mais quelques personnes conviendront que la négligence du style en est le moindre défaut : il manque de naturel, les situations sont forcées, le dialogue et les caractères sont faux.

Jeune bachelier, nous vous accordons de l'esprit, de la chaleur et une certaine ardeur d'imagination. Votre Annette, pure comme un ange, et d'une dévotion à la fois douce et exaltée, nous a plu dans le premier volume ; mais nous ne comprenons pas l'invasion brusque et violente de l'amour dans ce cœur innocent, à la vue de l'athlète quadragénaire, du brigand énergique, de cet Hercule aux *cheveux frisés*, à qui vous livrez la pauvre petite. D'ailleurs, vous faites une peinture effrayante de cet homme ; il respire la scélératesse, son regard fait horreur ; impie, assassin, pirate, voleur, souillé d'infamies, dépouillé des grâces de la jeunesse, où donc est le charme séducteur qui lui soumet l'âme d'une vierge aussi candide ? Et luimême, endurci dans le crime, comment le premier regard d'une jeune fille porte-t-il tout à coup dans ce cœur flétri une passion tendre et délicate ? comment surtout le sermon d'un capucin le fait-il fondre en larmes et le jette-t-il, sans délai ni remise, dans la haute dévotion ? Autre invraisemblance non moins choquante : il avoue à celle qu'il aime, qu'il a versé le sang humain, qu'il n'est riche que de rapines, et de ce moment, les deux principaux caractères du drame changent de rôle, comme au théâtre une décoration en remplace une autre au coup de sifflet ; c'est la vierge qui poursuit ce colosse et le requiert d'amour, l'assassin pudibond se défend en baissant les yeux et prend la défensive et l'attitude de la componction ! Où est la vérité dans ces tableaux ? [...].

Article publié dans le *Feuilleton littéraire* du 12 mai 1824, témoignant de la brouille intervenue entre Balzac et ses amis libéraux.

... L'histoire d'Annette et d'Argow est « épaulée » par le drame d'arrestation, comme l'intrigue sentimentale de

Clotilde de Lusignan est soutenue par le drame du siège, celle du *Centenaire* par les crimes du vieux Béringheld et celle du *Vicaire des Ardennes* par l'apparition si opportune d'Argow.

Cependant, même prolongée de cette manière, la situation sentimentale inventée dans *Argow le Pirate* n'était plus un élément accessoire de l'intrigue : elle en était l'élément essentiel. [...] Son arrestation, son procès ne comptent pour Argow que dans la mesure où ils mettent un terme à son amour et à son bonheur. Il dédaigne de se défendre, il accepte le châtiment comme une expiation et ne songe pendant toute l'épreuve qu'à se montrer digne du grand sentiment qui l'a transformé. Ainsi, l'amour d'Argow pour Annette ne se borne pas à recevoir le contrecoup des événements extérieurs. Il est lui-même créateur de conséquences dramatiques. D'abord repoussé, puis peu à peu triomphant et apportant une transformation profonde dans la vie et l'âme de chacun des personnages, il cesse d'être un élément passif de l'intrigue pour en devenir un des éléments actifs. Du roman d'aventures où se trouvent des amoureux, Balzac passe ainsi au roman d'amour où se trouvent des aventures. Ce n'est pas encore le roman purement psychologique : c'est déjà un grand pas vers la primauté du psychologique.

Maurice Bardèche, *Balzac romancier*, Plon, 1940, p. 163-164.

Pas une fois, au cours de ces péripéties, Balzac n'a prononcé le mot *grâce*. C'est elle cependant, ce sont ses effets qui produisent les bouleversements psychologiques qu'il décrit. Il justifie ainsi dans la société le rôle efficace de l'Église pour le rachat des âmes ; il rehausse son influence immédiatement spirituelle. L'idéal cornélien, en ce sens que l'honneur selon Jésus-Christ et selon la conscience s'accorde au salut éternel, est recherché par les deux protagonistes. Commencé dans le sang et dans la boue, *Argow le Pirate* progresse et se termine dans l'ordre éminent du surnaturel. C'est tout l'opposé des thèses matérialistes défendues dans *Sténie*. Était-il possible de rendre plus saisissants les triomphes de la grâce sur le péché ? De façon plus complète, oui ; en manifestant le retentissement social de cette conversion. C'est l'aspect constructif du roman. Que Balzac y ait songé, c'était selon les règles du genre édifiant qui en abuse souvent, mais sous sa plume, l'esquisse de l'homme régénéré par la pénitence prend une allure moderne. Ainsi naissait une grande idée : le romancier avait tiré du *Credo* catholique un ferment qui soulèverait sa puissance créatrice, d'après un principe qu'il formulera plus tard fortement : « appliquer le repentir catholique à la civilisation » [Avant-propos de *La Comédie humaine*].

Philippe Bertault, *Balzac et la religion*, p. 159-160, Boivin, 1942.

Argow est un être indomptable, un prodige de force et d'énergie. Il déborde de sève « comme un arbre aux branches luxuriantes ». Perpétuellement exalté, il se révèle, dans *Le Vicaire des Ardennes,* un homme de proie, féroce aux bons comme aux méchants ; converti par Annette, dans *Argow le Pirate,* il devient une sorte de saint.

Certes, Balzac ne prend pas tout à fait au sérieux de tels personnages. Mais il a rêvé d'avoir en sa possession leurs vertus et leurs pouvoirs. Il a cru en l'efficacité de cette magie dont Béringheld a pénétré les lois ; et il reconnaît son âme « exagérée dans tout » en celle de cet Argow qui ne sait s'arrêter ni sur le chemin du crime ni sur celui de la charité. Ici encore, ne nous préoccupons pas trop de savoir si l'écrivain est pleinement original. Nous ne doutons pas qu'il ait lu *Melmoth* avant de concevoir *Le Centenaire ;* et nous admettons que le destin de Vidocq ait pu déjà lui inspirer quelques traits pour son Argow, comme plus tard pour Vautrin. Mieux vaut nous demander pourquoi il a campé ces personnages ; pourquoi aussi il a prêté à plusieurs héroïnes, de Falthurne à Annette et à Jane la Pâle, l'éclat de génie ou le rayonnement de la sainteté ; il s'exalte en leur compagnie ; il élabore en imagination sa propre statue.

P.-G. Castex, Préface à trois romans de jeunesse : *Jean-Louis*, *Argow le Pirate* et *Wann-Chlore* (*L'Œuvre de Balzac*, Le Club français du livre, t. 15, 1955, p. 435).

... Qu'il renonce aux enterrements au clair de lune, aux cavernes, aux reconnaissances providentielles, qu'il jette enfin la défroque d'Horace de Saint-Aubin, l'auteur d'*Annette et le Criminel* est déjà le grand romancier des *Chouans*.

Tout n'est pas encore parfaitement en place dans *Argow le Pirate*, mais les éléments du génie balzacien, rassemblés pêle-mêle, tendent à s'organiser. La province se dresse en face de Paris ; d'Aulnay à Durantal, du *Vicaire des Ardennes* à *Annette et le Criminel*, les mêmes personnages — personnages reparaissants — poussés par la soif de l'or et les mécanismes de la société bourgeoise, trompent, mentent, héritent, s'élèvent. Marguerite a fait fructifier à sa manière les économies du curé Gausse : elle a épousé le maître d'école Lesecq ; Lesecq est devenu juge de paix, puis maire, métamorphosé en De Secq. Les millions de ses victimes en poche, Argow, première incarnation de Vautrin, soupire après le mariage, le bonheur, la bonne conscience ; qu'il soit vraiment né à Durantal, qu'il se convertisse, qu'il se repente et soit enfin condamné par une société qui ne vaut pas mieux que lui, peut-être tout cela n'est-il que « défaillance du réalisme balzacien », pour reprendre l'heureuse expression d'un critique. Ce que le romancier entrevoit déjà, c'est qu'un pirate et un assassin se confond aisément avec un paisible propriétaire. Aucune bande de brigands ne désolait Valence à l'époque où est situé le récit ; habillez-les en Vautrin, en Gobseck, en Taillefer, en de Trailles, Paris tendra les bras à ces aventuriers. C'est ainsi que l'homme selon Balzac apparaît déjà dans sa perspective et sa profondeur, et le réalisme balzacien dans son ambiguïté.

Roland Chollet, Préface à *Argow le Pirate*, Éditions Rencontre, t. XXXV, 1962.

Annette, sans phrases, sans éclat, Annette fille sage est présence, au cœur de l'univers bourgeois, d'exigences qui dépassent la bourgeoisie. Balzac avait eu, certainement, sous les yeux, de ces petites sottes appelées à devenir ce qu'ont été leurs mères, de ces filles fades et mesquines, comme leur propre classe, et contre lesquelles les poètes s'ingéniaient, depuis longtemps, à refaire des héroïnes nobles. Mais la noblesse d'Annette, instinctive, est symbole de tout ce que contient, et de tout ce qu'ignore, la vie bourgeoise. [...] La véritable révolte, la révolte profonde, durable, significative, ce n'est pas, ce n'est plus Argow et sa pacotille qui l'incarnent : *c'est Annette*. Religieuse, Annette ? Certes, mais d'une religion qui ne saurait en rien être celle du vulgaire. Bigote, Annette ? Certainement pas, et qu'a-t-elle à voir avec les missions Villèle ? Non, mais sérieuse, fidèle. *Propre*. Balzac est ici nettement sur la voie de protestations qui n'auront plus besoin d'oripeaux et qui monteront directement du cœur même de la vie privée. Comme tout est misérable et plat, à côté ! Véronique elle aussi, plus tard, fera pâlir, de sa lumière mystérieuse, tous les installés de Limoges. La nouvelle opposition, la nouvelle résistance, inaugurée avec Eugénie d'Arneuse, se précise et prend corps. De nouvelles héroïnes naissent au siècle, encore trop engagées, finalement, dans le cas d'Annette, dans le roman noir (mais l'héroïne du *Capitain parisien*, en 1832, la fuite en compagnie d'un autre pirate sur un bateau de rêve prouveront que Balzac sera long à se déprendre de ce genre de mise en œuvre), mais seulement en ce qui concerne l'intrigue, et ce qu'il faut bien encore que le roman apporte aux lecteurs, et absolument plus en ce qui concerne la *psychologie* et le *style* de présence, la constitution fondamentale et la manière d'être.

Pierre Barbéris, *Balzac et le mal du siècle*,
Gallimard, 1970, t. I, p. 608-609.

Argow a le repentir sans espérance : ce qui est le grand malheur des héros byroniens. Bourreau de lui-même, Manfred ne s'estimera jamais assez avancé dans l'expiation pour sortir d'une solitude à laquelle sa conscience le condamne. Seule une médiation, une intercession peut arracher Argow au désespoir : l'amour d'Annette le fera.

Annette ne pouvait rien pour Argow tant que celui-ci n'avait pas abandonné la révolte contre Dieu et les valeurs spirituelles de l'amour. Mais une fois entré dans la voie des repentirs, tout criminel qu'il ait pu être, tout criminel qu'il puisse encore être (par son désespoir), il a néanmoins donné la preuve qu'il veut être « pur et céleste ». Dès ce moment, non seulement Annette peut aimer Argow sans se dégrader mais son amour ne prendra même toute sa plénitude que si elle aide Argow à vivre le sien en plénitude, avec espérance, et dans la « résignation ».

Dans *Le Soulier de satin,* Claudel imagine Doña Prouhèze, victime par substitution pour Don Camille : le Maure ne peut recevoir que de Prouhèze, le salut et la Grâce. Ainsi Annette : comment refuserait-elle le salut à Argow ? L'amour d'Annette assurera donc la médiation entre le criminel et la miséricorde divine. Nulle âme n'a en soi la force de se sauver seule [...].

Remarquons ici un point : l'idée que Dieu peut envoyer au pécheur, pour l'aider dans son œuvre de régénération, une âme sœur, est développée par Saint-Martin. L'amitié ou l'amour peuvent être, selon lui, un moyen providentiel d'approcher de l'amour divin. Mais l'idée d'une médiation par l'amour appartient aussi à la tradition chrétienne la plus orthodoxe. Tout homme est intercesseur pour son semblable auprès de Dieu ; tout amour est médiateur. Dans *Annette,* le caractère chrétien (bien plus que martiniste) de cette idée est attesté par l'importance que Balzac accorde à la confession dans la conversion d'Argow. Dès 1823, le comportement d'Argow faisant confiance à la confession annonce, dans *Le Curé de village,* les confessions de Tascheron puis de Véronique, intercédant l'un pour l'autre dans un amour salvateur.

Arlette Michel, *Le Mariage et l'amour dans l'œuvre romanesque d'Honoré de Balzac,* Lille-Paris, 1976, t. I, p. 243-244.

CHRONOLOGIE

1799 : Naissance, à Tours, le 20 mai, d'Honoré Balzac, fils du « citoyen Bernard-François Balzac » et de la « citoyenne Anne-Charlotte-Laure Sallambier, son épouse ». Le premier-né du ménage, Louis-Daniel Balzac, né le 20 mai 1798, nourri par sa mère, meurt à trente-trois jours, le 22 juin suivant. Honoré sera mis en nourrice à Saint-Cyr-sur-Loire jusqu'à l'âge de quatre ans. Il aura deux sœurs : Laure, née en 1800, et Laurence, née en 1802; un frère, Henri, né en 1807.

1804 : Il entre à la pension Le Guay, à Tours.

1807 : Il entre, le 22 juin, au collège des Oratoriens de Vendôme, où il passera six ans d'internat.

1813 : Il quitte Vendôme, le 22 avril 1813. En été, il est placé pour quelques mois comme pensionnaire dans l'institution Ganser, à Paris.

1814 : Pendant l'été, il fréquente le collège de Tours. En novembre, il suit sa famille à Paris, 40, rue du Temple au Marais (actuel n° 122).

1815 : Il fréquente deux institutions du quartier du Marais, l'institution Lepître, puis, à partir d'octobre, l'institution Ganser et suit vraisemblablement les cours du lycée Charlemagne.

1816 : En novembre, il s'inscrit à la Faculté de Droit, et entre, comme clerc, chez Me Guillonnet-Merville, avoué, rue Coquillière.

1818 : Il quitte, en mars, l'étude de Me Guillonnet-Merville pour entrer dans celle de Me Passez, notaire, ami de ses parents et qui habite la même maison, rue du Temple. Il rédige des *Notes sur l'immortalité de l'âme*.

1819 : Vers le 1er août, Bernard-François Balzac, retraité de l'administration militaire, se retire à Villeparisis avec sa famille. Le 16 août, Louis Balssa, frère de Bernard-François, accusé d'avoir assassiné une fille de ferme, est guillotiné à Albi. Honoré, bachelier en droit depuis le mois de janvier, obtient de rester à Paris pour devenir homme de lettres. Installé dans un modeste logis mansardé, 9, rue Lesdiguières, près l'Arsenal, il y compose une tragédie, *Cromwell,* qui ne sera ni jouée ni publiée de son vivant.

1820 : Il commence *Falthurne* et *Sténie,* deux récits qu'il n'achèvera pas. Le 18 mai, il assiste au mariage de sa sœur Laure avec Eugène Surville, ingénieur des Ponts et Chaussées. Ses parents donnent congé rue Lesdiguières pour le 1er janvier 1821.

1821 : Il commence *Sténie,* autre récit qui restera inachevé. Le 1er septembre sa sœur Laurence épouse M. de Montzaigle.

1822 : Début de sa liaison avec Laure de Berny, âgée de quarante-cinq ans, dont il a fait la connaissance à Villeparisis l'année précédente ; elle sera pour lui la plus vigilante et la plus dévouée des amies. Pendant l'été, il séjourne à Bayeux, en Normandie, avec les Surville. Ses parents emménagent avec lui à Paris, dans le Marais, rue du Roi-Doré. En collaboration avec Auguste Lepoitevin *dit* de l'Égreville, il publie, sous le pseudonyme de lord R'Hoone, *L'Héritière de Birague,* « par A. de Viellerglé et lord R'Hoone » ; *Jean-Louis* et *Clotilde de Lusignan,* « par lord R'Hoone » ; *Le Centenaire* et *Le Vicaire des Ardennes,* parus la même année, sont signés Horace de Saint-Aubin. Il commence *Wann-Chlore,* rédige un mélodrame *Le Nègre,* laisse une nouvele inachevée : *Une heure dans ma vie*.

1823 : Au cours de l'été, séjour en Touraine.
La Dernière Fée, par Horace de Saint-Aubin.

1824 : Vers la fin de l'été, ses parents ayant regagné Villeparisis, il s'installe rue de Tournon.
Annette et le criminel, par Horace de Saint-Aubin, publié chez Émile Buissot, libraire, rue Pastourelle, n° 3, au Marais (avril). Le roman sera réédité, dans une version édulcorée, dans les *Œuvres complètes d'Horace de Saint-Aubin,* en 1836, chez Souverain, sous le titre *Argow le Pirate.* Sous l'anonymat : *Du droit d'aînesse ; Histoire impartiale des Jésuites.*

1836 : Année agitée. Le 20 mai naît Lionel-Richard Guidoboni-Visconti, qui est peut-être son fils naturel. En juin, Balzac gagne un procès contre la *Revue de Paris* au sujet du *Lys dans la vallée.* En juillet, il doit liquider *La Chronique de Paris,* qu'il dirigeait depuis janvier. Il va passer quelques semaines à Turin ; au retour, il apprend la mort de Mme de Berny, survenue le 27 juillet.
Le Lys dans la vallée. L'Interdiction. La Messe de l'athée. Facino Cane. L'Enfant maudit (1831-1836). *Le Secret des Ruggieri (La Confidence des Ruggieri). Argow le Pirate* (2e édition d'*Annette et le criminel*), constituant les t. VII et VIII des *Œuvres complètes d'Horace de Saint-Aubin.*

1837 : Nouveau voyage en Italie (février-avril) : Milan, Venise, Gênes, Livourne, Florence, le lac de Côme.
La Vieille Fille. Illusions perdues (début). *César Birotteau.*

1838 : Séjour à Frapesle, près d'Issoudun, où sont fixés désormais les Carraud (février-mars) ; quelques jours à Nohant, chez George Sand. Voyage en Sardaigne et dans la péninsule Italienne (avril-mai). En juillet, installation aux Jardies, entre Sèvres et Ville-d'Avray.
La Femme supérieure (Les Employés). La Maison Nucingen. Début des futures *Splendeurs et Misères des courtisanes (La Torpille).*

1839 : Balzac est nommé, en avril, président de la Société des Gens de Lettres. En septembre-octobre, il mène une campagne inutile en faveur du notaire Peytel, ancien codirecteur du *Voleur,* condamné à mort

pour meurtre de sa femme et d'un domestique. Activité dramatique : il achève *L'École des ménages* et *Vautrin*. Candidat à l'Académie française, il s'efface, le 2 décembre, devant Victor Hugo, qui ne sera pas élu.
Le Cabinet des antiques. Gambara. Une fille d'Ève. Massimilla Doni. Béatrix ou les Amours forcés. Une princesse parisienne (Les Secrets de la princesse de Cadignan).

1840 : *Vautrin,* créé le 14 mars à la Porte-Saint-Martin, est interdit le 16. Balzac dirige et anime la *Revue parisienne,* qui aura trois numéros (juillet-août-septembre) ; dans le dernier, la célèbre étude sur *La Chartreuse de Parme*. En octobre, il s'installe 19, rue Basse (aujourd'hui la « Maison de Balzac », 47, rue Raynouard).
Pierrette. Pierre Grassou. Z. Marcas. Les Fantaisies de Claudine (Un prince de la bohème).

1841 : Le 2 octobre, traité avec Furne et un consortium de libraires pour la publication de *La Comédie humaine,* qui paraîtra avec un *Avant-propos* capital, en dix-sept volumes (1842-1848) et un volume posthume (1855). *Le Curé de village* (1839-1841). *Les Lecamus (Le Martyr calviniste).*

1842 : Le 19 mars, création, à l'Odéon, des *Ressources de Quinola. Mémoires de deux jeunes mariées. Albert Savarus. La Fausse Maîtresse. Autre étude de femme. Ursule Mirouët. Un début dans la vie. Les Deux Frères (La Rabouilleuse).*

1843 : Juillet-octobre : séjour à Saint-Pétersbourg, auprès de Mme Hanska, veuve depuis le 10 novembre 1841 ; retour par l'Allemagne. Le 26 septembre, création, à l'Odéon, de *Paméla Giraud*.
Une ténébreuse affaire. La Muse du département. Honorine. Illusions perdues, complet en trois parties (I. *Les Deux Poètes,* 1837. II. *Un grand homme de province à Paris,* 1839. III. *Les Souffrances de l'inventeur,* 1843).

1844 : *Modeste Mignon. Les paysans* (début). *Béatrix* (II. *La Lune de miel*). *Gaudissart II.*

1845 : Mai-août : Balzac rejoint à Dresde Mme Hanska, sa fille Anna et le comte Georges Mniszech ; il voyage avec eux en Allemagne, en France, en Hollande et en Belgique. En octobre-novembre, il retrouve Mme Hanska à Châlons et se rend avec elle à Naples. En décembre, seconde candidature à l'Académie française.
Un homme d'affaires. Les Comédiens sans le savoir.

1846 : Fin mars : séjour à Rome avec Mme Hanska ; puis la Suisse et le Rhin jusqu'à Francfort. Le 13 octobre, à Wiesbaden, Balzac est témoin au mariage d'Anna Hanska avec le comte Mniszech. Au début de novembre, Mme Hanska met au monde un enfant mort-né, qui devait s'appeler Victor-Honoré.
Petites Misères de la vie conjugale (1845-1846). *L'Envers de l'histoire contemporaine* (premier épisode). *La Cousine Bette.*

1847 : De février à mai, Mme Hanska séjourne à Paris, tandis que Balzac s'installe rue Fortunée (aujourd'hui rue Balzac). Le 28 juin, il fait d'elle sa légataire universelle. Il la rejoint à Wierzchownia en septembre.
Le Cousin Pons. La Dernière Incarnation de Vautrin (dernière partie de *Splendeurs et Misères des courtisanes).*

1848 : Rentré à Paris le 15 février, il assiste aux premières journées de la Révolution. *La Marâtre* est créée, en mai, au Théâtre historique ; *Mercadet,* reçu en août au Théâtre-Français, n'y sera pas représenté. A la fin de septembre, il retrouve Mme Hanska en Ukraine et reste avec elle jusqu'au printemps de 1850.
L'Initié, second épisode de *L'Envers de l'histoire contemporaine.*

1849 : Deux voix à l'Académie française le 11 janvier (fauteuil Chateaubriand) ; deux voix encore le 18 (fauteuil Vatout). La santé de Balzac, déjà éprouvée, s'altère gravement : crises cardiaques répétées au cours de l'année.

1850 : Le 14 mars, à Berditcheff, il épouse Mme Hanska. Malade, il rentre avec elle à Paris le 20 mai et meurt le 18 août. Sa mère lui survit jusqu'en 1854 et sa femme jusqu'en 1882. Son frère Henri mourra en 1858 ; sa sœur Laure en 1871.

1854 : Publication posthume du *Député d'Arcis,* terminé par Charles Rabou.

1855 : Publication posthume des *Paysans,* terminés sur l'initiative de Mme Honoré de Balzac. Édition, commencée en 1853, des *Œuvres complètes* en vingt volumes par Houssiaux, qui prend la suite de Furne comme concessionnaire (I à XVIII. *La Comédie humaine*. XIX. *Théâtre*. XX. *Contes drolatiques*).

1856-1857 : Publication posthume des *Petits Bourgeois,* roman terminé par Charles Rabou.

1869-1876 : Édition définitive des *Œuvres complètes* de Balzac en vingt-quatre volumes chez Michel Lévy, puis Calmann-Lévy. Parmi les « *Scènes de la vie parisienne* » sont réunies pour la première fois les quatre parties de *Splendeurs et Misères des courtisanes*.

NOTE BIBLIOGRAPHIQUE

I. Principales éditions modernes :

Argow le Pirate, t. XV de *L'Œuvre de Balzac,* éd. Albert Béguin et Jean A. Ducourneau, Le Club français du livre, 1955. (Réimpression d'après le texte de l'édition Souverain, 1836.)

Argow le Pirate, Éditions Rencontre. Romans de jeunesse, t. XXXV, 1962. (Texte de 1836.)

Annette et le criminel, t. I-IV, en deux volumes, septième ouvrage de la collection *Le Cabinet romantique,* reproduisant en fac-similé l'édition originale de 1824. Les Bibliophiles de l'Originale, 1963.

II. Ouvrages et articles sur *Annette et le criminel* et les romans de jeunesse :

AMADOU, R., « Balzac et Saint-Martin », *L'Année balzacienne, 1965.*

ARRIGON, L.-J., *Les Débuts littéraires d'Honoré de Balzac,* Perin, 1924.

BARBÉRIS, P., « Les Adieux du bachelier Horace de Saint-Aubin ; autour d'une page inédite », *L'Année balzacienne, 1963.*

BARBÉRIS, P., *Aux sources de Balzac. Les Romans de jeunesse.* Préface par Jean A. Ducourneau. Les Bibliophiles de l'Originale, 1965.

BARDÈCHE, M., *Balzac, romancier,* Plon, 1940 (réimpr. Slatkine, Genève, 1967).

BERTAULT, Ph., *Balzac et la religion,* Boivin, 1942.

CASTEX, P.-G., Préface à trois romans de jeunesse

(Jean-Louis, Argow le Pirate et *Wann-Chlore)* dans *L'Œuvre de Balzac,* éd. Albert Béguin et Jean A. Ducourneau, Le Club français du livre, t. XV, 1955.

CHOLLET, R., Préfaces aux *Romans de jeunesse,* Éditions Rencontre, t. XXIX-XXXVII, 1967-1968.

FARGEAUD, M., « Mme Balzac, son mysticisme et ses enfants », *L'Année balzacienne, 1965.*

LE YAOUANC, M., « *Melmoth* et les romans du jeune Balzac » (*Balzac and the Nineteenth Century,* recueil d'articles en l'honneur de H.-J. Hunt, Leicester University Press, 1972, p. 35-45).

LE YAOUANC, M., « Balzac et Thomas Moore (I. Une admiration de jeunesse) », *L'Année balzacienne, 1980.*

MICHEL, A., « Aspects "mystiques" des romans de jeunesse », *L'Année balzacienne, 1966.*

MICHEL, A., *Le Mariage et l'amour dans l'œuvre romanesque d'Honoré de Balzac : Amour et Féminisme,* Les Belles Lettres, 1978.

RONAI, P., « Une page de Maturin copiée par Balzac », *Revue de littérature comparée,* juillet-septembre 1931.

TABLE DES MATIÈRES

ANTHOLOGIES POÉTIQUES FRANÇAISES MOYEN AGE, 1 (153) - 2 (154) - XVIe SIÈCLE, 1 (45) - 2 (62) - XVIIe SIÈCLE, 1 (74) - 2 (84) - XVIIIe SIÈCLE (101)
DICTIONNAIRES anglais-français, français-anglais (1) - Dictionnaire espagnol-français, français-espagnol (2) - Dictionnaire italien-français, français-italien (9) - Dictionnaire allemand-français, français-allemand (10) - Dictionnaire latin-français (123) - Dictionnaire français-latin (124) - Dictionnaire orthographique (276)

AMADO (Jorge) Mar Morto (388)
ANDERSEN Contes (230)
ARIOSTE Roland furieux. Textes choisis et présentés par Italo CALVINO (380)
ARISTOPHANE Théâtre complet 1 (115) - 2 (116)
ARISTOTE Éthique à Nicomaque (43)
AUBIGNÉ Les Tragiques (190)
★★★ Aucassin et Nicolette (texte original et traduction) (261)
BALZAC Eugénie Grandet (3) - Le Médecin de campagne (40) - Une fille d'Ève (48) - La Femme de trente ans (69) - Le Contrat de mariage (98) - Illusions perdues (107) - Le Père Goriot (112) - Le Curé de village (135) - Pierrette (145) - Le Curé de Tours - La Grenadière - L'Illustre Gaudissart (165) - Splendeurs et Misères des courtisanes (175) - Physiologie du mariage (187) - Les Paysans (224) - La Peau de chagrin (242) - Le Lys dans la vallée (254) - La Cousine Bette (287) - Mémoires de deux Jeunes Mariées (313) - Béatrix (327) - Le Chef-d'œuvre inconnu - Gambara - Massimilla Doni (365) - Annette et le criminel (391)
BARBEY D'AUREVILLY Le Chevalier des Touches (63) - L'Ensorcelée (121) - Les Diaboliques (149)
BAUDELAIRE Les Fleurs du Mal et autres poèmes (7) - Les Paradis artificiels (89) - Petits Poèmes en prose (Le Spleen de Paris) (136) - L'Art romantique (172)
BEAUMARCHAIS Théâtre (76)
BECKFORD Vathek (375)
BERLIOZ Mémoires, 1 (199) - 2 (200)
BERNARD Introduction à l'étude de la médecine expérimentale (85)
BERNARDIN DE SAINT-PIERRE Paul et Virginie (87)
BOILEAU Œuvres, 1 (205) - 2 (206)
BOSSUET Discours sur l'histoire universelle (110) - Sermon sur la mort et autres sermons (231)
BUSSY-RABUTIN Histoire amoureuse des Gaules (130)
CALVINO voir **ARIOSTE**
CARROLL (Lewis) Tout Alice (312)
CASANOVA Mémoires (290)
CAZOTTE Le Diable amoureux (361)
CERVANTÈS L'Ingénieux Hidalgo Don Quichotte de la Manche, 1 (196) - 2 (197)
CÉSAR La Guerre des Gaules (12)
CHAMFORT Produits de la civilisation perfectionnée - Maximes et pensées - Caractères et anecdotes (188)
CHATEAUBRIAND Atala-René (25) - Génie du christianisme, 1 (104) - 2 (105) - Itinéraire de Paris à Jérusalem (184) - Vie de Rancé (195)
CICÉRON De la république - Des lois (38) - De la vieillesse - De l'amitié - Des devoirs (156)
★★★ Code civil (Le) (318)
COLETTE La Naissance du jour (202) - Le Blé en herbe (218) - La Fin de Chéri (390)
COMTE Catéchisme positiviste (100)
CONSTANT Adolphe (80)
★★★ Constitutions de la France depuis 1789 (Les) (228)
★★★ Coran (Le) (237)
CORNEILLE Théâtre complet, 1 (179) - 2 (342)
COURTELINE Théâtre (65) - Messieurs les Ronds-de-cuir (106) - Les Gaîtés de l'escadron (247)
CROS Le Coffret de Santal - Le Collier de griffes (329)
CYRANO DE BERGERAC Voyage dans la Lune (L'Autre Monde ou les États et Empire de la Lune), suivi de Lettres diverses (232)
DAUDET Aventures prodigieuses de Tartarin de Tarascon (178) - Lettres de mon moulin (260)
DESCARTES Discours de la méthode, suivi d'extraits de la Dioptrique, des Météores, du Monde, de l'Homme, de Lettres et de la Vie de Descartes par Baillet (109) - Méditations métaphysiques (328)
DICKENS David Copperfield 1 (310) - 2 (311)
DIDEROT Entretien entre d'Alembert et Diderot - Le Rêve de d'Alembert - Suite de l'Entretien (53) - Le Neveu de Rameau (143) - Entretiens sur le fils naturel - Paradoxe sur le comédien (164) - La Religieuse, suivie des extraits de la Correspondance littéraire de Grimm (177) - Les Bijoux indiscrets (192) - Jacques le Fataliste (234) - Supplément au voyage de Bougainville - Pensées philosophiques - Lettres sur les aveugles (252) - Contes et entretiens (294)
DIOGÈNE LAËRCE Vie, Doctrines et Sentences des philosophes illustres, 1 : Livres 1 à 5 (56) - Vie, Doctrines et Sentences des philosophes illustres, 2 : Livres 6 à 10 (77)
DOSTOÏEVSKI Crime et Châtiment, 1 (78) - 2 (79) - Récits de la maison des morts (337)
DU BELLAY Les Antiquités de Rome - Les Regrets (245)
DUMAS Les Trois Mousquetaires (144) - Vingt ans après, 1 (161) - 2 (162)
DUMAS Fils La Dame aux camélias (381)
ÉPICTÈTE Voir **MARC-AURÈLE** (16)
ÉRASME Éloge de la folie, suivi de la Lettre d'Érasme à Dorpius (36)
ESCHYLE Théâtre complet (8)
EURIPIDE Théâtre complet, 1 (46) - 2 (93) - 3 (99) - 4 (122)
FÉNELON Les Aventures de Télémaque (168)
FLAUBERT Salammbô (22) - Trois contes (42) - Madame Bovary, suivie des Actes du procès (86) - Bouvard et Pécuchet, suivi du Dictionnaire des idées reçues (103) - La Tentation de saint Antoine (131) - L'Éducation sentimentale (219) - L'Éducation sentimentale (Première version). Passion et vertu (339)
FROMENTIN Dominique (141)
GAUTIER Mademoiselle de Maupin (102) - Le Roman de la momie (118) - Le Capitaine Fracasse (147) - Voyage en Espagne (367) - Récits fantastiques (383)
GOBINEAU La Renaissance (349)
GŒTHE Faust (24) - Les Souffrances du jeune Werther (169)
GOGOL Récits de Pétersbourg (189)
GOLDONI Théâtre (322)
HAWTHORNE La Lettre écarlate (382)
HOBBES De Cive (385)
HOFFMANN Contes fantastiques 1 (330) - 2 (358) - 3 (378)
HÖLDERLIN Hymnes - Élégies (352)
HOMÈRE L'Illiade (60) - L'Odyssée (64)
HORACE Œuvres : Odes - Chant séculaire - Épodes - Satires - Épître - Art poétique (159)
HUGO Quatrevingt-Treize (59) - Les Chansons des rues et des bois (113) - Les Misérables, 1 (125) - 2 (126) - 3 (127) - Notre-Dame de Paris (134) - La Légende des siècles, 1 (157) - 2 (158) - Odes et Ballades - Les Orientales (176) - Cromwell (185) - Les Feuilles d'automne, Les Chants du crépuscule (235) - Châtiments (301) - Théâtre (319) - (324) - Les Travailleurs de la mer (341) - L'Homme qu rit, 1 (359) - 2 (384)
HUYSMANS A rebours (298) - Là-bas (302)
KANT Critique de la raison pure (257)
LABICHE Théâtre 1 (314) - 2 (331)
LA BRUYÈRE Les Caractères précédé des Caractères de THÉOPHRASTE, suivi du Discours de réception à l'Académi (72)
LACLOS Les Liaisons dangereuses (13
LA FAYETTE La Princesse de Clèves (82
LA FONTAINE Fables (95) - Contes e Nouvelles en vers (338)
LAMARTINE Jocelyn (138)
LA ROCHEFOUCAULT Maximes et ré flexions diverses (288)
LAUTRÉAMONT Œuvres complètes Les Chants de Maldoror - Poésies Lettres (208)
LEIBNIZ Nouveaux Essais sur l'ente dement humain (92) - Essais de Théoc cée sur la bonté de Dieu, la liberté l'homme et l'origine du mal (209)
LESAGE Histoire de Gil Blas de Sant lane (286)
★★★ Lettres édifiantes et curieus de Chine (315)

GF — TEXTE INTÉGRAL — GF

9021-1982. — Mame, Tours.
N° d'édition 11362. — Septembre 1982. — Printed in France.